Andreï Makine

Das Verbrechen der Olga Arbelina

Roman

Aus dem Französischen von
Holger Fock und Sabine Müller

Hoffmann und Campe

Die Originalausgabe erschien 1998 unter dem Titel
»Le Crime d'Olga Arbélina« bei Mercure de France, Paris

Die Deutsche Bibliothek – CIP-Einheitsaufnahme
Makine, Andreï : Das Verbrechen der Olga Arbelina ;
Roman / Andreï Makine.
Aus dem Franz. von Holger Fock und Sabine Müller.
– 1. Aufl. – Hoffmann und Campe, 2000
Einheitssacht.: Le Crime d'Olga Arbélina
ISBN 3-455-05134-0

Schutzumschlag: Büro Hamburg
Foto: Louis Stettner, Avenue de Chatillon, 1949
Satz: Utesch GmbH, Hamburg
Druck und Bindung: Clausen & Bosse, Leck
Printed in Germany

Für Sie

»Ob nun jemandes Tränen oder das flehentliche Bitten meiner Mutter Gott rührten oder ob ein lichter Geist mich in jenem Augenblick küßte – ich weiß es nicht (...)«

FEDOR DOSTOJEWSKIJ
Die Brüder Karamasow

»›Was hast du mit mir gemacht! Was hast du mit mir gemacht!‹ Wenn wir es recht bedenken, gibt es vielleicht keine liebende Mutter, die ihrem Sohn an ihrem letzten Tag, oft auch schon früher, nicht diesen Vorwurf machen könnte.«

MARCEL PROUST
Gefühle eines jungen Vatermörders

I

Die einen lauern wie Diebe auf seine Geschichten. Die anderen schätzen an seinen Worten offensichtlich etwas anderes. Letztere sind übrigens leicht zu erkennen. Es sind weniger als die bloß Neugierigen, und sie kommen allein, wagen sich näher an den hochgewachsenen Greis heran, der über das Labyrinth der Wege wacht, und sie brechen später auf. Die Worte, die der alte Mann murmelt, werden an diesem klaren, winterlichen Spätnachmittag sogleich vom eisigen Wind davongetragen. Er bleibt neben einem Grab stehen und bückt sich, um einen schweren Ast hochzuheben, der auf der Grabplatte liegt und die Inschrift unleserlich macht, als ginge ein Riß durch den porösen Stein. Die neugierigen Besucher strecken die Köpfe ein wenig vor, um seine Stimme besser zu hören, und tun so, als würden sie die umliegenden Grabmäler betrachten. Einen Augenblick zuvor haben sie von den letzten Stunden eines zu seiner Zeit bekannten, heute aber vergessenen Schriftstellers erfahren. Er starb in der Nacht. Als seine Frau ihm die Augen schloß, waren ihre Finger naß von Tränen, und sie legte sich bis zum Morgen neben ihn … Dann die Geschichte von dem Ballettänzer und seinem frühen Tod, mit der sie auf dem Parallelweg überrascht worden sind, wo Todesdaten aus jüngster Vergangenheit auf den Grabplatten stehen: Am Ende wiederholte der Tänzer den Namen seines jungen Geliebten, bei dem er sich ange-

steckt hatte, immer wieder bis in den Tod, wie die Worte beim Empfang der Sakramente ... Und noch eine Geschichte, die sie ihm vor einem massigen, runden Sockel abgelauscht haben, den ein Kreuz überragt: Sie handelt von einem Paar, das zu Beginn der zwanziger Jahre mit der quälenden, unrealistischen Hoffnung auf ein Ausreisevisum lebte. Er war ein berühmter Dichter, der keine Zeile mehr veröffentlichen konnte, sie eine Schauspielerin, der jeder Auftritt seit langem verboten war. Sie hatten sich in ihre kleine Wohnung in Sankt-Petersburg zurückgezogen und lebten in der ständigen Furcht, daß man ihnen den Prozeß machen, sie einsperren, vielleicht sogar hinrichten würde. An dem Tag, als wie durch ein Wunder die Ausreisegenehmigung eintraf, ging die Frau aus dem Haus; der Mann blieb wie betäubt vom Glück in ihrer Wohnung. Er dachte, sie mache Besorgungen für die bevorstehende Reise. Sie ging auf die Straße hinaus, überquerte einen Platz (die Fahrgäste einer Straßenbahn sahen ihr Lächeln), und als sie den Kai erreichte, stürzte sie sich ins graugrüne Wasser eines Kanals.
Die Besucher, die ihm aus bloßer Neugier zugehört haben, gehen bereits wieder. Einer von ihnen ist gerade mit dem Absatz auf einen Flint getreten, und es hat geknirscht. Der Greis hat sich in seiner hünenhaften Größe aufgerichtet und sie mit finsterem Blick ins Auge gefaßt, als wäre er erzürnt darüber, wie sie um ihn herumstehen und tun, als wären sie rein zufällig hier. In ihrer Unbeholfenheit sind sie einfach davongelaufen, zuerst im Gänsemarsch mal links, mal rechts um die Grabplatten; als sie dann in die Allee zum Ausgang einbiegen, bilden sie eine kleine Gruppe. Einige Sekunden lang ist ihnen die Situation peinlich, und sie fühlen, wie sonderbar und beängstigend ihre Begegnung mit dem Greis ist: sie hier, am Ende eines kalten, klaren Tages unter kahlen Bäumen zwischen lauter orthodoxen Kreuzen, und zwei Schritte vor ihnen dieser hoch aufgeschossene Mann

in seiner unbeschreiblich altmodischen, unglaublich langen schwarzen Houppelande. Ein Mann, der wie für sich selbst diese Menschen und ihr so rasches, so individuelles Hinübergleiten vom Leben in den Tod heraufbeschwört. Ein komisches Gefühl!
Schnell hat die kleine Gruppe es mit einem Wortschwall erstickt. Die Stimmen werden fester, man scherzt mit herausfordernder Fröhlichkeit, man ahnt, daß die Geschichten des Alten auf dem Heimweg Anlaß zu leidenschaftlichen Diskussionen geben werden. Einer hat sich eine erstaunliche Einzelheit gemerkt: Der Tänzer, der bereits ungeheuer reich war, kaufte im Sammlerwahn Antiquitäten und Gemälde zu Preisen, die böse Zungen »obszön« nannten, und erklärte dazu halb schmunzelnd, halb ernst, er müsse »für seine alten Tage« vorsorgen ... Die Diskussion ist eröffnet. Sie unterhalten sich über die Eitelkeit aller irdischen Dinge und die kleinen Kapricen der großen Geister. Über den Körper, der schwach ist, über die Verderbnis (»Das muß man sich einmal vorstellen! Dieser geniale Künstler wurde tatsächlich von einem nichtswürdigen Gigolo umgebracht!« ruft einer empört) und darüber, daß in der Liebe nichts verwerflich sei, da sie alles heile. »Die Liebe?!« Mit vor Entrüstung theatralisch hoher Stimme erinnert jemand daran, daß die Frau, die mit ihren Fingern zärtlich über die Augenlider des kurz zuvor verstorbenen Schriftstellers gestrichen war (ja, jene treue Gattin, die mit ihm in einem Grabe ruht), ein Leben zu dritt hatte führen müssen. Der schon betagte Schriftsteller brauchte zu seiner Inspiration die körperliche Nähe einer jungen Person. Immer mehr Argumente werden vorgebracht: der Sinn des Opfers, die Kunst, die alles rechtfertige, der eingefleischte Egoismus der Männer ...
Im Wagen, der sie in die Hauptstadt zurückbringt, kommt es im Gefolge einiger oberlehrerhafter Äußerungen zum Austausch von geistreichen Bemerkungen, Lachern und ernüch-

terten Seufzern. Sie sind froh, daß es ihnen gelungen ist, die Angst zu besiegen, die sie kurz zuvor ergriffen hat. Die Angst ist zu einer Anekdote geworden. Und der Greis zu »einem riesigen Popen, der ein bißchen verrückt sein muß, sonst würde er nicht dieses Chorhemd tragen, das mindestens hundert Jahre alt ist«. Da kommt die sonderbare Selbstmörderin aus Sankt-Petersburg wie gerufen, um die irrationale Natur ihres Volkes zu veranschaulichen, diese so häufig beschriebene, unbändige Seele, in die sie dank ihres Sonntagsausflugs einen tieferen Einblick gewonnen haben. Sie zählen Schriftsteller auf und jene langen Romane, in denen man, wenn man nur richtig suchen würde, auf die Ertrunkene, den Tänzer und auch auf den Greis stoßen könnte ... Nach dem Gefühl der Verlorenheit, das sie an diesem frostigen Platz in eintöniger, ländlicher Umgebung beschlichen hat, ist es ein nahezu körperliches Vergnügen, wieder den vertrauten Windungen der Straßen zu folgen, ein Café wiederzuerkennen oder eine Straßenkreuzung, die mit ihren vielen Lichtern schon Abendstimmung verbreitet. Und sollten sie ein Jahr danach oder vielleicht noch später, wie es der Rhythmus ihres ausgefüllten Lebens eben zuläßt, wieder zu einem Abendessen zusammenkommen, wird keiner der vier Besucher es wagen, von der Angst zu sprechen, die sie in jenem Augenblick an einem kalten Wintertag gespürt haben. Und die Furcht vor einem solchen Eingeständnis wird ihnen einen besonders netten Abend bescheren.

Ihr fluchtartiger Aufbruch hat den Alten nicht von seinem üblichen Rundgang abgebracht. Im Augenblick sieht man, wie er mühsam einen langen Baumstamm hochstemmt, den der Sturm in der Nacht entwurzelt hat und der auf ein Grabkreuz gefallen ist, das ihn noch stützt, auch wenn es sich schwer nach unten neigt. Nachdem der Mann das Kreuz von seiner Last befreit hat, bleibt er einen Augenblick reglos stehen; dann schüttelt er den Kopf und vertraut seine Worte von neuem der kalten, klaren Abendluft an. Der Besucher, der ihm nun zuhört, ist noch gebannt von der Kraft dieser Hände, die aus den Ärmeln der Houppelande ragen und die feuchte Rinde des Baumstamms umklammern, Hände wie mächtige, knotige Wurzeln, die von Narben gezeichnet und mit violetten Adern überzogen sind. Dieser Zuschauer wäre gerne allein gewesen, um die Worte aufzufangen, die der Wind davonträgt. Zu seinem Verdruß bleibt auf dem Parallelweg eine Frau stehen und versucht, mit unbeteiligter, eigensinniger Miene die für sie auf dem Kopf stehende Inschrift der Grabplatte zu entziffern, die der Greis soeben freigelegt hat. Sie wird auf seine Worte aufmerksam, hört zu … Der Verstorbene, dessen Namen sie im Geiste buchstabiert, ein gewisser Graf Khodorski, war ein fröhlicher Abenteurer. Während der Revolution hatte es ihn nach Paris verschlagen, wo er ein grauenhaftes Jahr verbrachte, betteln gehen mußte, sich die Zehennägel mit Tusche anmalte, um die Löcher in seinen Schuhen zu verbergen, und nachts von fürchterlichen Hungervisionen befallen wurde. Sein Vermögen beschränkte sich auf eine Handvoll Besitztitel für Güter, die das neue Regime längst beschlagnahmt hatte. Zu seiner großen Überraschung fand er eines Tages einen Käufer, jemanden, der glaubte, in Rußland sei mit der baldigen Rückkehr zur alten Ordnung zu rechnen. Daraufhin machte sich Khodorski auf die Suche nach Landsleuten, die noch mehr solche zugleich nutzlosen und wertvollen Besitztitel ins Exil mitgenommen hatten. Vom Doppeladler des Zarenreichs beeindruckt und von den lächerlich niedrigen Preisen verführt, ließen sich die Käufer leicht überzeugen. Das sicherte dem Grafen einige Jahre lang ein rauschendes Leben. Da sich seine Goldader mit der Zeit erschöpfte, mußte er eines Tages ein recht bescheidenes Landhaus anbieten, das Familiengut, auf dem er seine Kindheit verbracht hatte. Der Handel gestaltete sich schwierig. Der mißtrauische Käufer prüfte die Besitztitel mit äußerster Gründlichkeit und verlangte detaillierte Angaben. Mit schmerzlich verzogenem Lächeln pries Khodorski die Felder, die sich um den Besitz erstreckten, den reizenden Bach mit dem weißen Sand und den Obstgarten, der von Nachtigallen bevölkert war. Er holte sogar ein Photo hervor, das einzige Bild aus seiner Kindheit, das er noch hatte. Darauf sah man einen Pferdekarren vor der Freitreppe, ein Kind, das dem Pferd einen Zopf aus Heu hinhielt und dabei den Photographen anstarrte. Das Bild scheint den Ausschlag gegeben zu haben. Wie gewöhnlich feierte Khodorski seinen augenblicklichen Reichtum in einem Restaurant in Passy. Seine Gäste erlebten ihn an diesem Abend als den Mann, den sie kannten: brillant, verschwenderisch, immer in mehrere Gespräche gleichzeitig verwickelt. Am nächsten Tag ging einer von ihnen gegen Mittag den Grafen besuchen. Er fand ihn feierlich gekleidet im Bett vor, den Kopf auf einem blutgetränkten Kissen.

Die beiden Besucher scheinen den Wechselfällen im Leben dieser gebrochenen Menschen keine große Aufmerksamkeit zu schenken. Als wüßten sie, ohne die Fakten zu kennen, im voraus um diese Geschichten, die ebenso schlüssig wie unbegreiflich sind. Nur gewisse Einzelheiten wecken, niemand weiß warum, ihr Interesse. Gerade hat es einen kurzen Blickwechsel zwischen ihnen gegeben, so verblüfft sind beide über das Photo, das auf dem Nachttisch des Selbstmörders stand – das mit dem Gutshaus, dem Gespann und dem Jungen, jenem geheimnisvollen, fast schon beängstigenden Wesen, das noch nichts von seiner Zukunft wußte. Ja, jeder hat den anderen mit seinem Blick gestreift; doch schon liegt wieder ein matter Schimmer auf ihren Augen, und sie suchen nicht mehr die Blicke anderer. Sie hören kaum zu, sie beobachten vielmehr. Der Himmel ist zweigeteilt: im Westen das kalte, helle Rot der Abendsonne, vor der anderen Hälfte ein tief hängender, grauer, sich langsam ausbreitender Wolkenflügel, aus dem ein glitzernder Graupelschauer niedergeht. Der Regen piekst wie Nadeln an den Wangen, das welke Laub auf den Wegen zwischen den Grabplatten wispert leise. Als die Wolke ihre dunklen Flügel wieder einzieht, legt sich im gleißenden Licht ein kupferner Firnis über die Erde und die Wurzeln der Bäume, und die Pfützen glänzen wie Spiegel, die an manchen Stellen zur Hälfte unter dem Gestrüpp der Büsche verschwinden. Eine Windböe, schneidend wie ein Stahlseil, treibt ihnen Tränen in die Augen, an denen ihre Blicke sich brechen. Der Alte bückt sich, hebt eine Keramikschale auf, aus der an einem langen, verdorrten Stiel eine Chrysantheme in die Höhe ragt, und stellt sie wieder auf das Grab.

Mit ruhiger, unbeteiligter Stimme nimmt er den Faden seiner Erzählungen wieder auf. Eine Stimme, die weder überreden noch beweisen will, denken die beiden späten Besucher. Eine Stimme, die sich so sehr unterscheidet vom endlosen Gewirr der Wörter in ihren Köpfen, Wörter, die sie bedrängen, sie in Beschlag nehmen und ihre Zustimmung erzwingen, ein unablässiger, verbaler Brei aus Zeitungsmeldungen und Nachrichten, den ihnen das Radio eingehämmert hat. Wörter, die die seltenen Momente von Stille in ihnen zerstören.

Der Greis erzählt einfach drauf los, ohne Überlegung. Erst die Besucher fügen seine gemurmelten Sätze zu Geschichten zusammen, erst in ihrem Denken werden sie zu Bildern. »Ein Abenteurer«, sagt er, »verkaufte Adelsgüter, ja, Schlösser auf Landkarten. Eines Tages kam das Haus an die Reihe, in dem er aufgewachsen war. Am frühen Morgen hat er sich eine Kugel in den Kopf gejagt.« Und im selben Tonfall vor dem nächsten Grab: »Dieser Schreibfehler widersteht der Zeit. Kavalerie-Offizier. Mit einem *l*. Zum Glück kann nicht jeder kyrillische Buchstaben lesen. Kavallerie-Offizier, sehr geschwätzig, ein Hitzkopf. Und immer dieselben Geschichten über Schlachten, über die Roten, die er mit seinem Säbel köpfte. Je mehr er erzählte, desto besser konnte er das kurze Pfeifen nachahmen, mit dem sich die Klinge in den Hals bohrte und die Knochen durchtrennte. ›S-s-slisch!‹ pfiff er. Und man sah wirklich einen Kopf ins Gras rollen. Im Alter hatte er eine Gesichtslähmung und konnte nicht mehr sprechen. Das einzige, was er noch herausbrachte, war dieses ›S-s-slisch‹. Er starb im Frühjahr. Die Nacht war warm, die Fenster wurden geöffnet. Kurz bevor der Tod eintrat, hat er sich auf einen Ellbogen gestützt, mit bebenden Lungen tief eingeatmet und deutlich vernehmbar ein Wort gehaucht: ›Flieder‹.«

Die junge Frau, die dem Alten zuhört, könnte zu jenen Frauen gehören, die auf die Vierzig zugehen und von denen man sagt: Sie hat alles erreicht im Leben. Gerade diese Frauen stehen irgendwann an einem Sonntag im Winter vor einer solchen Leere und Verzweiflung, daß ihnen der Tod plötzlich vorkommt wie eine Einladung, auf die sie insgeheim gewartet haben. Am Morgen hat sie in ihrem Adreßbuch geblättert. Die Finger glitten über die Seiten wie über Eis, ohne an einer Stelle Halt zu finden. Es standen eine Menge Leute darin, und trotzdem gab es niemanden für sie. Ein Name hat sie schließlich an ein Versprechen erinnert, das mindestens zehn Jahre zurücklag: »Du wirst sehen, es sieht überhaupt nicht aus wie auf einem Friedhof, es ist ein Park, der ein wenig verwahrlost ist, aber ein Park, und man spürt sofort, daß sie dort eine andere Vorstellung vom Tod haben als wir.« In den letzten zehn Jahren hatte sie nicht einen Augenblick Zeit, um dorthin zu gehen.

Auch der andere Besucher, ein Mann in dunkelblauem Mantel mit hochgeschlagenem Kragen, der ein blendend weißes Hemd und den Krawattenknoten sehen läßt, hat von dem Park gehört, »wo man lernt, den Tod mit anderen Augen zu betrachten«. Er gleicht einem Mann, der eine halbe Stunde vor dem Mittagessen, zu dem ein Dutzend Verwandte eingeladen sind, vom Tisch aufsteht, sich hastig anzieht und fluchtartig aus dem Haus eilt, ohne irgend jemandem Bescheid zu sagen, obwohl das gar nicht seine Art ist. Eine bestimmte Vorstellung verfolgt ihn: Er sieht die Augen, Münder und Gesichter, die ihn beim Essen umgäben, die beim Kauen und Schlucken dieselben Grimassen schnitten und dieselben Sätze wiederholten wie beim letzten Mal. Er hätte ihnen antworten, hätte lächeln, vor allem sich glücklich zeigen müssen, da die anderen der Meinung sind, er habe allen Grund, glücklich zu sein: seine schöne, blonde Frau, die immer heiter und gelassen ist, seine zwei katzenhaft anmutigen Töchter, über die man im familiären Kreis einmal mehr scherzen würde, daß sie »eine gute Partie« abgeben werden, ein gedeckter Tisch vor einer breiten Fensterfront im sechzehnten Stock, und am Fenster kann man wie auf einem Stadtplan die Pariser Topographie studieren, dazu eine Arztpraxis im selben Gebäude, was auch diesmal wieder die unwirsche Bemerkung eines Verwandten hervorriefe (»Manche haben einfach Glück, sie brauchen nur über den Flur zu gehen, schon sind sie bei der Arbeit!«). Der Mann hat sich die vielen kleinen Umstände vor Augen geführt, deren Summe ihn zu einem glücklichen Menschen machen müßte, und plötzlich hat er Panik bekommen. Er hat seinen Mantel geschnappt, und, um jeden Lärm zu vermeiden, die Tür langsam hinter sich zugezogen. Dann ist er die Treppen hinuntergestürzt aus Angst, am Aufzug den ersten Gästen in die Arme zu laufen …

Der Greis nimmt einen Armvoll dürrer Zweige und legt sie auf einen Haufen von Blättern und Stengeln am Stamm eines Baums. Der Mann und die Frau hören seine langsamen Schritte auf dem Kies, der in der Kälte und Stille noch lauter knirscht. So war es schon immer, denken sie, schon immer hat es dieses andere Leben gegeben, das von Ruhe erfüllt ist und von Gesten, die ihnen Zeit lassen, den unmerklichen Farbwechsel des Lichts wahrzunehmen, das von kupfer- über rosarot bis zartlila immer fahler wird, und ihm zu folgen, während sie ihren Träumen nachhängen. Ins hohe Gespinst der Äste vor dem eiskalten Himmel zu starren und sich dabei zu verlieren, zu ahnen, ohne es wirklich zu verstehen, daß diese Minuten auf geheimnisvolle Weise wichtig sind und daß selbst dieser zerstreute Blick auf Grasbüschel zwischen den Steinen der alten Einfriedung notwendig ist für diesen zur Neige gehenden Tag, für sein Licht, seinen Himmel, seine Einzigartigkeit. Und die Empfindung, diesem Leben schon anzugehören, ist so stark, daß jeder für sich beschließt, den alten Friedhofswärter anzusprechen, wenn er seine Erzählung beendet hat. Außerdem scheint seine Stimme jetzt einen anderen Ton anzuschlagen. Sie klingt nicht mehr so unpersönlich, bezieht die Betrachter dieser Grabplatte in seine Rede ein.

»Die Roten nannten diese Art der Hinrichtung ›Hydra der Konterrevolution‹. Sie banden eine Gruppe von zehn Offizieren eng zusammen. Schulter an Schulter, Rücken an Rükken. Dann stießen sie alle von einer Schute oder einer Mole hinunter. Einige schlugen um sich, andere versuchten, sich tot zu stellen, und erstarrten noch bevor sie starben. Wieder andere weinten, von ihren Verletzungen geschwächt. Der hier steckte schon mit den Füßen im Morast, da konnte er sich unter Wasser befreien. Er zerriß die Drahtschlinge um seine Handgelenke und tauchte hinter einem großen Granitfelsen an der Böschung wieder auf … Viele Jahre später ist er von den Gesichtern der anderen heimgesucht worden. Vor allem sah er immer wieder die Augen des Mannes, den er jäh zurückgestoßen hatte, um sich ans Ufer zu retten.«

Der Alte sieht sie an, als würde er eine Frage oder eine Erwiderung erwarten. Sein Blick könnte von ihresgleichen stammen, jedenfalls ist es nicht der eines verschrobenen Fried-

hofsdieners, eines »riesigen Popen, der ein bißchen verrückt ist« und der mindestens hundert Jahre alt sein muß. Seine Worte reichen zurück in Epochen, die sie nicht gekannt haben. Gerade diese sehr menschliche Haltung hält sie davon ab, die Fragen zu stellen, die ihnen auf der Zunge brennen. Sie bemerken plötzlich, daß die Sonne fast untergegangen ist, daß nur noch ein schmaler Streifen mattes Rot über den vielen Kreuzen an diesem Ort leuchtet. Mit einem Mal fühlen sie sich allein, so schwindelerregend sind ihre Gedanken, so tief ist der Einschnitt, der ihr Leben prägt und ins Auge sticht wie eine Narbe. Der Besucher im dunkelblauen Mantel merkt, daß die Frau schon in die Allee einbiegt. Sie geht mit verhaltenem Schritt, damit es nicht so aussieht, als hätte sie es eilig. Oder vielmehr: Sie sieht, wie er sich unauffällig entfernt, sich zwischen den Gräbern davonstiehlt. Sie erreichen beide gleichzeitig den Ausgang, vermeiden es aber, sich anzusehen, wie Menschen, die Zeugen eines Überfalls geworden sind und die nicht den Mut hatten einzuschreiten. Hinter der Einfriedung ist es noch ein wenig hell, verfliegt der letzte rosafarbene Schimmer. Der Mann dreht sich um und sieht die Frau, die mit einer Hand in einem kleinen Lederrucksack nach ihrem Autoschlüssel sucht. Für einen kurzen Augenblick hat er das Gefühl, wieder unter den Friedhofsbäumen zu stehen, wo das stille Leben sie vereint hat. Das Gesicht der Frau kommt ihm ungeheuer vertraut vor. Er hat den Eindruck, das Timbre ihrer Stimme zu kennen, ohne sie jemals gehört zu haben. Und die Atmosphäre, in der sie lebt, als hätte er jeden Tag mit ihr geteilt. Und ihren heutigen Schmerz. Als sie die Wagentür öffnet, hebt sie für eine Sekunde den Blick. Der Mann wenige Meter vor ihr lächelt und geht einen Schritt auf sie zu. »Sind Sie zum erstenmal hier?« Er lächelt, kommt näher. »Ist es das erste Mal, daß Sie ...«, lächelt er und macht noch einen Schritt.
Nein, sie sind bereits unterwegs in ihren Wagen, haben sich

schnell in den dröhnenden Strom auf der Autobahn eingereiht. Erst als er reglos hinter dem Steuer sitzt, stellt sich der Mann die Szene vor, die nicht stattgefunden hat. Er kommt näher, lächelt: »Wissen Sie, ich bin zum erstenmal hier ...« Irgendwo in der endlosen Lichterflut der Scheinwerfer, auf Fahrbahnen, die immer weiter auseinandergehen, erinnern sie sich an die Worte, die sie an diesem eiskalten Tag in diesen verlassenen Winkel geführt haben: »Sie werden sehen, es ist ein richtiger Park oder vielmehr ein urwüchsiger Wald mit zahllosen Bäumen, Gräsern und Blumen. Und jedes Kreuz hat eine Vertiefung wie ein winziges Kirchenfenster, in dem ein Ewiges Licht brennt.« Sie sagen sich, sie hätten schon im Sommer oder im Herbst kommen sollen, um den Park zu besichtigen, jetzt sei es eigentlich zu spät. Ob er eines Tages wieder hierhin zurückkommen wird? fragt sich der Mann. Am nächsten Sonntag vielleicht? Um noch einmal über die einsamen Friedhofswege zu gehen, die dunklen Äste vor dem Abendhimmel und diese Frau zu sehen, die ... Er schüttelt den Kopf. Zu spät. Er taucht wieder ein in die Stadt und das düstere, wogende, von roten und gelben Streifen durchzogene Häusermeer. Bevor er nach einem Vorwand sucht, mit dem er sein plötzliches Verschwinden vor der Familie rechtfertigen könnte, denkt er an die Frau, die zur selben Zeit ebenfalls irgendwo in diesem Magma aus Straßen und Lichtern steckt. »Sie wiederzusehen, ist im Grunde genommen genauso unmöglich, wie die Toten wieder lebendig zu machen, von denen der verrückte Alte erzählt hat«, denkt er mit leicht melancholischem Zynismus, um endgültig wieder in der Wirklichkeit Fuß zu fassen.

Der Alte sieht ihnen bis zum Gittertor nach, dann senkt er die Augen und richtet sie auf den Namen der Grabplatte. Die letzten Lichtschimmer über dem Boden lassen die Buchstaben aus dem Stein hervortreten. Der Motorenlärm in der Ferne wird leiser und versiegt wie der Strahl einer Sanduhr.

Außer dem alten Friedhofswärter ist nur eine lange Silhouette zurückgeblieben. Es ist der allerletzte Besucher, der anscheinend vergeblich nach einem Ausgang aus dem Labyrinth von Wegen und Kreuzungen sucht. Der Mann kommt seit drei oder vier Tagen täglich hierher. Er ist noch jung und trägt trotz der Kälte nur eine Kordjacke, die durch ihren langen, engen Schnitt an eine alte Studententracht erinnert. Ein grob gestrickter, weißer Wollschal bildet eine Art pelzigen Kropf vor seiner Brust. Sein bleiches Gesicht zeigt keinen Schmerz mehr, obwohl er ganz starr ist und sein Körper so kalt wie die eisige Luft.

Er hat sich, während er die Besucher beobachtete, ihre Gefühle vorgestellt und ihre Lebensgeschichten entworfen. Zuerst für die Gruppe von Schaulustigen, dann für die beiden Einzelgänger, die beinahe miteinander gesprochen hätten und die sich nicht mehr wiedersehen würden. Er verbringt sein Leben damit, den Geschichten anderer nachzuspüren. Vorhin war ihm aufgefallen, daß der Sturm gestern die doppelstämmige Birke genau in der Gabelung gespalten hatte und daß der starke Wind den tiefen Schlitz nun zu verlängern drohte, so daß der Zwillingsstamm von einem Augenblick auf den anderen mit einem Krachen auseinanderbrechen konnte, wie man es von splitterndem Holz kennt. In diesem Moment sagt er sich, daß alles Schweigen dieses Tages an diesem stummen Schrei hänge. »Die Stille, deren Tiefe man an dem Krachen ermessen kann, zu dem es nicht kommt«, schreibt er in ein Notizbuch, das er aus einer großen Umhängetasche hervorgeholt hat, die der eines Briefträgers gleicht.

Der junge Mann im Studentensakko gehört zu jenen unsichtbaren Exilrussen, die in der Abgeschiedenheit einer mit Büchern vollgestopften Dachkammer, wo sie mit zunehmendem Alter immer ungeselliger werden, dem Hirngespinst des Schreibens nachjagen und die ihr Leben dort beenden,

begraben unter Pyramiden von beschriebenem Papier, das kein Mensch mehr entziffern wird. Er hat einige dieser Existenzen gekannt, doch er sagte sich, daß höchstens die anderen so enden. Seine Pyramiden sollten von dem Grafen und Glücksritter erzählen, der das Haus seiner Kindheit verkaufte, und von dem Tänzer, der im Sterben den Namen seines Geliebten und Mörders rief.
Der alte Friedhofswärter zündet das Ewige Licht im Kreuz über dem Grab an, bei dem er jeden Abend seine Runde beendet. Ja, am Grabe des Verdammten, der sich aus den Fängen der »Hydra der Konterrevolution« befreien konnte. Der Mann in der Kordjacke hatte die Geschichte schon am Tag zuvor gehört, als er mit dem Alten allein war. Eine Kleinigkeit hatte ihn stutzig gemacht: Auf dem Grabstein steht der Name einer Frau. Doch er hatte nicht gewagt, danach zu fragen. Jetzt sieht er das Streichholz aufflammen und die Handflächen leuchten, die der Greis schützend um die Flamme hält, mit der er den Docht des Grablichts in der Mitte des Kreuzes entzündet. Der winzige, verglaste Fensterflügel wird wieder geschlossen, die Flamme züngelt leicht, wird ruhig. Der junge Mann zittert, so sehr erinnern ihn dieses Licht und diese im Stein geborgene Wärme an die Behaglichkeit eines Zimmers, das sich vor sehr langer Zeit in sein Gedächtnis eingegraben hat. Nur wenige Schritte trennen ihn von dem Alten.
»Können Sie mir etwas über diese Frau erzählen?«
Der Blick des alten Wärters scheint weite, düstere Ebenen zu durchmessen, nächtliche Städte, die seit langem nur noch von Schatten bevölkert sind. Man sieht ihm an, daß er verstehen möchte, mit wem er es zu tun hat: Gehört der Fragende zu den Neugierigen, die nur kommen, um zwei oder drei Anekdoten mit nach Hause zu nehmen? Oder ist er ein Flüchtling, der sich von einem Essen im Kreis der Familie davongestohlen und hier Zuflucht gesucht hat, um Atem zu

schöpfen? Oder ist er vielleicht derjenige, auf dessen Kommen zu hoffen er vor langer Zeit aufgegeben hat?
Während er langsam zur Gittertür des Eingangs geht, die seit mindestens einer Stunde geschlossen sein sollte, beginnt er zu erzählen. In seinen Worten schwingt eine ungeheure Müdigkeit mit.
»Alle wollten in ihnen nur ein Liebespaar sehen. Und im Tod dieser dubiosen Person einen Mord.«
Er hat seinen üblichen Tonfall angeschlagen: ungeschliffen, eindeutig, gleichförmig. Der Mann im Studentensakko rechnet bereits mit einer neuen Anekdote, erwägt aufzubrechen, um ein Glas Glühwein zu trinken und sich schlafen zu legen. Als hätte er geahnt, daß der junge Mann drauf und dran ist, das Weite zu suchen, schwingt sich der Alte plötzlich zu einer lauten Bemerkung auf, die beinahe wie ein Bedauern und eine Entschuldigung dafür klingt, nicht anders erzählen zu können:
»Sie sind der erste, dem ich von ihr erzähle!«

In Villiers-la-Fôret wünschten sich alle (die Männer vielleicht offenkundiger als die Frauen), es wäre ein Mord gewesen. Diese Version entsprach den unumgänglichen Klischees in der Phantasie von Leuten, die nicht viel Phantasie aufbringen, sie entsprach dem klassischen Schema eines Mordes im Affekt. Oder einfach nur der Lust, sich zwei nackte Körper vorzustellen, die zuerst in Liebe vereint waren und dann durch einen kurzen, heftigen Kampf und den Tod getrennt wurden.

Während sie in ihrer Neugier lang und breit über das Verbrechen schwatzten und die polizeiliche Untersuchung kritisierten, die nicht vorankam, glänzten die Einwohner beim Erfinden immer neuer Versionen. Tatsächlich aber richtete sich ihre Neugierde vor allem auf die Körper. Denn ihr plötzliches Erscheinen in der schläfrigen, ländlichen Ruhe von Villiers-la-Forêt mußte erst einmal angenommen, die Nacktheit der Körper, die sich geliebt oder getötet hatten, in den behäbigen Gang jener sonnigen Julitage eingefügt werden, die nach heißem Staub und dem warmen Schlamm des Flusses dufteten. Ja, für diese sanfte, ruhige Landschaft waren sie ein stürmischer Überfall: der Mann in der vom Wasser vollgesogenen Kleidung, der mit zertrümmertem Schädel am Ufer lag, und die Frau mit dem triefenden, auf-

gelösten Haar sowie der entblößten Brust, eine Frau, die reglos, wie aus Stein gehauen, neben dem Toten saß.
So war die Szene jedenfalls von einem atemlosen Zeugen dargestellt worden – dem Stotternden, den ganz Villiers »Fifi« nannte, weil er immer »Fi-fi-fi-fissen Sie …« sagte, wenn er ein Gespräch mit jemandem beginnen wollte. Diesmal war er so bestürzt, daß sein Gestotter noch länger dauerte als sonst. Die Männer auf der Terrasse des Café Royal starrten ihn mit nachsichtigem Lächeln an, und die jüngsten parodierten ihn. Die Anstrengung und das Hohngelächter trieben ihm Tränen in die Augen. Wegen dieser Empfindlichkeit, die zu seinem mangelhaften Sprechvermögen noch hinzukam, galt er als schlichtes Gemüt. Für einen Moment gelang es ihm, dem Würgegriff der »Fi-fi-fis« zu entkommen, um auf die beiden Körper am Ufer des Flusses aufmerksam zu machen. Sein gequälter Gesichtsausdruck überzeugte die Männer schließlich. Sie standen auf und folgten ihm, wie man einem bellenden Hund folgt, der verzweifelt versucht, durch sein Gebell verständlich zu machen, wie wichtig sein Anliegen ist.
Auf dem Uferweg waren sie einige Minuten wie geblendet. Alles um sie erstrahlte im Licht dieses schönen Sommernachmittags. In der Hitze hüllte der Dunst das Weidengestrüpp in milchiges, mattes Licht. Das Wasser schillerte ohne Glanz und plätscherte unter den winzigen Überhängen der Grasbüschel, die an manchen Stellen in den Flußlauf ragten. Bei diesem gedämpften, einschläfernden Geräusch hätte man sich am liebsten in die Wiese gelegt und nebenbei dem Gezwitscher der Vögel gelauscht oder dem fernen Krähen der Hähne, das, wie um den sommerlichen Raum zu ermessen, bis hierher drang. Hundert Meter weiter warf ein Angler seine Angel aus. Noch weiter vorne am Fluß sah man das Gebäude der alten Bierbrauerei, die von Hopfengirlanden umwuchert war. Auf einer Ebene im Hintergrund häuften

sich zum Horizont hin die ersten Häuser der Unterstadt und darüber, in vertrauter Abstufung, die Dächer der Oberstadt – man sah als dunklen Punkt die Kirchturmspitze, das überquellende Grün der Platanen vor dem Bahnhof und die Kurve der Straße nach Paris.

Man wußte nicht, wie die Leute es erfahren hatten, die nun herbeikamen und sich mit einem flüchtigen Kopfnicken grüßten. Die Menge aus Nachbarn, Bekannten und Verwandten war vor dem unfaßbaren Bild erstarrt: Ein Mann lag mit offenem Mund und glasigen Augen auf dem Boden, seinen kahlen Schädel zierte eine lange braune Spur. Neben ihm auf einem großen, wurmzerfressenen Baumstumpf, den der Fluß zurück ans Ufer gespült hatte, saß ohne jede Scham eine Frau von solcher Schönheit, daß der Anblick schmerzte. Das fühlten übrigens alle, die dort am Ufer standen. Der Anblick verursachte ein Unbehagen, als wäre eine Wimper unter das Lid gerutscht, so daß man alles wie durch einen Schleier sah. Den toten Mann, den man nicht anzurühren wagte, bevor die Polizei eintraf, die Frau, deren Brüste kaum verhüllt wurden von den wenigen Stoffetzen, die sie noch am Leib hatte – zwei Außerirdische, die an diesem Sommertag des Jahres 1947 hier gestrandet waren, in jenem Sommer, als alle Zeitungen »die ersten wirklichen Ferien seit Kriegsende« begrüßt hatten.

Schließlich wurde der Zauber, den dieses betretene Schweigen hatte, durch eine Geste gebrochen: Eine alte Dame bückte sich und entfernte einen langen, dünnen Algenstengel, der auf der Stirn des Toten klebte. Mit einem Zischen entlud sich die angestaute Wut der Menge: Nichts durfte vor Eintreffen der Polizei berührt oder verändert werden! Erst in diesem Augenblick ging ihnen auf, wie unvorbereitet dieser Zwischenfall sie traf. In einem Roman, dachten viele unter ihnen, wäre alles sehr viel schneller aufgeklärt worden. Die banale Wirklichkeit an diesem Julitag bestand allerdings aus einer langen Warterei, die auf unbegreifliche Weise jedes zumutbare Maß überstieg. Da waren der Algenstengel und das Hemd, das am Körper des Opfers bereits getrocknet war, dann die Grüppchen, die sich bildeten, die Worte, die noch bedeutungsloser waren als sonst, die Tränen Fi-fis und die immer unverfroreneren Blicke der Männer auf die halb entblößten Brüste der versteinerten Frau. Schließlich noch die Silhouette des Briefträgers, den man in der Ferne mit seinem Fahrrad sehen konnte, wenn es einem gelang, die Augen von dem Toten abzuwenden, der die Blicke wie ein Magnet anzog und dessen Gesicht von kleinen Wasserlinsen bedeckt war. Da war also diese widerwärtige Biederkeit des wirklichen Lebens, das sich keinen Deut um die wirkungsvollen Verwicklungen eines Romans kümmerte, ja, das diese häufig nur verpfuschte durch seinen langsamen und schwerfälligen Gang.

Selbst bei der Identifikation des Paares machte sich das Gewicht der Wirklichkeit bemerkbar. »Diese Frau habe ich doch wer weiß wie oft gesehen!« murmelten viele. »Ja, natürlich, wenn ich es Ihnen doch sage, es ist die Bibliothekarin aus dem Altenheim der Russen, Sie wissen doch ... Ja, sie ist erst kurz vor dem Krieg nach Villiers gekommen, viel später als die anderen.«

Und in dem Mann erkannten sie den russischen Rentner, den man manchmal in einem kleinen Garten an einem Hang beim Fluß sehen konnte, wo er sich über sein Gemüse beugte. Er war kein redseliger Mensch und blieb immer unauffällig. Sein Mund stand jetzt weit offen, als wollte das Leben ihn und seinen schweigsamen Charakter ein letztes Mal verhöhnen.

Einige Russen, die sich unter die Menge gemischt hatten, wollten ebenfalls zu ihrer Personenbeschreibung beitragen. So kam mit dem Geflüster, das sich von einer Gruppe zur nächsten fortsetzte, der Name Olga Arbelina ins Gespräch.

Dann der Name Sergej Goletz, ergänzt durch Bemerkungen wie: die Fürstin Arbelina, oder: ein ehemaliger Offizier der Weißen. Aber diese näheren Hinweise auf das Leben der beiden hatten für die Franzosen denselben altmodischen Klang wie die Titel eines Grafen oder einer Comtesse in irgendeinem längst vergessenen, romantischen Theaterstück. Viel mehr Aufmerksamkeit widmeten sie dem jungen Angler: Er kam mit dem Schuh herbeigelaufen, den Goletz am linken Fuß verloren hatte. Freilich wußte niemand, was man mit dem Schuh anfangen sollte. Wie zuvor hörte man das warme Wasser plätschern und in der Ferne die Hähne krähen. Ohne sie aussprechen zu können, überkam manchen eine bestürzende Vorstellung: Was wäre, wenn ich hier mit offenem Mund auf dem Boden läge, und nicht dieser arme Russe? Wenn mich sein Tod ereilt hätte? Es würde nichts ändern, weder an der Sonne noch am Gras, noch am Leben all der Leute oder an ihrem Sonntagsspaziergang. Daß auch nach dem Tod die Sonne schiene, daß es heiß wäre und nach Binsen und Algen röche, schien beängstigender zu sein als jede Hölle. Allerdings wagten es nur wenige, solche Gedanken zu Ende zu denken. Und endlich traf auch die Polizei ein.

Mit Beginn der polizeilichen Ermittlungen verschwand das Unbehagen der Einwohner von Villiers-la-Forêt über das Drama, das sich an diesem allzu strahlend hellen Tag am Flußufer ereignet hatte. Denn nun konnten sie sich alle der Rekonstruktion des Geschehens widmen. Dabei folgten sie nicht der Richtung, für die sich der Untersuchungsrichter entschieden hatte, sondern schlugen die entgegengesetzte ein. Er wollte herausfinden, ob es sich um ein Verbrechen handelte oder nicht. Für sie stand der Mordfall außer Zweifel. Ihnen blieb also nichts weiter zu tun, als den Mann und die Frau, die sie dank Fi-fi an diesem Julisonntag entdeckt hatten, zu einem Liebespaar zu vereinen. Gerade an den

Schwierigkeiten dieser Verbindung der Herzen und der Körper entzündeten sich die Geister in Villiers. Denn wie bei gewissen Eheleuten stellte sich die Frage: »Was brachte die beiden nur zusammen?« Es war kaum möglich, sich eine Begegnung zwischen zwei ungleicheren Naturen vorzustellen.

Sie waren schon von ihrer Konstitution her, wie auch in ihren Blicken und ihrem Gesichtsausdruck, so gegensätzlich wie zwei Teile eines Mosaiks, die überhaupt nicht zusammenpassen und die das Bild sprengen würden, wenn man sie nebeneinander zwänge. Sie: eine große, schöne Frau von sechsundvierzig Jahren mit vollem, leicht aschenem Haar und Gesichtszügen, deren Regelmäßigkeit an Kameen heranreichte, so daß sie kühl und unbeteiligt wirkte. Er: ein Mann von vierundsechzig Jahren mit breitem Gesicht, auf dem eine zufriedene Heiterkeit lag, mit kahlem Schädel, der in leuchtendem Braun glänzte, und einem Blick voller Selbstzufriedenheit, ein stämmiger, untersetzter Mann mit kurzen, dicken Unterarmen und breiten, gelblichen Fingernägeln.

Dazu mußte man sie sich noch gemeinsam in einem Boot vorstellen, und zwar in der prallen Sonne mitten auf dem Fluß (eine Tatsache, die durch die polizeilichen Ermittlungen ans Licht gebracht werden sollte). Man mußte sie also zu dieser unvorstellbaren amourösen Bootsfahrt vereinen, sie am Ufer anlegen und sich hinter dem Weidengestrüpp ins Gras setzen lassen. Man mußte sich vorstellen, daß der Mann eine große Weinflasche abstellte, die er zum Schutz vor der Hitze unter der Holzbank des Boots verstaut hatte, wo das Wasser über den alten Planken stand. Eine Stunde später stiegen sie wieder ins Boot und trieben, da sie die Ruder losgelassen hatten, zu jener verhängnisvollen Stelle bei der zerstörten Brücke, wo sich das Drama ereignete, jener Stelle, wo die Frau ihren verworrenen Aussagen nach den

Tod ihres Begleiters verursacht hatte, oder wo dieser nach der Version, der man bei der richterlichen Untersuchung den Vorzug gab, seiner Ungeschicklichkeit, dem Alkohol und dem unglücklichen Zusammenstoß mit einem Brückenpfeiler zum Opfer gefallen und ertrunken war.

Jedes Verbrechen aus Leidenschaft fördert bei unbeteiligten Zuschauern ein verborgenes theatralisches Interesse zutage. Nachdem sich die erste Verblüffung gelegt hatte, entdeckten die Einwohner von Villiers-la-Forêt die unterhaltsame Seite der Tat, deren Reiz es hinter ernsten Mienen zu verbergen galt, und sie widmeten sich voll und ganz diesem Zeitvertreib. Die Langeweile ihres Alltags war sicher eine Ursache dafür, aber auch der weitere Verlauf der Ermittlungen trug dazu bei. Zeugenvernehmungen, Gegenüberstellungen, Durchsuchungen, Beschlagnahmungen – allein der Gebrauch dieser Begriffe in den endlos langen Diskussionen bot jedem von ihnen eine neue, unverhoffte Rolle, in der jeder aus seiner Rolle als Bäcker, Lehrer oder Apotheker gerissen wurde. Insbesondere der Apotheker (der keine Arbeit mehr hatte, seit seine Apotheke bei einer irrtümlichen Bombardierung der Alliierten zerstört worden war) redete nur noch in einer Sprache, die halb aus der Rechtsprechung, halb aus dem Kriminalroman stammte, als ob das Gefallen an lateinischen Wortstämmen wieder in ihm erwacht wäre.
Auch die Tatsache, daß sie ihre Aussagen unter Eid machen mußten, war von nicht unbeträchtlicher Bedeutung. Sie war jedenfalls so wichtig, daß der Junge, der zum Zeitpunkt des Dramas am Fluß angelte, vor dem Untersuchungsrichter um jeden Preis die Formel »die Wahrheit und nichts als die Wahrheit« wiederholen wollte, obwohl ihn seine Jugend von diesem Eid entband.
Ob Unfall oder Verbrechen, der Tod von Goletz war für die Bürger von Villiers schnell zum unerschöpflichen Ge-

sprächsstoff geworden, denn dank der fortschreitenden Untersuchung des Falls gab es immer Neues zu bereden. Vor allem aber war es ein Thema, das alle gleichermaßen beschäftigte, das die unsichtbare Grenze zwischen Oberstadt und Unterstadt aufhob, das Gruppen öffnete, die sich früher abschotteten, und das es Unbekannten auf wunderbare Weise leichter machte, sich kennenzulernen. Das ganze Brodeln in der Stadt beruhte eigentlich auf wenigen Tatsachen. Da Villiers-la-Forêt eine typische Kleinstadt war, in der nichts verborgen blieb, erfuhr bald jeder, daß die Hausdurchsuchung bei Goletz nichts weiter zutage gebracht hatte als eine kleine Pistole mit einer einzigen Kugel im Magazin, einer Sammlung von »Fliegen« (einige meinten irrtümlich, es handle sich dabei um eine Insektensammlung) und kleine Zettel mit kurzen, handschriftlichen Notizen zu den Fahrten einer unbekannten Person nach Paris. Nie zuvor war Fürstin Arbelina in Begleitung dieses Mannes gesehen worden. Ein Zeuge hatte allerdings beobachtet, wie sie gemeinsam die lange Schießbude betraten, eine der wenigen Vergnügungen im großen Park der Oberstadt. Doch dieser Besuch, wandten andere ein, hatte erst kurz vor dem Bootsausflug stattgefunden. Folglich mußten sie sich innerhalb weniger Stunden näher gekommen sein. Aber mit welchen Gesten hatten sie zueinander gefunden, mit welchen Worten hatte er sie (oder sie ihn?) angesprochen?
Die angebliche Verabredung bei der Schießbude, die Fliegensammlung, die so wenig zum Bild des Rentners passen wollte, der sein Gemüse gießt, die seltenen Besuche eines geheimnisvollen »Pariser Freundes« bei der Heldin des Dramas – ein paar Einzelheiten, die bei den Ermittlungen der Polizei durchgesickert waren, kamen noch dazu –, diese mageren Hinweise entpuppten sich als ausreichend, um eine endlose Lawine von Versionen, Hypothesen, Mutmaßungen auszulösen. Die vielen erregten Stimmen, die nicht mehr

versiegen wollten, vermengten sich zu einem Gestrüpp von Wahrheiten, Erdichtetem und Absurditäten, wie man sie höchstens im Laufe des verbalen Feuerwerks vorzubringen wagt, das jedem aufsehenerregenden Verbrechen in einem Provinznest folgt.

In diesen Monaten versuchte sich in Villiers-la-Forêt jedermann als Erzähler und Detektiv. Da sie in aller Munde waren, erlebten die Schattengestalten des Mannes und der Frau ihren letzten Nachmittag im Boot täglich aufs Neue. Die Leute sprachen darüber in der Warteschlange vor der Bäckerei, auf der Terrasse des Café Royal, auf dem staubigen Bouleplatz oder im Vorortzug auf der Fahrt nach Paris, die eine Stunde dauerte. Sie lauerten auf jeden neuen Hinweis, auf jede vertrauliche Information, damit ihr Bild vom Verbrechen dem ihres Nachbarn in nichts nachstand.

Dann entdeckten sie einige Tage nach dem Ereignis einen Artikel in einer Pariser Zeitung. Alles in allem waren es nur zwei schmale Spalten, aber umgeben von Artikeln, die einen schwindlig machten. Der Bericht über den tragischen Vorfall stand zwischen einer Reportage über die Verlobung von Prinzessin Elisabeth und einer kurzen Meldung: »Komplott gegen die Regierung aufgedeckt. Graf von Merwels und Graf von Vulpian stehen unter Anklage.« Noch nie hatten die Bürger Villiers' das Gefühl, dem Puls der Zeit so nahe zu sein und am Weltgeschehen teilzunehmen. Der Artikel über das unerwartete Drama, das sich in ihrer Stadt abgespielt hatte, endete mit der Feststellung: »Bei den polizeilichen Ermittlungen muß nun herausgefunden werden, ob es sich um einen gewöhnlichen Unfall oder um ein geplantes und geschickt ausgeführtes Verbrechen handelt, eine Hypothese, von der die Bewohner Villiers-la-Forêts längst überzeugt zu sein scheinen.«

Das Drama am Fluß veränderte sogar einige sehr alte Gewohnheiten. Wer abends gerne die Uferböschung entlanggeschlendert war, ging nun ein Stück weiter spazieren bis zu jener Lichtung zwischen den Weiden, auf der das verhängnisvolle Rendezvous stattgefunden hatte. Die Halbwüchsigen gaben ihre traditionelle Badestelle auf und wurden nicht müde, an der Stelle zu tauchen, wo Goletz ertrunken war, in der Hoffnung, seine schwere goldene Taschenuhr zu finden, ein seltenes Stück mit einem Doppeladler auf dem Deckel.

Das Fieber der Nachforschungen hatte alle ergriffen. Indessen rekonstruierte jede der beiden Bevölkerungsgruppen von Villiers-la-Forêt, Franzosen und Russen, eine ganz andere Geschichte.

Für die Franzosen bedeutete das Abenteuer des seltsamen Paares vor allem den eigentlichen Beginn der Nachkriegszeit. Wenn man tatsächlich wieder in einem alten Boot den Fluß hinunterfahren konnte mit einer Frau im Arm und einer Flasche Wein unter der Sitzbank, mußte die Zeit des Friedens endgültig zurückgekehrt sein. Der tödliche Ausgang der Bootsfahrt konnte diesen Eindruck nur bestätigen. Denn ein kurzer Artikel darüber in einer Pariser Zeitung hatte es zum erstenmal geschafft, mit der Rubrik »Säuberungen« zu konkurrieren, in der von Ausgabe zu Ausgabe über die Aufdekkung von Kollaborateuren und häufig über Todesurteile berichtet wurde. Aus derselben Ausgabe erfuhr man auch vom Start der Tour de France 47, der ersten seit Kriegsbeginn.

Auch die Russen sahen im Tod von Goletz ein sozusagen historisches Ereignis. Alle Russen, die an diesem Julinachmittag den im Gras liegenden Mann und seine Begleiterin mit den Augen verschlungen hatten, die in dem nassen, dünnen Stoff, der an ihr klebte, fast nackt aussah, alle russischen Einwohner der Unterstadt spürten nahezu körperlich, daß der geruhsame, vorhersehbare Lauf der Dinge dort am Ufer

zerschellt war. Ja, sie spürten, daß ihre persönliche Geschichte von nun an ein Vorher und ein Nachher haben würde.
Der Beginn dieser Zeitläufte ging zurück auf die Revolution, den Bürgerkrieg, die Flucht durch das von den Bolschewisten in Brand gesteckte Rußland. Dann kam für sie die Epoche, als sie in Paris oder Nizza ansässig wurden, und manche auch in der schläfrigen Einöde von Villiers-la-Forêt. Später, 1924, fiel die furchtbare Entscheidung der Franzosen, das Sowjetregime anzuerkennen. Das Jahr 1932 war noch schlimmer: Präsident Paul Doumer fiel einem Attentat des russischen Emigranten Pawel Gorgulow zum Opfer! Einige Wochen lang lebte die gesamte russische Einwohnerschaft der Stadt in Angst vor Vergeltungsmaßnahmen. Dann brach der Krieg aus, und so paradox es war, in den Augen der Franzosen rehabilitierte dieser Krieg sie in gewisser Weise, da die Bolschewisten Hitler schließlich besiegten. Das allerletzte Ereignis in dieser Chronologie war die unfaßliche Beziehung zwischen Fürstin Arbelina und dem lächerlichen Goletz.
Diese Frau nahm schon allein dadurch einen Platz in der russischen Geschichte von Villiers-la-Forêt ein, daß sie sich im Frühjahr 1939 dort niedergelassen hatte. Vom ersten Tag an warteten die Emigranten auf die sagenhafte Veränderung in ihrem Leben, die eine echte Fürstin unweigerlich hervorrufen müßte. Sie wußten bereits, daß Olga Arbelina aus einer der berühmtesten Familien Rußlands stammte und den Namen ihres Ehegatten führte, eines gewissen georgischen Fürsten, der sich kurz zuvor von ihr getrennt und sie und ihr gemeinsames Kind mittellos im Stich gelassen hatte. Sie in ihrem Kreis aufzunehmen, bot den aus bescheidenen Verhältnissen stammenden Russen die Gelegenheit, es der von ihren Titeln und sich selbst eingenommenen, arroganten und geschlossenen Pariser Diaspora einmal richtig zu zeigen. Einen Moment lang träumten sie davon, in einem schönen

Melodram mitzuwirken, *Fürstin im Exil* ... Aber diese Fürstin war zweifellos eine miserable Schauspielerin. Sie schien unter ihrer Verbannung nach Villiers gar nicht zu leiden, lebte genauso ärmlich wie sie selbst und behandelte sie mit enttäuschender Natürlichkeit. Man hätte sie lieber hochnäsig gehabt, hätte ihr den Dünkel ihrer Kaste verziehen, und man wäre bereit gewesen, ihren Abscheu vor den neuen Herren Rußlands zu teilen! Doch sie blieb auch auf diesem Gebiet äußerst zurückhaltend und soll sogar eines Tages zur großen Entrüstung der alten russischen Heimbewohner behauptet haben: »Die Idee der Revolution ist weniger im Schlamm der Armenviertel entstanden als im Morast der Paläste.«

Es kam eine noch größere Enttäuschung auf sie zu: die Krankheit ihres Kindes. Oder vielmehr wiederum die Gelassenheit, mit der die Fürstin sie hinnahm. Der Junge litt an der Bluterkrankheit, und das Wort Hämophilie hatte in den Erinnerungen der russischen Kolonie den Schatten des unglücklichen Zarewitsch heraufbeschworen. Alle suchten nach dem verborgenen Glied in der dynastischen Abkunft. Die Heimbewohner zählten Name für Name sämtliche Nachkommen von Königin Viktoria auf, die für die Einführung dieser Geißel in so vielen Fürstenhäusern verantwortlich war. Man wartete auf das tragische Ende und dichtete Fürstin Arbelina bereits die Trauer einer untröstlichen Mutter an. Doch als einmal jene britische Linie unter größter Vorsicht (mit der angestrengten Vorsicht, die schlimmer ist als jede Taktlosigkeit) erwähnt worden war, hatte Olga beinahe lachend geantwortet: »Nein, nein, diesen Schatz hatten wir uns schon zugelegt, bevor die Königin zu uns kam.« Außerdem schien die Krankheit ihres Jungen bei weitem nicht so schlimm zu sein wie das Übel, das den Zarensohn gequält hatte. Der Junge zeigte nämlich kein besonderes Leiden, und er sprach so wenig, daß man ihn leicht für stumm hätte halten können.

So hatte sich das Wunder, auf das sie alle warteten, auf die beträchliche Erweiterung der Bibliothek beschränkt, die von der Fürstin geführt wurde. Und auf die Eberesche, die sie vor der Treppe zu jenem seltsamen Haus gepflanzt hatte, in dem sie als einzige bereit war zu wohnen, einem langen Schuppen aus rotem Ziegelstein, der an das Brauereigebäude gebaut war, das die Emigranten zu Beginn der zwanziger Jahre bezogen hatten, und in dem man neben Wohnungen ein Altenheim, eine Kantine, einen Lesesaal und mehr eingerichtet hatte. Ja, sie hatte die Bewohner furchtbar enttäuscht!
Doch keine dieser Enttäuschungen konnte an die letzte heranreichen: dieses Rendezvous, das ihnen wie aus einer Schmierenkomödie vorkam. Das Rendezvous mit … An der Stelle erinnerte sich jemand, daß sich Goletz einst als Schinder verdingt hatte. Mit diesem Schinder also, der, zweifellos, um sich über sie lustig zu machen, auch noch so dumm war zu ertrinken!

So weit die Bürger von Villiers ihre Mutmaßungen auch vorangetrieben hatten, es mangelte offensichtlich an den Feinheiten. Die Nähe des Todes verwischt die wimmelnden Einzelheiten, und die Menschen behalten nur die allgemeinen Umrisse in Erinnerung. So war Goletz mal »ein russischer Rentner ohne Vergangenheit«, mal »dieser Schinder« und manchmal »der ehemalige Offizier«. Vom Freund der Fürstin (angeblich hatte man einen Brief gefunden, der mit L. M. gezeichnet war) hieß es, er sei ein bekannter Dichter und Journalist, der jedoch Angst vor seiner Ehefrau und vor dem Klatsch in Pariser Emigrantenkreisen habe. Und von ihrem Ehegatten, er sei »ein Lebemann, wie er im Buche steht, ein georgischer Don Juan und Held wider Willen«. Wie ein gewaltiger Scheinwerfer warf der Tod sein Licht auf diese drei Männer, so daß sich ihre vereinfachten Profile abzeichneten, die alles in allem aber vielleicht recht zutreffend waren: der

Ehemann, der Geliebte und sein Nachfolger, wie die Amateurdetektive von Villiers-la-Forêt sie nannten.
Bei den polizeilichen Ermittlungen mußte man die Dienste eines russischen Dolmetschers in Anspruch nehmen. Höchstwahrscheinlich ließ er einige Informationen durchsickern, die von den Einwohnern der Stadt alsbald in ihre phantastischen Geschichten eingearbeitet wurden. Diese nicht gerade neuen Informationen schienen sehr plausibel zu sein, und sie wurden es noch mehr, nachdem die Ermittlungen abgeschlossen waren. Eine Aussage wurde häufiger als die anderen erwähnt. Um ihren authentischen Charakter zu bewahren, erzählte man sie sich, indem man das Gespräch wörtlich wiedergab:
»Sie behaupten also, Sie hätten den Tod von Herrn Goletz immer gewünscht?«
»Ja, ich wollte nicht, daß ein Mann wie er am Leben bliebe.«
»Können Sie uns sagen, wann Sie auf den Gedanken gekommen sind, ihn zu töten?«
»Das war an dem Abend, als er mich gezwungen hat, mit ihm im Park spazierenzugehen.«
»Wie konnte er Sie dazu zwingen?«
»Er wußte, daß ich ihm gehorchen würde.«
An dieser Stelle sprudelte es Versionen in allen Richtungen, und für die geheimnisvolle Abhängigkeit Olga Arbelinas von Goletz wurden alle nur erdenklichen Gründe vorgebracht.
Bei den leidenschaftlichen Diskussionen im Café Royal oder unter den Pappeln des Marktplatzes kam es allerdings auch vor, daß jemand einer völlig aberwitzigen Lüge Geltung verschaffen wollte. Einem dieser Fälscher zufolge soll die russische Fürstin ihre Beziehung zu dem Schinder auf sibyllinische Weise beschrieben haben: »Dieser Mann vereinte alle Häßlichkeit der Welt auf sich. Ich hingegen lebte noch in der Schönheit des letzten Winters. Ich sah noch den Ab-

druck einer Hand zwischen den Eisblumen auf der Fensterscheibe.«

Am meisten überraschte an dieser ganz bestimmt erdichteten Aussage jedoch, wie sehr auch sie zu vernünftigen Vermutungen führte. Wer mochte diesen Abdruck wohl hinterlassen haben? Der Geliebte aus Paris, jener zweifelhafte L. M.? Oder ein Unbekannter, über dessen Leben die Ermittlungsbeamten nichts in Erfahrung bringen konnten? Die Leser der russischen Bibliothek hingegen deuteten diese seltsamen Worte als Anzeichen des Wahnsinns. »Ach, wissen Sie«, erklärten die Bewohner des Altenheims, »die Fürstin war schon seit einiger Zeit nicht mehr ganz richtig im Kopf!«

In den verschiedenen Strängen persönlicher Deutungsversuche gab es dennoch einen Gegenstand, der alle Einwohner von Villiers-la-Forêt, Franzosen ebenso wie Russen, gleichermaßen aufhorchen ließ: Da die beiden Protagonisten des Dramas äußerlich so wenig zueinander paßten, konnte man sich unmöglich vorstellen, wie sie die körperliche Vereinigung vollzogen. Ein solcher, für viele beinahe widernatürlicher Liebesakt führte insbesondere bei Gesprächen unter Männern zu der beunruhigenden Frage, die bald die ganze Stadt beschäftigte: »Wie war es nur möglich, daß sie sich ihm hingegeben hat?« So lautete zumindest die geläuterte Version dessen, was in Wirklichkeit gesagt wurde.

Sich die Fürstin in den Armen dieses untersetzten, kahlköpfigen und grobschlächtigen Russen vorzustellen, bot den Männern von Villiers-la-Forêt die Möglichkeit, sich in gewisser Weise an dieser Frau zu rächen. Die meisten unter ihnen empfanden ein eifersüchtiges Bedauern: Wenn dieser Muschik ihr mit solchem Erfolg den Hof gemacht hatte, mußte es sehr leicht gewesen sein, dieses weibliche Wesen mit dem statuenhaften Körper anzusprechen! Am erbittertsten darüber waren offensichtlich diejenigen, die das Alter der Frau ins Spiel brachten: sechsundvierzig Jahre. Damit rückten sie

diese endgültig unerreichbar gewordene Frau in die Nähe eines Alters, in der eine Frau kein Begehren mehr hervorruft. Männer können unerbittlich sein mit einer Frau, deren Körper sie nicht besessen haben, insbesondere, wenn es an eigener Feigheit gelegen hat.
Nachdem der männliche Stolz wieder etwas in den Hintergrund getreten war, kehrte die wesentliche Frage ins Bewußtsein der Bewohner zurück: »Durch welche Laune des Schicksals hatten die beiden letztlich zueinander finden können?«

Aufgrund der ständigen Wiederholungen ist das Drehbuch zum Drama schließlich in maximenhaft knappen Sätzen erstarrt. Dies zeigte sich unter anderem an den Worten, die Gerüchten zufolge vom Untersuchungsrichter stammten: »Zum ersten Mal in meinem Leben muß ich jemanden davon überzeugen, daß er nicht getötet hat.« In derselben aphoristischen Kürze berichtete ein anderes Fragment von der Antwort, die der Richter dem Dolmetscher gab. Letzterer fragte verwundert: »Glauben Sie denn nicht, daß sie sich dieses Verbrechens bezichtigt, um ein anderes zu verbergen?« Die Antwort des Richters war eindeutig:
»Ein Mörder tritt eine Schaufensterscheibe ein, gesteht und geht ins Gefängnis, um nicht mit dem Mord in Verbindung gebracht zu werden. Aber man gesteht keinen Mord, um zu verschleiern, daß man eine Schaufensterscheibe eingetreten hat.«

So und nicht anders stellte man sich während der Sommermonate die Geschichte in Villiers-la-Forêt vor. Die wenigen, die in den Ferien wegfuhren, konnten damit rechnen, gleich bei ihrer Rückkehr von ihren Nachbarn mit neuen Einzelheiten und seltsamen Enthüllungen versorgt zu werden. Das vielstimmige Spiel hob von neuem und noch lauter an.

Erst mit großer Verspätung, zu Beginn des Herbstes, erreichte diese verblüffende Nachricht die Bevölkerung: Schon seit geraumer Zeit war das Verfahren auf richterlichen Beschluß eingestellt worden. So hatte es ein Ende mit der Geschichte vom russischen Liebespaar. Erst jetzt bemerkten sie, daß das Haus von Fürstin Arbelina leer stand und daß man weder sie noch ihren Sohn in letzter Zeit gesehen hatte.
Ja, der Vorhang war gerade in dem Moment gefallen, als die Bühnenbilder immer mehr Gestalt annahmen, als sie der Wahrheit so nahe kamen!
Die Bürger Villiers' konnten ihre Enttäuschung nur schlecht verbergen. Sie hatten sich bereits an die angenehme, aufgeheizte Atmosphäre gewöhnt, die durch die Liebe und den Tod eines russischen Schinders über die Stadt gekommen war. Vor allem trauerten sie, oft ohne sich dessen bewußt zu sein, dem verborgenen Leben nach, das die an der Unglücksfahrt mit den alten Boot Beteiligten vor ihnen ausbreiteten. Dabei hatte sich herausgestellt, daß sich in ihrem glanzlosen Marktflecken auch ein ganz anderes Leben abspielen konnte, ein Leben, das von Leidenschaften hin- und hergerissen, das verbrecherisch und voller Wechselfälle war. Unvorhersehbar. In dem ein unbedeutender Rentner, um welchen Preis auch immer, eine ungeheuer schöne Frau umgarnen konnte und sie sich aus unerfindlichen Gründen von ihm verführen ließ. Ein Leben, das untergründig war, frei, voller Verheißungen und Versuchungen. So jedenfalls stellte sich die aufsehenerregende Liaison zwischen der Fürstin und dem Schinder den meisten Bewohnern dar.

Das erstaunlichste Ereignis geschah allerdings ein wenig später, als sich die ersten Nebel am frühen Morgen in die Unterstadt ausbreiteten. Eines Tages hatten alle wie durch einen Zauber das Drama im Boot, die auf der Böschung sit-

zende Frau und den auf der Wiese liegenden Ertrunkenen vergessen. Als hätte es sie nie gegeben!
In Villiers unterhielt man sich über die Stromabschaltungen, die auf die Minute genau in den Zeitungen angekündigt wurden, über die Fleischknappheit, über die Hochzeit von Prinzessin Elisabeth, über die Schauspieler in *Die besten Jahre unseres Lebens* … Wer von ihnen aber auf die Idee gekommen wäre, an den Zwischenfall im letzten Sommer zu erinnern, hätte sich einer unverzeihlichen Taktlosigkeit schuldig gemacht, wie jemand, der zum x-ten Mal denselben Witz erzählt, über den schon längst niemand mehr lachen kann.
Bald darauf überschwemmten die herbstlichen Hochwasserfluten den Ort der tragischen Zusammenkunft und das Ufer, wo der Mann und die Frau unter den Augen der Zuschauer in ihren unfreiwillig theatralischen Haltungen erstarrt waren. Das Boot, dessen Bordwand die Bürger Villiers' gerne an der Stelle befühlten, wo der Zusammenstoß eine tiefe Einkerbung hinterlassen hatte, lag nun bei den anderen verrotteten, alten Kähnen, und seine schreckliche Einzigartigkeit verlor sich unter den abgeblätterten Rümpfen und verblaßte im Dunst.
Die Weite der überschwemmten Wiesen war so trostlos, und die gemarterten Erlenzweige fröstelten so sehr, daß es in Villiers-la-Forêt niemandem mehr in den Sinn kam nachzuforschen, welche Art von Liebe oder Haß die beiden sonderbaren russischen Sommerfrischler an diesem Ufer zusammengebracht hatte.

Es ist Nacht geworden. Der alte Friedhofswärter schweigt schon eine Weile. Seine Hand ruht auf der Klinke des Friedhofstors, und er wartet darauf, daß der Mann im Studentensakko hinausgeht. Doch der scheint die Geste nicht zu bemerken. Vor seinen starren Augen zieht eine Flut von Gestalten, Plätzen, Tagen und Fratzen verzerrten Gesichtern vorüber.

Die Geschichte ist ihm in schlichten Worten erzählt worden wie zuvor die Anekdoten: ein Mann, eine Frau, ihre unerklärliche Verbindung, ein Toter, vielleicht ein Mord. Dann das Vergessen. Trotzdem hat dieser letzte Besucher den Algenstengel an der Stirn des Ertrunkenen erkennen können. Er hat erraten, daß dieser leblose Körper den Düften des Sommers und dem Brummen der Insekten im Gras der Böschung eine besondere Intensität gab. Er hat gehört, was sich die Neugierigen zuflüsterten. Und er hat den wohligen Schauer gespürt, mit dem sie später ihre Finger über die Kerbe an der Bordwand des Kahns gleiten ließen.

Wie gebannt richtet er seinen Blick auf die erahnte Welt und lauscht und meint, noch immer die eigenartig stockende Stimme der Frau zu vernehmen, die dem Richter antwortete. Jetzt glaubt er sogar, Fi-fis Gestotter zu verstehen.

Der Alte zieht einen schweren Schlüsselbund hervor und schüttelt ihn. Sein Gegenüber hört es nicht. Er ist allein mit

seiner Phantasie in der Nacht: »Sehen, was die anderen nicht sehen, nicht sehen wollen, nicht sehen können, wovor sie Angst haben, es zu sehen – wie alle Besucher des Friedhofs, die seit einer Ewigkeit an diesem Greis vorüberziehen. Ja, zu erahnen, daß das Kleid der Frau, die dort am Ufer saß, daß dieses im Laufe eines kurzen, entsetzlichen Kampfes zerrissene Kleid beim Trocknen die Durchsichtigkeit des nassen Stoffes allmählich verlor und ihren Körper wieder verhüllte. Und zu sehen, daß der Stoff dem Blick immer weniger preisgibt, heißt bereits, in dieser Frau zu leben ...«
Der Alte zieht langsam das Tor zu, dreht den Schlüssel im Schloß um. Beide bleiben auf dem Friedhof.
»Хотите чаю?«
Die Einladung zum Tee scheint den Mann in der Kordjacke aus seinen Gedanken zu reißen. Er willigt ein. Während er neben dem Alten über den Friedhof geht, bemerkt er die vielen Grablichter an den Kreuzen, die hinter winzigen Glasfenstern brennen wie Sterne in der Nacht. Von weitem sieht auch das erleuchtete Fenster im Haus des Friedhofswärters aus wie ein Grablicht, das immer größer wird, je näher sie kommen. Und als sie ins Haus treten, werden sie von dem weichen und grellen Licht empfangen wie von einer Kerzenflamme, in die man lange Zeit hineinstarrt.

II

Sie wußte, daß der Schmerz, ob körperlich oder psychisch, zu einem großen Teil von unserer Auflehnung gegen ihn herrührt, von unserem Erschrecken und unserer Weigerung, ihn hinzunehmen. Um nicht zu leiden, griff sie immer zum selben Trick: Sie erstellte Listen. Ja, man konnte den Schmerz überwinden, wenn man mit möglichst großer Gleichgültigkeit alle Gegenstände und Personen erfaßte, die zu sehen waren. Wenn man sie einfach benannte, einen nach dem anderen, bis das Denken vor ihnen verstummte. Wie jetzt, wo sie alles aufzählte, angefangen bei den zugezogenen Vorhängen, die an den Rändern mit einem halben Dutzend Wäscheklammern zusammengehalten wurden. Diese dunklen Vorhänge, dann die Zimmerdecke, die von einer Lampe auf einem Stuhl indirekt beleuchtet wurde. Und an der Zimmerdecke, aber auch an der Wand, ihre beiden kantigen, dunklen Schatten, die sich mit scharfen Umrissen abzeichneten: Der eine war ein großes M, das von den angewinkelten Beinen einer auf dem Rücken liegenden Frau gebildet wurde, der andere, der immer wieder zwischen den Dreiecken der Beine auftauchte, glich einem riesigen Kopf mit zwei Hörnern. Zwei Frauen, die durch den lautlosen Eingriff verbunden waren, den die eine an der anderen vornahm in diesem stikkigen Zimmer an einem Nachmittag Ende August.
Ein scharfer, wie bei einer Spritze genau lokalisierbarer

Schmerz zwang sie, die Augenlider zusammenzukneifen und ihre Auflistung zu unterbrechen. Jetzt mußte sie schnell weitermachen, damit ihr Körper nicht die Zeit fand, sich aufzubäumen. Weitermachen mit der Augustsonne, von der noch soviel Licht durch die Vorhänge und geschlossenen Fensterläden drang, daß ihr langsames Vorrücken in der staubigen Luft zu erkennen war. Und mit dem Zusammentreffen zweier Passanten auf dem Bürgersteig vor den Fensterläden, unmittelbar neben dem abgeschotteten Zimmer, mit ihrer Unterhaltung (»Ich sage Ihnen, im nächsten Jahr wird es nicht soviel Fleisch geben.«) und mit dem Klirren der Gläser im Schrank, die die Schwingungen der vorbeiratternden Straßenbahn aufnahmen. Wie zur Verstärkung dieses leisen Geräuschs ertönte der helle Klang eines metallischen Instruments, das auf ein Tablett gelegt wurde.
Am Ende des behelfsmäßigen Operationstischs tauchte ein Kopf auf, der unter einem großen, weißen Tuch mit zwei Zipfeln steckte. »Tut es sehr weh?« Dann verschwand er wieder zwischen den gespreizten Knien der Patientin.
Auch das stumme Lächeln mußte dazugezählt werden. Dann galt es, die Liste wieder von vorne anzufangen und dabei jede noch so kleine Einzelheit zu erfassen. Ein enges, mit Möbeln vollgestelltes Zimmer: ein beinahe schwarzer Holzschrank, ein Schreibtisch, ein Klavier mit Kerzenhaltern an beiden Seiten , zwei Sessel zusammengerückt wie in einem Kinosaal, Regale, ein Beistelltisch – und überall Stapel von Büchern, Statuetten, Nippes, Vasen mit getrockneten Sträußen. An den Wänden hängen Bilder dicht an dicht wie Steine eines Mosaiks, alte Porträtaufnahmen mit kaum noch erkennbaren Gesichtszügen, helle, duftige Landschaften und daneben, übergangslos, abstrakte Geometrien. In der Ecke, fast unter der Zimmerdecke und von einem langen Tuch verhüllt, die vergoldete braune Tafel einer Ikone und mitten in diesem Durcheinander die steifen, frischen Laken,

der Geruch von Alkohol, der Tisch, der einer Eisscholle gleicht. Draußen ertönen Schreie, Parolen werden skandiert – der Nachhall einer Demonstration oder Festveranstaltung, der den Teilnehmern auf dem Heimweg noch in den Ohren klingt. Melodiefetzen flechten sich hinein – das Jauchzen und Schluchzen eines Akkordeons. Seine Klangfarbe läßt erahnen, welcher Trubel bei dieser Augusthitze auf der Straße herrscht.

Der Schmerz veränderte sich, er wurde schärfer, demütigender in seiner physiologischen Banalität. Olga spürte, daß die Worte bereits in ihr zitterten und in eine entrüstete, stumme Klage über den eigenen Unverstand mündeten (»Wie kann man nur so dumm sein! In meinem Alter!«) oder die niederträchtige Bosheit anklagen wollten, mit der das Leben ihr einen Strich durch die Rechnung machte. (»Der Zeitpunkt ist wirklich gut gewählt! Und natürlich mußte die Wahl auf mich fallen, sonst wären mir womöglich noch ein paar Illusionen geblieben über die beste aller Welten.«) Schnell kehrte sie wieder zu ihrer Bestandsaufnahme zurück. Ja, vor dem Fenster herrschte Feststimmung: Man feierte lautstark den zweiten Jahrestag der Befreiung von Paris. Am Morgen hatte sie auf dem Weg zu ihrer Freundin zahllose Fahnen an den Fassaden der Häuser gesehen. Also weiter mit dieser Stadt, wo die einen auf den Beinen sind, während die anderen schlafen, mit dem einstöckigen Haus am Rande des fünfzehnten Arrondissements, mit der Sonne, die an den geschlossenen Fensterläden im Erdgeschoß abprallte. Und den beiden Frauen in einem von der Welt abgeschnittenen Zimmer. Die eine auf einem Laken, das den Tisch abdeckt, die zweite mit einem riesigen, weißen Turban auf dem Kopf, von dem zwei Zipfel abstehen, zwischen die Beine der Liegenden gebeugt, um eine heimliche Abtreibung vorzunehmen.

Olga spürte, wie diese aberwitzige Situation ihrer Empörung entgegenarbeitete. Man hätte sich empören können, wenn dieser Schmerz irgendeiner Logik widersprochen oder ein Recht verletzt hätte. Doch es gab keinen logischen Zusammenhang zwischen den Dingen, es gab nur zusammenhanglose Einzelheiten: das Zwicken, das sie so sehr peinigte, daß sie an den Schenkeln Gänsehaut bekam, der schwüle Nachmittag des 25. August 1946, das mit Möbeln vollgestellte Zimmer, die Frau, die sich mit dem Eingriff an ihr strafbar machte. »Eine heimliche Abtreibung«, wiederholte Olga im stillen und dachte dabei, daß ihre unerhörte Lage noch schlimmer hätte sein können. Man mußte sich nur einmal vorstellen, wie nah die Menschen vor den Fensterläden an ihrem halb entblößtem Körper vorübergingen. An diesem Körper, aus dem soeben ein winziges, in ihm entstandenes Leben entfernt worden war, einem einzigartigen Körper, der aber morgen schon wieder in der Masse der anderen Körper verschwinden, sich nicht mehr von ihnen unterscheiden würde.

Sie hörte wieder das Klirren des Metalls auf dem Tablett. Ihre Freundin streckte den Kopf über das Tischende:

»Fertig!?«

Frage und Bestätigung überschnitten sich und kamen wie aus einem Mund, was bei Menschen öfters vorkommt, die sich schon sehr lange kennen und unwillkürlich den Gedankengängen des anderen folgen.

»Und dennoch werden wir das Wesentliche immer verschweigen«, dachte Olga. »Sogar von dieser Aufzählung, bei der man den Schmerz vergißt, werde ich ihr nie erzählen. Der zweite Jahrestag der Befreiung, das winzige tote Wesen in meinem Bauch, das Gesicht, das von der Wand auf mich herabblickt – wie sollte man darüber sprechen? Man müßte fragen können, ob der andere auch solche Gedanken hat, ob er auch von all diesen Nichtigkeiten berührt wird und ob sie ihm etwas bedeuten.« Vorhin, als das Akkordeon spielte, hatte sie plötzlich Lust, sich dieser unbeschwerten Lebensfreude zu überlassen, dieser sehr französischen oder zumindest als typisch französisch geltenden Ausgelassenheit, und einen kurzen Moment lang hatte sie den heftigen Wunsch gespürt, die Vergangenheit, ihre Gedanken, ihre Sorgen abzuschütteln, fröhlich zu sein und diesen Augenblick des Daseins in vollen Zügen zu genießen. Im selben Augenblick schämte sie sich für diese Lust. Eine Stimme, die sich nicht einschläfern läßt, wacht über unser Glück, setzt die Schere an. Ihr Urteil ist erbarmungslos, es entgeht ihr nichts. Um ihre Sehnsucht nach Glück unmittelbar zu bestrafen, erinnerte die Stimme sie sogleich an das kleine Lebewesen, das in ihrem Bauch vernichtet worden war. Nein, über all das, was Freude in uns weckt oder uns Angst einjagt, spricht man nie.

Auch in dem Gespräch, das sie vor dem Eingriff um die Mittagszeit miteinander geführt hatten, war davon nicht die Rede. Sie hatten sich an jene Pariser Hebamme erinnert, die einige Jahre zuvor unter der Guillotine sterben mußte, weil sie heimlich Abtreibungen vorgenommen hatte. Während sie plauderten, setzten sie einen theatralischen Ausdruck des Schreckens auf: »Die Franzosen machen uns glatt einen Kopf kürzer!« Durch den Scherz konnten sie schweigend übergehen, was ihnen auf den Lippen brannte und in den Augen geschrieben stand, was sie wirklich erlebten – all die kleinen, einschneidenden Vorkommnisse, über die man nicht sprechen kann.

»Ich räume noch mein Folterwerkzeug weg, dann kannst du aufstehen. Deinen Morgenmantel habe ich über den Sessel gelegt.«

Ihre Freundin berührte ihre Schulter, lächelte sie an, bevor sie mit dem Tablett, das mit einem zerknüllten Handtuch bedeckt war, das Zimmer verließ. »Dieses Lächeln ist schon auf meiner Liste gegen den Schmerz.« Der 25. August 1946, das Zimmer, das mit all dem russischen Plunder einem Trödelladen gleicht, und das freundliche Lächeln dieser Frau mit ihrem entstellten Gesicht: Seit ihrer Jugend trägt sie eine Narbe auf der linken Backe, die sich tief eingegraben hat und wie ein zartroter Schmetterling mit zerrissenen Flügeln aussieht. Dieses Lächeln also, bei dem der Schmetterling zittert, ein Lächeln, das kindlicher, hilfloser nicht sein kann und von dem Fremde sich abwenden, um ihre Betroffenheit nicht zu zeigen. Lis Gesicht. Li, Lilie … Bei einem Fest im alten Rußland weint ein zehnjähriges Mädchen – die anderen haben sich als Blumen verkleidet, doch ihr Kostüm, ein Lilienkleid, ist nirgends zu finden. Das Kind jammert: »Li-li-lia!« Man lacht und macht einen Namen daraus. Aus dem Kind wird das Mädchen Li. Man tröstet es mit einem Ersatzkostüm – es geht als Zauberer mit einem Turban aus Pfauenfedern, einem Sternenmantel, einem Zauberstab. Li verliebt sich in die Rolle. Von nun an ist sie bei jedem Fest für die Zauberkunst zuständig. Sie lernt Zaubertricks, kann Feuerwerke abbrennen. Ihren richtigen Vornamen hat man darüber beinahe vergessen: Alexandra. Eines Abends bei einem Fest schießt ihr eine Feuerwerksrakete ins Gesicht, bevor sie unter dem freudigen Johlen der Kinder in einem bunten Funkenregen auf dem Rasen explodiert. Lis Schrei geht im Gelächter und den Beifallsrufen unter. Sie ist fünfzehn.

Auf der Liste, die Olga soeben gemacht hat, steht nun auch dieses Kind. Ein Mädchen, dessen Gesicht von einer Narbe verunstaltet ist, weil Jahre zuvor jemand ein Zauberkostüm aufgetrieben hatte. Ein Kind, das Kriege und Hungersnöte durchmachen mußte, das die Gleichgültigkeit und den Abscheu derjenigen ertragen mußte, die es betrachteten, bis es irgendwo im Gewimmel von Paris landete, um dort in einem stickigen Zimmer am 25. August 1946 eine Frau mit entblößtem Leib zu peinigen, der anders nicht zu helfen war.

Als sie dann am Abend die Fenster öffneten und kühle Luft hereinwehte, durchströmte sie das wunderbare Gefühl, daß der Schmerz nachließ. Während sie sich auf einem Sofa ausruhte, das zwischen Klavier und Sessel eingezwängt war, hörte Olga ihre Freundin in der Küche hantieren. Geschirr klapperte, Wasser rauschte. Li, traumversunken bei den abendlichen Verrichtungen, die wie automatisch von der Hand gehen und deshalb so entspannend sind. Li ... Sie war ihr so vertraut, war schon so lange ihre Freundin, und trotzdem kannte sie sie so wenig. Der andere, das sind die Fragen, die man ihm nie zu stellen wagt.
Li streckte den Kopf durch die offene Tür:
»Langweilst du dich auch nicht?«
»Sie hat also an mich gedacht. Da hätten wir schon eine der unaussprechlichen Fragen: Was denkst du über mich? Wo wir soviel Zeit damit verbringen zu spekulieren, wie die anderen uns sehen, wie wir in ihren Augen sind. Zweifellos hat sie ein Bild von mir. Aber was für ein seltsames Wesen mag ich für sie sein!«
Sie versucht, sich jene Olga in Lis Augen vorzustellen: eine liebende und wiedergeliebte Frau in einer leidenschaftlichen Beziehung. Für diese imaginäre Olga stellt die Schwangerschaft eine echte Zerreißprobe dar. Ihr Geliebter (»sie sagt zweifellos ›ihr Geliebter‹ zu ihm«), ein verheirateter Mann, ist viel zu bekannt in der Pariser Kolonie von russischen Emigranten; er würde ein uneheliches Kind kaum anerkennen. Deshalb die Abtreibung. Olga als Heldin eines Liebesdramas ...
Sie lauschte. Ein kleines Lied mischte sich unter das Klappern des Geschirrs. »Gute, alte Li«, dachte Olga, »für sie muß es aussehen, als hätte ich ein wenig von allem: einen Liebhaber, Leidenschaft, Herzklopfen. Wenn Sie wüßte! Die bloße Tatsache, daß ich mich nicht mehr erinnern kann, wann ich das letzte Mal mit diesem ›Geliebten‹ zusammen war, setzt

mir gehörig zu! Ich bin mir nahezu sicher, daß er mich weder im Juni noch später besucht hat. Und daß meine Schwangerschaft deshalb fast einer unbefleckten Empfängnis gleichkommt. Nein, er muß im Juni da gewesen sein, der Beweis liegt ja … Aber ich erinnere mich nicht, nichts davon ist mir im Gedächtnis geblieben. Nein, was Li für ein Zerwürfnis hält, ist eigentlich nur Verzweiflung angesichts von Verabredungen, die ich vergessen habe, von Treffen, die in meinem Gedächtnis ausgelöscht sind. Es ist erstaunlich, in was für Welten die anderen uns leben lassen. Und wir leben dort tatsächlich, sie besuchen uns dort, sie unterhalten sich mit den Doppelgängern, die sie selbst erfunden haben. Doch im Grunde genommen findet nie eine Begegnung zwischen uns statt.«

In der Nacht wurde sie von einem leisen Lachen geweckt. Es kam von ihrer Freundin, die sich auf den zusammengeschobenen Sesseln schlafen gelegt hatte, und es klang piepsend wie das Lachen eines Kindes. Nach einigen Sekunden begriff Olga endlich, daß Li im Schlaf leise weinte. Das Klavier badete im Mondlicht; wie alle Gegenstände im Zimmer schienen die Möbel darauf zu warten, aus sich herauszutreten und zu vergessen, was sie soeben noch waren. Lis Schluchzen klang ganz nah. Es hallte aber auch in der unendlichen Tiefe der Träume wider, in die sie sich zurückgezogen hatte. Olga lag lange wach und lauschte dem Atem ihrer Freundin, der allmählich wieder gleichmäßiger wurde.

Als sie Li am Morgen weder im Zimmer noch in der Küche antraf, ging Olga hinaus in den kleinen Hof hinter dem Haus und setzte sich auf einen alten Hocker ins milde, klare Sonnenlicht. Den Blick auf einen kleinen, kümmerlichen Baum gerichtet, der hartnäckig aus einer Furche unter der Regenrinne wuchs, saß sie reglos da. Sie wollte auf keinen Fall dieses unvermittelte Glück, diese Gedankenleere stören und den sanften, frischen Wind vertreiben, der noch kühl war wie das Pflaster und die Nacht, aber schon nach gerösteten Zwiebeln roch. Olga lehnte den Kopf an die rauhe Hauswand. Plötzlich konnte sie sich vorstellen, daß ihr ganzes Leben nur noch aus diesem Panorama von Düften, diesem Licht und dem spontanen Glücksgefühl bestünde, das ihren Körper durchdrang. Sie betrachtete die schmalen, unregelmäßig angeordneten Fenster am Nachbarhaus und dachte an all die Unbekannten, deren Leben so rührend einfach und unkompliziert war.

Ihr Glücksgefühl währte gerade so lange, wie sie brauchte, um sich ihrer Situation bewußt zu werden. Noch während sie es genoß, drängten sich ihr die Gedanken vom Vortag auf, die ewig gleichen Gedanken im Gewand des Vortags. Sie dachte an ihren »Geliebten« – sicher der letzte Mann in ihrem Leben – und an das winzige Lebewesen in ihrem Körper, das getötet worden war. All das würde in den kommenden Tagen einen langen, sinnlosen Streit zwischen Argumenten zu ihrer Rechtfertigung und Vorwürfen in ihr hervorrufen. Sie hörte bereits die mahnende Stimme in ihr, die über ihre kleinen Freuden wachte: »Schönes Glück, in einem Hinterhof zu sitzen, in dem es nach Zwiebeln riecht! Bravo! Es hat dich nicht viel gekostet, du mußtest nur ein bißchen töten.«

Olga stand auf, ging zu dem Baum, schnupperte an den hellen Blattkränzen, die auf seinen Zweigen saßen. Auf der anderen Seite des Hofs, wo Li im Keller ihr Atelier hatte, hörte sie die Stimme ihrer Freundin. Olga stieg die Stufen hinab. Wem mochten diese beharrlichen und fröhlichen Anweisungen wohl gelten?

»Nein, nein, mein Lieber, vergessen Sie nicht, daß Sie ein Satyr sind! Kommen Sie, machen Sie ein wollüstiges Gesicht! Ja, sehr gut, und jetzt bitte mehr Begierde in den Augen, dazu sinnliche, feuchte Lippen ... Ausgezeichnet! Bleiben Sie so ... Und Sie, Madame, erschrecken Sie, beben Sie! Schon fühlt die Nymphe den Atem des lüsternen Monsters im Nacken ... Gut! Nicht bewegen ...«

Ein grelles Licht wie im Theater beleuchtete den Keller. Mit einem Auge an der Kamera stand Li reglos hinter einem Stativ und fixierte ein großes, auf Sperrholz gemaltes Bild. Darauf sah man inmitten eines Dschungels von Pflanzen und Blättern eine weiße, wohlgeformte Nymphe, die von einem aus dem Schilf steigenden Satyr umschlungen wurde. Die Nymphe schlug die Augen etwas zu krampfhaft auf. Der Satyr hustete. »Nicht be-weeee-gen!« wiederholte Li im Tonfall eines Taschenspielers. Der Auslöser klickte.

Die Gesichter des Satyrs und der Nymphe lösten sich aus dem Bild und hinterließen zwei dunkle Löcher. Li richtete sich auf, und nachdem sie Olga bemerkt hatte, zwinkerte sie ihr zu. Ein Mann und eine Frau kamen hinter der Fotowand hervor. Es war ein witziger Anblick, als die Köpfe der gemalten Figuren plötzlich verschwanden und gleich darauf wieder an tadellos gekleideten Herrschaften auftauchten: sie im Sommerkleid, er im weißen Hemd mit Krawatte. Die beiden schienen ob ihrer plötzlichen Verwandlung selbst ein wenig verwirrt zu sein.

»Sie können die Photos übermorgen abholen. So gegen Mittag«, erklärte Li und begleitete das Paar hinaus.

Sie frühstückten im Keller, umgeben von den bemalten Holzplatten, die an den Wänden lehnten. Es gab einen brennenden Glockenturm, aus dessen Fenster ein Musketier kletterte, der eine ohnmächtige junge Schönheit in den Armen hielt. Daneben räkelte sich ein sonnengebräuntes Paar an einem Palmenstrand vor strahlend blauem Meer. Die Aussparungen für die Gesichter stachen seltsam vom Tropenhimmel im Hintergrund ab. Ganz vorne im Bild entdeckte Olga mit Erstaunen einen Streifen aus echtem Sand, eine große Muschel. Li folgte ihrem Blick.

»Diese Kulisse ist schon alt. Sie stammt noch aus der Zeit, als ich um jeden Preis den Eindruck räumlicher Tiefe erzeugen wollte, ein Trompe-l'Oeil. Ich habe festgestellt, daß den Leuten viel an Übereinstimmung mit der Wirklichkeit liegt.«

Olga hörte ihr hingerissen zu und dachte dabei gerührt: »So ist Li. Man kann sie nicht begreifen. Wer ist sie? Zauberin, Malerin, Photographin, Krankenschwester? Im Ersten Weltkrieg war sie drei Jahre an der Front. Und unter der Besatzung wurde sie festgenommen, gefoltert ... Ihre Hände sind von Brandwunden bedeckt. Wovon mag sie heute nacht geträumt haben, als sie im Schlaf weinte?«

Li stand auf, das Frühstück war vergessen. Sie zog einen Prospekt nach dem anderen heraus und stellte ihn auf die Stützen. Es war nicht das erste Mal, daß sie Olga ihre Sammlung vorführte, doch wie bei allen wahren Enthusiasten fachte jedes Bild ihre Begeisterung von neuem an, so daß die Zuschauer glaubten, jetzt erst zu entdecken, was sie doch längst schon gesehen hatten.

»Ich mußte immer etwas Neues erfinden«, erklärte sie, während sie ihren Kopf durch das ausgeschnittene Loch streckte. »Das hier stammt aus meiner mythologischen Periode. Erkennst du es?«

Ein junges Mädchen in durchsichtiger Tunika trat an ein Bett und hielt eine brennende Kerze darüber. Darin schlummerte ein geflügelter Jüngling in anmutiger, aufreizender Pose. Lis Gesicht erschien mal umgeben vom Kerzenschein, mal auf dem Kopfkissen.

»Eines Tages hatte ich die Idee! Damit fing meine literarische Periode an. Sieh mal!«

Nun sah Olga einen sehr großen Mann mit buschigem Bart in einem langen, bäuerlichen Kittel, der vor einer Isba stand und sich auf den Griff eines Schwingpflugs stützte. Die städtisch gekleidete Person daneben sah aus wie der typische Durchschnittsrusse.

»Und hier«, rief die Photographin und steckte ihren Kopf durch den Ausschnitt, »ein gewisser Herr X zu Besuch bei Tolstoj in Jasnaja Poljana. Du kannst dir nicht vorstellen, wieviel Herren schon überzeugend darlegen konnten, daß sie mit Tolstoj per Du waren. Nicht nur Franzosen, sogar Russen fallen darauf rein.«

Olga fühlte sich wie im Taumel. Schuld daran war nicht der gute Wein, den Li aufgetischt und dessen Geschmack Olga schon vergessen hatte, sondern die berauschende Unbekümmertheit, mit der ihre Freundin ihr Leben führte.

»Ich habe sogar eine eigene Theorie über diese Trugbilder ausgebrütet. Was hat diesen Herrn X, der sich unbedingt mit Tolstoj ablichten lassen wollte – vor allem zum Spaß, aber nicht nur –, eigentlich davon abgehalten, ihm tatsächlich die Hand zu drücken? Die kleinen Zufälle des Lebens. Nicht seine bescheidene Herkunft. Tolstoj war wie er zu Fuß unterwegs und lebte in Moskau nur ein paar Straßen weiter. Auch vom Alter her hätten sie sich begegnen können: Herr X war zwanzig, als Tolstoj starb. Letztlich trafen sie nur deshalb nicht zusammen, weil es sich durch keinen noch so kleinen Zufall ergab. Wie man auf einer Bananenschale ausrutschen und sich ein Bein brechen kann, während andere vor einem die Bananenschale knapp verfehlt haben.«

»Du hast also beschlossen, dem Schicksal ein Schnippchen zu schlagen?«

»Nein, ich möchte nur, daß die Leute, die zu mir kommen, lernen, mit dem Zufall zu spielen. Daß sie sich befreien. Daß sie in ihrem Leben nicht die einzige Möglichkeit ihres Daseins sehen. Weißt du, ich habe sogar ein Motto dafür gefunden. Hör zu: «Tolstoj spaziert auf der anderen Straßenseite vorbei – Gehen Sie rüber!« Sie versenden diese Aufnahmen zum ersten April. Ich will, daß sie ihr Leben ändern, daß die

Photos sie anstiften, mit dem Unvorhersehbaren zu rechnen, auf ein Wunder zu hoffen. Ich möchte ...«

Fast hätte Olga eingeworfen, es sei doch ziemlich unwahrscheinlich, daß ihre Kunden Amor und Psyche begegneten, ob sie die Straßenseite wechselten oder nicht. Aber sie schwieg. Trotz des scherzhaften Tons hatte sie das Zittern und die Spannung in Lis Stimme gespürt. Wer sein Kredo einem Freund anvertraut, nimmt häufig Zuflucht zum Spott.

Im selben Augenblick tauchte Lis Gesicht in einem neuen Ausschnitt auf und erweckte eine Dame zum Leben, die einen weißen Spitz an der Leine führte. Ihr Begleiter trug im leeren Gesichtsoval einen Kneifer, der mit einem hauchdünnen Draht befestigt war. »Raffiniert, was?« rief die Photographin lachend, zog ihren Kopf aus der Dame mit dem Hund und streckte ihn durch das Loch mit dem Kneifer.

Sie schüttelten sich vor Lachen, als Olga hinter die Kulisse mit der Nymphe schlüpfte. Sie betrachteten einander von den entgegengesetzten Seiten des Kellers, Li als Schriftsteller mit Kneifer, Olga als ein durchs Schilf hüpfender Satyr. Es trafen sich der Satyr mit der Hundehalterin, dann Psyche mit dem dicken Sommerfrischler im gestreiften Badeanzug. Lachend streckten sie die Köpfe in die Bilder und improvisierten Gespräche zwischen den Figuren. »Der Satyr spaziert am anderen Ufer ... Gehen Sie rüber!« rief Li zwischen zwei Lachanfällen.

Ein Kunde trat ein, er wollte nur ein Paßphoto. Als der Mann im dunklen Anzug mit ernster Miene steif vor der Kamera saß, mußten beide unwillkürlich denken, daß er in seiner Anonymität unergründlich und mindestens ebenso seltsam wie all die Nymphen, Satyre und Musketiere war.

Am Abend, als die Sonnenstrahlen immer länger wurden, spürten sie das Ende ihres ausgelassenen und unbeschwerten Ausflugs nahen. Die Zeit arbeitete gegen sie. Sie floß nicht mehr aus ihrer morgendlichen Quelle, sondern mündete bereits in den Augenblick, wo sie aufstehen und sich mit unvermindert scherzhaftem und fröhlichem Ton voneinander verabschieden mußten. Es war der kurze Augenblick, wo man seine Einsamkeit nicht mehr voreinander versteckt, wo man sich hilflos fühlt, unfähig, das Verrinnen jener leichten, nicht faßbaren Substanz aufzuhalten, die man Glück nennt. Vielleicht zeigte ihr Li, wie man den Photoapparat bediente, damit sie noch eine Weile von der Freude zehren konnte, die sie an diesem Nachmittag zusammen hatten. Die Kamera war getarnt und steckte in einem großen Gehäuse, das wie ein dickes Buch mit festem Einband und Goldschnitt aussah. Von ihrem winzigen Objektiv war nichts zu sehen.

»Ich habe sie von einem amerikanischen Offizier«, erklärte Li. »Du stellst sie auf eine Unterlage. Sie paßt sich den Lichtverhältnissen automatisch an und macht fünf Aufnahmen im Abstand von drei Sekunden.«

Olga hörte ihr nur mit halbem Ohr zu. Nachdem Li die Kamera erklärt hatte, trat Stille ein, und um sie zu überbrücken, wechselten sie rasch ein paar Worte, Blicke, Gesten:

»Ich habe übrigens beschlossen, L. M. endgültig zu verlassen.«

»Ich habe vor, wieder nach Rußland zurückzukehren.«

Die Verwunderung auf beiden Seiten war groß, die Fragen überschlugen sich. Es entstand ein Durcheinander von Fragen und Antworten:

»Nach Rußland? Glaubst du wirklich, sie können dort mit deinen Phantasieaufnahmen etwas anfangen? Diese Satyre kann ich mir in Rußland nicht vorstellen.«

»Ich glaube bestimmt, daß er dich noch liebt, Olga. Lies sein letztes Buch, von wem spricht er darin, wenn nicht von dir? Warum willst du das alles so überstürzt aufgeben?«

»Doch, doch, es wird laufen wie am Schnürchen. Verstehst

du, Olga, die Leute sind zu ernst geworden unter diesem Regime. Sie müssen wieder lachen lernen!«

»Weißt du, man merkt, daß es vorbei ist, wenn man bestimmte Kleinigkeiten nicht mehr ertragen kann. Wir treffen uns immer nur in Hotelzimmern. Er bringt mir jedesmal ein Paar bestickte Pantöffelchen mit, eine Art Eskarpins aus Stoff. Und wenn er am Morgen weggeht, nimmt er sie bis zu unserem nächsten Treffen wieder an sich. Sie sind sein Talisman. Er versteckt sie bestimmt in einer seiner Schreibtischschubladen. Verstehst du?«

Sie war schon auf dem Weg zum Bahnhof, als es Olga auffiel: Jede von ihnen hatte offenbar schon seit Monaten erwogen, der anderen von ihrem Vorhaben zu erzählen, mit der Vergangenheit zu brechen. Sie war entschlossen, diesen Mann, diesen L. M., zu verlassen; Li plante, nach Rußland zurückzukehren. Als es dann soweit war, fielen sie sich ins Wort, und ihr Gespräch war verworren, atemlos und ungeschickt. Beim Abschiednehmen drängte es sie, so schnell wie möglich wieder allein zu sein, um die jäh hereinbrechende Zukunft der anderen auszuloten – das »Zerwürfnis«, das Li sich vorstellte, und Rußland, diesen weißen Abgrund, in den Olgas Freundin sich nun wahrscheinlich stürzen würde. Nachdem sie sich getrennt hatten, begannen sie in Gedanken das Gespräch, das sie hätten führen sollen, und sie führten die Unterhaltung mit dem Schatten des anderen fort bis in alle Ewigkeit. »Die Hälfte unseres Lebens verbringen wir damit«, dachte Olga, als sie aus Lis Haus trat.

Sie hatte gehofft, auf der Straße fiele alles von ihr ab. Die zwei Tage, die sie in Paris war, mündeten in eine schwere Erschöpfung, und die Gedanken, die ihr während der Operation immer wieder durch den Kopf gegangen waren, kreisten in ihr weiter und verdrängten alles andere. Sie waren unverwüstlich, massiv wie behauene Steine, und Olga geriet ständig in Verzweiflung darüber: ihr Alter, diese offenbar erschöpfte Liebe, die höchstwahrscheinlich ihre letzte Liebesbeziehung sein würde, der einzige gangbare Lebensweg, der ihr noch blieb … Und dann wäre fortan auch noch dieses uferlose, schwindelerregende Rußland gegenwärtig, das ihr den Atem verschlug und sie ratlos machte.

Als sie in der Metro auf ihren Anschluß wartete, bemerkte sie eine kleine Ansammlung von Menschen, die ihre Köpfe reckten und eine an der Wand angebrachte Gedenktafel betrachteten. Sie trat hinzu und las: »Hier wurde am 23. August 1941 der erste Deutsche von Colonel Fabien erschossen«. Die Zeitung, die sie im Zug aufschlug, brachte eine Reportage über den zweiten Jahrestag der Befreiung von Paris. Auf einer der Abbildungen sah man Molotow, der mit verbitterter Miene die Tribüne der Ehrengäste aus Protest verließ. »Das war gestern, während Li sich mit mir abmühte«, dachte sie. Und sie glaubte, an den Kern des Daseins zu rühren, das ihr wie ein chaotisches Gewirr unerhörter Begebenheiten vorkam: Einzelschicksale, historische Ereignisse und Zufälle von possenhafter Absurdität, alles durcheinander …

Sie öffnete ihre Handtasche und zog ein dickes, in Leder gebundenes Paket heraus, jenen getarnten Photoapparat, um den sie Li beim Abschied mit kindlicher Neugier gebeten hatte. Die handliche Kamera mit dem Selbstauslöser und dem gut duftenden Leder gefielen ihr. Doch vor allen Dingen erinnerte sie sie an die Kulissen in Lis Atelier. Ja, er erinnerte sie an ihre wundervoll einfachen Themen. »Man muß leben wie diese gemalten Figuren«, dachte Olga mit plötzlicher Freude. »Ich mache alles komplizierter, als es ist, ich wühle in allem herum. Zum Teufel mit diesen bestickten Eskarpins! Li hat recht: zwei Menschen, eine Situation. Sie sollte mich einmal malen. Überschrift: Frau verläßt ihren

Liebhaber. Auf Sperrholz, ohne Einzelheiten, ohne Psychologie … So fangen Geschichten an, die man sich erzählen könnte!«

Dieser kurze, fröhliche Wutausbruch gab ihr Kraft, die Treppe zum Ausgang hinaufzusteigen, den Platz zu überqueren, ohne sich auf die Bank sinken zu lassen, die sie erspäht hatte. Sie brachte sogar die leise, gehässige Stimme zum Schweigen, die in ihr raunte: »Müde, alte Frau, du spielst die Tapfere und führst die Trennung herbei, um von deinem Geliebten nicht verlassen zu werden.« Es gelang ihr, dieser Stimme zu widerstehen und sie sogar anzufahren: »Biest!«. Es war die Stimme einer jungen Frau, eine Stimme, die aus einer früheren Zeit ihres Lebens kam. Eine jener überkommenen Stimmen ihres früheren Selbst, die nicht gealtert war und sie häufig mit zynischen Bemerkungen ärgerte. »Kleines Biest! Eines Tages werde ich dich bezwingen …«, sagte sich Olga. Es hielt sie davon ab, in ihrer Mutlosigkeit den Tränen nachzugeben, die schon in ihren Augen standen.

Im fast leeren Zug kam es ihr vor, als lägen die zwei Tage in Paris unendlich weit zurück, als hätte jemand anderes sie erlebt. Die Tage waren mit Gesprächen vergangen, von hitzigen, überspannten Gedanken beherrscht gewesen – eine Art Flucht nach vorn, eine Verkettung von Irrtümern, die sie ausräumen mußte, und dabei waren ihr die nächsten Fehler unterlaufen.

Vor dem Fenster zog langsam die Dämmerung herauf. In den Pfützen auf den Bahnsteigen der kleinen Bahnhöfe spiegelte sich das zartrot getönte Grau des Himmels – ein Winterhimmel, hätte man gesagt, obwohl die Luft an diesem Augustabend lau war und das Grün überall satt und kräftig wucherte.

Die Namen der Dörfer reihten sich aneinander: Cléanty, Saint-Albin, Buissière. Die Ordnung war wohltuend, sie

kannte sie auswendig. Ab und zu drang aus einem Gemüsegarten der Duft eines Reisigfeuers durch ein geöffnetes Fenster herein und rief den süßen und verlockenden Traum vom einfachen Leben wach.
Als dieser Frieden sie ganz erfüllte, kehrten ihre Gedanken plötzlich zurück zu ihrem Kind, ihrem Sohn. Während jener zwei Tage in Paris hatte sie ihn immer gespürt, war er zu jedem Augenblick, bei jeder Gefühlsregung gegenwärtig gewesen, wenn auch abgeschirmt und getrennt von dem, was sie durchgemacht hatte. Jetzt fühlte sie ihn ganz nahe, und er gab ihr die Ruhe, in der sie wie nach einer langen Flucht wieder Atem schöpfte. Sie sah ihn bereits am nächsten Tag um die Mittagszeit mit anderen Kindern russischer Emigranten aus dem Ferienlager zurückkommen. Er war weniger ein reales Wesen als vielmehr ein sehr körperliches Gefühl, das sie in sich spürte und das aus tausenderlei Zerbrechlichkeiten bestand, aus einem anhaltenden Schauer, einem Pulsschlag, dem es instinktiv mit ihrem inneren Gehör zu lauschen galt, damit ihr nicht die geringste Veränderung dieses Gleichgewichts entging. Sie konnte seinen Körper hören, sein Blut, seine Lebendigkeit, die ganze zarte Musik, in der es nur einer einzigen falschen Note bedurfte, um den Rhythmus zu stören. Sie konnte ihn hören wie sie auf ihrem Weg nach Hause die Stille des Himmels, das Schweigen über den Feldern hören konnte. Paris war vergessen.
Und sie erinnerte sich an einen Frühlingstag, als sie Fenster putzte und er beim Erklimmen des Fensterbrettes beinahe eine Scheibe zerbrochen hätte, die so sauber war, daß er geglaubt hatte, das Fenster stünde offen. Die Scheibe hatte gescheppert, war aber heil geblieben. Rasch hatte Olga die beiden Flügel aufgestoßen und dabei in den erschrockenen Augen des Kindes den Widerschein ihrer eigenen Furcht gesehen. Sie meinten schon das Glas brechen zu hören und eine Garbe scharfer Splitter umherfliegen zu sehen. Sie wußten,

was das für ein Kind wie ihn bedeutet hätte. »Ich wollte dir einen Kuß geben«, sagte er kaum hörbar und rutschte kleinlaut vom Fensterbrett herunter.

Die Nacht war bereits angebrochen, als sie den Bahnsteig von Villiers-la-Forêt entlangging und wieder die spöttische, bissige Stimme hörte, die in den Schläfen oder in der Kehle zischelte (man weiß nie so genau, wo sie sich versteckt). Das »kleine Biest«, wie Olga sie nannte, sagte ihr, daß diese Ruhe von kurzer Dauer sei, daß neue Ängste, kleine, zählebige Sorgen die heitere Stimmung dieses Abends schnell zunichte machen würden, und daß … Es gelang Olga, die Stimme abzuschütteln, indem sie ihr Haar in den Nacken warf, um die kühle Frische der Regentropfen auf ihrer Stirn noch deutlicher zu spüren.

Es war September geworden. Eines Abends, sie goß gerade ihren Hopfenblütentee auf, fiel Olga ein, woran die Paare auf den Kulissen in Lis Atelier sie erinnerten. An einen Kostümball …

Während des Krieges hatte ihr dieser Schlaftrunk am Abend das Gefühl gegeben, etwas im Magen zu haben, zumindest ersetzte er den schweren russischen Tee. Später war seine Zubereitung eine Art abendliches Ritual geworden, bei dem die Wiederholung längst in Fleisch und Blut übergegangener Handgriffe alle sorgenvollen Gedanken in den Schlaf wiegte und sie einem stummen Zwiegespräch mit sich selbst überließ. Sie genoß diese Stunde, in der die Zeit wie aufgehoben war, die Ruhe, in der sie sich treiben ließ. Die Hopfenblüten, die wie winzige Pinienzapfen aussahen, öffneten sich im kochenden Wasser. Beim Abkühlen sank eine nach der anderen auf den Grund der kleinen Kupferkanne. Sie vertiefte sich in die goldbraune Flüssigkeit und ihre unmerkliche Verwandlung. Je mehr Blüten sich absetzten, desto klarer sah sie.

An diesem Abend drängte sich das »kleine Biest« in die behagliche Gedankenleere. Anfangs freute sich Olga beinahe über die Vorwürfe, mit der die Stimme sie verfolgte, denn sie waren völlig harmlos: »Sogar bei diesem lächerlichen Ritual fehlt es dir an Sinn für Kontinuität. Mal trinkst du deinen Tee täglich, mal fällt es dir eine ganze Woche lang nicht ein. Du

trinkst ihn, wenn du dich bedrückt fühlst. Noch so ein Trick, eine List, um den Schmerz zu bannen.« Olga hatte nichts dagegen einzuwenden. Sie hoffte, es bliebe bei diesen Vorwürfen. Doch die Stimme schien es zu ahnen und fuhr fort: »Nach allem, was du in deinem Leben durchgemacht hast mit deinem Kind, müßtest du eigentlich schon seit langem hart wie Marmor und gegen all die kleinen Kränkungen gefeit sein, die das Leben mit sich bringt. Eigentlich müßtest du eine Mater dolorosa sein, lächelnd natürlich, mit einem spöttischen Zug um die Lippen, und dem Schicksal die Stirn bietend. Aber dich verletzt das kleinste Wort. Die Entgegnung irgendeines verrückten Alten aus der Bibliothek verfolgt dich wochenlang. Du hast Li von den bestickten Pantoffeln erzählt, und jetzt hast du sie immer vor Augen, wenn du in deine Hausschuhe schlüpfst. Mater dolorosa in bestickten Eskarpins ... Du hast deinen Typ verfehlt!«
»Aber ich habe mein Leben fast hinter mir«, warf Olga diesmal ein. Sie wußte, wenn alle anderen Argumente nichts mehr ausrichteten, konnte sie mit diesem die Stimme des kleinen Biests ersticken. »Ich komme in ein Alter, in dem sich bis zum Tod nichts wirklich Neues mehr ereignen kann. Die Zeit der Wunder ist vorbei. Kaum anzunehmen, daß ich noch einmal einem Mann begegnen werde. Höchstens um mir zu beweisen, daß es noch möglich ist. Mater dolorosa in bestickten Eskarpins ...«
Das kleine Biest verstummte, und Olga empfand in diesem Schlupfwinkel ihres Denkens eine stille Befriedigung wie jemand, der klar gemacht hat, wer das Sagen hat. Zumindest konnte sie jetzt den Abend verträumen. Sie rührte zerstreut die Blüten ihres Tees um, stellte eine Schale und ein kleines Sieb bereit. »Bis der Tee abgekühlt ist«, dachte sie und genoß die wunderbaren Minuten, in denen es nichts zu tun gab.
Ihr Kind schlief bereits in seinem Zimmer. Manchmal war sein Schlaf so ruhig und engelsgleich, als hätte das ferne

Echo der Turmuhr von Villiers-la-Forêt es in tiefsten Schlummer versetzt. Schließlich hatte sich ihr Denken auf den Takt des Glockenschlags eingestellt, und in ihren müden Gedanken blieb nur noch Resignation. Jetzt fand sie sich mit diesem seltsamen Haus ab, das der Länge nach an das Gebäude der alten Brauerei gebaut war. Dort lebten die anderen Emigranten, die ihr Heim »Goldene Horde«* nannten. Sie fand sich damit ab, in dieser ganz und gar reizlosen Kleinstadt zu leben, obwohl es keinen Grund dafür gab. Dennoch war dieser Ort wie vorherbestimmt für sie, denn nur hier war man bereit gewesen, sie aufzunehmen, nachdem sie von ihrem Ehemann verlassen worden war und mit den Pariser Emigrantenkreisen gebrochen hatte. Nur hier, in diesem Haus zwischen Goldener Horde und Fluß gab es einen Platz für sie. Sie mußte lächeln: ihr Platz auf dieser Welt.
Während sie Tee in die Schale goß, hielt sie den Satz von gelben Blüten mit einem Löffel zurück. Sie lächelte wieder bei der Vorstellung, daß Li sie eigentlich als alte Hexe vor ihrem Hexengebräu malen könnte.
Plötzlich zuckten ihr zwei Gedanken zugleich durch den Kopf: Li, die Figuren auf den Kulissen, und dieser Kostümball! Warum bloß war ihr dieser Zusammenhang früher nicht aufgefallen?

Viele der verkleideten Gäste sollten sich gut dreißig Jahre später auf den Kulissen einer eigenwilligen Photographin im Kellergeschoß eines alten Pariser Hauses wiederfinden. Im Trubel dieses vor langer Zeit gefeierten Fests hatte Olga einen Operettenmusketier, eine Königin mit mittelalterlicher Turmfrisur und ein Gespenst gesehen, das in seinem weißen

* 1237 gegründetes Mongolenreich in der südrussischen Steppe mit der Hauptstadt Saraj an der unteren Wolga. Ende des 15. Jahrhunderts zerfiel die Goldene Horde und spaltete sich in einzelne Chanate auf. (Anm. d. Übers.)

Gewandt umherflatterte. Und in einem der kleinen, abgeschiedenen Räume des Hauses war sie sogar auf einen Othello gestoßen, auf einen dicken, über und über schwarz geschminkten Mann, der dem Klavier in fraglos betrunkenem Zustand ein verzweifeltes Bravourstück entlockte und dabei dunkle Fingerabdrücke auf den weißen Tasten hinterließ.

Das zwölfjährige Mädchen, das heimlich durch das große, von Musik und Gelächter erfüllte Anwesen huscht, ist sie selbst, ihr einstiges Spiegelbild. Die Erwachsenen sind viel zu beschäftigt mit ihrer Maskerade, um die Gestalt zu bemerken, die an den Wänden entlangschleicht und den durcheinander schwirrenden Kostümierten ausweicht. Das Mädchen, das ohne Erlaubnis den kleinen Anbau des Hauses verlassen hat, wohin es für die Dauer dieser Nacht ausquartiert worden war, spürt mit betörender Intensität seine Unabhängigkeit, seine Freiheit, seine Fremdheit in dieser ausgelassenen, tollen Gesellschaft. Vor allem aber merkt das Kind, wie einzigartig seine Kindheit ist. Der Vater war im russisch-japanischen Krieg gefallen, die Mutter führt, »lebendig begraben«, wie die Erwachsenen sagen, ein Leben in strenger Abgeschiedenheit, das dem Gebet gewidmet ist. Stundenlang steht sie am Grab ihres Gatten und hält nächtliche Sitzungen mit einer berühmten Seherin, die für sie den Geist des Verstorbenen zurückruft und sie dabei ruiniert. Das Kind wächst in der Familie seines Onkels auf, der »sein letztes Hemd hergeben würde, um ein Fest zu veranstalten«. Dieser Kostümball an einem schönen Juniabend läutet eine lange Folge von Festen, Jagdpartien und kleinen Theateraufführungen ein, die auf einer Freilichtbühne am Eingang des Gartens gegeben werden. Das Kind ahnt, daß die Freiheit, die es genießt, darauf beruht, daß irgend etwas auf diesem Gut aus den Fugen ist. Es weiß, daß man zu Lebzeiten seiner Großmutter niemals geduldet hätte, daß ein Kind sich bei einem solchen Fest unter die Erwachsenen mischen würde. Dieser Schlendrian beunruhigt das Kind und macht es gleichzeitig neugierig ... In einem Salon stößt es auf eine wunderliche Gestalt: In der Ecke eines Kanapees sitzt ein sehr junges Mädchen im Kostüm eines Zauberers und schläft. Ein hoher, mit Sternen besetzter Hut thront neben ihr, der Zauberstab ist auf den Boden gefallen. Das Kind hebt das Werkzeug der Zauberkunst auf, und weil es nichts damit anzufangen weiß, berührt es mit seinem Ende den Zauberer an der Stirn. Das Mädchen murmelt etwas vor sich hin, ohne aufzuwachen. Es ist eines der »Kind armer Eltern«, die man bei Festen mit dem Abbrennen des Feuerwerks und kleinen Zaubereinlagen betraut. Das Kind nimmt den Zauberstab an sich und setzt seinen Erkundungsgang fort. Auf den Fluren wird es von einer plötzlich losstürmenden Menschenschar zur Seite gestoßen, alle schreien durcheinander, Seidenröcke rascheln aufgebracht, Absätze klappern ... Müde geworden, fast schlaftrunken erreicht das Kind einen abgelegenen Raum ohne Fenster, eine Art schmalen Salon, von dem es nie wußte, wozu er diente. Er wird von einer tropfenden Kerze beleuchtet, um die sich bereits ein kleiner glänzender See auf dem Lacktisch gebildet hat. Das Kind bleibt auf der Schwelle stehen. Es ist gefesselt von dem Anblick, der sich ihm bietet: Ein Mann von kolossaler Größe liegt halb ausgestreckt in einem großen Sessel. Er steckt in einem volkstümlichen Bauernkostüm und lenkt eine große Marionette, die auf seinem Bauch sitzt. Dann aber beginnt die Marionette mit einer Frauenstimme zu sprechen. Die Stimme klingt warm, eigenartig warm, als würde sie singen oder wimmern. Tatsächlich ist es eine Frau, die da rittlings auf dem gewaltigen Leib des Mannes sitzt, der seine Arme auf den Armlehnen ausgestreckt hat. Von Zeit zu Zeit verstummt die Frau. Dann nimmt ihr Gesicht die Züge eines Raubvogels an, und sie hackt mit ihrem spitzen Mund Küsse auf das schläfrige Gesicht des Mannes, fordert ihn heraus … Das alles ist sehr merkwürdig, besonders in diesem Zimmer, wo man noch das Husten des alten Dieners ihrer Großeltern zu hören meint. Das Kind würde die Frau gerne berühren, ihren sehr dünnen, sehnigen Leib unter dem wallenden Musselin anfassen. Die sich auf und ab bewegende Gestalt scheint unmittelbar dem Bauch des Mannes zu entspringen. Es sieht aus, als hätte sie keine Beine, als diente diese hauchdünne Schicht von Musselin dazu, den hohlen Rumpf einer Marionette zu verbergen. Und die dünne und lange Zigarette, die sie in der weit von ihrem Körper gestreckten Hand hält, scheint ganz allein in der Dunkelheit zu schweben. Plötzlich kommt Leben in das Gesicht des Mannes, er seufzt laut. Seine Hände krallen sich in die Armlehnen. Und das Kind wird gewahr, daß es keine Armlehnen sind, sondern lange Schenkel unter schwarz schimmernden Strümpfen. Der halb im Sessel liegende Mann taucht mit einer schwerfälligen Bewegung seine Hände in den Musselin und schüttelt die Frau so heftig, daß die lange Zigarette zu Boden fällt. Seine riesigen Hände schlüpfen unter das leichte Kleid der Frau, als wäre es das körperlose Gewand einer Puppe. Die Vorstellung, sie könnte keinen Körper haben, ist beängstigend. Das Kind will fliehen, weicht zwei Schritte zurück. Da rutscht ihm plötzlich der Zauberstaub aus der Hand und fällt – wie ihm scheint – mit ohrenbetäubendem Lärm zu Boden. Die Frau auf dem Körper des Mannes dreht sich um …

Olga nahm den Tee mit in ihr Zimmer. Als sie die Schale auf den Nachttisch stellte, hörte sie wieder die Stimme des »kleinen Biests«: »Du hast alle Ticks einer alternden Frau. Jetzt steht die Schale da, bald werden es Arzneifläschchen sein, am Lebensende dann ein kleiner Reliquienschrein.« Es verletzte Olga weniger als sonst. Sie wußte, aus welchem Versteck die spöttische Stimme sich gerade meldete: aus dem großen, festlich geschmückten Anwesen, wo eine Heranwachsende das dunkle Labyrinth des Lebens entdeckte. Denn als das Kind durch die Flure davonhetzte, überraschte es zudem einen Diener, der aus den Gläsern der Gäste Champagner trank.

Ihre Gedanken waren schon nicht mehr klar voneinander zu unterscheiden. »Der Tee hat wirklich eine erstaunliche Wirkung, ich muß ihn Li empfehlen. Sie stopft sich mit Schlafmitteln voll und hat dann solche Alpträume, daß sie im Schlaf weint.« Mehr konnte sie nicht mehr denken. Der Schlaf übermannte sie so schnell, daß ihre Hand, als sie sie nach der Lampe ausstreckte, auf halbem Wege niedersank.

Am Montagmorgen riß der Strom der Bibliotheksbesucher nicht ab. Man hätte meinen können, sie hätten sich vor der Tür verabredet. Einer nach dem anderen kam herein, um ihr seine Geschichte zu erzählen. Für einige von ihnen, die einsam waren und sich ihrer Einsamkeit schämten, war die Bibliothek tatsächlich der einzige Ort, an dem sie jemanden fanden, der ihnen zuhörte, nämlich Olga Arbelina.

Zuerst kam die Krankenpflegerin aus dem »russischen Hospiz«, dem Altenheim im Erdgeschoß der Brauerei. Sie war eine große, hagere Frau, deren Jugend unkenntlich geworden war unter der dünkelhaften, griesgrämigen Trauermiene, die sie immer trug. Sie trauerte um einen Menschen, den es nie gegeben hatte, den sie im Laufe eines Gesprächs in die Welt setzte. Um ihre Einsamkeit zu verbergen, erfand sie einen fernen Geliebten, einen englischen Jagdbomberpiloten, über den sie mitten im Krieg nicht viel sagen konnte aus Gründen, die auf der Hand lagen. Mit jedem vertraulichen Gespräch wurde das Leben dieses Phantoms lebendiger, und im Laufe der Zeit kamen im Herzen seiner Erfinderin zahllose Einzelheiten hinzu, seine Heldentaten vervielfachten sich, und sein Rang wurde immer höher. Er mußte sterben, als der Krieg zu Ende war. Sie hätte sonst keine andere Wahl gehabt, als die Lüge einzugestehen oder ihn in einen Liebhaber zu verwandeln, der es nicht besonders eilig hatte, seine Liebste wiederzusehen. Niemand von den russischen Emigranten in Villiers-la-Forêt fiel auf den Schwindel herein, doch zuletzt hatten den Piloten alle ins Herz geschlossen, der angeblich bei den letzten Luftgefechten abgeschossen, worden war.

Kaum hatte sie die Tür hinter sich zugemacht, da ging sie schon wieder auf. Der Mann, der eintrat, führte noch sein Gespräch mit jemandem auf dem Flur weiter. Statt sich zu unterbrechen, richtete er seine Worte einfach an Olga, die hinter ihrer Theke saß. Die neue Gesprächspartnerin änderte nichts an seinen Ausführungen, denn es ging immer um dieselbe Geschichte, die keinen Anfang und kein Ende hatte. Es spielte keine Rolle, wo man einsetzte. Der frühere Kavallerie-Offizier erzählte ständig von seinen Kämpfen mit den Bolschewiken: von Scharmützeln, Angriffen ganzer Divisionen, von Hinterhalten, verwundeten Pferden und deren Tod, der ihm allen Anschein nach mehr zu Herzen ging als der Tod seiner besten Freunde. Zwischendurch wurde sein unerschöpflicher Bericht vom Pfeifen eines Säbels unterbrochen, der einen Feind traf. Er zog die Lippen zusammen und stieß mit grimmiger Fratze ein kurzes »S-s-slisch!« hervor. Dabei riß er die Augen weit auf, damit seine Zuhörerin auch den Kopf rollen sah.

Die Leser traten ein, stützten sich mit den Ellbogen auf die Theke, gaben ein Urteil über die Bücher ab, die sie zurückbrachten, wollten beraten werden und kamen dann unweigerlich auf ihre eigene Geschichte zu sprechen. Doch es gab auch andere. Der nächste Besucher zum Beispiel war zurückhaltend und brauchte nicht lange. Olga nannte ihn den

»Unter-uns-Doktor« in Erinnerung an ihr erstes Zusammentreffen. Er hatte einmal ihren Sohn behandelt und beim Weggehen leise gebrummt: »Sorgen Sie dafür, daß es unter uns bleibt. Sie wissen ja, wenn man in diesem Land keine Zulassung besitzt ...«

Kurz bevor die Bibliothek schloß, erhielt Olga Besuch von einer hübschen jungen Frau, die zwei Jahre zuvor einen alten Gemäldesammler und Eigentümer mehrerer Kunstgalerien geheiratet hatte. Für eine Frau, die den nichtssagenden Namen Mascha trug und ihre Jugend im Elend der Goldenen Horde zugebracht hatte, wo sie in der Kantine als Serviererin arbeitete, war diese Heirat, als würde das Märchen vom schönen Prinzen wahr werden, auch wenn ihr Mann weder schön noch ein Prinz war, sondern im Gegenteil häßlich und griesgrämig. Die Russen von Villiers-la-Forêt wußten, wie selten auf dieser Welt Wunder geschehen, und wären sie noch so unvollkommen. Deshalb sahen sie geflissentlich darüber hinweg. Mascha ging in ihrem Bericht immer die Pariser Prominenz durch, der sie in den Galerien ihres Gatten begegnet war. Die Anstrengung, derer es bedurft hatte, sich all diese Namen zu merken – häufig Namen mit Adelsprädikaten –, war ihr ebenso anzumerken wie das Bemühen, sie mit gespielter Gleichgültigkeit zu erwähnen. Man spürte, daß sie nur deshalb von Zeit zu Zeit zu den »Mongolen« nach Villiers-la-Forêt zurückkehrte, um das Gefühl auszukosten, diesen Verhältnissen entkommen zu sein und ihre elende Vergangenheit hinter sich gelassen zu haben. Sie bewegte sich zwischen diesen Menschen wie in einem Alptraum, den sie mit ihrer Rückkehr nach Paris jederzeit beenden konnte.

An diesem Tag war die Leiterin des Altenheims die letzte Besucherin. Sie mußte sich gedulden, bis Mascha die Aufzählung ihrer Prominenten beendet hatte. Nachdem sie gegangen war, machte die Leiterin ihrer Erleichterung laut Luft:

»Uff! Ich dachte immer, daß man erst in unserem Alter geschwätzig wird, wenn man auf den Lebensabend wartet und einem nichts anderes mehr bleibt. Aber Sie haben diese Klatschbase ja gehört! Ich möchte wetten, wir bräuchten beide zusammen mindestens eine Woche, um so viel loszuwerden ...«

Die Worte verfolgten Olga den ganzen Abend. »In unserem Alter ... Wenn man auf den Lebensabend wartet ...«, flüsterte die Stimme der Leiterin in ihr. Über den Umweg einer beiläufigen Bemerkung kommt in solchen belanglosen Gesprächen die nackte Realität zum Vorschein und versetzt einem einen schmerzlichen Stich. Wenn sie sich mit Mascha und der Leiterin verglich, fühlte sie sich natürlich der ersten mit ihren fünfunddreißig oder sechsunddreißig Jahren viel näher. Doch jetzt schloß diejenige, die seit langem die Fünfzig überschritten hatte, sie in das Warten auf den Lebensabend mit ein. Dabei war sie doch erst sechsundvierzig!

Sie stand einige Zeit im Badezimmer vor dem Spiegel. »Es liegt eigentlich nur daran, daß mein Haar schon grau wird. Ich sollte jedem erklären: So ist mein Haar eben, aber ich bin nicht so alt, wie mein Haar aussieht.« Sie schüttelte den Kopf, um die alberne Idee zu verscheuchen, daß eine Frau die Einzigartigkeit ihres Haars verteidigt.

Als sie in die Küche kam, fiel ihr Blick auf die kleine Kupferkanne, in der ihr Tee abkühlte. Plötzlich fühlte sie die angenehme Ruhe, die in der Resignation lag. Ja, es war verlokkend, sich damit abzufinden, daß man auf den Lebensabend wartete und seine kleinen Schrullen pflegte. Man brauchte seine früheren Wünsche nur zu winzigen, leicht verdaulichen Teilchen zu zermahlen, brauchte sich nur für ein paar Minuten am Abend dem Weltschmerz zu überlassen oder den Tee mit dünnem Strahl in die Schale zu gießen, wie sie es soeben getan hatte.

Olga konnte sich nicht erklären, was sich plötzlich in ihr

sträubte. Ohne jede Überlegung ließ sie sich vom Schwung des allerersten Impulses mitreißen. Der Tee landete im Ausguß, der Bodensatz flog zu einer Kugel gepreßt aus dem offenen Fenster. Sie dachte an Li und glaubte, daß diese Erinnerung sie in Aufruhr versetzt hatte: »Sie ist älter als ich (wieder diese Rechnerei: drei Jahre älter!), und doch hindert sie nichts daran, sich in dieses verrückte Vorhaben zu stürzen. In ein neues Leben!«
Die leicht überspannte Fröhlichkeit ihrer Freundin, die sich sogar über die vernünftigen Leute lustig machte, gewann die Oberhand. »Also diese Li! Dieses Teufelsweib! Die hat Courage!« sagte sie immer wieder, während sie in ihrem Zimmer im Kreis herumging. Dann blieb sie stehen, ergriff einen Gegenstand, rieb ihn, als wollte sie ihn abstauben, stellte ihn an seinen Platz zurück, zog das kleine Deckchen auf dem Beistelltisch gerade, zupfte zwanghaft die Ecken des Kopfkissens zurecht. »Dieses Teufelsweib!« Plötzlich fiel ihr Blick auf die große, lederne Buchattrappe. Der Photoapparat! Da war ja noch die versteckte Kamera, die Li ihr geliehen hatte! Unter ihrem alltäglichen Blick hätte sich das Gehäuse beinahe in ein gewöhnliches Buch verwandelt und wäre ins Bücherregal eingereiht worden. Olga fühlte ein Kribbeln in den Fingern, so aufgeregt war sie, als sie den vernickelten Apparat abtastete, der in dem falschen Buch versteckt war. Sie tat, was ihre Freundin ihr gezeigt hatte: Sie löschte das Licht, stellte die Kamera aufs Regal, drückte auf den glatten Knopf im Schnitt und …

Erst drei Tage später erinnerte sie sich wieder an den Abend, als sie empört den Tee weggeschüttet hatte. Jetzt schien ihr diese Geste schon Jahre zurückzuliegen und sie kam ihr nutzlos vor, wie es häufig bei großen Entscheidungen der Fall ist, die man im Übermut spät nachts getroffen hat und am nächsten Morgen kaum noch nachvollziehen kann.

Sie mußte nach Paris fahren. Man hatte ihr versprochen, sie mit jemandem zusammenzubringen, der sie vielleicht mit einem großen Spezialisten für Blutkrankheiten bekannt machen könnte, der möglicherweise … Auf solch langwierigen Umwegen über oberflächliche Bekanntschaften suchte sie noch immer nach dem Wunderarzt. Eltern von Kindern mit einer tödlichen Krankheit geben die Hoffnung nie auf. Sie würde einen Besuch bei Li machen und beschloß, ihr bei dieser Gelegenheit die Kamera zurückzubringen.

Eine Woche später erhielt sie zu ihrer großen Überraschung einen kurzen Brief mit drei Schwarzweiß-Abzügen. »Die beiden ersten sind nichts geworden, sie sind unterbelichtet«, schrieb Li dazu.

Olga breitete sie auf dem Fensterbrett aus, und für einige Sekunden raubte ihr der Anblick ihres eigenen Körpers den Atem.

Auf dem ersten Photo war sie überhaupt nicht zu sehen. Der Raum war indirekt beleuchtet, auf der hellen Bildseite sah man ihre Katze, die gewöhnlich in der Küche schlief. Diesmal war sie umhergeschlichen und schien bei einer geheimnisvollen, nächtlichen Unternehmung überrascht worden zu sein. Sie hatte die Ohren aufgestellt, als lauschte sie, und ihre Pupillen, die schmal wie Rasiermesser waren, stierten in das schwache Licht, das auf sie fiel. Gleich würde diese Gestalt auf samtweichen Pfoten die Flucht ergreifen, sie war zum Sprung gespannt. Olga zwang sich zu einem kurzen Lachen, um den beunruhigenden Eindruck loszuwerden, den die aus einem unbekannten Grund wachsam lauernde Katze hinterließ.

Während sie die beiden anderen Abzüge betrachtete, fiel ihr ein, daß es in jener Nacht, in der sie zuerst den Tee weggeschüttet und dann den Photospion aufgebaut hatte, so heiß gewesen war, daß sie aufstehen mußte, um ihr Nachthemd auszuziehen und das Fenster zu öffnen. In diesem Augen-

blick war die im Regal versteckte Kamera völlig vergessen. Trotzdem hatte das winzige Objektiv sie eingefangen und unbemerkt fünf Aufnahmen im Abstand von drei Sekunden gemacht.
Auf dem nächsten Photo sah sich Olga mit dem Rücken zur Kamera auf der Bettkante sitzen. Sie hatte die Arme hochgestreckt, um das Nachthemd über den Kopf zu streifen. Die letzte Aufnahme zeigte sie vornübergebeugt am Fensterbrett, eine Hand über ihren Brüsten, als wollte sie sich vor Blicken schützen, die andere am Fenstergriff. Ihr Gesicht war nicht deutlich zu erkennen. Von ihren Augen war jeweils nur ein dunkles Dreieck zu sehen. Dennoch ließ sich ahnen, daß dieser Blick die nächtliche Stille einfing, daß ein frischer, fast greifbarer Lufthauch den langen weißen Bogen ihres Arms entlangstrich.
Die nackte Frau am offenen Fenster war nicht die Frau, als die sie sich sah. Sie hätte eine Fremde sein können. Es war ohne weiteres zu sehen, wie schön dieser Frauenkörper war. Und wie jung er wirkte. Beim ersten Blick auf das Bild hatte es ihr den Atem geraubt. Hier war etwas Einzigartiges eingefangen, das sie nicht mit Worten beschreiben konnte, etwas Geheimnisvolles, das nicht in Sätze zu kleiden war und das wie Pfefferminz in die Nase stach, die Brust weitete.
Während Olga die Abzüge betrachtete, legte das »kleine Biest« andauernd den Finger auf einige auffällige Ungereimtheiten: »Warum sind die ersten beiden Aufnahmen ganz schwarz, während die dritte schon ein wenig Licht gestreift hat und die letzten beiden gelungen sind?« – »Sei still! Das liegt bestimmt an der Kamera ...« – »Und warum steht die Tür offen?« – »Ein Luftzug.« – »Und die Katze« – »Sei still! Ich will nichts mehr davon hören!«
Die Auseinandersetzung minderte nicht ihr Staunen über die Frau auf dem Photo. Erst spät am Abend (sie hörte ein schwaches Geräusch im Kinderzimmer und stand schnell

auf, um beim geringsten Ruf zur Stelle zu sein) erfüllten die Vorwürfe des kleinen Biests wieder ihren Kopf: »Diese Photos sind ja ganz hübsch, aber du solltest lieber mehr an deinen Sohn denken.«
Olga antwortete ihr nicht. Sie ging zur Tür, öffnete sie, lauschte in die Stille auf dem Flur hinaus. Ihr seltsames Haus bestand aus diesem Flur, an dessen einem Ende ihr Zimmer, die Küche und das Bad lagen, und an dessen anderem Ende sich das Kinderzimmer befand. In der Mitte des Flurs gab es einen Abstellraum, den ein schmales Fenster mit Licht versorgte: Darin erledigte sie Schreibarbeiten für die Bibliothek. Ihr Sohn nannte ihn die Bücherkammer.
Alles war still, sie legte sich wieder ins Bett. Was könnte sie dieser Stimme entgegnen, die sie mit ihren Vorhaltungen verfolgte? Vielleicht, daß es in dieser »Bücherkammer« auf dem höchsten Brett, unerreichbar für das Kind, ein gutes Dutzend Bücher gab, die von seiner Krankheit handelten? Daß sie jeden Abschnitt davon gelesen hatte, daß sie alle beschriebenen Behandlungsmethoden und die kleinsten Entwicklungsschritte der Krankheit kannte? Daß sie sich manchmal ausmalte, wie es wäre, wenn der Verlauf der Krankheit sich beschleunigen und sie innerhalb eines Tages zum Tode führen würde. Und daß es hieße, kein Leben zu haben, den Verstand zu verlieren und mithin das Leben ihres Kindes aufs Spiel zu setzen, wenn sie immer nur daran denken müßte. Daß der Junge eine ganz normale Mutter brauchte, eine, die immer liebevoll und unbeirrbar war, die Ruhe selbst, eine Mutter, die jung blieb.
Das kleine Biest sagte nichts mehr. Olga stand noch einmal auf (sie bedauerte schon, sich keinen Tee gemacht zu haben), ging zum Spiegel, faßte ihr Haar zu einem dicken Zopf zusammen, nahm eine große Schere und schnitt es ab ... Diese Photographien, dachte sie, und die Erzählungen der Leser aus der Bibliothek, die endlosen Auseinandersetzungen mit

dem kleinen Biest, der bange Altersvergleich mit anderen Frauen, all diese Dinge, die auf sie einströmten und ihre Tage ausfüllten, waren das einzige Mittel, um nicht ständig an die Bücher zu denken, die in der Kammer auf dem für das Kind verbotenen Brett standen. In diesen Strom einzutauchen war ihre Art, eine Mutter für ihn zu sein, die sich durch nichts von anderen Müttern unterschied. Es war ihre Art, sich selbst vorzugaukeln, eine Frau wie jede andere zu sein, um diese Mutterrolle noch besser spielen zu können.

Bevor sie einschlief, probte sie. Leise flüsternd versuchte sie es immer wieder, damit es möglichst natürlich klänge: »Du, morgen oder übermorgen fahren wir nach Paris, ich möchte dir gerne ... Nein! Wir werden nach Paris fahren, ich habe dort einen Arzt kennengelernt, der ... Nein. Er ist wirklich ein netter Mann und ein großer Spezialist für deine ... Nein. Er kennt die Probleme, die du ...« Wie gewöhnlich reihte sich ein Gedanke an den anderen. Diesmal machte sie sich all die Möglichkeiten bewußt, die sie sonst eher beiläufig durchspielte. »Ich denke eben doch ständig an ihn«, sagte sie sich, als wäre es ein bitterer Sieg über die Stimme, die sie verfolgte.

Am nächsten Morgen hatte sie es eilig, die üblichen Vorarbeiten abzuschließen, mit denen ihr Arbeitstag in der Bibliothek begann. Sie konnte dem seltsamen Drang einfach nicht widerstehen, die drei Photos im Verborgenen hinter ihrer Theke auszubreiten und sie vor Ankunft der ersten Leser noch einmal eingehend zu betrachten. Ja, sie in anderem Licht, an einem Ort, der nichts mit ihnen zu tun hatte, noch einmal unvoreingenommen zu prüfen. Ihr Verlangen antwortete auf die manische Anziehungskraft bestimmter Bilder, die immer wieder den Blick auf sich ziehen und zum Hinschauen zwingen, als müßte man sich versichern, daß sie nichts von ihrem rätselhaften Reiz eingebüßt haben, oder umgekehrt, als hoffte man, etwas Neues in ihnen zu entdecken, das den aufgenommenen Augenblick schlagartig verändern würde.

Sie öffnete zwei Pakete mit Neuerwerbungen, war aber so ungeduldig, daß sie beschloß, diese erst später zu katalogisieren, und heftete statt dessen die französischen und russischen Zeitungen ab. Sonst blätterte Olga sie wenigstens durch, wobei sie gewiß war, daß ihr durch die endlosen Kommentare der Leser ohnedies nichts entgehen würde. Diesmal überflog sie lediglich die Schlagzeilen auf den Titelblättern: »Die Herzogin von Windsor ihres Schmucks beraubt« ... »Josephine Baker und ihr Kampf für die der Résistance« ... »Unruhen in Algerien: Aufgeheizte Stimmung

oder Vertrauenskrise?« ... »Ab 7. Oktober fahren die Züge der S.N.C.F. schneller: Paris-Bordeaux in 6 Stunden 10 Minuten, Paris-Marseille in 10 Stunden 28 Minuten ...«
Dann war es endlich soweit, und sie konnte in aller Ruhe die drei Abzüge betrachten. Wieder war es die Frau auf den Photos, die sie durch ihre Schönheit und Jugendlichkeit aus der Ruhe brachte. Während Olga auf Schritte vor der Tür lauschte, musterte sie diesen Körper mit der Absicht, ihn streng zu beurteilen. Doch der Körper dieser Unbekannten, die ihr Nachthemd auszog und auf der nächsten Aufnahme nackt am Fenster stand, zeigte keine Spuren von Erschlaffung, des Alterns. Das hochgezogene Hemd entblößte einen Rücken von geradezu jugendlicher Geschmeidigkeit. Und obwohl der Augenblick dem Zufall geschuldet war, hatte die Kamera festgehalten, wodurch sie sich ihrer Auffassung nach von anderen Frauen unterschied, deren Körper sie im Laufe ihres Lebens gesehen hatte: Ihre Fußgelenke zeigten Fesseln, die so filigran waren, als hätte ein Riese sie zwischen Daumen und kleinem Finger geformt, ihre Schlüsselbeine waren zart und wirkten viel zu zerbrechlich, um ihre vollen, schweren Brüste zu tragen. Ja, die Kamera hatte diese Eigenheiten festgehalten, von denen man häufig ein Leben lang nicht weiß, ob sie anderen gefallen, ob sie überhaupt auffallen oder ob sie für andere reizlos sind.
Mehr noch als am Abend zuvor erweckte diese vor dem dunklen Fenster überraschte Frau den Eindruck, als stünde sie kurz vor einer erstaunlichen Erkenntnis, die sie taumeln ließe. »Sie ist völlig ... Nein, niemand würde mich so wiedererkennen. Eine ganz andere Frau. In diesem Augenblick jedenfalls ...« Sie hielt die Aufnahme etwas schräg, um den Lichteinfall zu verändern, und hoffte, durch den neuen Blickwinkel würden sich die Worte lösen und das Geheimnis der Aufnahme faßbar werden. Die ersten Leser standen schon in der Tür.

Zunächst betrat eine uralte Rentnerin aus dem Altenheim den Saal. Gewöhnlich wurde sie von der Krankenschwester mit Büchern versorgt. Doch an diesem Morgen hatte sie zu ihrer eigenen Verwunderung die Kraft zu kommen selbst aufgebracht. Sie war überglücklich, daß sie den langen Weg von einem Stockwerk ins nächste geschafft hatte, und sie freute sich über die strahlende Herbstsonne, die in den Scheiben glänzte. Man ahnte, welche Anstrengung es für diesen schmächtigen Körper bedeutet hatte, die glatten Stufen hinaufzusteigen, die langen, zugigen Gänge zu durchqueren, durch die der Duft von Küche, Straße und Flußwasser wehte. Sie kämpfte lange mit der Tür, deren Feder so stark angezogen war, daß man sich beinahe den Arm ausriß, und als die Tür wieder zufiel, wäre sie fast von ihr umgestoßen worden. In den entzückten Blick, den sie auf Olga richtete, mischten sich das ängstliche Staunen und der Stolz darüber, welche Schwierigkeiten und Gefahren sie gemeistert hatte. »Im Frühjahr muß ich Ihnen unbedingt diese Blumen zeigen«, sagte sie und rang nach Atem, als Olga sie in ihr Zimmer zurückbegleitete. »Sie werden sehen, sie wachsen dicht an den Stämmen. Sie kommen unter dem verdorrten Laub hervor. Ich bin überzeugt davon, daß nicht einmal die Franzosen wissen, wie sie heißen. Im Frühling gehen wir einmal zusammen hin. Sie werden sehen. Zarte, weiße Blüten. Und so schön!« Schon seit mehreren Jahren versprach sie Olga, im kommenden Frühjahr mit ihr zusammen im Wald nach diesen weißen Blumen zu suchen.
Die übliche Leserrunde stellte sich ein. Der Kavallerist erzählte von seinem besten Pferd, das darauf trainiert war, einem bestimmten Pfiff zu gehorchen, sich hinzulegen und wieder aufzustehen, wenn er ertönte. Dann gab er wieder eine Vorstellung von einem Säbelgefecht: »S-s-slisch.«
Ihm folgten einige Leser, die Olga insgeheim »Anwärter« nannte. Sie gehörten zu den Russen, die es geschafft hatten,

aus den sehr geringgeschätzten Wohnungen in der alten Brauerei auszuziehen und sich im oberen Teil von Villiers-la-Forêt einzuquartieren, wo sie heimlich oder unverhohlen ihrem Traum nachhingen, eines Tages in Paris zu leben.
Auch Mascha stattete der Bibliothek einen Besuch ab, beugte sich über die Theke und murmelte, als handelte es sich um eine vertrauliche Mitteilung: »Ich werde frühestens in vierzehn Tagen wiederkommen. Ich fahre nach Nizza. Mit ihm.« Olga wußte schon, was dieses »mit ihm« bedeutete: Ihr Begleiter war nicht ihr Ehemann.
In regelmäßigen Abständen trudelten die Leute ein und hielten ihr Schwätzchen, unter ihnen auch der ehemalige Apotheker, der zu Müßiggang verdammt war, seitdem eine Bombe der Alliierten sein Geschäft getroffen hatte. Nach dieser Katastrophe hatte er sich immer mehr der Emigrantengemeinde in der Unterstadt angenähert. Er hatte sogar begonnen, ihre Sprache zu lernen, und war für sie allmählich in die Rolle des Musterfranzosen geschlüpft, die jeder Franzose annimmt, der unter Ausländern lebt. Er übertrieb – möglicherweise unbeabsichtigt – bestimmte Züge, die man für typisch französisch hielt, und er genoß es, wenn die Bewohner der Goldenen Horde bei seinen schlüpfrigen Wortspielen oder galanten Aufmerksamkeiten ausriefen: »Ah, diese Franzosen sind einfach unverbesserlich!« Als er gegangen war, dachte Olga lächelnd: »Man kann sagen, was man will, aber er hat als einziger bemerkt, daß ich mir das Haar geschnitten habe.« Und sie rief sich die Worte des Apothekers in Erinnerung: »Madame, Sie treffen uns mitten ins Herz! Ein so wunderbar geschwungener Nacken hat es nicht nötig, sich zu verstecken! Ich hoffe, es bleibt nicht der letzte Ihrer Schätze, den Sie uns zu Gesicht bringen!« Sie ging die Bücher einräumen, die der Apotheker zurückgegeben hatte, und sah die ausgreifenden Handbewegungen und das lebhafte Mienenspiel des Mannes vor sich – »Diese Franzosen sind einfach unverbesserlich.«

Die große, griesgrämige Krankenschwester, die unbeirrbar in Trauer ging, erschien kurz vor Mittag und wollte ein unlängst erschienenes Buch bestellen, in dem es angeblich Landkarten gab, auf denen man den Ort finden konnte, wo ihr heißgeliebter Brite sein letztes Luftgefecht hatte.
Olga merkte nicht, wie der Tag verging. Genauer gesagt, verging er mit dem Gerede all der Leser, die sie mit ihren Geschichten überschwemmten. »Sie haben mich aus meinem eigenen Leben vertrieben«, dachte sie verbittert.

Erst am Ende des Tages, als die Bibliothek geschlossen war, hatte sie das Gefühl, wieder zu sich zu kommen. Normalerweise ging sie Punkt acht Uhr nach Hause, anderenfalls verwandelte sich die Bibliothek in einen Debattierklub: Die Leser, und besonders diejenigen aus der Horde, die nur über den Flur zu gehen brauchten, um in die Bibliothek zu gelangen, verließen den Saal erst um Mitternacht, wenn sie mehrere Tassen Tee genossen, alle Revolutionen und Kriege der Welt wieder aufgelegt und zum x-ten Mal ihre Lebensgeschichte erzählt hatten. An diesem Abend schloß Olga die Tür ab und saß noch lange hinter ihrer Theke, auf der sich die zurückgegebenen Bücher stapelten. Die Gesichter, die ihr im Laufe des Tages begegnet waren, geisterten noch durch den dunklen, leeren Raum. So, wie sie jetzt aussah, kannten sie die Besucher: eine Bibliothekarin auf Lebenszeit, eine von ihrem Ehemann verlassene Frau, die mit ihrer Klasse gebrochen hatte, die Mutter eines todgeweihten Kindes …
Ein leises Reiben unterbrach ihr stilles Zwiegespräch. Sie blickte auf. Der Türgriff bewegte sich langsam nach unten. Es gab keinen Grund, sich zu sorgen, doch die langsame Bewegung hatte etwas Furchterregendes. Mit derselben verhaltenen, sicheren Kraft wurde an der Tür gerüttelt. Nach kurzer Stille hörte sie einen Mann, der zu sich selbst sprach

und dennoch nicht auszuschließen schien, daß hinter der verschlossenen Tür noch jemand war. »Der Vogel ist ausgeflogen«, trällerte er geradezu, »und hat vergessen, das Licht auszumachen! Seltsam!« Kurz darauf ertönte dieselbe Stimme auf dem Flur. »Sie kommen zu spät, meine Liebe!« sagte der Mann zu einer späten Leserin. »Madame Arbelina ist die Pünktlichkeit selbst. Es ist Viertel nach acht. Pünktlichkeit ist, wie Sie wissen, die Höflichkeit der Könige und ... der Fürstinnen.«

Olga versuchte, die Stimme einem bekannten Gesicht zuzuordnen. Es war unmöglich. Schließlich gab sie auf. Sie wollte nur noch ein Buch wegstellen. Es hatte einen Tintenfleck auf dem hellen Holzschreibtisch verdeckt, der ihr anstößig vorkam, da er die Form eines dickbauchigen Mannes hatte, und auf den sie stets ein Blatt Papier oder ein Buch legte. Wie Nachtfalter aus den Falten eines Vorhangs flatterten plötzlich drei Photographien zu Boden. Seit dem Morgen war sie so beschäftigt gewesen, daß sie die Aufnahmen vergessen hatte. Das Blut schoß ihr in die Wangen. »Nicht auszudenken, was passiert wäre, wenn morgen ein Leser das Buch ausgeliehen hätte!« Sie stellte sich ihre Scham vor, das Gelächter, die Witze ...

Und als sie mit ihrem Blick wieder in das dunkle Zimmer eintauchte, in dem eine nackte Frau an einem schwarzen Fensterbrett stand, war das Rätsel dieses Augenblicks plötzlich gar nicht mehr so groß. Niemand wußte, daß hier mitten in der Nacht, in der Kühle, die vom Fluß aufstieg, eine Frau stand. »So wie niemand weiß, daß ich im Schein einer kleinen Schreibtischlampe in der leeren Bibliothek sitze. Eine halbe Stunde aus meinem Leben wird ihnen verborgen bleiben.« Die Frau an der Fensterbank hätte auch nach draußen gehen und ein paar Schritte durch die Wiese zum Fluß hinunterlaufen können. Diese Freiheit berauschte sie. Eine nackte Frau, die in mondloser Nacht durchs Gras geht, die

keine Bibliothekarin mehr ist, keine verlassene Ehefrau, keine Fürstin Arbelina …
Auf dem Nachhauseweg blieb sie von Zeit zu Zeit stehen und blickte sich nach den kleinen Häusern der Unterstadt um, nach den Bäumen, nach den ersten Sternen zwischen den Zweigen.
Ihr Erstaunen hätte nicht größer sein können: Sie hatte entdeckt, daß es in greifbarer Nähe ein Leben gab, das vor den anderen geheim bleiben konnte.

Zwei Tage nach diesem seltsamen Abend, den sie unbeobachtet von allen verbracht hatte, erhielt sie einen Brief von L.M. (den, das wußte sie, die Bewohner der Horde ihren »Pariser Geliebten« nannten). Es war einer jener Briefe von einer halben Seite Länge, mit denen er sie gewöhnlich nach Paris einlud. Dieser unterschied sich von den vorangegangenen durch seinen ernsten und, fast hätte man meinen können, leicht eingeschnappten Tonfall. Man konnte den Vorwurf zwischen den Zeilen herauslesen: Ich kehre aus Deutschland zurück, wo ich die Hölle gesehen habe, während ihr hier in Frankreich ganz poussierlich lebt. Zugleich bedeutete dieser Tonfall: Ich weiß, es ist schon einige Monate her, daß wir uns das letzte Mal sahen, doch du hast nicht das Recht, mir daraus einen Vorwurf zu machen, denn meine Arbeit als Journalist ist wichtiger als alle Gefühlsseligkeit der Welt.
Am Abend entwarf sie eine Antwort darauf. Es wurde ein Brief, der einen Schlußstrich zog unter die lange Reihe ihrer Treffen, die sie, zumindest eine gewisse Zeitlang, »Liebe« genannt hatten. In den Zeilen, die sie schrieb, durchstrich und wieder schrieb, tauchte dieses Wort nicht mehr auf. Und ohne diesen Angelpunkt verwandelte sich das, was sie gemeinsam erlebt hatten, und übrig blieb ein Haufen Verabredungen, gesäuselte Worte, Hotelzimmer, Straßenecken, ein

Haufen stiller Nächte, in denen sie kaum ein Wort wechselten, und ein paar Freuden unter dem Panzer der Erinnerung. Das alles versuchte sie ihm zu sagen. Der Rhythmus der Sätze übertrug sich auf ihren Körper und nötigte sie, den langen Flur in ihrem schmalen Haus auf und ab zu wandern. Am Eingang blieb ihr Blick an einer alten Kommode hängen. L. M. hatte die Ecke der Deckplatte abgesägt, ohne auf eine gleichmäßige Rundung zu achten. Damit sich das Kind beim Spielen nicht verletzt, hatte er erklärt. Wenn er sie in Villiers besuchen kam, strich er jedesmal über diese gestutzte Ecke, als wollte er sein Werk prüfen, und manchmal fragte er sogar: »Und, nützt es was? Sag mir Bescheid, wenn ich noch einmal zur Säge greifen soll.« Jetzt, wo sie durch den Eingangsbereich kam, dachte sie, daß sie in ihrem Brief den Mut hätte aufbringen und ihn an die abgesägte Ecke erinnern müssen – diese Ecke war einer der wahren Gründe für ihre Trennung! Ob er sie verstehen würde? Ja, sie hätte ihm nur von dieser Ecke schreiben sollen. Oder vielleicht auch von dieser Inszenierung: Im Dunkeln liegt ein Mann mit bleichem Körper neben ihr und spricht wie ein Wasserfall, mal, weil ihn die Lust anstachelt, mal, weil es ihn nervös macht, daß sie sich nicht einstellt. Diese beiden Facetten hätten alles gesagt.

Als sie den Entwurf fertig hatte, ging sie in die Küche, wo ihr Tee auf der kalten Herdplatte abkühlte. Mit ihrem Abschiedsbrief, dachte sie, beginne ein neuer Lebensabschnitt. Vielleicht kein anderer als der des »Wartens auf das Alter«, wie die Leiterin meinte. Alles, was ihr wie eine vorübergehende Lösung erschienen war, alles, von dem sie geglaubt hatte, daß es sich noch ändern könne, würde endgültig sein – diese vertraute Küche mit dem matt gewordenen Anstrich, der Blasen warf, und dieses flache, lange Backsteingebäude, das ihr Haus war in diesem Villiers-la-Forêt. Und immer weniger Leute würden sich darüber wundern, daß sie hier lebte in diesem Kreislauf von nahezu ununterscheidbaren Jahreszeiten, in diesem Frankreich, wo der Sommer sich weit in den Herbst hineinzieht und der Winter keinen Schnee bringt, sondern nur eine Verlängerung des Herbstes ist. Ihr Leben würde von nun an leise hinübergleiten in ... Bevor sie sich schlafen legte (der Tee konnte sie an diesem Abend nicht beruhigen), flickte sie das kurzärmlige Hemd ihres Sohnes. Nach kurzer Zeit war der Stoff auf ihrem Schoß so warm wie ihre Hände. Das Hemd mit dem völlig zerschlissenen Kragen gehörte offensichtlich schon zu dieser neuen Epoche ihres Lebens, in der sich nichts Fremdes mehr zwischen sie und ihr Kind schieben würde. Kein Besucher, keine neue Liebe. Und sie würde jeden Gedanken vertreiben, der sie von ihm entfernte. Doch er sollte die Veränderung nicht merken, ebensowenig wie ihm am nächsten Morgen die zahllosen Stiche mit blauem Faden am Kragen seines Hemds auffallen sollten.

Bereits wenige Tage nach jenem Abend, an dem sie den Abschiedsbrief geschrieben und mit Bitterkeit und Wehmut die große Entscheidung gefällt hatte, würde Olga alles wieder vergessen haben. Eine einzige Geste sollte alles über den Haufen werfen, ihre Vorsätze, ihre innere Ruhe und Abgeklärtheit, ihre Resignation ...

An einem klaren und kühlen Abend im Spätsommer, als sie schon glaubte, nichts könne sie mehr anfechten, überraschte sie ihren Sohn mit der kleinen Kupferkanne, in der sie ihren Hopfenblütentee aufbrühte. Sie sah, wie er für einen kurzen Augenblick angespannt innehielt, als hätte er etwas getan, bei dem er unter allen Umständen unentdeckt bleiben wollte. Ja, es war die hypnotische Starre, die sich zwischen das gefährliche oder verbrecherische Tun und die übertriebene Sorglosigkeit der nachfolgenden Bewegungen und Worte schiebt. Was sie in diesem Augenblick zu ahnen glaubte, schien ihr so ungeheuerlich zu sein, so unvorstellbar, daß sie unwillkürlich ein paar Schritte zurücktrat. Als hätte sie sich gewünscht, die Zeit zurückdrehen zu können, während sie schon fühlte, daß eine Rückkehr zu ihrem vorherigen Leben genau in diesem Moment unmöglich wurde.

Später erschauerte sie manchmal bei dem Gedanken, daß er sie ebenfalls hätte entdecken können, als sie ihn so unverhofft zwischen den leicht geöffneten Vorhängen des Küchenfensters erblickte.

Der Himmel war noch hell und von einer solchen Leuchtkraft, daß die Bäume wie auf einer Radierung scharf hervortraten. Das lilafarbene Abendlicht verlieh ihren Umrissen ein unwirkliches Aussehen. Ab und zu hob Olga ein trockenes Blatt oder einen Spatsplitter auf, und wenn sie sie betrachtete, sahen sie aus, als ginge das Licht durch sie hindurch. Sogar ihre Finger, die den Griff eines Spatens umklammerten, schienen in diesem rosigen Fluidum von einem übernatürlichen Schimmer überzogen. Die hereinbrechende Dämmerung war kühl, wolkenlos, und versprach eine ruhige, klare Nacht. Eine schöne Spätsommernacht.

Sie arbeitete langsam, folgte dem Wechsel des Lichts und der Farben, die, von einem immer kräftigeren Blau durchtränkt, ins Violette umschlugen. Die verdorrten Stengel entlang der Hauswand ließen sich erfreulich leicht aus dem Boden reißen. Die verblühten Sommerblumen fügten sich in ihr Los und boten keinen Widerstand mehr. Von der aufgewühlten Erde stieg ein würziger, schwerer Geruch auf. Es war bereits dunkel, doch sie blieb bei diesem andächtigen Arbeitstempo, bei dem sie zur Ruhe kam.

Es war Samstag. Am Nachmittag hatte sie ihren Abschiedsbrief an L.M. zum zweitenmal ins reine geschrieben. Um der Versuchung zu widerstehen, noch einmal zu beginnen, hatte sie ihn in einen Umschlag gesteckt und beschlossen, ihn am Montagmorgen einzuwerfen. Damit war die Sache vollbracht, und jetzt lebte sie schon seit zwei Tagen mit dem Gefühl, die Leidenschaft sei abgeebbt. Ja, es war, als ginge sie bei Ebbe über den freigespülten Sand und sammelte mal hier einen Kiesel, mal da eine Muschelscherbe auf.
In dieser glücklichen Zerstreutheit arbeitete sie weiter. Mit gebeugtem Rücken gelangte sie schließlich vor das Küchenfenster und richtete sich auf.
Zu schnell! Ihr wurde schwindelig, und das erleuchtete Fenster mit seinen Vorhängen begann zu schwanken. Eine matte Taubheit beschlich ihren Körper, umgab sie wie eine Wolke. Die Hauswand, an der sie sich mit der Handfläche abstützte, schien leicht nachzugeben. Damit nicht alles wegschwamm, starrte sie auf den hellen Spalt zwischen den Vorhängen. Da sah sie einen Unbekannten am Küchenherd, einen sehr jungen Mann …
Sie sah, was er tat, mit jener Schärfe, die Dingen und Bewegungen in einem Zimmer anhaftet, in das man bei Dunkelheit und Kälte von draußen hineinsieht. Durch das Schwindelgefühl hatte ihr Blick eine fast halluzinatorische Schärfe.
Die Hand des jungen Unbekannten tanzte über der kleinen Kupferkanne, dann zerknüllten seine Finger einen schmalen Streifen Papier und steckten ihn in die Hosentasche. Er trat vom Herd zurück und warf einen ängstlichen Blick zur Küchentür.
Wie benommen wich sie einige Schritte zurück und taumelte gegen einen Busch, der sie mit seinen Zweigen sanft zurückstieß. Sie blieb stehen. In ihren Schläfen pochte das Blut. Sie sah nur noch den leuchtenden Spalt zwischen den Vorhängen.

Sie ahnte schon alles, ohne zu begreifen, als sich vor ihren geschlossenen Augen die weit voneinander entfernten Einzelheiten zu einem Bild versammelten: die schwebenden Finger über dem Hopfenblütentee, die drei Aufnahmen mit der nackten Frau, die offene Tür in jener Nacht, als sie die Bilder machte, die beiden Tage, die sie bei Li verbracht hatte, die Abtreibung … Im dichten Schleier, in den der Schwindel sie hüllte, konnte sie zu ihrem Entsetzen schon den Zusammenhang zwischen den einzelnen Steinen dieses auseinandergebrochenen Mosaiks sehen. Doch das Blut war ihr so in den Kopf gestiegen, daß sie wie betäubt war, und ihr Denken stockte.

Als sich der Nebel trotzdem allmählich auflöste, führte kein Weg mehr an diesem Mosaik vorbei. Die bunten Bruchstükke erinnerten an ein großes, dunkelrotes Reptil, das sehr schnell immer größer wurde in ihrem Kopf. In diesem Augenblick hörte der Schwindel auf, und sie sah wieder klar. Für den Bruchteil einer Sekunde konnte Olga begreifen. Da platzte das vom Blut angeschwollene Reptil, es brannte in ihrem Nacken, ließ den Schrei auf ihren Lippen erstarren. Die Steine des Mosaiks kamen nicht zusammen. Drei Photographien, die offene Tür, sie dort, splitternackt, der Tee, der sie manchmal so lange schlafen ließ. Es war wie ein Wort, das einem entfallen ist und das für einen kurzen Moment in einem aufsteigt: Man erinnert sich an seine Buchstaben und wie es klingt, doch gleich ist es wieder vergessen, und zurück bleibt nur die Gewißheit, daß es vorhanden ist.

Ja, dieses schmierige, von dunklem Blut aufgequollene Reptil war da. Als sie wieder einen klaren Kopf hatte, konnte sie sich an dieses Reptil erinnern, als wäre es der Beweis für den Wahnsinn, dem sie für einen Moment verfallen war. Und selbst die Stimme des »kleinen Biests« war verstummt vor Entsetzen über das, was sie hier ahnen ließ.

Sie starrte gebannt auf den jungen Unbekannten, der in der

hell erleuchteten Küche unbekümmert in einem Heft blätterte, das auf dem Tisch lag. Es war ihr Sohn!
Aber bevor sie begriff, wie das Kind von sieben Jahren, das er immer für sie geblieben war, so groß hatte werden können, vollzogen ihre Augen eine rasche, schmerzhafte Anpassung. In ihrem Blick erschienen zwei Gesichter – das eine gehörte dem über das Heft gebeugten jungen Mann, das andere dem Kind, dessen Bild sie in sich bewahrt hatte – und schoben sich zitternd übereinander. Als sie in der Mitte zusammenfielen, waren es die Züge eines Vierzehnjährigen, der nicht mehr Kind und noch nicht Mann war.
Da wußte sie, daß ihr der junge Mann im Augenblick des Schwindels erschienen war. Sein Gesicht und sein Körper waren in dem Moment erwachsen geworden, als sie sich über dieses Mosaik entsetzte, mit dem sich das Undenkbare offenbart hatte. Ja, dieser schmale, blasse Jüngling mit dem kaum sichtbaren Schatten des ersten Barts gehörte zur Bilderwelt dieses Mosaiks, die sich in ein schimmerndes Reptil mit unergründlichen, glasigen Augen verwandelte, wenn das Denken daran rührte. Er gehörte zu dieser Welt, auf die sie mit Entsetzen starrte, die aber nicht auszudenken und nicht auszudrücken war.
Das Licht zwischen den Vorhängen erlosch. Im Dunkeln tastete sie sich die Hauswand entlang zur Tür. Sie stieß gegen Erdklumpen und gejätete Blumenstengel. Es kam ihr vor, als wäre sie jahrelang von zu Hause weg gewesen und kehrte nun zurück. Im Eingang staunte sie über das Tapetenmuster, als ob sie es zum ersten Mal gesehen hätte. Sie bückte sich und griff wie fast jeden Tag automatisch nach einem Paar staubiger Schuhe. Sie faßte mit der Hand erst in den einen, dann in den anderen und tastete das Innenfutter ab, um zu sehen, ob sich sein Nagel durch die Sohle gebohrt hatte. Plötzlich entglitt ihr ein Schuh und fiel zu Boden. Wie mühelos sie mit der Hand in das abgewetzte Leder kam! Da wurde

ihr bewußt, daß sie bisher immer das Gefühl gehabt hatte, sie müsse ihre Finger zusammendrücken, um in die engen Kinderschuhe hineinzukommen.

Sie richtete sich auf und spürte noch an der Hand, wie weit die Schuhe mit den Jahren geworden waren. »Vierzehn Jahre, er ist vierzehn Jahre alt«, hörte sie sich zu ihrer Überraschung leise murmeln. Die Gesichtszüge des Jugendlichen, in dem sie gerade ihren Sohn erkannt hatte, gruben sich in ihr Gedächtnis ein. Sie sah die unsichtbare Wandlung, die aus dem Kindergesicht das Gesicht eines jungen Mannes machte. Diese Züge würden sich erst noch richtig herausbilden, sie waren noch formbar wie bei einem Kind. Und dennoch, er war ein anderer Mensch. Und er war fast so groß wie sie! In wenigen Monaten würden sie gleich groß sein. Ein ganzer Lebensabschnitt ihres Kindes war zu Ende gegangen, und sie hatte es nicht bemerkt!

Sie räumte die Schuhe auf und trat wieder in die Dunkelheit hinaus. »Ich habe nicht gesehen, wie er größer wurde, wie er ... Er war immer ein unglaublich zurückhaltendes, stilles Kind. Ein Kind, das man nicht wahrnahm. Seit sein Vater uns verließ, ist er für mich nicht älter geworden. Dazu noch der Krieg – eine Lücke von vier Jahren. Vor allem aber liegt es an seiner Krankheit. Ich habe mehr auf einen Kratzer geachtet als darauf, ob er zehn Zentimeter gewachsen ist. Außerdem ist er sehr verschlossen und überaus selbständig. Und diese Zurückgezogenheit. Dieses gottverlassene Nest, Villiers-la-Forêt ...«

Ihre Sätze beruhigten sie. Sie verstieg sich immer mehr in diese gesuchten Erklärungen, denn sie wußte nicht, was sie tun würde, wenn ihr nichts mehr einfiele. Was sollte sie tun? Im Dunkeln ging sie über den grasbewachsenen Hang zwischen ihrem Haus und dem Fluß, und während sie diese Gründe vor sich hin flüsterte, spürte sie, daß sie niemals den Kern dessen treffen würden, was sie und ihr Kind verband.

Plötzlich streifte ein Weidenzweig ihre Wange, als wollte er sie zärtlich berühren. Olga blieb stehen und betrachtete die Weide, deren Zweige wie ein lautloser Wasserfall auf sie herabfielen. Ein paar Sterne funkelten in ihrem Geflecht. Der Widerschein des Mondes spiegelte sich in der Pfütze, die sich in einem Fußabdruck gebildet hatte. Der kühle Duft, der vom reglosen Schilf am Flußufer durch die Nacht heraufzog, der Geruch von Schlick …

»Und wenn ich hierbliebe? Wenn ich nicht zurückkehrte in dieses Haus, wenn ich dieses Leben hinter mir ließe? Wenn ich in alle Ewigkeit auf dieser silbern glänzenden Wiese weiterginge?« Doch schon lenkte sie ihre Schritte zur Tür. Als sie auf der kleinen hölzernen Treppe stand, sah sie den Streifen Erde entlang der Hauswand, den sie umgegraben hatte. Eine knappe Stunde war seitdem vergangen, doch es kam ihr vor, als läge die Zeit der Gartenarbeit, diese glückliche, paradiesische Zeit ohne Verwirrungen eine Ewigkeit zurück.

Im Flur hing die Jacke ihres Sohnes am Kleiderhaken. Ein Ärmel war hochgekrempelt und sah lächerlich kurz aus. Olga zog ihn mit einer raschen Handbewegung glatt, als hätte sie ein kleines Ungeschick unauffällig beheben wollen. Nein, es würde keine harmlosen Gesten mehr geben.

Sie knipste das Licht an und hielt die Hand vor den Mund, um ein »Ah!« zu unterdrücken, so klein schien ihr die Küche mit einem Mal. Er mußte nicht da sein: Seine Körpergröße ließ die Wände und Möbel auch in seiner Abwesenheit schrumpfen wie in einem jener Alpträume, in denen wir in eine vertraute Wohnung treten, die sich immer mehr zusammenzieht, bis sie zuletzt dem Puppenhaus auf einer Spieldose gleicht. Ja, als sie mitten in der Küche stehen blieb und sich umsah, hatte sie das Gefühl, sich in einer Puppenstube zu befinden, die so niedlich und ungebührlich klein zugleich war, daß eine dunkle Bedrohung von ihr ausging. Selbst die

kleine Kupferkanne auf dem Herd kam ihr noch kleiner vor als früher. Jetzt fiel ihr zum erstenmal die Form der Kanne auf, die in der Mitte breiter wurde, bauchig war.
Olga wußte bereits, daß sie den dunklen Tee gleich umgießen und den Satz von Blüten wegkippen würde. Sie drehte den Wasserhahn auf, um ihre Hände zu waschen, doch im selben Augenblick fiel ihr Blick auf den orangefarbenen Bleistift, der als Lesezeichen in dem Heft lag, das ihr Sohn auf dem Tisch vergessen hatte. Sie zog ihn heraus und betrachtete ihn. Seine orange Farbe weckte unwillkürlich die Erinnerung. »Es wird keine harmlosen Gesten mehr geben«, hallte es leise in ihr nach wie ein Echo im Flüsterton. Und ohne daß sie dem auch nur das geringste entgegensetzen konnte, strebten die Mosaiksteine wieder zusammen, die sie während ihres Schwindelanfalls gesehen hatte: die zaudernde Hand über dem Küchenherd, die Katze, die auf der ersten Photographie bei einer schlafenden Frau wacht, die offenstehende Tür, durch die das Tier ins Zimmer gelangen konnte, dieser junge Mann, mit dem sie nun unter einem Dach lebte – Sie spürte, wie in ihrem Kopf eine dicke Blase mit einer schleimigen Haut anschwoll. Das Reptil krümmte sich. Immer schneller fügten sich neue Mosaiksteine in das Bild: die Hand über dem Tee, ihr todesähnlicher Schlaf an manchen Tagen, ihr Sohn, der so groß war wie sie, der orangefarbene Stift … Noch ein Gang durch ihre Erinnerung, und diese Splitter würden sich zu einer ausweglosen Gewißheit ergänzen.
Sie warf einen Blick auf den Herd. Die Blüten hatten zu lange gezogen und sich braun verfärbt. Unter der dünnen Teeschicht sahen sie aus wie die nasse Haut eines eingerollten Tiers, desselben Tiers, das zum Platzen angeschwollen ihr Hirn zermarterte. Das Mosaik erschien von neuem: die Hand, der junge Mann am Küchenherd, der Schlaf …
Hektisch ergriff Olga die kleine Kanne, goß den Tee in eine

Schale und trank ihn mit großen Schlucken. Das Bild löste sich auf. Lautlos barst das Reptil in ihrem Kopf, und unzählige rote Nadeln stachen in ihre geschlossenen Lider. Die alten Größenverhältnisse stellten sich wieder ein. Olga fühlte sich erleichtert. Es war lächerlich, aber es kam ihr so vor, als hätte sie soeben jemanden überzeugt, der sie mißtrauisch ausfragte.

Als sie durch den Flur ging, bemerkte sie Licht in der Bücherkammer. Auf dem von Regalen umstellten Tisch brannte noch eine Lampe. Ihr Blick fiel auf eine Radierung in einem dicken, alten Buch, das aufgeschlagen auf dem Tisch lag. Es war ein Band des Tierlexikons, in dem ihr Sohn gerne blätterte. Sie beugte sich über die Radierung und las die Bildlegende: »Boa Constrictor beim Angriff auf eine Antilope.« Der mit pedantischem Realismus ausgeführte Stich hatte wie alle Produkte des Übereifers eine überraschende Wirkung. Denn obgleich man jedes Haarbüschel auf dem gefleckten Fell der Antilope erkannte, lag etwas Menschliches in den Augen und der Körperhaltung des Tiers, das von der riesigen Schlange umschlungen war. Dagegen wirkte die Boa mit ihrem kräftigen, von Arabesken überzogenen und ungemein dickem Leib wie ein praller Frauenschenkel, ein rundes, unverschämt strotzendes Bein in einem gemusterten Strumpf.

Sie setzte sich, um das Bild genauer zu betrachten. Die Radierung amüsierte sie: Der Junge hatte vermutlich keine Ahnung von der Verdoppelung, sah die Frau in der Boa nicht. Das war beruhigend. Sie hatte sich also unnötig erschreckt. Solange er nur die große, farbenprächtige Schlange sah …

Langsam begann das Bild vor ihren Augen hin und her zu schwanken. Die Müdigkeit war angenehm, legte sich sanft auf ihre Lider. Sie hatte Lust, die Augen zu schließen, um diese Minuten der Entspannung auszukosten. Die Augen fielen ihr bereits zu. Noch im Glauben, es handle sich einfach

um die übliche Erschöpfung am Abend, versuchte sie den Schlaf abzuschütteln, doch sie konnte nur noch einen Gedanken fassen: »Ich muß aufstehen, an meinen Händen ist noch Erde. Ich werde das Buch beschmutzen ...«
Sie nahm gerade noch den angenehmen Geruch der Seiten eines alten Buchs wahr. Ein Geruch, den man in tiefen Zügen einatmet und bei dem man die Augen schließt. Dann überkam sie der Schlaf mit ruhiger, unwiderstehlicher Gewalt.

Beim allerletzten Klopfen an der Haustür wurde sie wach. Es war jenes beharrliche, vom Warten entnervte Pochen, dem man eine Art Trommelrhythmus gibt in der Hoffnung, ein Taktwechsel würde Aufmerksamkeit erregen.

Sie sprang vom Stuhl auf, versuchte alles in ihrer unmittelbaren Umgebung der Reihe nach zu erfassen: das blendende Sonnenlicht, das durch das winzige Fenster fiel, die Zeiger der Pendeluhr, die seltsamerweise auf kurz vor elf standen, und vor allen Dingen sie, eine Frau in zerknautschtem Kleid, mit Spuren von Erde an den Händen, die durch eine kleine Abstellkammer taumelt, vergeblich nach einem Spiegel sucht, Bücher umwirft ... Das Klopfen klang jetzt wie der Trommelwirbel eines Militärmarschs, dann verstummte es. Olga lief in den Flur, machte wieder kehrt, um aus unerfindlichen Gründen die Seiten des Tierlexikons zuzuklappen.

»Vielleicht wissen sie bereits alles?« erschrak sie. »Aber was sollten sie schon wissen?« Es war verrückt: Sie bildete sich tatsächlich ein, die anderen könnten entdecken, daß sie das Alter ihres Sohnes verheimlicht hatte. Dann würde man plötzlich merken, daß ihr Kind kein Kind mehr war, sondern ein Halbwüchsiger, den sie nur noch um wenige Zentimeter überragte. Diese lächerliche Befürchtung ging ihr durch den Kopf, während sie noch schlaftrunken versuchte, die Situation zu erfassen.

Vor dem Spiegel im Eingang strich sie rasch ihr Kleid zurecht, ordnete das Haar und schaffte es leidlich, ihr gewohntes Gesicht aufzusetzen. Unwillkürlich rechnete sie damit, beim Öffnen der Tür einer Traube von Menschen gegenüberzustehen, aus deren Gesichtern boshafte Neugier und Hohn sprechen würden.
Vor der Tür tat sich ein endlos weiter, strahlend blauer Himmel auf. Niemand stand auf der Treppe. Die Wiese, die zum Fluß abfiel, schimmerte von den Tropfen getauten Rauhreifs. Auch sie war menschenleer. Die kühle, sonnendurchflutete Luft reinigte die Lungen, stieg ins Blut. Wenn es doch nur so wäre! Wenn es nur diesen Morgen ohne alles andere gäbe! Ohne diese Stimmen in ihr, die ständig im Streit miteinander lagen, ohne die Blicke der anderen, die sie ihrer selbst beraubten, ohne die zahllosen Ängste, und ganz besonders ohne die vom Vorabend, ohne …
Die Hoffnung währte nicht länger als einen tiefen Atemzug, mit dem sie den Duft des klammen, kalten Grases einsog. Dann glitt ihr Blick die Mauer entlang, und sie sah die Frau, die sich auf das Fensterbrett stützte und versuchte, ins Haus zu spähen. Sie erschrak darüber so sehr, daß sie sich eines Gedankens nicht erwehren konnte: »Aber das bin ja ich! Gestern abend …« Im Aufblitzen dieses Wahnsinns erkannte sich Olga in der Frau, die ihre Nase gegen die Scheibe drückte. Doch dieser Wahn wurde sogleich von einem anderen verdrängt, der weniger verrückt war als diese Ähnlichkeit, dafür um so beängstigender: »Sie spioniert mir nach!«
Die Frau klopfte mit angewinkeltem Zeigefinger gegen das Fenster, während sie die andere Hand über die Augen hielt, um Spiegelungen in der Scheibe zu vermeiden.
Olga rief ihr etwas zu. Die Frau richtete sich auf. Es war die Krankenschwester aus dem Altenheim. »Das Kind! Es ist ihm etwas zugestoßen!« Dieser panische Gedanke wirbelte wie ein Windstoß andere ängstliche Vorstellungen auf, die

sie zusammenzucken ließen: »Ich bin schuld, wenn ihm etwas zugestoßen ist. Wegen eines glücklichen Moments auf der Treppe ...« Es waren gar keine Gedanken, nur Bilder, die an ihr vorüberzogen – sie sah Blut am Körper des Kindes fließen, das zum Stillstand gebracht werden mußte, und sie sah, wie sie die Schuld auf sich nehmen würde, um sich das Schicksal gewogen zu machen.
Die Krankenschwester kam zu ihr, grüßte verdrossen und kühl. »Nein, es muß etwas anderes sein, sonst hätte sie es gleich gesagt«, dachte Olga. Es waren schon so oft Unglücksboten zu ihr gekommen.
Im selben Augenblick meinte Olga, einen neugierigen Blick der Krankenschwester zu bemerken. Wahrscheinlich waren ihr die entspannten Gesichtszüge aufgefallen, die noch vom Schlaf zeugten, und die Spuren von Erde an ihren Händen. Olga ballte die Hände, verbarg sie hinter ihrem Rücken und winkte die Krankenschwester mit einer Kopfbewegung ins Haus. Im Flur wurde ihre Angst noch größer. Die Krankenschwester blieb an der Kommode stehen, ihre Hand lag genau auf der Ecke, die mit der Säge abgerundet worden war. »Sie muß es gerochen haben«, dachte Olga wieder. »Du spinnst! Was sollte es in diesem Schuppen schon zu riechen geben?« wies sie sich selbst zurecht.
»Trinken Sie eine Tasse Tee mit mir?«
Olgas Stimme klang so, als hätte sie den Text für ihre Rolle zu gut gelernt.
In der Küche sah sie die kleine Kupferkanne und den orangefarbenen Buntstift auf dem Tisch. Die Krankenschwester folgte ihrem Blick von einem Gegenstand zum nächsten. Olga nahm die Kanne, stellte sie in den Ausguß, räumte das Heft und den Buntstift zur Seite. Sie spürte, wie die Augen der Besucherin an ihr hafteten, und am liebsten hätte sie sie angeherrscht: »Das geht Sie überhaupt nichts an!«.
»Danke für die Einladung, aber ich habe keine Zeit. Ich bin

gekommen, um Ihnen ... um Ihnen zu sagen, daß ... daß Xenia Efimowna heute nacht ...«
Xenia war gestorben, die alte Heimbewohnerin, die Olga seit Jahren versprochen hatte, ihr die berühmten unbekannten »weißen Blumen« zu zeigen. Jetzt mußte jemand nach Paris fahren, um es ihrem Sohn und ihrer Schwiegertochter mitzuteilen, meinte die Krankenschwester. In ihrer Eigenschaft als »Fürstin Arbelina« hatte Olga solch heikle Botschaften schon häufiger übernommen.
»Ich weiß, es ist Sonntag«, entschuldigte sich die junge Frau, »und wahrscheinlich verdirbt es Ihnen den ganzen Tag. Aber ich wüßte sonst niemanden, der die richtigen Worte finden würde.«
Olga hörte ihr aufmerksam zu. Wie wohltuend einfach das Leben sein konnte, wie stark, und wie sehr vom gesunden Menschenverstand bestimmt, sogar im Angesicht des Todes. Als ihr im Zug plötzlich der Gedanke kam, sie könnte nach diesem langen, unnatürlichen Schlaf am Morgen von alleine erwacht sein, fand sie Zuflucht in der Erinnerung an weiße Blüten unter den Bäumen eines traumhaften Waldes.
Sie begriff, daß sie sich mit aller Kraft an das halten mußte, was ihr im Leben klar und eindeutig, unumstößlich erschien.

Bei der Erfüllung ihres Auftrags in Paris legte sie einen gewissen Eifer an den Tag. Das würdevolle Murmeln der Beileidsbekundungen, die reuige Miene des Sohnes, die Seufzer seiner Frau waren diesmal eine Bestätigung für sie. Ja, dieses Zwischenspiel, bei dem sich alle drei darum bemühten, ihre Rolle zu erfüllen, zeigte, daß sie für die anderen immer noch »Fürstin Arbelina« war. Und daß niemand jene Frau in ihr sah, die noch am Abend zuvor wie erstarrt unter dem Fenster ihres Hauses gestanden und einen Halbwüchsigen belauert hatte.

Eine weitere Bestätigung erhielt sie auf der Straße. Wie ein frisch Operierter, der bei seinen ersten Gehversuchen in den Augen der Vorübergehenden danach forscht, ob man ihm den Eingriff ansieht oder nicht, bewegte sich Olga in der Menschenmenge, taxierte die Gesichtsausdrücke.
Sie ging auch bei Li vorbei. An diesem Sonntag malte ihre Freundin. Auf dem Sperrholzgrund war bereits ein Paar in Umrissen zu erkennen: Eine Frau in weißem, schulterfreiem Kleid stand neben einem kleinwüchsigen Mann, dessen Gesicht von Locken umrahmt war.
»Was ich dich noch fragen wollte« – Olga gab ihrer Stimme einen beiläufigen Tonfall –, »wirkt der Tee, den ich dir empfohlen habe, gegen deine Schlaflosigkeit?«
»Oh, ja! Und wie!«
Li antwortete ebenso zerstreut, ohne den Pinsel abzusetzen.

Auf dem Heimweg kam es Olga vor, als hätten alle Fahrgäste dieselbe Seite der Tageszeitung aufgeschlagen. Sie warf einen Blick in die Zeitung ihres Nachbarn. Zweifellos galt das Interesse dem Dutzend Porträts, die dort abgebildet waren. »Urteile im Nürnberger Prozeß«, lautete der fettgedruckte Titel über den Bildern. Die Verurteilten hatten geschlossene Augen, denn die Photos sollten bestätigen, daß sie tot waren. Unten auf der Seite sah man einen amerikanischen Soldaten, der den Knoten vorführte, den man bei der Hinrichtung verwendet hatte. Der Strang war sehr weiß, beinahe schön und erstaunlich dick. Er sah aus wie ein Schiffstau oder eine lange Teigwurst, aus der eine riesige Brezel gebacken werden sollte. Der Mann neben Olga stieg aus und ließ seine Zeitung auf dem Sitz liegen. Sie überflog den Artikel. In einem Kasten wurde für jeden Verurteilten auf die Minute genau angegeben, wann die Hinrichtung begonnen hatte und wann der Tod eingetreten war. »So lange dauerte also ihr Todeskampf mit dieser Brezel«, dachte Olga. Die Zahlen erinnerten sie an die langweiligen und sibyllinischen Spalten der Börsenkurse:

	Öffnung der Klappe um	*Für tot erklärt um*
Ribbentrop	1 Uhr 14	1 Uhr 32
Keitel	1 Uhr 20	1 Uhr 44
Rosenberg	1 Uhr 49	1 Uhr 59 …

Sie blickte auf. Ihre Mitfahrer kommentierten den Artikel, unterhielten sich über die Sitzreihen hinweg, zeigten mit dem Finger auf diesen oder jenen Punkt des Berichts. »Nein, nicht wie Börsenkurse, eher wie Fußballergebnisse«, ging es Olga bei dieser lebhaften Unterhaltung durch den Kopf. Zu ihrer Rechten saß ein Mann, der aussah wie ein Familienvater im Sittenstück einer Laienbühne. Er beugte sich nach vorne zu der Frau, die ihm gegenübersaß – höchstwahrscheinlich seine Gattin –, und las mit lauter Stimme den Bericht über den Prozeß vor. Der Frau war der aufgeregte Wortschwall ihres Mann offenbar peinlich. Sie blieb steif sitzen mit der Handtasche auf den Knien, blickte stur geradeaus über den Kopf des vornübergebeugten Mannes mit der Zeitung, zog von Zeit zu Zeit die Brauen hoch, seufzte und verdrehte die Augen. Der Mann bemerkte ihr herablassendes Mienenspiel nicht. Nachdrücklich hob er den Zeigefinger: »Alle sind würdevoll gestorben – würdevoll, so nennt man das also! – mit Ausnahme von Streicher, der hat die Anwesenden mit Schmähreden überschüttet. Nur Hermann Göring ist es gelungen, dem unehrenhaften Tod am Galgen zu entkommen. Emmy Sonnemann, Frau Göring, küßte ihren Mann durch das Gitter und schob ihm dabei mit der Zunge eine Kapsel Zyankali in den Mund. Schau, hier ist ein Photo von der Kapsel.«
Der kleine Bahnhof von Villiers-la-Forêt war menschenleer. Es war ein grausamer Witz, aber der Fahrplan mit den An-

kunfts- und Abfahrtszeiten erinnerte Olga an den Kasten in der Zeitung, in dem die Zeiten der Hinrichtungen dokumentiert worden waren. Sie überquerte den von Platanen gesäumten Platz und schlug den Weg zum unteren Viertel der Stadt ein. Für einen Moment wurde die abendliche Stille von der Vibration der Gleise erfaßt.

Sie blickte zurück auf einen Tag, an dem der Wahnsinn das alles beherrschende Moment war. Und dennoch konnte man in diesem Wahnsinn Zuflucht finden, denn jeder dachte, so sei das Leben. Man mußte es machen wie die anderen. Glücklich sein wie an diesem Morgen, nebenbei Fürstin Arbelina spielen und den Hinterbliebenen seine Anteilnahme aussprechen. Man mußte es hinnehmen, daß sich die Fahrgäste über eine Kapsel Gift aufregten, die mit einem langen, feuchten Kuß durch das Gitter eines Sprechzimmers befördert worden war. Seit Monaten lasen sie in den Zeitungen von vielen Millionen ermordeter, verbrannter, vergaster Menschen. Und jetzt schrumpfte die Weltgeschichte auf diese winzige Kapsel zusammen, die eine Frau mit ihrer Zunge zwischen die Lippen eines Mannes schob.

In fast heiterer Stimmung kehrte sie nach Hause zurück. Als sie die kleine Holztreppe hinaufstieg, konnte sie ohne jede Gefühlsregung einen Blick auf das Beet an der Hauswand riskieren.

Noch am selben Abend riß eine allem Anschein nach harmlose Beobachtung sie aus ihrer Taubheit. Sie saß in ihrem Zimmer vor dem Spiegel und kämmte sich das Haar. Es war wohltuend, sich mit dem Kamm durch das Haar zu streichen und so die Gedanken zu vertreiben. Sie spürte schon die einschläfernde Wirkung, als sie im Spiegel sah, wie die Tür langsam aufging und halb geöffnet stehen blieb. Durch den Spalt, der sich geräuschlos aufgetan hatte, zog der Lufthauch eines offenen Fensters. Olga fühlte eine eigenartige Spannung und erinnerte sich an die Nacht, in der sie von einem solchen Luftzug geweckt worden war, weil ihre Zimmertür geknarrt hatte. Es war die Nacht gewesen, aus der die drei Aufnahmen der automatischen Kamera stammten. Soweit sie sich erinnern konnte, hatte sie die Tür leicht knarren hören (in jedem Haus gibt es ein Messer, das besser schneidet als die anderen, und einen Sessel, den man keinem Gast anbietet). Jetzt öffnete sie sich geräuschlos. Olga legte den Kamm zur Seite, und mit dem komischen Gefühl, sich aus einer Laune heraus auf ein gefährliches Abenteuer einzulassen, trat sie auf den Flur, zog die Tür zu und machte sie wieder auf. Die Tür beschrieb einen langsamen Bogen und stieß an den kleinen Türstopper, der in den Dielen steckte. Geräuschlos. Ohne jedes Knarren. Olga spürte ein eiskaltes Ziehen an ihren Schläfen, als wären ihre Haare voll Schnee. Sie wiederholte den Versuch. Die Tür schwang auf. Alles blieb still. Olga spürte, daß dies alles außerhalb ihres normalen Lebens geschah. Ja, es spielte sich in einem befremdlichen Hinterzimmer dieses Lebens ab. Sie bückte sich, berührte die unteren Türangeln, dann richtete sie sich wieder auf und berührte die oberen. Im Schein der Lampe sah sie den Glanz auf ihren Fingern. Das Öl war durchsichtig, es enthielt fast keine Schmierspuren. Frisch geölt ... Der Schnee auf ihrem Haar schien zu schmelzen und sich in glühend heiße, sprühende Funken zu verwandeln. Mit langsamer, schlafwandlerischer Bewegung stieß sie die Tür noch einmal an. Sie starrte auf die Angeln, hielt den Atem an, wartete einen endlos langen Augenblick. Die Tür schwang leise auf, der Schatten an der Wand verjüngte sich wie der Winkel zwischen den Zeigern einer Uhr. Erst kurz vor dem Türstopper hörte Olga ein leichtes Quietschen. Sie stützte sich an der Wand ab, setzte sich auf einen kleinen Schemel im Flur. Ihr Atem ging stoßweise. Hinter der geöffneten Tür bot ihr Zimmer einen ungewohnten Anblick. Es war fast wie bei einem Hotelzimmer: Man weiß schon im voraus, wie es eingerichtet ist, fühlt sich aber fremd, trotz des Betts, der Nachttischlampe auf der Ablage, dem Eisschrank … Sie hockte vor der Schwelle zu ihrem Zimmer, als wäre sie im Begriff abzureisen. Es bedurfte einer bewußten Anstrengung, um das gespannte Lächeln auf ihrem Gesicht zu vertreiben – diese Freude darüber, daß sie die endgültige Schlußfolgerung nicht gezogen oder zumindest hinausgezögert hatte.

An diesem Abend wagte sie nicht mehr, den Türgriff zu berühren, und schlief mit weit geöffneter Tür.

Die folgenden Tage brachte sie damit zu, die Titel der liegengebliebenen Bücher in den Katalog aufzunehmen, und bei dieser einfachen Arbeit gelang es Olga, nach und nach Ordnung in ihre Gedanken zu bringen. Sogar das tägliche Einheften der Zeitungen, das ihr immer lästig gewesen war, trug dazu bei, daß sie sich mit dem Leben wieder versöhnte. Jetzt kam es vor, daß sie auf die Schnelle ganze Absätze des einen oder anderen Artikels las. Sie freute sich an deren Belanglosigkeit – in ihren Augen der beste Beweis dafür, daß nichts den gewohnten und vernünftigen Lauf der Dinge beeinträchtigen konnte.

»Wenn man ihm widersprach, simulierte der Führer jedes Mal einen Nervenzusammenbruch.« Nachdem ein Besucher ihre Lektüre unterbrochen hatte, fand sie den Artikel nicht auf Anhieb wieder. Ihre Augen überflogen die angrenzenden Rubriken. Erst die Klage einer Pariserin, die sich in den Leserzuschriften darüber empörte, daß »Straßenschilder von den Markisen der Cafés verdeckt werden«, dann das Porträt einer jungen Schauspielerin: »Sie kommt aus einem strengen Mädchenpensionat, und jetzt spielt sie in *Antoine und Antoinette* …« Als sie wieder auf den anfänglichen Artikel stieß, stellte sie fest, daß es sich um die letzten Geständnisse Ribbentrops handelte: »Ich kann es einfach nicht verstehen. Hitler war Vegetarier. Er verabscheute es, das

Fleisch toter Tiere zu essen. *Leichenfresser* nannte er uns. Weil er die Jagd ablehnte, mußte ich sogar heimlich jagen gehen. Wie kann ein solcher Mann Massaker an zahllosen Menschen befohlen haben?« Auf der nächsten Seite war der Querschnitt einer »Plutoniumbombe« abgebildet und ihre tödliche Wirkung beinahe genüßlich beschrieben. Bis der nächste Leser kam, blieb Olga noch Zeit, das Bild eines jungen Musikers mit künstlich gelocktem Haar zu betrachten. »Romano Mussolini spielt bewundernswert Gitarre. Der Sohn des Duce ist ein aufrichtiger junger Mann, der die Vergangenheit ganz aus seinem Gedächtnis gestrichen hat und der sich wünscht, die ganze Welt täte es ebenso«, lautete die Bildunterschrift.

Die Leser kamen herein, legten ihre Bücher auf die Theke und fanden darin sogleich einen Vorwand, um das Gespräch zu beginnen. Der ehemalige Kavalleriesoldat schimpfte auf die Amerikaner, »die Göring entwischen ließen«. Mascha berichtete im Flüsterton von ihrem heimlichen Abstecher nach Nizza und blickte dabei immer wieder auffällig und ängstlich zur Tür ... Für sie alle war das Lächeln der Bibliothekarin Zeichen ihres Interesses. Aber Olga lächelte unwillkürlich zu ihren eigenen Gedanken und lauschte auf deren Widerhall in den Tiefen ihres Bewußtseins. »Ich dachte immer, Vernunft bestehe darin, den Irrsinn aufzudecken, den andere nicht sehen. Und jetzt stellt sich heraus, daß im Gegenteil derjenige vernünftig ist, der es versteht, auf einem Auge blind zu sein. Der sich nicht das Gehirn zermartert, um den täglichen Wahnsinn zu vertreiben. Der es hinnimmt, daß Worte lügen, weil er dann seine Ruhe hat. Wörter wie Krieg, Verbrecher, Triumph der Gerechtigkeit. Der es hinnimmt, daß ein junger, ahnungsloser Gitarrist die Vergangenheit vergißt, und daß eine Mascha, die auf diese Vergangenheit pfeift, genießt und genießen läßt, was ihr hübscher Körper zu bieten hat.«

Plötzlich wurde sie aus ihren Gedanken aufgeschreckt. An

der Theke stand die Leiterin des Altenheims und sprach von Xenias Beerdigung am kommenden Morgen: »Ja, wissen Sie, liebe Olga, in unserem Alter (natürlich sind Sie viel jünger als ich) fragt man sich manchmal: Werde ich vielleicht die nächste sein?«

In diesen Tagen, in denen sie Ordnung schaffte, gelang es ihr auch, eine Erklärung dafür zu finden, daß ihr Sohn so plötzlich und unbemerkt von ihr groß geworden war. Der Krieg wurde zu einem einfachen rechnerischen Argument: Es waren die sechs Jahre von 39 bis 45. Sechs Jahre Überleben unter seltsamen Umständen, in denen alles, was ihr Kind schützen konnte, verschwunden war. Es gab keine Medikamente, keine Lebensmittel, und die Unterstützung durch andere fiel immer spärlicher aus. Besonders eine Erinnerung kehrte ständig wieder: die Erinnerung an den Heimweg vom Markt an einem trüben, verregneten Tag. Auf diesem trostlosen, menschenleeren Markt hatte sie von einem Jäger einen Vogel mit blutverkrustetem Schnabel gekauft, dessen Gefieder voller Augenflecken war. Sie hatte einen stolzen Preis dafür bezahlt, denn damals waren alle Lebensmittel unglaublich teuer. Der in Papier eingeschlagene Vogel fühlte sich trotz des kühlen Herbstwinds warm an. Sein Körper war geschmeidig, ja beinahe schon schlüpfrig, so glatt waren die Federn über dem kleinen Häufchen Fleisch. Auf dem Rückweg mußte Olga einmal in den Straßengraben ausweichen, um nicht vom Schlamm getroffen zu werden, der unter den Reifen einer Kolonne von Militärlastwagen hochspritzte. Die schrillen Töne einer fröhlich geblasenen Mundharmonika schmerzten in ihren Ohren. Dann machte sie sich wieder auf den Weg und marschierte unter dem tiefhängenden Himmel durch den Regen. Der warm gewordene Vogelkörper in ihrer Hand war das einzige Quentchen Leben, das dieser Welt aus Schlamm und Kälte nicht ausgeliefert war.

Die Zeit reichte, um das Essen fertig zu haben, ehe ihr Kind, das mit einem Bein in Gips lag, sie bitten konnte, ihm den Vogel zu zeigen.
Der ganze Krieg kam in diesem Heimweg vom Markt zusammen, in ihrer Sorge, ihr Sohn könnte sehen, wie sich der schöne Vogel in einen Braten verwandelte. Er war sieben, als sie im Frühling 1939 von Paris fortgegangen und nach Villiers-la-Forêt gekommen waren. Sieben plus sechs dem Krieg geopferte Jahre. Plus das Jahr 1946, das bald vorbei war. Macht vierzehn Jahre.
Außerdem lebten die Emigranten, besonders die Bewohner der Horde, in einer ganz anderen, eigenen Zeit. Diese Zeit war ihre russische Vergangenheit, und wenn sie daraus manchmal mitten in der französischen Lebenswelt auftauchten, setzten verstörte, ungeschickte Menschen in Selbstgesprächen eine Unterhaltung fort, die sie in ihrem früheren Leben begonnen hatten. Seit dem letzten Jahr, das sie in Rußland lebten, war keiner älter geworden. Und niemand wunderte sich über einen grauhaarigen Mann, der sich wie ein Junge aufführte und so tat, als würde er wilde Pferde reiten, mit dem Säbel rasseln und Köpfe abschlagen.
Als sie einmal an ihren Sohn dachte, hatte sie wieder das Bild des kleinen Jungen vor sich und sah ihn als Wachsoldat verkleidet. Einige Zeit vor ihrer Trennung hatte ihr Mann dem Jungen beigebracht, im Flur ihrer Pariser Wohnung Wache zu stehen. Das Kind zog einen Waffenrock an, den sie ihm aus der alten Uniform ihres Mannes genäht hatte, nahm sein Holzgewehr, bezog stramm und feierlich seinen Posten und lauerte auf die Schritte im Treppenhaus. Nach ihrer Trennung und der Abreise seines Vaters hatte er noch mehrere Wochen lang Wache gehalten. Sie sah damals seine kleine, reglose Gestalt im dunklen Flur stehen und hätte ihm am liebsten alles erklärt, doch sie hatte nicht den Mut dazu: Sein Vater war angeblich auf einer langen, sehr langen Dienstrei-

se. Schließlich hatte der Junge es selbst erraten und seinen Posten aufgegeben. Als hätte er seiner Mutter jeden neuen Schmerz ersparen wollen, nachdem er bemerkt hatte, wie weh es ihr tat.
Ja, für sie war er jenes stille Kind geblieben, das insgeheim verzweifelt Wache hielt.

Am Tag von Xenias Beerdigung konnte jeder in der kleinen russisch-orthodoxen Kirche von Villiers-la-Forêt zu der überraschenden, scheinbar banalen, aber um so ergreifenderen Einsicht gelangen: In der Goldenen Horde gab es wie überall Menschen, die starben, und Menschen, die heranwuchsen und alt wurden. Inzwischen war eine ganze Generation von Russen auf fremdem Boden geboren, und keiner dieser Jugendlichen hatte jemals Rußland gesehen. Wie der Sohn von Fürstin Arbelina hinter dem Pfeiler dort, der neugierig eine vom Rauch der Kerzen dunkel angelaufene Ikone musterte.
Olga hörte die Stimme des Priesters und ihren Nachhall im Chor, ohne sie wirklich zu verstehen. Sie wunderte sich, daß all die Belanglosigkeiten, an die man ständig dachte, einem selbst in einem so ernsten Augenblick nicht aus dem Sinn gingen. Sie erinnerte sich wieder an Xenias Traum: Sie wäre so gern im Frühling mit ihr in das Gehölz hinter der alten Brauerei gegangen, um die geheimnisvollen weißen Blumen zu pflücken. »Was bleibt von diesem Traum?« Die Frage schien blödsinnig. Doch Olga ahnte, daß es Verrat an jemandem gewesen wäre, der ihren Gedankengängen folgte, wenn sie mit »Nichts« geantwortet hätte. Sie sah Xenias bleiches Gesicht umrankt von den weißen Verzierungen des Sargs. Und auf einmal berührte die Frage »Was bleibt von diesem Frühling, von diesem Wald?«, die so naiv war, daß sie sich darüber ärgerte, den Kern ihres Lebens und des Lebens all der Leute, die sich ungeachtet ihrer

Verschiedenheit hier unter dem niedrigen Gewölbe der Kirche versammelt hatten. Sie berührte das Wesen dieses schönen Herbsttages mit seinem blauen Himmel, der kurz im Türspalt zu sehen war, als ein Nachzügler schüchtern die Kirche betrat.
In diesem Augenblick erblickte sie ihren Sohn, der sich von ihr gelöst und unter die Leute gemischt hatte, hinter einer Säule, die ihn zur Hälfte verdeckte. Sie mußte die Augen schließen, so glühend und schmerzlich war die Zärtlichkeit, die sie für diesen Jugendlichen empfand, als sie ihn dort sah, auf sich gestellt und sich selbst überlassen.
An diesem Abend entdeckte Olga bei Einbruch der Dunkelheit unter dem alten Küchenbuffet einen orangefarbenen Stift, der in den hintersten staubigen Winkel gerollt war, wo ihn der Scheuerlappen nicht erreicht hatte.
In der kleinen Kupferkanne kühlte der Hopfenblütentee. Wie früher. Sie hörte in der Ferne den Glockenschlag. Nun konnten die kahlen Bäume um die Horde den Schall nicht mehr abhalten. Olga nutzte die Zeit und wischte den Fußboden: Sie dachte, daß ihr der Start in den Tag leichter fiele, wenn sie am Morgen in eine frisch geputzte Küche käme, und ärgerte sich über die vielen kleinen Schwachstellen, die sie von nun an jeden Tag beschäftigen sollten.
Sie erkannte die Farbe des Buntstifts nicht sofort. Ihre Hand tastete im Staub wenige Zentimeter vor der Stelle, an der er versteckt war, bekam ihn aber nicht zu fassen. Sie beugte sich noch weiter vor, berührte mit dem Gesicht beinahe den Boden, streckte den Arm, preßte die Schulter gegen die Kante des Küchenschranks. Aufgrund irgendeiner abergläubischen Grille konnte sie es nicht lassen, der Sache nachzugehen. Als sie mit dem Scheuerlappen etwas weiter ausholte, förderte sie den Buntstift schließlich zutage. Mit einem Klakkern rollte er über den Fußboden. Es war der Stift, den sie im Heft ihres Sohnes gesehen hatte. Der orangefarbene Bunt-

stift. Sie wischte den Staub ab und wusch sich die Hände. Nun leuchtete die Farbe wieder, und plötzlich fiel es ihr wie Schuppen von den Augen: »Das ist doch dieselbe Farbe wie …«, murmelte sie, eilte über den Flur und stieß die Tür zur Bücherkammer auf.

Sie kletterte auf einen Stuhl und griff willkürlich ein paar Bücher vom obersten Regalbrett. Sie schlug eines auf, dann das nächste. Fast auf jeder Buchseite waren Stellen angestrichen, mal durch einen senkrechten Strich am Seitenrand, mal durch die Unterstreichung eines Satzes. Es waren alles medizinische Fachbücher über Blutkrankheiten, die meisten speziell zu der ihres Sohnes.

Sie hatte immer geglaubt, diese kräftigen Anstreichungen stammten noch von der Lektüre ihre Mannes. Oft stellte sie sich vor, wie er, die Stirn von einer leidvollen Falte durchfurcht, mit qualvollem Blick in diesen Büchern nach etwas suchte, was Anlaß zur Hoffnung geben konnte. Sie verzieh ihm vieles, fast alles, wegen dieser mit einem orangefarbenen Stift gekennzeichneten Seiten. Die beiden letzten Bücher auf dem Regalbrett hatte sie erst nach ihrer Trennung erworben. Sie mußte sich auf die Zehenspitzen stellen, um sie herunterzuholen. Sie öffnete die Bücher, bog die Seiten zurück und ließ sie in schneller Folge fallen. Auch hier fand sie orangefarbene Anstreichungen.

Sie wußte, was in den beiden Büchern stand, sie kannte die Einteilung der Kapitel. Bei diesem hier betraf sie der Inhalt bis Seite 42, bis zu jenem durchsichtigen Fleck, der wie ein Wachsfleck aussah. Sie las nicht, doch sie hörte ihre eigene Stimme, die so oft im stillen jedes dieser Worte nachgesprochen und dabei gehofft hatte, eine ermutigende Prognose, ein neues Medikament zu entdecken. Nun spürte sie, wie der Blick ihre Sohns auf die Seiten fiel. Sie sah auf, und noch ungläubig murmelte sie: »Er weiß also alles.« Dann kehrte sie wieder zu den Sätzen zurück, die er unterstrichen hatte.

»Bluter sollten eine Schreibtischtätigkeit ausüben; Berufe, die Kraft erfordern, sind für sie ungeeignet.«
»Achtzig Prozent der Bluter erreichen das zwanzigste Lebensjahr nicht.«
»Die Vererbung kann ein oder zwei Generationen überspringen.«
»Bei einem der Bluter, dessen Lebensweg Professor Lacombe verfolgte, waren die Knie- und Ellbogengelenke so sehr versteift, daß man von einer Behinderung sprechen mußte.«
»Diese Blutverluste hätten ohne wiederholte Bluttransfusionen mit Sicherheit zum Tod geführt.«
»Er begann eine andere Behandlung, bei der er keine Transfusionen erhielt, und starb an einer Blutung.«
»Die Injektion von Calciumchlorid verursacht beim Menschen keinerlei Beschwerden, während eine Injektion von nur einem halben Gramm desselben Salzes in den Blutkreislauf eines kräftigen Hundes innerhalb weniger Sekunden zum Tod führte.«
»Nach einer einfachen Blutentnahme breitete sich ein Hämatom von der Schulter bis zum mittleren Unterarm aus.«
»Den Kranken sollte eine Heirat untersagt werden.«
»Nach Carrière sterben 45% der Bluter, bevor sie das fünfte Lebensjahr erlangen, nur 11% erreichen das einundzwanzigste Lebensjahr.«
»Nachts erbrach der Kranke schwarze Blutklumpen.« …

Auf einer Seite war ein eigenartiger Stammbaum mit einem großen, orangefarbenen Pfeil markiert: die Erb- und Familiengeschichte eines Bluters. Olga kannte diese namenlose Familie wie ihre eigene, denn sie hatte beide oft miteinander verglichen. Sie überflog mit einem Auge die Verwandtschaftslinien, das Aderwerk, in der die Blutkrankheit weitergegeben wurde.

Großeltern mütterlicherseits
Überträger

Sohn	*Sohn*	*Sohn*	*Tochter*
gestorben mit 6 Jahren an Hämorrhagie	gestorben mit 10 Jahren an Hämorrhagie	gestorben mit 11 Jahren an Hämorrhagie	Überträger (Mutter des Kranken)

Sohn	*Tochter*
hämophil	Überträger

Als sie aufblickte, glaubte sie, im Schein der Lampe einem jungen Mann in die Augen zu sehen, der sie ruhig ansah und sich keine Illusionen mehr machte. »Er wußte also Bescheid. Er weiß alles«, wiederholte sie. Mit einem leichten Wimpernschlag schien es der junge Mann zu bestätigen.

Wenn sie nicht hinter das Geheimnis der orangefarbenen Anstreichungen gekommen wäre, hätte sie den zartgliedrigen jungen Mann, den sie am nächsten Abend erneut am Herd überraschte, bestimmt nicht gewähren lassen.
Mit tänzelnden Bewegungen wiederholte dieser Unbekannte haargenau wie bei einer Halluzination jede Einzelheit der Szene, die sie bereits kannte. Erst sah sie seine Hand über der Kupferkanne zittern, dann drehte er sich plötzlich um und ging zum Tisch, wo das Heft aufgeschlagen war, das ihm als Vorwand diente. Schließlich begann er, nachdem er kurz innegehalten hatte, mit auffälliger Lässigkeit die Seiten durchzublättern.
Ja, wenn sie diese seiltänzerische Nummer durch die offene Badezimmertür gesehen hätte, wäre sie mit einem Ausruf der Mißbilligung, einer Rüge dazwischengegangen. Noch wahrscheinlicher war, daß sie sich mit ein paar nichtssagenden Worten eingemischt hätte, um ihm die Scham zu ersparen.
Sie blieb stumm. Und dennoch stimmte alles vollkommen

überein mit jenem Septemberabend, als sie den Garten umgegraben hatte. Einen winzigen Unterschied gab es vielleicht: Diesmal bedurfte es nur des Bruchteils einer Sekunde, um in dem jungen Mann ihren Sohn zu erkennen. Ja, mehr Zeit brauchte es nicht, um den Schrei auf ihren Lippen zu ersticken, ihn in nichtssagende Worte zu verwandeln und schließlich zu schweigen. Vor allem aber gab es diesmal keinen Zweifel mehr.

Später sollte sie begreifen, daß sie den Aufschrei unterdrückte, weil sie sich noch gut daran erinnerte, wie …

Es war vor zwei Jahren. Im letzten Frühling unter der Besatzung. Durch das offene Küchenfenster sah sie ihren Sohn zum Haus rennen. Sie sah eigentlich nur, daß er seine Hand auf die Brust preßte. Er hatte sich beim Schwimmen an einer Planke des alten Anlegestegs gestoßen.

Er rennt in sein Zimmer. Sie folgt ihm und fordert ihn auf, ihr zu zeigen, was er verbergen will. »Es ist nicht schlimm, ehrlich!« Seine Kinderstimme klingt trostlos und beherrscht. Trotzdem nimmt er die Hand von seiner Brust weg. Unterhalb des Herzes ist ein blauer Fleck, der vor ihren Augen zu einer violetten Schwellung, schließlich zu einer großen Bluttasche anschwillt. Das Hämatom erinnert an eine weibliche Brust, es ist glatt und dunkel. Sie spürt, daß dem Jungen diese Ähnlichkeit peinlich ist und daß er sich schämt. Während sie ihn wieder gesund pflegt, erinnert sie sich an Ratschläge aus einem der Bücher auf dem obersten Regalbrett in der Bücherkammer. Die Eltern eines hämophilen Kindes sollten, meinte der Verfasser, »sein Vertrauen gewinnen« und ihm begreifbar machen, »daß es sich durch nichts von seinen Spielgefährten unterscheidet«; die Eltern sollten in der Lage sein, durch einen herzlichen Umgangston »die Angst zu zerstreuen«. Also beginnt sie mit ihrem Sohn auf eine Weise zu sprechen, die ihnen beiden gänzlich fremd ist. Aus Höflichkeit schweigt er und weicht ihrem Blick aus. Jedesmal, wenn sie das Wort an ihn richtet, hat sie den Eindruck, in einer Lüge steckenzubleiben, die schwer wieder zu beseitigen ist. Um die Verlogenheit dieses Dialogs zu durchbrechen, der für abstrakte Eltern und ein abstraktes Kind erfunden wurde, setzt sie nachdrücklich auf das Vertrauen zwischen ihnen: »Du hattest Angst, stimmt's? Ich habe deinem Vater geschrieben, aber ...«

Er springt auf und rennt davon. Zehn Minuten später kommt jemand aus der Horde atemlos angelaufen, um sie zu alarmieren. Sie hasten zu der zerbombten Brücke. Wie ein Seiltänzer balanciert dort eine kleine, magere Gestalt, ihr Sohn, auf einem Stahlträger, der in den Fluß ragt. Eine kleine, bunte Gruppe schaut zu, wie er beim Gehen schwankt. Olga bleibt stehen. Sie starrt gebannt auf die hin und her pendelnde Gestalt, die sich über der Leere ihren Weg bahnt. Der Schrei erstarrt auf ihren Lippen. Wenn man einem Schlafwandler begegnet, muß man den Atem anhalten, damit er nicht strauchelt. Am Ende des Balkens dreht er sich um sich selbst, gerät ins Wanken, rudert mit den Armen, sucht nach einem Halt in der Luft, die unter den zuckenden Blicken der Zuschauer erstarrt. Dann hält er sich wieder gerade, kehrt zum Ausgangspunkt zurück und steigt von dem Balken herunter. Ohne ein Wort zu wechseln, gehen sie nach Hause. Erst als die Tür hinter ihnen ins Schloß fällt, sagt er kaum hörbar: »Ich habe vor nichts Angst.« Sie hört es nicht. Sie sieht den winzigen, roten Faden, der sich zwischen Leberflecken über seinen zarten, vom Rost verschmierten Unterarm schlängelt. Die kleine Schramme ist ganz frisch. Sie wird sie zusammenpressen, und ihre Fingerkuppen werden ihr bescheinigen, wie einzigartig dieses Blut in seiner Beschaffenheit ist.

Die Erinnerung an diesen Schlafwandler über dem Abgrund schoß ihr durch den Kopf und hinderte sie, aufzuschreien.
An diesem Abend kam sie nicht mehr umhin zu verstehen. Sie hatte alles zu deutlich vor Augen: die Kupferkanne, die Hand, die darüber schwebte und mit der eindeutigen Nervosität einer unerlaubten Tat ein kleines Stück Papier über der braunen Flüssigkeit ausschüttete, seine dunkle Gestalt, die schon vom Herd zurücktrat, sich umdrehte und in einer auffallend unbeteiligten Haltung Zuflucht suchte.
Sie zog die Badezimmertür zu. Eine Sekunde später hörte sie hastige Schritte im Flur. Im leicht beschlagenen Spiegel erschien ihr Gesicht. Zu ihrer Überraschung blickte sie in erschrockene, junge Züge, die von nassen Strähnen eingerahmt waren und in denen sie sich nicht erkannte. Doch vor allem das Wohlgefühl ihres Körpers, die geschärfte sinnliche Wahrnehmung eines jeden Muskels unter ihrem Morgenrock war beängstigend. Fast mit Entsetzen spürte sie ihre schweren, weichen Brüste, ihre warme, feuchte Haut ...
In der Küche leerte sie ihren Tee mit wenigen Schlucken. Nur wenn Blüten auf ihrer Zunge klebten, setzte sie die Tasse ab, um sie zu entfernen. Dann ging sie in die Bücherkammer und wartete wie eine Verurteilte darauf, daß der Schlaf sie übermannte. Diese Lähmung dauerte indes nur wenige Minuten. Ihr schauderte bei einem Gedanken, der zwar nahelag, seiner Natur nach aber dem Wahnsinn entstammte: »Bevor ich einschlafe, muß ich unbedingt ... Sonst ...« Sie sah ihre Hände verkrampft und so ungewöhnlich starr auf dem Tisch liegen, als gehörten sie ihr nicht. Ihr Blick war beengt in diesem winzigen Raum, prallte gegen die dichten Bücherreihen, gegen die schwarze, undurchdringliche Fensterscheibe. Ja, bevor sie einschlief, mußte sie unter allen Umständen begreifen, warum das geschehen konnte, was geschehen war. Dieser junge Mann mit dem schwarzen Haar und den Gesichtszügen, die ein langes, verborgenes Leiden

noch feiner gemacht hatte, seine über dem Herd schwebenden Hände ... Ihre Kraft zu denken ließ nach, ohne daß sie eine Antwort darauf fand, was diese Geste für sie und für ihn bedeutete. Wieder erschien das eingerollte, vom Blut angeschwollene Reptil vor ihren Augen. Wie konnte dieses Tier in ihrem Leben auftauchen, in ihr gemeinsames Leben eindringen? Sie mußte es unbedingt begreifen. Jetzt sofort. Schon spürte sie, wie die ersten Wolken des Schlafs ihren Blick vernebelten. Sie mußte es begreifen. Wie sollte sie sonst nach dem Aufwachen weiterleben? Es war nicht auszudenken. Was für ein Leben sollte das sein? Welches Leben könnte sie führen an der Seite dieser rätselhaften Gestalt, die gerade mit eiligem Schritt durch den Flur gegangen war? Bevor der Schlaf sie endgültig übermannte, mußte sie den Schuldigen finden, mußte sie herausfinden, wer, wann und wodurch den normalen Lauf der Dinge verkehrt hatte.

Sie war nicht mehr imstande nachzudenken oder sich zu erinnern. Wie Blitzlichter schlugen ihr Bilder und Geräusche aus der Vergangenheit entgegen.

Ein schöner Mann von hünenhafter Gestalt stieg in ein Taxi. Er war der Schuldige. Ihr Mann. Bevor er im Wagen verschwand, drehte er sich um, salutierte zum Abschied wie ein Clown, der einen Soldaten nachäfft, und zeigte ihr unbarmherzig, daß er wußte, hinter welchem Fenster sie im Verborgenen seine Abreise beobachtete. In den Tagen darauf hielt im Eingang dieser Pariser Wohnung ein als Soldat verkleideter Junge Wache und lauschte auf die vertrauten Schritte im Treppenhaus.

Sie hatte nicht einmal Zeit, darüber nachzudenken, welcher Zusammenhang zwischen dem possenhaften Abschiedsgruß dieses Mannes und der grauenhaften Nacht bestand, die gerade für sie anbrach. Schon tauchte ein neues, noch weiter zurückliegendes Bruchstück aus der Vergangenheit auf. Ein Sterbender, der seine ausgetrockneten, bebenden

Lippen kaum noch unter Kontrolle hatte, beichtete ihr seine Schuld: Er war bei einer Hinrichtung (»die Hydra der Konterrevolution«, flüsterte er) mit dem Leben davongekommen, weil er einen Kameraden in den Tod gestoßen hatte. Dieser Beichtende auf dem Sterbebett war derselbe Mann, der sich einige Monate später mit einem ironischen Salut von einer Frau verabschieden sollte, die sich hinter Vorhängen verbarg. Derselbe, der sich früher in einem von Zigarrenrauch und dem abendlichen Geruch des Meeres erfüllten Saal mit seinem ganzen Gewicht auf den Roulettetisch stützte. Und derselbe, nur ein wenig jünger, der den Gesängen in der orthodoxen Kirche von Paris mit ernstem und bitterem Blick folgte. Damals trug er eine Offiziersuniform mit vier Sankt-Georgs-Kreuzen an der Brust und hielt ein Wachslicht in den Händen, das für seine kräftigen Finger viel zu dünn war. Derselbe Mann, der ...

Neue Masken überblendeten das Gesicht des Offiziers bei der Totenmesse. Sie wechselten immer schneller. Der Mann grüßte die Frau hinter den Vorhängen, setzte sich auf die Rückbank des Taxis und ließ den Kopf leicht nach hinten fallen, als der Wagen anfuhr. Nein, es ist bereits ein anderer, der Sterbende, der mit einem schmerzvollen Röcheln den Kopf in den Nacken wirft und auf das Kissen zurücksinkt. Und jetzt ist es der Mann im Kasino, der aus vollem Hals lacht, während seine Finger den letzten Jeton umklammern, der ihm geblieben ist. Dieselben Finger, die das Wachslicht kneten, derselbe Offizier, der ins Kirchengewölbe blickt, um die Tränen zurückzuhalten, die seine Augen füllen und in zwei randvolle, kleine Seen verwandeln.

Gewaltsam riß Olga sich von ihren Erinnerungen los: Die fortwährende Verwandlung der Gesichter mündete schon in den Schlaf. »Wir sind beide schuld«, hörte sie sich flüstern. Und wieder war es ihr unerklärlich, wann, warum und durch welche Verirrung sie soweit gekommen war, dem Ju-

gendlichen aufzulauern, der sich nervös am Herd zu schaffen machte. Plötzlich rief ihr dieses »wir beide« den beißenden Geruch im Erdgeschoß eines Pariser Wohnhauses ins Gedächtnis, der allmählich bis zu ihrer Wohnung im dritten Stockwerk hinaufzog: Der schwere Geruch ließ auf glasige Fischstücke in zischendem und spritzendem alten Öl schließen … Sie kommen aus dem Krankenhaus zurück. Ihr Kind hat endlich aufstehen und einige Schritte gehen können. Es hat die Arme ausgebreitet, um das Gleichgewicht zu halten. Sie haben ihm versprochen, am nächsten Tag wiederzukommen. Im Treppenhaus hängt dieser Gestank. Für immer, sagen sie sich und ahnen, daß jeder von ihnen dasselbe denkt. Kaum haben sie die Wohnungstür hinter sich zugezogen, bricht der Streit los: »Dieses verpfuschte Leben« – »Du bist feige.« – »Dir fehlt die Geduld.« – »Nach so vielen Jahren.« – »Es ist ein Trauerspiel.« – »Damit es dem Kind gutgeht.« – »Du kannst ja gehen!« – »Jetzt ist Schluß!« Die altbekannten Vorwürfe können nicht mehr verletzen, doch diesmal unterscheiden sie sich durch den entschlosseneren Tonfall, in dem sie vorgebracht werden. Hätten sie in ihrer Erschöpfung und Verbissenheit nur einen einzigen Augenblick lang die Wahrheit zulassen können, hätten sie zugeben müssen, daß sie sich nur wegen des üblen Geruchs im Treppenhaus zerfleischten.
In diesem Fettgestank lag also ein Vorgeschmack auf die ganze Zukunft. Eine Woche später sollte aus ihrem Ehemann jener Mann werden, der sich mit diesem clownesken Gruß verabschiedete, bevor er in einem Taxi verschwand.
»Wir sind beide schuld.« Das war der Beweis. Mit einem Gespür so instinktiv wie der Überlebenstrieb begriff sie, daß sie hier nicht weitergehen, nach nichts anderem mehr suchen durfte. Doch schon verflüchtigte sich der Geruch, den sie soeben noch in der Nase hatte. Aus dem verbrannten Fett erhob sich ein Wohlgeruch, der von einer guten Zigarre

stammte. In perlmuttfarbenen Spiralen wand sich der Qualm um das Mobiliar eines geräumigen Hotelzimmers, durch dessen offene Fenster die Nacht hereinströmte. Davor stand ein Eukalyptusbaum, der im warmen, regenschweren Wind mit den Blättern rauschte ... Er hat seine Zigarre auf den Marmorsims des Kamins gelegt und lacht. Sein hünenhafter Körper wird von einem Lachen geschüttelt, das sehr jung klingt. Seine Trunkenheit, seine Sorglosigkeit, seine Lust, sie zu lieben, machen ihn jung. Er zieht Bündel von Geldscheinen aus den Taschen, fächert sie auf. Sie fallen auf den Boden, der Teppich ist übersät, sie rutschen unters Bett, werden vom Wind aufgewirbelt, der durch das helle, von einem großen Kristallüster beleuchtete Zimmer weht. »Hast du gewonnen?« fragt sie ihn. Seine Freude hat sie angesteckt. »Zuerst habe ich gewonnen, dann habe ich alles verloren und war reif, mich aufzuhängen, oder besser, mich zu ertränken, das wäre wenigstens komisch gewesen! Da kommt plötzlich dieses Schlitzohr Khodorski und bringt mir das hier! Erinnerst du dich, daß wir vor einem Monat einem Engländer ein Haus in der Nähe von Moskau verkauft haben? Ha, ha, ha! Und ich hatte so großes Verlangen nach dir, daß mich nichts mehr am Spieltisch hielt.« Sie ist nur noch halb bekleidet, wie häufig, wenn sie auf ihn wartet und nicht weiß, ob er mit der Leichenmiene eines Bankrotteurs zurückkehrt oder ob er wie heute, berauscht vom Spielglück und vom Lachen, seine Taschen ausleert, ob seine Gewinne dieses Fest, dieses frivole Leben noch ein oder zwei Wochen fortdauern lassen. Einige Kleidungsstücke trägt sie bis zum Schluß, andere, wie das Mieder, dessen Knöpfe mit einem Knall aufspringen, fliegen durchs Zimmer und fallen auf den Teppich aus zerknüllten Banknoten. Als der Hüne sie hochhebt, fühlt sie sich trotz ihrer ansehnlichen Größe plötzlich schwerelos und zerbrechlich. Er umschließt sie fest. Wenn sie stehen, sieht es aus, als klatschte er diesen Frauenkörper, der in seinen riesigen Armen schmächtig und gefügig wirkt, gegen seinen Bauch. Ein Hausschuh, der an ihrer Fußspitze baumelt, fällt herab und dreht sich mehrfach um sich selbst. Dieser Abend, der wie so viele andere ist, wird ihr in Erinnerung bleiben, weil ihr plötzlich ein Gedanke kommt, bei dem ihre Lust schlagartig zerplatzt: »Eines Tages werden wir dafür bezahlen.« Sie stöhnt laut und mit Vibrato, um den düsteren Gedanken zu verjagen. Mit der Wut einer Lust, die schon ihren Höhepunkt erreicht, läßt der Mann sie auf sich herabfallen.

»Wir sind beide schuld.« Die langen Blätter des Eukalyptusbaums rascheln im Wind, der sich wieder erhoben hat. Der Duft der Zigarre wird schwächer, läutert und verwandelt sich in Weihrauchduft. Von der Kerze in seinen Händen tropft das Wachs auf seine Finger. Er legt den Kopf nach hinten, seine Augen sind voller Tränen. Sie sieht ihn aus den Augenwinkeln an, und es gelingt ihr nicht, der spöttischen Mädchenstimme zuvorzukommen, die in ihr tönt: »Bist du sicher, daß sie echt sind?«

Ein Jahr später wirft er den Kopf in den Nacken, läßt sich mit ihr aufs Bett fallen und reißt sie mit, denn die Lust hat sie zusammengeschweißt. Langsam taucht sie über dem großen Körper des Mannes auf, der noch im Liebestaumel bebt, rückt von ihm weg, betrachtet seine furchteinflößenden, starken Hände, die gelöst auf dem zerknautschten Laken liegen. Eine Hand bewegt sich, tastet sich zu ihr, fühlt ihre Brust, preßt sie mit blinder, leidenschaftlicher Gewalt zusammen. Ihre Finger kneten das Wachs einer erloschenen Kerze. Dann strecken sie sich zu einer Ohrfeige, die ihre Backe glühen läßt. Schließlich winken sie mit militärischem Gruß. Und schlagen hastig ein Kreuz über dem Kind, das in einem Krankenhausbett liegt.

Sie sah diese Gebärden, Gestalten, Lichter nur noch bruchstückhaft. Alles Feste löste sich auf. Und sie? In ihren wirren

Phantasien klammerte sie sich an den einzigen Punkt, der letztlich sicher war, der nicht in Frage stand: »Ich allein bin schuld.« Sie und dieser Jugendliche, den sie bei einem Vergehen ertappt hatte – sonst war da nichts, kein Dritter. Sie war schuld, weil sie die Entschuldigungen des Mannes nicht angenommen hatte, der vor ihr kniete, nachdem er sie geohrfeigt hatte. Und davor war es ihre Schuld, daß sie nicht zugeben konnte, nur dieser Geruch nach Bratfisch habe sie beide so gehässig werden lassen, und daß sie ihn nicht gebeten hatte, Schluß zu machen mit diesem sinnlosen Streit. Sie war schuldig, weil sie sich im Krankenhaus nicht eingestanden hatte, daß man diesem Mann, der sich bekreuzigte, obwohl er ungläubig war, eine Menge verzeihen konnte. Und lange davor hatte sie sich schuldig gemacht, weil sie den warmen Nachtwind genossen hatte, der durch das rauschende Blätterdach des Eukalyptus fuhr, und weil sie vorhergesehen hatte, daß diese tastende Hand sich ihr nähern und ihre Brust bei der Liebe peinigen würde. Und wenige Minuten zuvor, als in ihr der Gedanke laut geworden war, daß sie eines Tages die Rechnung dafür zu bezahlen habe, und sie das Gefühl gehabt hatte, daß jemand auf ihre Antwort wartete, da hatte sie sich schuldig gemacht, weil sie sich gesagt hatte: »Ich pfeife darauf.« Sie war schuldig, weil sie gezweifelt hatte, als sie seinen Blick in der Kirche sah. Schuldig, weil sie so war, wie sie war.
Doch wer war sie? Die Frau, die hinter den Vorhängen hervorspähte, um einem Mann nachzusehen, der wegging? Die später durch den Schlamm der Straße watete und mit festem Griff einen schlaffen, toten Vogel in der Hand hielt. Die das Gefühl hatte, endlose Jahre reglos dazusitzen, während sie mit starren Fingern eine immer wieder aufplatzende Wunde zudrückte. Eine Frau, die viele Jahre vor diesen endlosen Nachtwachen gerne die Handbewegungen ihres Begleiters im Restaurant beobachtet hatte, um zu sehen, wie diese Hän-

de, die sie gerade erst wieder auf den Boden gestellt hatten, die Kristallgläser umschlossen oder eine Zigarre anzündeten. Eine Frau, die angesichts des Mannes im Offizierskasack, der seinen Kopf in den Nacken warf, nichts anderes denken konnte als: »Welches Teufelchen reitet mich? Am liebsten würde ich brüllen vor Lachen, vor Lust, mich lachen zu hören und dabei ihre entrüsteten Gesichter zu sehen!« Und eine in Lumpen gekleidete Frau, schmutzig und verlaust, die barfuß über einen unsicheren Steg schwankt, die ins Wasser stiert, wo tote Fische und fauliges Holz treiben, und die nicht begreift, daß sie Rußland für immer verlassen wird.

Sie meinte, sie renne von einer Frau zur nächsten, erkenne sie wieder, eile im Laufschritt durch einen Tag, durch ein Zimmer, durch ein Zugabteil.

Bei diesem Gedanken merkte sie, daß sie noch immer nicht schlief.

Schließlich öffnete sie das kleine, zwischen den Bücherregalen eingelassene Fenster. Die frische Nachtluft stach ihr in die Nase. Im gelben Licht des Lampenschirms wurde die Dunkelheit undurchdringlich. Nur ein kahler Ast ragte aus der Finsternis und zeigte sich von überraschender Lebendigkeit, als blickte er ins Zimmer. Und von diesem Ast, von diesem Einatmen der Nachtluft ging das verhaltene, aber eindringliche Glücksgefühl aus, darüber hinweggekommen zu sein. Die Uhr zeigte fünf nach zwölf … Sie schlief noch immer nicht. Sie war nicht eingeschlafen. Sie war nicht schläfrig. Der junge Mann, der sich am Herd wand, der Tee, das Reptil – alles war also nur ein Wahn. War Ausgeburt des Denkens einer Frau, die nicht hinnehmen wollte, daß ihr Leben sie erschöpft hatte. Die noch Hoffnungen hatte. Die sich weigerte, auf das Alter zu warten und vor dem Tod zu sterben. Dieser Wahnsinn hatte nicht einmal eine Stunde gedauert und sie an die Grenze einer zerütteten Welt geführt, aus

der man nicht zurückkehrt. Und was hatte die seltsame, verdächtige Handbewegung des jungen Mannes in der Küche zu bedeuten? Es war nichts weiter als eine jener seltsamen, oft eigenbrötlerischen Gesten, die typisch sind für jemanden, der sich allein glaubt. »Dieser Tintenfleck, dieser Dickwanst auf meinem Schreibtisch, den ich immer mit einem Buch verdecke, ist auch so ein Tick. Was tun wir nicht alles im stillen, wenn wir allein sind!«
Sie schloß das Fenster und setzte sich wieder an den kleinen Tisch. Vor ihr lag die scheinbar endlose Nacht. Eine ausgedehnte Zeit, in der es nichts zu tun gab und die ihr ganz allein vorbehalten war. Ihr Denken war jetzt so klar wie in überspannten, schlaflosen Nächten. Es blieb ihr nur noch herauszufinden, wie sie dazu gekommen war, hinter der harmlosen Geste eines Heranwachsenden zu vermuten, was sie vermutet hatte. Und zu verstehen, wie er lebte.

Wenige Tage nach dieser durchwachten Nacht, mit der alle Zweifel, die sie bedrängt hatten, scheinbar endgültig zerstreut waren, sollte Olga darauf kommen, warum das Schlafmittel in jener Novembernacht nicht gewirkt hatte. Sie erinnerte sich, daß sie den Tee geleert hatte, ohne umzurühren, weil sie ihre grauenvolle Ahnung so schnell wie möglich widerlegen wollte. Und dann wurde ihr klar, daß sich das Pulver, das ihr der Junge in den Tee geschüttet hatte, in der kurzen Zeit nicht auflösen konnte. Ja, nun verstand sie alles. Doch ihre Leidenschaft war bereits so sehr entfacht, der Schmerz so rein und unermeßlich, daß sie sich über dieses kleine, von ihr entdeckte Geheimnis nur noch aufgrund seiner sachlichen Belanglosigkeit wunderte. Es war eine lächerliche chemische Kuriosität, ein überflüssiges Beweisstück. Dieses schäbige Detail hatte keine Bedeutung mehr für den völlig neuen Ablauf der Tage und Nächte, und sie wagte es nicht mehr, dieses Verrinnen der Zeit »mein Leben« zu nennen.

III

Ein großer, zweistöckiger Adelssitz, vier weiße Säulen an der Vorderfront und ein eigenartiger Garten mit Kissen an den Baumstämmen. Ja, an den blühenden Apfelbäumen sind tatsächlich weiße Kissen mit dicken Schnüren festgebunden.

Sie ist sechs Jahre alt und weiß bereits, daß diese Kissen nicht die Bäume schützen, sondern einen blassen und launischen Jungen, ihren zehnjährigen Cousin. Ihr ist schon aufgefallen, daß die Kratzer und blauen Flecken, die sie sich beim Spielen zuzieht, viel weniger Beachtung finden als ein ganz normaler Mückenstich auf seinem Arm. Diese sonderbaren Umstände fallen nicht ins Gewicht, so angenehm sind die scheinbar endlos langen Tage, die sie hier genießt. Wenn am Abend die Sonne zwischen die Zweige der Apfelbäume sinkt, breitet sich Teeduft auf der Terrasse aus. Ein alter Diener geht langsam von Baum zu Baum und sammelt die Kissen ein.

Als ihr die anderen Glücksmomente ihrer frühen Kindheit bewußt werden, ist es schon zu spät: Es bleibt ihr nur noch die Erinnerung. Sie wächst heran.

Fast zur selben Zeit erfährt sie drei erstaunliche Dinge aus den Gesprächen der Erwachsenen, denen sie heimlich lauscht. Erstens: Ihre Mutter wird niemals über den Tod ihres Mannes hinwegkommen, denn es heißt: »Seit er tot ist, liebt sie ihn noch mehr als zu Lebzeiten«. Zweitens: Sie begreift, wenn auch noch sehr undeutlich, an welcher Krankheit ihr Cousin leidet, und sie ahnt, daß sie ohne ihr Zutun Teil dieses ebenso seltenen wie beängstigenden Mysteriums ist. Und drittens findet sie schließlich heraus, daß ihre Großmutter, die man an einem schönen Frühlingstag zu Grabe trägt, immer »konservativ und reaktionär« gewesen ist. Noch bringt sie mit ihrer Kindersprache diese Worte nur mühsam über die Lippen, aber ihr gefällt der Klang. Mit den Veränderungen, die im Grunde unmittelbar nach dem Begräbnis einsetzen, werden ihr die kleinen Glücksmomente bewußt, die nun vorüber sind: Die Kissen an den Bäumen verschwinden, ihr Cousin ist fünfzehn Jahre alt, und man sorgt sich weniger um seine Gesundheit; den wunderbaren Augenblick am Abend, wenn der alte Diener langsam durch den Garten geht und die Schnüre löst, wenn der Teeduft und die kühle Waldluft aufsteigen, diesen Augenblick gibt es nicht mehr.

Das neue Leben hat aber auch seine Vorteile. Niemand kümmert sich mehr um die Halbwüchsige, die hier in Ostrow, auf dem Erbgut ihres Onkels, den Sommer verbringt. Sie kann ins Dorf gehen, wo die Bauern ihre Mützen nicht mehr abnehmen, wenn sie ihren ehemaligen Herren begegnen. Die Erwachsenen sind froh darüber: Zu Lebzeiten ihrer Großmutter, dieser unverbesserlichen Reaktionärin, sollen sich die Dorfbewohner bis zum Boden verneigt haben, wenn sie sie grüßten. Sie sprechen häufig vom »Volk« und davon, daß »jeder aufrechte Mensch« an seiner Aufklärung mitwirken, es unterstützen und ihm dienen müsse. Auch das ist neu. Die Großmutter sprach von Sachar, dem Schuhmacher, von Wassilij, dem Schmied, von Stijopka, dem Saufbruder und Hühnerdieb. Sie kannte jedes ihrer Schäfchen beim Vornamen. Doch sie sprach nie vom »Volk«. Ostrow war eines der wenigen Güter, die während der Aufstände im Vorjahr nicht in

Brand gesteckt worden waren. Die Erwachsenen meinen, hier habe noch der Despotismus ihrer Großmutter nachgewirkt.
Die entscheidende Neuheit ist jedoch das aufgeregte, gespannte Warten auf einen Umbruch. Ein neues Jahrhundert ist angebrochen, ein »neues Zeitalter«, wie einige Freunde ihres Onkels meinen. Sie fragen sich, wie sie dieses ihrer Ansicht nach viel zu schwerfällige Land schneller vorwärts bringen können.
Getrieben vom Wunsch nach Veränderung und zweifellos auch aus Ungeduld sind sie auf die Idee verfallen, Maskenbälle zu veranstalten. Der beste Freund ihres Onkels, der häufiger als die anderen vom »Volk« spricht, kommt immer als Bauer verkleidet. Außerdem fällt Olga auf, daß sie sich gerade vor den Festen, zu denen sich Gutsbesitzer aus der Nachbarschaft und Leute aus der Hauptstadt bei ihnen einfinden, besonders leidenschaftlich über das »Volk« unterhalten. Als glaubten sie, man verzeihe ihnen für ihre großmütigen Worte die ausschweifenden Bälle.
Sie ist zwölf, als sie auf einem dieser Feste den als Bauern verkleideten Mann mit der in Musselin schwelgenden Frau überrascht, die wie eine Fledermaus aussieht. Das kleine Zimmer, in dem sie das ungewöhnliche Paar antrifft, wurde früher von dem inzwischen gestorbenen Diener bewohnt, dessen Aufgabe es war, die Kissen an die Bäume zu binden. Das Haus scheint sich sanft auf den Wellen der Musik zu wiegen, Feuerwerkskörper krachen, Gelächter erschallt. Zum ersten Mal schleicht sie sich unerkannt durch die Räume – sie ist bereits so groß, daß sie niemandem auffällt; mit einer schmucklosen, schwarzen Maske spielt sie den unsichtbaren Gast und berauscht sich daran. Sie begegnet einem Ritter, der das Visier seines Helms hochklappt, um einen Schluck Champagner zu trinken, einer als Stierkämpfer verkleideten Frau – Olga erkennt sie an ihren Körperformen

(und voller Stolz denkt sie: »Ich kann es sehen, also bin ich kein Kind mehr«). In einem Salon liegt ein Mann mit aufgeknöpftem Hemd auf dem Diwan. Frauen tupfen sein bleiches Gesicht mit nassen Handtüchern ab. Im angrenzenden Zimmer sitzt ein einsamer Gast an einem Tisch, auf dem sich Essensreste türmen. Er hat Perücke und Maske abgenommen und greift zu: »Sollen sie doch denken, was sie wollen. Ich bin müde und hungrig, und jetzt esse ich!« Eine bunte Horde strömt plötzlich in das Zimmer, man lacht, mehrere paar Hände gießen Wein aus verschiedenen Flaschen in sein Glas, füllen seinen Teller mit den unterschiedlichsten Speisen. Er sträubt sich, grummelt mit vollem Mund. Die Störenfriede verschwinden mit seiner Perücke. Sie ist neidisch auf ihre Beute, gerne würde auch sie jemandem einen Streich spielen. Als sie auf einen schlafenden, jungen Zauberer stößt, Li, entwendet sie ihm den Zauberstab. Kurz danach fällt ihr der Stab aus den Händen, und der Lärm unterbricht den zärtlichen, wilden Liebeskampf des Bauern und der Frau in Musselin. Der Mann im Sessel reißt die Augen auf, richtet seinen Oberkörper auf. Die Frau, die rittlings auf seinem Bauch sitzt, windet sich, um das Gleichgewicht zu halten. Am Ende des Flurs, im Eßzimmer, trinkt ein Diener heimlich aus dem Glas des Mannes, dem man die Perücke gestohlen hat. Das Bildnis der Großmutter im Treppenhaus hängt verkehrt, mit dem Kopf nach unten an der Wand – ein Scherz, den die Gäste bei diesen Festen besonders lieben. Sie nimmt das Bild ab, dreht es wieder um. In diesem Augenblick taucht am anderen Ende des Flurs der falsche Bauer auf. Sie flüchtet dorthin, wo ihr laute Klaviermusik entgegenschallt, denn sie hofft, zwischen Tanzenden untertauchen zu können. Doch der Mann am Klavier ist allein. Ein Othello in übertrieben maurischer Aufmachung. Er ist betrunken. Seine bravourösen Läufe und seine Verzweiflung branden durch das Zimmer. Die weißen Tasten sind voller schwarzer Schminke. Die Erschöpfung, die Dunkelheit, die beiden Gläser Champagner, die man ihr angeboten hat, ohne sie unter der Maske zu erkennen – der Boden schwankt unter ihren Füßen, als sie durch den Garten geht. Das Meer der Apfelblüten schäumt auf den Wegen, sie irrt unter dem duftenden Weiß der Zweige umher. Während sie durchs dunkle Dickicht taumelt, hört sie plötzlich ein Pferd galoppieren. Es kommt näher, galoppiert auf sie zu, doch sie sieht es nicht. Der Hufschlag wird immer bedrohlicher, scheint sie zu verfolgen, das Pferd wird jeden Augenblick zwischen den abgeknickten Zweigen auftauchen. Sie preßt sich an einen Stamm, und im selben Augenblick ist der Reiter bei ihr. Es ist ein Offiziersanwärter, der vergessen hat, sich für das Fest zu verkleiden. Der feuchtfröhlichen Gesellschaft schnell überdrüssig geworden, hat er das Weite gesucht und prescht nun durch den Garten und die schlafenden Felder. Auf seiner dunklen Uniform schimmern zahllose, weiße Blütenblätter. Da begreift sie, daß sie im Gutshaus eigentlich ihn gesucht hat.

Am nächsten Morgen spürt sie bei den Erwachsenen, die mit ihr sprechen, eine Anwandlung von Scham in der Stimme und im Blick, der mal ausweichend, mal fragend ist. Zum ersten Mal in ihrem Leben bemerkt sie ihre Schwäche und freut sich darüber. Sie stellt fest, daß ihre Welt viel unsicherer ist, als es den Anschein hat, und daß man diese Unsicherheiten ausnutzen kann. Eine unbekannte Stimme meldet sich in ihr, eine spöttische, bissige Stimme, die es sich von nun an zur Aufgabe macht, die verschämten Winkel ihrer Gedanken, ihres Handelns aufzuspüren und in der schweren Hefe auf dem Grund ihrer Seele zu stochern. Als eine ihrer Kusinen am Abend eine traurige Polonaise auf dem Klavier spielt, regt sich diese leise Stimme: »Du könntest ihr ja sagen, was gestern abend nebenan geschah. Du könntest ihr erzählen, daß eine Frau im Fledermauskostüm rittlings auf einem

Mann saß, daß sie wie eine Besessene auf ihm herumhampelte und daß es der Mann war, in den deine Kusine hoffnungslos verliebt ist.«

Das ist also die Welt: ein spannendes und grausames Spiel mit unerschöpflich vielen Varianten, dessen Regeln man im Laufe einer Partie selbst verändern kann.

Drei Wochen später gibt es wieder ein Fest, und wie so oft beginnt es mit einem Feuerwerk. Im Zauberkostüm waltet Li ihres Amtes und freut sich über den Applaus und die Rufe, die jede Rakete begleiten. Die Begeisterung steuert ihrem Höhepunkt zu, als eine violettfarbene Rakete zu früh zündet und sich ein gewaltiger Funkenregen über den Rasen bis zu den Apfelbäumen ergießt. Li fällt in den allgemeinen Jubel ein, ihre Stimme geht im Stimmengewirr der Gäste unter. Es braucht einige Minuten, bis man begreift, daß ihr Lachen ein entsetzlicher Schmerzensschrei ist. Der bleiche Riß, der sich vom Kinn bis zur Schläfe in ihre Wange gegraben hat, füllt sich bereits mit Blut. In der bedrückenden Stille, die am Abend des abgebrochenen Fests im Haus eingetreten ist, denkt Olga wieder an die ungewissen und wechselhaften Regeln des Spiels, das man Leben nennt. Li ist, was die anderen »ein Kind armer Eltern« nennen. Wenn es nach den Büchern ginge, nach der Vernunft oder der Menschenliebe, in deren Sinne Olga erzogen wurde, hätte Li ein Anrecht darauf, für ihre Herzensgüte und Bescheidenheit reich belohnt zu werden. Statt dessen ist sie für ihr ganzes Leben grausam entstellt worden. Vielleicht war es doch richtig, wenn das Bild der Großmutter verkehrt an der Wand hing. Zweifellos ist diese Verletzung ein Wink, den das Leben ihnen gibt, das wirkliche, das schwierige Leben, das hintergründig, herausfordernd, erbarmungslos ist, voller Hohn und Spott für die Menschenliebe.

Olga meint, die Zusammenhänge zu durchschauen: »Wenn ich Lis Zauberstab nicht fallen gelassen hätte auf der Türschwelle des Zimmers, in dem sich der Bauer und die Fledermaus in den Armen lagen, hätte sich dieser Mann während des Feuerwerks nicht vor aller Welt über sie lustig gemacht und gesagt: »Dieser kleine Zauberer steckt seine Nase in Dinge, die ihn nichts angehen, und lauscht an Türen.« Dann hätte sich Li diese kränkenden und ungerechten Worte nicht anhören müssen, und ihre Hände hätten nicht gezittert. Die Rakete wäre hochgestiegen und ... Alles hing also an diesem kleinen Zauberstab, der über das Parkett rollte!«

Vier Jahre später, im Frühjahr 1916, klingt die Stimme so: »Hätte die Begierde nicht diesen falschen Bauern und die Fledermaus zusammengeführt, wäre Li nicht entstellt worden.« Olga ist sechzehn Jahre alt, wie das Jahrhundert. Ihr Onkel hat sich in der Zwischenzeit das Leben genommen, das Gut ist verkauft, das alte Gutshaus abgerissen und die Obstbäume sind gefällt. Nur das Rechteck der Fundamente unter dem wuchernden Unkraut zeugt noch vom Gutshaus. Kleine, rote Käfer laufen über die wurmstichigen Stämme, die eingefärbten Granitplatten sind von gelben Flechten überzogen. Und darüber erscheint unweigerlich wie eine Luftspiegelung am wolkenlosen Frühlingshimmel das Haus, das es nicht mehr gibt, mit den Fenstern, die so voller Leben waren, den vier Säulen der Vorderfront, den vom Alter dunkel gewordenen Holzwänden. Verblüfft glaubt Olga, in diesem schimärischen Haus die Anordnung der Zimmer, die Fluchten der Flure wiederzuerkennen. Der große, leere Würfel umschließt eine unvorstellbare Dichte vergangenen Lebens, aufeinander folgender Generationen. Dort liegt das Zimmer, in dem die Großmutter in ihrem Sarg drei Tage lang aufgebahrt war, bevor der Sarg endlich abgeholt wurde, dort tobten die Feste, dort ergossen sich die vielen Wortschwälle, die einen trotz ihrer Beiläufigkeit glücklich machen oder einem das Herz brechen konnten, dort fanden all die Liebesnächte, all die Geburten statt, und sogar jenes Zimmer im hintersten Winkel der Flure und Gänge ist da, in dem ein Mann im Bauernkostüm mit schummrigem Blick eine Frau betrachtet, die mit ihren Atemstößen der Lust den Takt schlägt. Und schließlich sieht man dort ein junges Mädchen im Bett liegen, dem man bald die Verbände vom Gesicht abnehmen wird, die es mit seiner ungeduldigen Hand schon gelockert hat.

Beim Anblick dieses durchscheinenden Hauses voller Leben wird ihr schwindelig. Die Wände verlieren sich schon am Himmel, die Fenster schwimmen im Blau – sie kann gerade noch die Kammer unter dem Dach erkennen, in der die alte Dienerin ihrer Großeltern wohnte, ein Verschlag, in dem es nach Harz von schwelendem Holz duftete, beleuchtet von einem spärlichen Nachtlicht unter einer Ikone. Das schmale Fenster der Dachstube schien zu jeder Jahreszeit auf eine verschneite Winterlandschaft hinauszugehen.

Ein junger Mann um die Zwanzig, ihr Cousin, den man durch Kissen, die an Bäumen festgebunden waren, vor dem Tod bewahrt hatte, ruft sie schon wieder in den Wagen. Er steht vom Kutschbock auf und zieht die Zügel an. Sie fahren nach Sankt Petersburg zurück.

Ihr Cousin ist eine der letzten Gestalten aus der Zeit der Feste. Olga trifft ihn manchmal abends bei Dichterlesungen oder in Restaurants, in denen die Künstler und die Bohème der Hauptstadt verkehren. In seinen Gedichten spricht er von der »Krankheit der Fürsten«, die ihn traurig macht und aushöhlt. Nur ein kleiner Kreis von Eingeweihten weiß, daß er Bluter ist. Außenstehende finden seine Gedichte lächerlich schwülstig und rührselig. Er schreibt auch modische Verse. Olga spricht sie häufig mit lauter Stimme vor sich hin, um sich auf die Nächte einzustimmen, die erfüllt sind von Versrhythmen, vom Wein, dem Sinnesrausch und dem Kokain.

Ananas in Champagner! Ananas in Champagner!
So ist er frisch und prickelt, so schmeckt nicht jeder!
Und keiner kennt mich mehr: Der Norweger ist Spanier!
Mein Herz entkommt der Welt, und trunken ist die Feder!

Oft kommt es ihr vor, als gäbe es fortwährend Kostümbälle, als überließe sich ganz Rußland dem Rausch der Maskerade. Man weiß nicht mehr, mit wem man es zu tun hat. Der starke Wind der Freiheit benebelt alle. Man kann einen Minister ermorden und straffrei davonkommen. Man kann einen Polizisten beschimpfen und ihm ins Gesicht spucken, ohne daß er sich rührt. Der Dichter mit dem Champagnerglas in der Hand, der am Ende des Saals aufsteht, soll ein bekannter Revolutionär sein. Und der Mann dort, der die Taille einer Frau mit fast entblößter Brust umschlingt, ist ein Spitzel. Der Sänger, der dem Pianisten schon ein Zeichen gibt, ist an einem Komplott gegen den schändlichen Liebhaber der Zarin beteiligt. Und die sehr junge Frau mit dem seltsam bleichen Gesicht und den dunklen Schatten um die Augen kommt aus einer der berühmtesten russischen Familien. Sie hat mit ihrer Herkunft gebrochen und ist die Muse verschiedener Dichter geworden, doch sie gehört keinem von ihnen, denn sie hat ein geheimnisvolles Gelübde abgelegt.
Olga betrachtet sich in dem langen Spiegel, in dem sich das ganze Restaurant verdoppelt. Dieses fahle Gesicht mit den dunklen Schatten um die Augen, das ist sie.

Der Tanz geht weiter. Der Liebhaber der Zarin wird ermordet. Der Zar wird gestürzt. Mit seinen Kindern hackt er Holz. Das Land scheint endlich den Träumen nahe, von denen einst im Haus des Onkels gesprochen wurde. Der Lauf der Dinge überschlägt sich, die überkommenen Traditionen brechen auseinander, der neue Regierungschef trägt den rechten Arm in der Schlinge, weil er Zehntausenden von begeisterten Mitbürgern die Hand gedrückt hat. Doch bald geht dem Land der Atem aus, man hört ein bedrohliches Röcheln …

Mit jugendlicher Ungeduld tanzt sie auf diesem Ball, ist überall dabei: die Décadence, der Futurismus, die Sonntagsschulen für Arbeiter … Sie lernt aufzufallen in einer Welt, die sich über nichts mehr wundert. In ihren Kreisen ist die Ausschweifung an der Tagesordnung und langweilt bereits. Einer der Dichter befestigt Bärenklauen an seinen Fingern, bevor er mit seiner Geliebten schläft. Bald hat man dafür nur noch ein Schulterzucken übrig. Sie erklärt den Männern, die sich in sie verliebt haben, daß sie sich nur dem hingeben werde, der sie töten und ihr ihm Tod beiwohnen werde. Das ruft mehr Erstaunen hervor als alle Bärenklauen, vielleicht weil sie so jung ist oder weil sie zu ihrem aschfahlen Gesicht einen so flammenden Blick aufsetzt, oder auch wegen der Ernsthaftigkeit, mit der sie solche Albernheiten verbreitet. Insgeheim denkt sie noch an den jungen Kavalleristen, der in einer Nacht vor fünf Jahren durch das weiße Blütenmeer der Apfelbäume galoppiert war. Sie verbietet sich jede Hoffnung und hofft dennoch, daß ihre erste Liebe so erfrischend sein werde, wie jener Schnee es war. Die leise, giftige und spöttische Stimme, die sich in ihr eingenistet hat, macht sich ständig lustig über diese letzte Insel der Empfindsamkeit in ihrem Herzen.

Einmal ist sie so enttäuscht über die Oberflächlichkeit einer Landschaft auf ihrer Staffelei, daß sie wutentbrannt den Pinsel über das Bild zieht. Ein befreundeter Maler spricht im Scherz von »Rayonnismus«, und für einige Wochen steht sie an der Spitze einer neuen Kunstrichtung. Bis derselbe Witz-

bold ein Porträt mit Kurven übermalt und seinerseits den »Kurbismus« lanciert.
Sie glaubt, sie habe alle Spielregeln gelernt für das Spiel, das man »Leben« nennt. Zwei Jahre zuvor wurde Li in die medizinische Fakultät aufgenommen. »Jetzt hat das Kind armer Leute bekommen, was es verdient«, dachte Olga damals lächelnd, und weil sie die Spielregeln kannte, war sie gespannt, welch tolle Wendungen es noch nehmen würde. Sie kamen mit dem Krieg. Li hing ihr Studium an den Nagel, schulterte eine Verbandstasche und stapfte als Krankenschwester durch den Dreck der Schützengräben.
An einem Tag im Herbst sollte sie vom Tod des jungen, von Apfelblüten bedeckten Kavalleristen erfahren. Dabei wollte sie gerade herausfinden, ob seine Gleichgültigkeit echt oder gespielt war. Wie oft sie alle auf der Tastatur der Gefühle gespielt hatten. In ihrer Ratlosigkeit wird sie ein deutsches Lied singen, und sollte es eine göttliche Gerechtigkeit geben, müßte dann der Himmel einstürzen und sie begraben. Der Himmel wird nicht einstürzen. Statt dessen wird es eine Handvoll druckfrischer Flugblätter vom Dach regnen. Beim Verlassen des Hauses wird sie eines aufheben. »Machtübernahme – Waffenstillstandserklärung – Revolution«, wird sie zerstreut lesen und einen Seufzer ausstoßen: »Wieder einmal …« Sie wird sogar lächeln und denken: Am selben Tag vom Kriegsende und vom Tod des Kavalleristen zu erfahren, paßt doch gut zur unbarmherzigen Bosheit des Lebens. Die spöttische Stimme wird sich in ihr regen und flüstern: »Wenigstens hast du eine Maske für heute abend – für den Tanz vor dem noch offenen Sarg!«
Trotzdem wird sie stundenlang weinen und sich wundern über die Flut und die Aufrichtigkeit ihrer Tränen. Doch es wird zu spät sein.

Zu spät. Denn plötzlich scheint die Geschichte genug zu haben von diesen Maskenspielen, von dem Anspruch, die Regeln mitzubestimmen, ihren Verlauf zu beschleunigen. Wie ein großes Raubtier, das aus dem Schlaf gerissen wird, setzt sich die Geschichte oder kurz, das Leben, schwerfällig in Gang und wälzt in einem monströsen Hin und Her alles nieder, zermalmt all diese kapriziösen Homunkuli, diese neurotischen Wirrköpfe mit ihren fruchtlosen Gedankenspielen. Das Volk, auf das sie sich zwischen zwei Gläsern Champagner oder zwei Gedichtstrophen beriefen, erscheint plötzlich unter den Zügen jenes gewaltigen Matrosen aus dem Baltikum, der mit einem Gewehrkolben ihre Tür zertrümmert, der ihnen das Bajonett in den Bauch stößt, der ihre Frau vergewaltigt und das Kreischen der Kinder unter seinen beschlagenen Sohlen erstickt. Fröhlich und stolz kommt er heraus, nachdem er sich satt gegessen und bereichert hat, denn er spürt den Wind der Geschichte. Es fällt schwer, dem Zauber seiner primitiven Macht nicht zu erliegen.
Einige sind fasziniert. Sie verkleiden sich wieder und passen ihre Kostüme den neuen Erfordernissen an. Andere fliehen. Auch sie verkleiden sich. Der Regierungschef nimmt die Kappe des Volksfreunds ab, schlüpft ins Gewand einer Krankenschwester und flüchtet aus seinem Palast, der beinahe sein Grab geworden wäre. Die Maskerade geht weiter. Wer früher als Bettelmönch zu den Festen kam, steckt jetzt in Lumpen und bettelt. Wer Gespenst oder Fledermaus spielte, verbirgt sich auf Dachböden und lauscht auf die Schritte von beschlagenen Schuhen. Wer die Kapuze des Henkers trug, wird Henker oder, noch häufiger, selbst hingerichtet. Später, als sie schon auf der Flucht ist, wird Olga erfahren, daß einer ihrer Diener Hunderte gefoltert und erschossen hat und eine bedeutende Persönlichkeit geworden ist: »Bestimmt derselbe, der heimlich aus den Gläsern trank. Das konnte er seinen Herren nicht verzeihen.« Und der Mann, der so gerne über

das Volk sprach und den sie mit einer Fledermausfrau bei der Liebe überrascht hat, wird einen langen Bart tragen und als Bauer verkleidet sein Leben retten.

Die Geschichte wird ihre Wünsche alle weit übertreffen. Sie wird immer schneller, verfällt in Raserei. Die Gifte, die das Leben verderben, das ihre Gedichte priesen, werden zu ihrem alltäglichen Schicksal. Es sind bittere Hungersnot, permanenter, niederträchtiger Terror und klebriger Schweiß. Sie lernen die Gleichheit, von der auf der Terrasse des Hauses in Ostrow so oft die Rede war, voll und ganz kennen – im nicht enden wollenden Strom der Verbannten, der sich von Stadt zu Stadt nach Süden wälzt und in eine Leere mündet, die Exil heißt.

Auf einem dieser Wege, in einer kleinen, namenlosen Stadt, in deren Straßen wilde Schießereien toben, findet sie Unterschlupf in einer großen Isba, die erstaunlich sauber ist. In den Zimmern herrscht eine solche Ruhe, daß man hört, wie die Pendeluhr verschlafen tickt, wie die Dielen unter den Schritten leise knarren. Plötzlich donnern heftige Stöße gegen die mit einem schweren Riegel gesicherte Tür. Der Riegel springt auf. Auf der Schwelle erscheint eine Gestalt, die aussieht wie eine außergewöhnlich große und dicke Frau. Das liegt an ihren vielen, nicht zusammenpassenden Kleidungsstücken, besonders an einem Pelzmantel, der halb aufgeknöpft ist, weil er an den Schultern zu eng ist. Unter dem Mantel erscheinen mehrere Hemden übereinander, eines davon mit Spitzen verziert. Es ist ein Soldat, einer von denen, die soeben noch auf der Straße geschossen haben. In einem der hinteren Zimmer fängt er sie ein. Als seine Hand ihren Ausschnitt aufreißt, bleibt sein trunkener Blick an einem Medaillon haften. Er reißt es ihr mit der Kette vom Hals, verstaut es in seiner Tasche und verharrt einen Augenblick reglos, als wäre er sich unschlüssig, und betrachtet sie mit beleidigter Miene. Sie wundert sich, daß sie nur einen schwachen, dumpfen Schrei ausstoßen kann. In einer Sekunde hat er sie von den Beinen geholt, sie auseinandergerissen und unter schweren Stößen mit seinem Gewicht zu Boden gedrückt. Seit Monaten hat sie Drohungen von siegreichen Soldaten zu hören bekommen. Eine hatte sie besonders beeindruckt: »Man wird euch den Bauch aufschlitzen und euch an den Gedärmen aufhängen!« Verglichen mit den befürchteten Qualen kommt ihr der Schmerz, der jetzt ihren Bauch versengt, beinahe lächerlich vor. Schlimmer ist der scharfe Geruch des Kupferkreuzes, das sich vom rothaarigen Brustkorb ihres Vergewaltigers löst und das sie jetzt auf ihren Lippen spürt. Und auch die säuerliche Ausdünstung des großen, dreckigen Leibs. Trotz seines Atems, der sie erstickt, hört sie plötzlich schnelle Schritte und erkennt im äußersten Winkel ihrer Augen gerade noch ein Knie, das den Boden berührt. Ein Revolverschuß läßt sie in dumpfe Taubheit sinken, die Augenlider fallen ihr zu. Sie spürt nur noch, wie das steife Glied in ihr allmählich nachgibt. Und wie ein dicker Blutstrahl von der Stirn des Soldaten über ihre Backe rinnt. Der riesige Körper wird noch schwerer, dann gibt er sie frei. Die leblose Masse rutscht zur Seite. Sie flieht in ein angrenzendes Zimmer. Das Gefühl dieses erschlaffenden Glieds in ihrem Unterleib gräbt sich für immer in ihr Gedächtnis ein. Als sie durchs Haus zurückgeht, sieht sie, daß ihre Schritte eine Blutspur hinterlassen. Im Hof gibt ihr ein Mann, ein wahrer Hüne mit den dunklen Augen eines Asiaten durch ein Handzeichen zu verstehen, daß sie warten solle. Die Schußwechsel haben sich in einen anderen Teil der Stadt verlagert. In seiner Aufmachung unterscheidet sich der Mann wenig von dem getöteten Soldaten. Fast mit einem Lächeln stiert er sie an. »Fürst Arbelin«, murmelt er und verbeugt sich vor ihr, bevor er in Richtung der Schüsse verschwindet.

Sie weiß nicht, ob sie ihn wirklich gehört hat. Sie spürt noch immer den Tod des anderen und sein erschlaffendes Glied. »Deine erste Liebe!« zischt eine spöttische Stimme in ihrem Kopf. »Du kleines Biest!« – Unversehens fällt ihr diese Bezeichnung ein, und mit einem Mal fühlt sie sich alt. Bald werden andere Schmerzen diesen verdrängen.

In Kiew, wo sie sich mehrere Wochen in einem Keller verborgen hält, der knöcheltief unter Wasser steht, erfährt sie vom Tod ihres Cousins. Als die Roten – nur für eine Weile – aus der Stadt gejagt sind, suchen die Angehörigen der Opfer die Hinrichtungsstätte auf. Es ist der Hof einer alten Schule. Eine dicke Schicht aus getrocknetem Blut, Spritzern von Hirnmasse und Hautfetzen mit Haarbüscheln bedeckt die mannshohen Mauern. Im Rinnstein steht schwarz das Blut. Später, als sie wieder zu einem klaren Gedanken fähig ist, fallen ihr die Gedichte über die »Krankheit der Fürsten« ein. Nun mischt sich das Blut des Bluters, die Quelle so vieler pathetischer Verse, mit all dem namenlosen Blut in einer Gosse, und Leichen hindern es daran abzufließen.
Ab einem bestimmten Moment glaubt sie, ihre Empfindungsfähigkeit vollständig verloren zu haben. Sie kommt durch Städte, die von Bränden verheert sind, sie sieht Häuser, die bis auf die Mauern geplündert sind, sie geht an Straßenlaternen vorüber, an denen man zahllose Menschen aufgehängt hat (einmal fällt eine dieser Leichen, die zweifellos schon lange dort hing, einfach herunter und streifte sie mit ihren zerfetzten Armen). Um überhaupt noch weh zu tun, muß ein Schmerz besonders fürchterlich sein – etwa wenn der Stoff ihres Kleids in einer Wunde klebt und herausgerissen werden muß. Oder er muß so schmachvoll sein wie das hartnäckige Jucken der Läuse. Oder besonders sinnlos – wie an jenem Tag, als sie mit anderen Frauen darauf wartet, welche Folter ein schmächtiger Mann sich für sie ausdenken

würde, den ein Ledermantel zum »Kommissar« gemacht hat. Von Zahnschmerzen geplagt, mustert er seine Gefangenen mit einem Übermaß an Haß, bis ihm eine von ihnen ein kleines Fläschchen Parfum reicht (das letzte Zaubermittel ihrer Weiblichkeit), das sein Leiden mildert und ihnen unverhofft zur Freilassung verhilft.

Sie erkennt sich selbst immer weniger in der ausgehungerten, lumpenbedeckten Gestalt mit den glühenden Augen, die sie in der zerbrochenen Schaufensterscheibe eines Geschäfts in der Nähe des Hafens sieht. Sie grüßt ihr Spiegelbild und fragt nach dem Weg zum Kai, wo die Fähren abgehen. Sie geht barfuß und hat nichts mehr zu tragen. Die Stadt am Ufer des Schwarzen Meers ist die letzte, die noch frei ist. In den Vororten toben schon Kämpfe. Manchmal muß sie um einen Leichnam herumgehen, hinter einer Mauer Schutz suchen vor dem Feuer der Maschinengewehre. Als sie vor dem Schaufenster steht und ihren Irrtum erkennt, spürt sie, wie für kurze Zeit die Klarheit in ihr Bewußtsein zurückkehrt und ihre Mundwinkel sich leicht verziehen – zu einem Lächeln! Und sie denkt, daß in dieser umkämpften Stadt die absolute Freiheit erreicht ist, von der sie so oft geträumt haben. Sie könnte die Waffe irgendeines toten Soldaten nehmen und damit den Erstbesten niederstrecken, der ihr über den Weg läuft. Oder sie könnte sich den Angreifern anschließen, denn in diesen Lumpen unterscheidet sie nichts mehr von ihnen. Genausogut könnte sie sich in einem leerstehenden Haus verstecken und bis zur letzten Kugel sinnlos Widerstand leisten. Oder in dieses Theater hineingehen, sich auf einen mit Samt bezogenen Sessel fallen lassen und warten. Oder sich umbringen …

In diesem kurzen Augenblick bei klarem Verstand regen sich wieder die Angst und der Schmerz in ihr. Vor allem aber erwacht ihr Überlebenstrieb. Sie gerät in Panik, verirrt sich im Labyrinth der Straßen, rennt los, trifft wieder auf den

Weg, auf dem sie gekommen ist, sieht wieder den getöteten Soldaten – das Gewehr hat schon jemand mitgenommen. Plötzlich hört sie Musik. Sie kommt aus dem Erdgeschoß eines verlassenen Restaurants, dessen Scheiben zerschlagen und dessen Türen herausgebrochen sind. Drinnen sitzt ein Mann in einem Pelzmantel mit aufgeplatzten Ärmeln und einer Pelzmütze am Klavier und spielt. Die Öffnung eines Kachelofens speit schwarzen Rauch, hüllt Saal und Musiker in schwarze Rußflocken. Der Mann spielt ein trauriges Bravourstück. Von Zeit zu Zeit wischt er sich mit der Hand die Tränen von den feuchten Wangen. Seine geschwollenen Füße sind nackt, sie rutschen von den Pedalen, er verzieht das Gesicht und greift noch grimmiger in die Tasten. Sein Gesicht ist fast schwarz. »Othello!« steigt eine alte Erinnerung in ihr auf. Sie geht wieder hinaus und sieht den Hafen am Ende der Straße. Sie hat es nicht mehr eilig. Gleichgültigkeit und Stumpfheit stellen sich wieder ein. Als sie über den Steg geht, fällt ihr Blick ins schmutzige Wasser zwischen der Kaimauer und dem Schiff. Sie hat das Gefühl, aus dem gleichen Stoff zu sein wie dieses kalte, graugrüne Wasser mit all dem Öl, den zerbrochenen Planken und den toten Fischen darin. Die Versuchung ist gewaltig, sich mit diesem Stoff zu vereinigen, der so nahe ist. Dann müßte sie nicht mehr leiden, müßte nicht mehr ihre von einer trockenen, gelben Kruste verklebten Lider aufreißen.
Wenn es sie dann schüttelt zum schweren Stampfen des Schiffs, das in einen Wintersturm gerät, und wenn aus ihren wunden Augen die Tränen fließen, wird sie weder vor Schmerzen noch vor Angst weinen wie die anderen Flüchtlinge, die sogar beten und schreien. Sie wird mit größter Eindringlichkeit spüren, daß es niemanden auf dieser Welt gibt, an den sie ihr Gebet richten könnte. Ihr Dasein wird sich auf ihre nassen Wunden und ihre von Läusen zerfressene Haut beschränken. Alle Gedanken werden in diese eine Erkennt-

nis münden: Die Welt ist das Böse, das in seiner Bösartigkeit noch trickreicher ist, als ein Mensch es sich je vorstellen kann, und das Gute ist nur einer dieser Tricks. »Ich kann nicht mehr«, wird sie stöhnen und dabei wissen, daß sie von niemandem unter diesem Himmel Anteilnahme erhoffen kann. Sie wird nur einen Himmel sehen im rechteckigen Ausschnitt einer Tür, die von hin- und herrennenden Matrosen auf- und zugeschlagen wird, und dieser Himmel, ihr einziger, wird nur Kälte sein mit heulenden Sturmböen und salziger Gischt. Denn sie hat diese Welt so gewollt. Und nun ist sie so geworden.
Und wenn der Mann neben ihr mit seinem ausgemergelten Gesicht und seinem toten Blick erst einen Augenblick zögert, bis er sich entschließt, sein Brot mit ihr zu teilen, dann wird sie weinen.
Später wird sie erfahren, daß das letzte Schiff mit den allerletzten Flüchtlingen und Verteidigern der Stadt nur wenige Stunden nach ihrer Abfahrt Rußland verließ. Erst in Konstantinopel wird sie unter den letzten Verteidigern der Stadt eine Frau entdecken, die wie ein Soldat gekleidet und bewaffnet ist. An der tiefen Narbe, die sich vom Kinn bis zur Schläfe über die Backe zieht, wird sie Li erkennen …

Über viele Umwege durch ganz Europa gelangt sie nach Paris. Monatelang verharrt sie vor den einfachsten Dingen in schmerzlicher Rührung: vor einem parfümierten Seifenstück, an dem sie oft heimlich schnuppert, wobei ihr ein Schauder über die Haut läuft, den sie seit Ewigkeiten nicht mehr gekannt hat; vor dem ersten Schluck heißen Kaffees in einem Bistro am frühen Morgen, der so angenehm brennt in der morgendlichen Stille; vor der Sprache und den alltäglichen Gesten, die nicht verletzen; vor den Blicken, in denen sie nicht mehr forschen muß, um herauszufinden, ob sie verurteilt oder freigesprochen wird. Paris ist wie der Hals eines

Trichters, in den sich die Menschenmassen aus dem riesigen Rußland ergießen. Unfehlbar stößt man auf diejenigen, die man im früheren Leben schon kennengelernt hat. Sie begegnet auch Li wieder. Und wenig später dem Mann, der ihren Peiniger getötet und sich mit »Fürst Arbelin« vorgestellt hat, bevor er (für immer, wie sie damals dachte) verschwunden war.

Ihre erneute Begegnung ist so schön, so romantisch – sie müssen einfach ein Paar werden. Sie merken, daß die Verbindung zwischen der mittellosen Fürstentochter und dem mutigen Soldaten im Exil schon Bestandteil der Träume jener Emigranten ist, die nur dank ihrer Träume und ihrer Erinnerungen weiterleben. Und ohne jede Heuchelei machen beide für die anderen den Traum zur Wirklichkeit. Nach allem, was sie erlebt und gesehen hat, glaubt Olga allerdings nicht, daß sie jemals wieder lächeln oder Freude empfinden könnte, daß sie es zulassen könnte, glücklich zu sein. Doch vor allen Dingen ist sie der festen Überzeugung, daß sie ihr Leben lang (und in diesem Jahr, 1922, ist sie zweiundzwanzig Jahre alt) um die Vergangenheit trauern, ihr nachweinen und ihrer gedenken wird.

Warum glaubt sie das eines Tages nicht mehr? Sie sind in der Kirche, wo sie noch als Fürstentochter und Soldat im Exil auftreten. Er neigt den Kopf nach hinten, um die Tränen zurückzuhalten, ihr kommen überraschend Zweifel an der Aufrichtigkeit ihrer Rollen. Als hätte auch er eine Veränderung geahnt, aß er mit gutem Appetit wie jemand, der ins Leben zurückkehrt.

Ein paar Monate später ertappt sie sich eines Abends, wie sie ihr langes Bein betrachtet, während sie einen Seidenstrumpf an ihm hochrollt. Oder vielmehr: Sie ertappt sich bei einer Reihe belangloser, kleiner Fragen, die in diesem Moment auf sie einstürmen: »Ist die Farbe der Strümpfe nicht zu kräftig? Wird es in dem Restaurant, in das er mich ausführt, ebenso heiß sein wie gestern in Saint-Raphaël? Er wird bald die Geduld verlieren, wir sind zu spät dran, gleich klopft er wieder an der Tür.« Er klopft, schimpft. Um seinen Ärger zu besänftigen, bittet sie ihn herein. Er tritt ein, hebt zum Ausdruck seiner Empörung theatralisch die Arme und wechselt plötzlich die Miene: Zwischen dem Strumpf, den sie gerade am Strumpfhalter befestigt, und ihrem wohlgestalteten Leib hat er einen matten Streifen ihrer zarten, weißen Haut erblickt. Sein Schnurrbart pikst, als er seine Lippen auf die nackte Insel ihres Körpers legt.

Erst viel später wird sie versuchen zu begreifen, wie sie der neuen Maskerade so leicht verfallen konnten. Sie wird es auf die goldenen zwanziger Jahre schieben, darauf, daß sie sich von der Fröhlichkeit eines Volks anstecken ließen, das den Krieg vergessen wollte, und auf das erwachende Lebensgefühl der Emigranten nach dem Schock der Entwurzelung. Die ersten Literaturabende werden veranstaltet, das russische Paris findet wieder zu seinem mondänen Leben zurück, sogar Kostümfeste gibt es! Der eigentliche Grund war jedoch, wie sie sich widerwillig eingestehen wird, schlicht und ergreifend körperlicher Natur. Ja, es war die Schönheit und Macht ihres in Seide gehüllten Beins, ihres Körpers, der die letzten Spuren der leidvollen Erfahrung abschüttelte und seinen Tribut verlangte. Und es lag an diesem Mann, der sich über seine Tränen in der Kirche ärgerte und darüber, für einen kurzen Augenblick Gefühle, Schwäche gezeigt zu haben, und der eines Tages die Miene des traurigen Soldaten ablegte, um wie früher wieder der Lebemann zu werden, der den Tod nicht scheut.

Von nun an wird ihr Leben eine Neuauflage der alten Maskeraden sein. Das ungeduldige Trommeln an der Tür, während sie den Seidenstrumpf an ihrem Bein hochrollte, wird ihm ebenso seinen Rhythmus geben wie das Klackern der Roulettkugeln und das gewaltige Rauschen des riesigen Eukalyptusbaums vor ihrem Fenster in einer regnerischen Nacht.

Da passiert eines Tages dieser Selbstmord. Khodorski, der mit Fürst Arbelin privat und geschäftlich eng verbunden ist, verkauft das Haus, in dem er seine Kindheit verbracht hat, und nimmt sich das Leben. »Er hat zuviel getrunken … Schlechte Nerven …«, mokiert sich der Fürst naserümpfend. Doch sie begreifen, daß sein Tod das Kartenhaus zum Einsturz bringen wird, auf das sie in diesen Jahren ihr Leben gebaut haben. »So endeten die goldenen Zwanziger«, wird sie später denken. In Wirklichkeit wissen sie am Ende dieser leichtlebigen, schnell verfliegenden Jahre einfach nichts mehr mit sich anzufangen. Um sich die Illusion einer ewigen Liebe zu erhalten, heiraten sie noch im Todesjahr Khodorskis. Im Winter beziehen sie eine Wohnung in Paris, deren Fenster nicht mehr Licht hineinlassen als Flaschenglas. »Ein guter Tag, um sich aufzuhängen«, erklärt Fürst Arbelin wie der Held in einem bekannten Theaterstück. Und er wird diesen Satz noch öfter wiederholen, der immer weniger ironisch, aber bald bissig und verbittert klingen wird.

1932 kommt ihr Kind zur Welt, im selben Jahr, als der russische Emigrant Pawel Gorgulow mit einem Revolverschuß Staatspräsident Paul Doumer ermordet. Die letzten Worte des Verurteilten auf dem Weg zum Schafott machen unter den Russen die Runde: »Soll doch die grüne Troika die Welt regieren!« Es hieß, er hätte schon vor seinem Verbrechen den Verstand verloren. Ja, es war im selben Jahr – und es fällt ihr schwer, ihre Gedanken vom Sausen des Fallbeils und dem aufspritzenden Blut abzuwenden. Sie muß daran denken, als man ihr mitteilt, daß ihr Kind an Hämophilie leidet (ein winziger Kratzer, den es sich bei der Geburt zuzieht, hat eine schier unstillbare Blutung zur Folge). Sie kennt die Grausamkeit des Lebens schon und weiß, wie erfinderisch es ist:

Das Fallen des Beils ist nur ein Pinselstrich auf dem Gemälde der Verzweiflung, die ihr den Atem nimmt.
Verzweiflung beherrscht bald ihr gemeinsames Leben. Und als ihr Mann sie nach sechseinhalb Jahren täglicher Zerreißproben verläßt, ist sie ihm insgeheim dankbar. Einige Monate gibt sie sich einem alles andere ausschließenden Schmerz hin, der, und sei es nur vage, mit keinem Wort zu beschreiben ist. Sie steigert sich so sehr in ihre tragische Rolle hinein, daß sie sogar eine Rechtfertigung für seinen Weggang findet (zuvor hatte sie es noch als »Verrat« bezeichnet): Die Krankheit ihres Kindes machte die Freude anderer zu einem Frevel, ohne sein Zutun wurde es zu ihrem Richter, zum stummen und beängstigenden Zeugen. Später, als sie schon in Villiers-la-Forêt wohnt, wird sie es manchmal bedauern, Paris verlassen und jede Hilfe abgelehnt zu haben.
Doch in dieser verschlafenen Kleinstadt, deren Bewohner auf Anhieb das Knarren erkennen, mit dem die Ladentür der einzigen Bäckerei in der Unterstadt aufgeht, in der die Tage einförmig und lang sind wie überall auf dem Land, wird Olga zum ersten Mal seit ihrer Kindheit wieder das Gefühl haben, keine Rolle mehr spielen zu müssen, endlich zu sich gekommen und nach einem ebenso qualvollen wie nutzlosen Umweg wieder in das Leben zurückgekehrt zu sein, für das sie bestimmt war.

Anfang der zwanziger Jahre war das von Gestrüpp und langen Hopfengirlanden überwucherte Gebäude der alten Brauerei der erste Hafen für eine kleine Gruppe von Russen, die es nach Villiers-la-Forêt verschlagen hatte. Nach einem Jahrhundert in Wind und Wetter war der rote Backstein dunkelbraun geworden, und von weitem wirkte das Gebäude wie eine Festung: Die Mauern standen im Rechteck um einen Innenhof, die Fenster waren schmal, halb Schießscharte, halb Sehschlitz. Die Nähe zum Fluß, der hinter dem Fabrikgebäude vorbeifloß, verstärkte den Eindruck wehrhafter Abgeschiedenheit.
Die ersten Ankömmlinge machten sich mit dem Feuereifer von Erforschern fremder Erdteile und der unbändigen Zuversicht von Siedlern an den Umbau der Räumlichkeiten, die nicht dazu angelegt waren, einmal als Wohnungen zu dienen. Die Brauhallen wurden in ungewöhnliche, lang geschnittene Wohnungen unterteilt. Im Südflügel der Brauerei fanden die Bewohner des künftigen Altenheims Aufnahme. Die ersten Regalreihen der Bibliothek wurden in einem Verkaufsraum oberhalb des Haupteingangs aufgestellt, der zur Unterstadt hinausging. Schnell füllte sich das Gebäude mit Bewohnern, und in den ersten Monaten glaubten sie, an diesem geschützten Ort abseits der Stadt würde so etwas wie eine neue Lebensform entstehen, ein brüderliches, gerech-

tes, fast familiäres Zusammenleben – der alte russische Traum.
Mit den Jahren zerstreuten sich die anfänglichen Hoffnungen, und die Brauerei verwandelte sich in eine abgelegene Wohnstätte ohne jeden Komfort. Man kehrte ihr den Rücken, sobald man die Mittel dazu hatte, und zog in eine Gasse der Unterstadt oder noch besser ins Rathausviertel oder gleich nach Paris. Die Zielrichtung der Umzüge bildete in gewisser Weise eine Hierarchie der persönlichen Erfolge. Daraus erwuchsen Neid und Eifersucht, die bisweilen durch einen Abschied ganz anderer Art in Vergessenheit gerieten: den Tod. Dann versammelten sie sich alle um den Sarg einer alten Rentnerin, die das Backsteingebäude für immer verlassen würde, und für eine kurze Zeit schienen die anderen Auszüge lächerlich und belanglos zu sein.
Von dem großen Traum, den sie anfangs hatten, blieb zuletzt nur noch eine sichtbare Spur. Es war jenes eigenartige, etwa zwanzig Meter lange Nebengebäude, das dem Fluß zugewandt an die Außenseite der Brauerei gebaut war. In ihrer Ahnungslosigkeit hofften die Emigranten, die nichts von Architektur verstanden, die Zahl der Wohnungen auf unkomplizierte Weise zu verdoppeln, wenn sie das Gebäude mit einem langen Anbau umgäben, für den nur eine Außenmauer neu errichtet werden müßte. Doch dann stellte sich heraus, daß das Baumaterial zu teuer war, die Zahlungsmoral einiger Bewohner ließ zu wünschen übrig, und im Frühjahr überschwemmte der Fluß den ersten Bauabschnitt. Ein kleines Boot, das der Fluß mitgerissen hatte, wurde vom Hochwasser gegen die Eingangstür gedrückt. Der Schlamm weichte das Erdgeschoß des Gebäudes auf. Da begriffen die Emigranten endlich, warum die Einheimischen das weite Brachland zwischen Fabrik und Fluß unbebaut ließen.
Niemand bezog den Anbau, bis 1939 Fürstin Arbelina ankam. Sie reinigte das Gebäude, machte es bewohnbar, rich-

tete es ein, pflanzte Blumen unter die Fenster und eine Eberesche neben die Außentreppe. In den folgenden Jahren blieb sie von Überschwemmungen verschont.
Der Ruf der alten Brauerei litt vor allem darunter, daß man dort wie eine Sippe zusammen hauste, was ihr nach Auffassung der ersten Ankömmlinge doch zum Ruhm hätte gereichen sollen. So aber bekam die Brauerei zwei ironische Spitznamen, die von den Emigranten unterschiedslos benutzt wurden und nach einiger Zeit sogar den Franzosen geläufig waren: »Goldene Horde« und »Karawanserei«. Nur einige technische Vorrichtungen unter mehreren Gips- und Farbschichten erinnerten noch an die ursprüngliche Bestimmung des Gebäudes, ein Stahlbalken, der im Speisesaal des Altenheims unter der Decke hing, das große, von Sinter überzogene Räderwerk zwischen den Fenstern eines Flurs, vor allem aber die große Seilscheibe, die neben der Bibliothek eingemauert war. Man hatte das Risiko nicht eingehen wollen, sie aus ihren Halterungen zu heben, weil man befürchtete, das gesamte Stockwerk könnte einstürzen. Im übrigen nahmen die Bewohner der alten Brauerei schon seit langem keine Notiz mehr von diesen eisernen Zeugen, die hier und da als nutzlose Balken oder Hebel aus dem Mauerwerk ragten.

In dem seltsamen Anbau, den sie bewohnte, fühlte sich Olga weit entfernt vom Zusammenleben in der Goldenen Horde. Da sich ihr Haus an die Rückseite des alten Gebäudes lehnte, hatte es keine Verbindung zum Innenhof, der das Herz der Emigranten-Siedlung bildete. Um morgens in die Bibliothek zu kommen, mußte sie die Mauer entlanggehen, die parallel zum Fluß verlief, dann um zwei Ecken des Brauereigebäudes biegen und manchmal sogar einen Umweg durch eine gewundene Gasse der Unterstadt machen, um schlammigen Stellen auszuweichen und die von Brennesseln überwucherten Schutthaufen zu umgehen, die noch von den aufgegebenen Baumaßnahmen stammten. So hatte sie jedesmal, wenn sie durch den Haupteingang trat, das Gefühl, einen weiten Weg zurückgelegt zu haben. Außerdem stand die Hälfte der einst überbelegten Wohnungen bereits leer, als sie einzog. Während der Kriegsjahre sollte die Horde noch mehr ausdünnen. Es blieben nur diejenigen, die nicht reich genug waren, um sich eine andere Wohnung zu nehmen, wie der alte Haudegen, oder die noch nicht genügend Geld dafür angespart hatten, wie der junge Maler, der immer in einem steifen, mit bunten Farbflecken beschmierten Kittel herumlief. Dann gab es noch die Rentner des Altenheims, die nicht mehr wegzogen, weil sie auf den Tod warteten. Einige Bewohner blieben auch, weil sie einen Gemüsegarten besaßen und die kommende Ernte abwarten wollten. Schließlich wohnten noch ein paar Sonderlinge hier, die auf nichts warteten und keinen Unterschied zwischen der Horde, Paris oder Nizza machten. Manchmal sah Olga vom Fenster der Bibliothek, wie einer dieser Träumer mitten auf dem Hof stehenblieb und lange Zeit dem Flug der Wolken nachsah.

Im Spätherbst 1946 schien ihr Haus noch weiter von der Goldenen Horde und der Stadt entfernt zu sein als sonst, ja, fast einer fremden Welt anzugehören. Die Regenfälle verwandelten den Pfad entlang der Mauer in eine Regenrinne, aus der hier und da Grasbüschel ragten, und schnitten das Haus von der Brauerei ab. Dann kam der Frost und überzog den selten benutzten Weg mit Rauhreif. Und die regelmäßig von den Zeitungen angekündigten Stromausfälle wurden ebenso selbstverständlich wie der flackernde Kerzenschein hinter den dunklen Scheiben der Brauerei.
Die Gedanken und Ängste, mit denen sie sich monatelang herumgeschlagen hatte, waren in ein stummes Zwiegespräch mit Li gemündet. In ihrer Phantasie gestand sie ihrer Freundin, die sehr verständnisvoll war wie jeder, mit dem

wir in Gedanken sprechen, daß sie als junge Frau das Gefühl hatte, nicht um des Daseins willen zu leben, sondern um jemandem zu beweisen, daß sie dem Leben nach Belieben, auch aus einer bloßen Laune heraus, eine neue Wendung geben konnte. Ja, aus einer Laune heraus. Ihre ganze Jugend über hatte diese Nervosität sie gequält, diese Unruhe, die ihr Gesicht zur Fratze machte, diese Lust, andere zu verhöhnen, herauszufordern und alles in Abrede zu stellen. Ein verfehltes, verpfuschtes, verirrtes , falsch angepacktes Leben ... Li würde bestimmt das richtige Wort finden.

Diese stillen Zwiegespräche waren allerdings nur kurze Einschüsse im dichten und zugleich durchscheinenden Gewebe, das zwischen ihr und der Welt gespannt war: dem Leben ihres Sohns. Sie fand sich schließlich damit ab, daß er die Gesichtszüge jenes Heranwachsenden hatte, der ihr eines Abends im September begegnet war, und daß er so in sich versunken, so zurückhaltend war, daß man ihn fast nicht mehr bemerkte. Manchmal wurde das Wirrwarr der Gedanken, die um dieses Kind kreisten, dichter und schnürte ihr die Kehle zu. So war es jedesmal, wenn die Krankheit, oft unvorhergesehen, in Erscheinung trat.

Dasselbe Gefühl des Erstickens hatte sie auch beim letzten Arztbesuch. Der wortkarge, beinahe unfreundliche Mann gefiel ihr. Bei ihm fürchtete sie nicht, daß er ihr das Schlimmste vorenthielt. Diesmal hörte sie jedoch Mißtöne in den Ermutigungen, die er etwas ungeschickt an den Jungen richtete. Sie glaubte den aufgesetzt fröhlichen Tonfall zu vernehmen, mit dem man einen kranken Greis zuversichtlich stimmt, jenen Tonfall, in dem man einem altgewordenen Patienten großzügig versichert, er habe ja noch einige Jahre vor sich.

Tags darauf gab es wieder einen Stromausfall. Sie freute sich – im Dämmerlicht war der schmerzliche Ausdruck in ihrem Gesicht weniger erkennbar, den das Gespräch mit dem Arzt hinterlassen hatte. Die Leser gingen nach Hause. Sie blieb längere Zeit am Fenster stehen und sah zu, wie es dunkel wurde. In der Abenddämmerung bewegte sich ein kleines Licht langsam über den großen Innenhof der Horde. Bestimmt war es eine Rentnerin aus dem Altenheim, die mit der Kerze in der Hand auf dem Weg zu einer Freundin im gegenüberliegenden Flügel des Hauses war. Vom Wind aufgewirbelte, vertrocknete Blätter beschrieben große Kreise entlang der Mauer und rissen lose Zeitungsseiten mit. Die Frau mit dem Licht blieb mitten im Hof stehen. Im Kerzenschein konnte man die Umrisse einer anderen Person erkennen. Ihre Gesichter beugten sich über die Flamme, die von einer kraftlosen, fast durchsichtigen Hand vor dem Wind geschützt wurde. Diese Begegnung im Herbstwind beim Schein einer schwachen Flamme kam Olga vor wie ein fernes Echo jenes Traums, den die ersten Bewohner der Goldenen Horde gehegt hatten.

Wieder ein Tag ohne Strom. Es war ein Samstag. In der Woche zuvor hatte es immer wieder eisige Regenschauer gegeben, die erkaltete Luft war glasig geworden. Über Nacht waren die Kristalltropfen erstarrt. Fußabdrücke und Spurrillen auf den Wegen waren gefroren und machten das Gehen beschwerlich. Die Leser hatten es eilig, nach Hause zu kommen, solange es noch einigermaßen hell war, und sie sehen konnten, wohin sie den Fuß setzten, denn der gefrorene Boden im Hof war durchfurcht von Rillen mit kleinen, scharfen Kämmen.
Olga trat aus dem Gebäude, bemerkte die wenigen Fenster, in denen Kerzen flackerten, dachte daran, daß diese seltsame Festung von Jahr zu Jahr weniger Menschen beherbergte. Langsam, um die Unebenheiten des Bodens zu ertasten, machte sie sich auf den Weg nach Hause. Erst durch eine Gasse der Unterstadt, dann die Mauer der alten Brauerei ent-

lang. Als sie um die Ecke ihres Hauses bog, fühlte sie, daß sich in der Natur eine unmerkliche Veränderung ereignet hatte. Ein zaghafter Anstieg der Temperatur, ein stilles, vorsichtiges Nachlassen der Kälte. Die Luft hatte eine andere Tönung, alles lag in einem diffusen gelblilafarbenen Licht. Der Wind, der ihr mittags noch Tränen in die Augen trieb, hatte sich gelegt. Hinter dem Astwerk der Weiden floß träge der Fluß, als wäre er aus Tinte. Und mit Freude erkannte Olga diesen Augenblick des Wartens wieder, wenn die Natur den Atem anhält und stehenbleibt. So kündigten sich in ihrer Kindheit die ersten Schneefälle an.
Sie sah die wogenden Flocken durch das offene kleine Fenster unter der Decke des Badezimmers. Sie kamen hereingeflogen und verschwanden mit einem kurzen, regenbogenfarbenen Schillern im warmen Halbdunkel. Es war so still, daß sie das Flackern der Kerze hören konnte, die sie auf die großen, porösen Bodenfliesen gestellt hatte …
Sie trank den Tee und blickte gedankenverloren in das orangerote Licht über der Kerze, als es an die Tür klopfte. Erstaunt, doch nicht wirklich überrascht über diesen späten Besuch, nahm sie die Kerze und ging behutsam mit dem flackernden Licht durch den Flur. Es war elf Uhr abends. Nur einem Russen fiele es ein, so spät anzuklopfen, weil er Lust hatte, sich zu unterhalten. Sollte es allerdings ein Franzose sein, dann gäbe es einen dringenden, ernsten Grund. Der Gedanke, daß es ein Herumtreiber sein könnte, kam ihr erst in allerletzter Sekunde. Während sie noch automatisch »Wer ist da?« fragte, schloß sie schon auf und öffnete die Tür. Die Kerze ging aus. Aber da war niemand. Sie trat auf die Treppe hinaus und ging sogar ein paar Schritte die Mauer entlang, als könnte sie dadurch ein leichtes Gefühl der Beklemmung vertreiben. Es war niemand zu sehen. Die Schneeflocken taumelten durch den grauen Himmel, ein zauberhaftes, aschfarbenes Licht ging von ihnen aus. Der Bo-

den war schon zur Hälfte weiß. Er vor allem sorgte für die helle Nacht. Die verschneite Wiese schien größer, und mit jedem Atemzug sogen die Lungen diese weite Leere mit ihrer herben, beißenden Kälte ein. Eine Kälte, die ihr aus ferner Vergangenheit bekannt war.
Sie träumte vor sich hin, trank dabei langsam den abgekühlten Tee und ging in ihr Zimmer. Der Geruch eines Stücks Baumrinde, das im Ofen brannte, stieg ihr zu Kopf. Sie wollte die Vorhänge öffnen, um den blauen Schimmer des Schnees ins Zimmer zu lassen. Doch sie zog sie zu rasch zurück, und einer der Vorhangringe, ein schwerer Bronzering, fiel auf den Teppich. Das Zimmer schien in zwei Hälften geteilt, die eine badete in milchigem, weißem Licht, die andere war dunkler als gewöhnlich. Sie rückte einen Stuhl ans Fenster. Dann fiel ihr ein, daß sie zuerst den Ring finden mußte. Sie bückte sich. Nein, ohne Kerze war er in der dunklen Zimmerhälfte nicht auszumachen. Plötzlich spürte sie eine angenehme Mattheit, und die Reihenfolge ihrer Bewegungen geriet durcheinander: suchen, Licht machen, auf den Stuhl steigen, den Ring befestigen ... Nein, zuerst die Kerze, dann den Ring ... Sie hatte keine Kraft mehr. Eine plötzliche Schläfrigkeit legte sich auf ihre Lider, ihr Körper wurde immer schwerer. Das Licht des perlweißen Schnees übte einen unwiderstehlichen Zauber auf sie aus. Sie trat vom Fenster zurück. Als sie das Bett hinter sich fühlte, ging sie in die Knie. Sie setzte sich. Es bedurfte jetzt immer größerer Anstrengung, wach zu bleiben. Sie glaubte noch immer, der Schnee, der Duft der verbrennenden Rinde, die lebhaften Erinnerungen, die in ihr aufstiegen, hätten sie so benebelt und in diesen Dämmerzustand versetzt. Sie legte sich aufs Bett, knüpfte den Gürtel ihres Schlafrocks auf. Ihre Bewegungen waren jetzt schleppend wie die letzten Schritte der Figuren auf einer Spieldose. Sie taumelte auf dem schmalen Grat zum Schlaf, und während sie jeden Augenblick abzurut-

schen drohte, wußte sie mit absoluter Sicherheit, daß sie die wenigen Minuten, die sie noch wach sein würde, unbedingt verlängern mußte.
Im letzten Moment, den sie noch bewußt wahrnahm, trat er ins Zimmer. Es war der Augenblick, in dem es einem Ertrinkenden gelingt, ein letztes Mal an die Wasseroberfläche zu gelangen und noch einmal die Sonne, den Himmel und sein so greifbar nahes Leben zu sehen.
Er blieb auf der Grenze stehen, die das Zimmer in Silber und Schwarz teilte. Silbern wie der Schnee vor dem Fenster, wie der fahle, bläuliche Schein, der über Tür, Stuhl und Teppich lag. Schwarz wie die Nacht um das Bett, die immer dunkler wurde. Er machte einen Schritt, ließ sich vom phosphoreszierenden Leuchten des Schnees täuschen und trat in der Dunkelheit auf den Saum des Vorhangs, der kurz zuvor von der Stange gerutscht war. Der nächste Vorhangring fiel herunter. Erst landete er unhörbar auf dem Teppich, dann begann er zu kullern und rollte mit einem ohrenbetäubenden Klingen über die blanken Dielen.
Für einige endlose Sekunden setzte das Leben aus. Der Heranwachsende im magnesiumhellen Lichtschein war erstarrt. Sie versammelte die ganze Dunkelheit des Zimmers um ihren Körper und … Der heimtückische Ring rollte klackernd weiter und beschrieb langsam eine Kreisbahn. Die Kreise wurden allmählich enger, doch der Ring schien endlos lange zu brauchen, um den Mittelpunkt, den Punkt der Stille zu erreichen. Dieser Augenblick der Lähmung, als der Ring seine enger werdenden Kreise zog, dauerte lange genug für sie, um alles zu begreifen. Oder vielmehr, um vor einigen grell aufblitzenden Bildern die Augen zu schließen: die Handgriffe eines jungen Unbekannten, den sie zu Beginn des Herbsts überrascht hatte, das Reptil, das Öl an den Türangeln … Sie dachte sogar an die zerstörte Brücke und an den Stahlträger, über den ein Junge wie ein Schlafwandler balancierte. Wenn

sie geschrien hätte, wäre er abgestürzt. Wie jetzt bei seinem Gang durch ihr Zimmer.

Der Ring war verstummt. Nach einer weiteren endlosen Minute sah sie, wie ein langer, schlanker Schatten sich vom schneebedeckten, weißen Fenster löste. Seine Umrisse lösten sich im blauen Halbdunkel auf. Dann teilte er die mit Rauhreif bedeckten Zweige. Die Schneeflocken drehten sich langsam, fielen wie Puder auf ihre Körper, schmolzen auf ihrer Haut. Sie erlebte es schon hinter den Pforten des Schlafs.

Die Vorhänge waren sorgfältig zugezogen, die Ringe wieder an der richtigen Stelle auf der Vorhangstange. Es war das erste, was sie beim Aufwachen sah und das letzte, was sie noch mit Gelassenheit feststellen konnte: »Wahrscheinlich hat er gedacht, er habe die Vorhänge heruntergerissen ...«

Sie schlug die Decke zurück, stand auf, betrachtete ihren Körper unter den offenen Schößen ihres Schlafrocks, als hätte sie ihn nie zuvor gesehen. Dann drehte sie sich zum Bett um. Die Decke! Jemand hatte die Bettdecke über ihre nackten Füße geworfen ... Jemand? Sie ertappte sich wieder bei der Hoffnung, alles sei eine Täuschung, ein Mißverständnis, das rätselhafte Werk dieses »Jemand«. Die Ofenklappe war geschlossen, obwohl sie sie am Abend nur angelehnt hatte ... Das Zimmer glich einem Minenfeld voll verräterischer Gegenstände, Beweisstücke einer Anwesenheit, die keines weiteren Beweises mehr bedurfte.

Hinter dem dichten Samt der Vorhänge mußte ein strahlender Tag begonnen haben. Die Falten des Stoffs waren trotz seiner dunklen Farbe ganz ausgefüllt vom warmen Licht und drohten jeden Augenblick vor seiner blendenden Kraft zurückzuweichen. Das abgeschiedene Zimmer mit seiner dunklen und geheimnisvollen Stille würde von der Sonne überflutet werden, Lärm würde die Stille zerreißen. Sie ging zur Tür, zögerte aber und blieb mit der Hand auf der Klinke

lange davor stehen. Hinter dieser Tür mußte es unerträglich sein. Dort wartete eine blendende, gellende Leere auf sie, vor der ihr schauderte.
Sie öffnete die Tür. Verblüfft registrierte sie, was für einen eintönigen Anblick der lange Flur bot, der mit dem alten Kleiderständer und dem vertrauten Geruch so banal erschien wie eh und je. Am anderen Ende erstrahlten die Wände im Licht, das aus dem Zimmer ihres Sohnes fiel. Mit leerem Kopf und weit geöffneten Augen ging sie zu seiner Tür. Und mit der grundlosen Zuversicht, alles würde sich wie durch ein Wunder und ohne Worte auflösen, sobald ihre Blikke sich träfen …
Sein Zimmer war heiter und sonnig, aber er war nicht da. Und dennoch spürte sie ihn – da war der Buntstift, mit dem er eine Buchseite angestrichen hatte, sein Hemd über dem Stuhlkissen … Alles war wie immer. Wie am Tag zuvor, wie in zwei Tagen. Die arglose Beständigkeit der Dinge ängstigte sie. Und als der Tee wie jeden Morgen in der Tasse Farbe bekam, rannte sie aus der Küche, ergriff ihren Mantel und verließ das Haus.
Wäre sie bei ihrem kleinen Ritual mit den üblichen Handgriffen geblieben, so hätte sie sich in dieses ungeheuerliche Wesen verwandelt: die Frau, der *das* passiert ist. *Das* war der gestrige Abend, die Nacht. Ihr war klar, was es war, aber sie vermied noch, es beim Namen zu nennen. *Das.*
Die Atmosphäre war voller Hall. Die Sonnenstrahlen, das Funkeln der tauenden Schneeflocken, die vom Dach der Horde tropften, die Eissplitter unter ihren Schritten. Und in diesem Getöse kämpfte sie mit einem einzigen Gedanken, den sie unablässig hin- und herwälzte, und der gegen ihre Schläfen pochte: Wegfahren! Der Gedanke raubte ihr zunächst den Atem, so einfach schien die Lösung. Ja, wenn sie von hier wegging! Nach Bordeaux, Marseille … Sie sah sich bereits im Zug, und alles, was hier geschehen war, läge hin-

ter ihr. Doch plötzlich erinnerte sie sich: »Ab 7. Oktober fahren die Züge der S.N.C.F. schneller – Bordeaux, Marseille …« Absurd! Durch die kurze Zeitungsmeldung war sie also auf die Idee gekommen, dorthin zu flüchten. Wie sollte das überhaupt gehen, wegfahren? Wo sollte sie das Kind lassen? Kind?

Das Trommeln in ihren Schläfen wurde immer stärker. Ja, sie mußte wegfahren und dabei dem gestrigen Abend zuvorkommen, um ihn zu vereiteln, noch bevor *das* endgültig einen Namen bekommen würde. Sie spürte, daß es einen Ort gab, wo die Nacht, die sie soeben erlebt hatte, nicht mehr grauenerregend und abstoßend erscheinen würde. Einen Ort oder vielmehr eine Zeit, die Heute und Gestern zugleich war – und ein in ferner Zukunft liegender Tag. In dieser Zeit würde alles ins Lot kommen, wieder gut werden, seine Berechtigung finden. Für einen kurzen Augenblick empfand sie die innere Ruhe und Leichtigkeit dieser vorausgeahnten Zeit.

Die Wirklichkeit kehrte mit einer Frage zurück, die sie zusammenzucken ließ.

»Fahren Sie weg?« erkundigte sich eine Passantin mehrere Male verwundert, da sie keine Antwort erhielt.

Es war eine Leserin aus der Bibliothek.

»Fahren Sie nach Paris?«

»Nein, warum?«

Olga sah sich rasch um. Sie hatte den Weg eingeschlagen, den einige Bewohner der Horde nahmen, wenn sie zum Bahnhof gingen.

»Ich dachte, weil …«

»Nein, nein, ich gehe nur ein wenig spazieren.«

Sie bog in eine andere Straße ein und stieß gleich wieder auf eine Gruppe von Russen. Dann begegnete ihr ein altes Ehepaar, das in der Horde im Erdgeschoß wohnte. Wenig später traf sie auf eine Frau aus dem Altenheim. Alle blieben stehen, grüßten, und es schien ihr, als würde sie von ihnen mit besonderer Neugier gemustert. Olga war ratlos: Gab es keinen Weg, um diesem Aufmarsch lächelnder Gesichter zu entkommen, die der helle Sonnenschein und der feierliche Glanz des Schnees so freundlich gestimmt hatten? An der nächsten Biegung mündete die Straße in eine Sackgasse. Die Bäckerei war geschlossen. Sie hatte das Gefühl, ein Tier zu sein, dessen Spur in der Schneelandschaft noch leichter zu verfolgen war. Bei solch prüfenden Blicken konnten ihre Worte nicht so harmlos sein, wie sie schienen. Was ahnten sie? Wie weit reichte ihre Neugier? Als sie in die Richtung ging, aus der ein Strom von Russen kam, gelangte sie schließlich an den Ausgangsort dieser Prozession, zur orthodoxen Kapelle. Es war ein Feiertag! Dann waren ihre Worte also ganz harmlos gewesen, und ihre Blicke hatten nicht nach Geheimnissen geforscht. Als sie die dunkle Kapelle betrat, in der vereinzelt eine Kerze glimmte, löste sich ihre Anspannung. Alle waren gegangen, bis auf eine alte Frau, die man zuerst nicht sah, sondern nur seufzen hörte. Sie wischte hinter einer Säule den Matsch und Dreck vom Boden auf, den die Besucher hereingetragen hatten. Olga suchte Zuflucht im hintersten Winkel vor einer Ikone. Sie hatte keinen Wunsch an das Bildnis. Sie suchte nur einen Ort, an dem sie nicht dem Licht ausgesetzt war, wie ein verletztes Tier, das sich in seinen Schlupfwinkel kauert und den bald aufflammenden Schmerz erwartet, den es im Moment noch nicht empfindet. In Gedanken versunken, berührte sie die Krakelüren der Ikone, betrachtete das ausdruckslose, stumpfe Gesicht des Kindes, dann die Mutter mit den staunenden Augen unter den schweren, orientalischen Lidern. Ein groteskes Detail ließ sie einen Schritt zurückweichen: Die Jungfrau hatte drei Arme! Ja, mit zwei Händen hielt sie das Kind, die dritte ragte aus den Falten des Kleides und bildete ein Kreuz. Es war die berühmte russische Jungfrau mit drei Armen …

Den ganzen Nachmittag über ging sie langsam auf und ab zwischen den Bäumen, die sich hinter der Horde erhoben. Als der Tag sich neigte, hörte der Schnee auf zu tauen. Die Sonne schob sich zwischen die Zweige und färbte sich rot. Die Klänge in der Luft tönten so klar wie einzeln angeschlagene Noten. Sie war allein – die Spur ihrer Schritte erschien auf der weißen Schneedecke neben den Pfeilabdrücken, die die Vögel hinterließen, und den Fußabdrücken eines Kindes, eines rothaarigen Jungen, der Steine auf die gefrorene Wasserfläche zwischen dem Wäldchen und dem Fluß warf. Seine Familie war im letzten Frühjahr ausgezogen, doch in einer Art kindlichen Treue kehrte der Rotschopf noch zu den Plätzen zurück, an denen er früher gespielt hatte. Die kleinen Kiesel, die er schleuderte, durchschlugen das Eis nicht und sausten mit einem melancholischen Klirren über den zugefrorenen Tümpel.
Sie sah einen Augenblick lang zu, wie die Steine über das Eis schlitterten, dann wanderte sie weiter ziellos durch den Schnee.
Gelegentlich blieb sie abrupt stehen, als hätte man es ihr befohlen. In diesen Momenten versuchte sie, Entsetzen zu empfinden, zu erschauern, sich den Verstand rauben zu lassen von der Ungeheuerlichkeit, die ihr widerfahren war: »Es ist entsetzlich … ungeheuerlich … Was? Warum? Es wäre besser zu sterben. Oder zu fliehen. Zu schreien, schreien, schreien!« Doch diese erregte Selbstbeschwörung erzeugte in Olga nur den Widerhall einer Pflichtübung zur Beruhigung ihres Gewissens; sie erschütterte nicht die gefühllose Starre ihrer Gedanken. Sie bemühte sich, die Dumpfheit abzuschütteln und die Gefühle vorzutäuschen, die sie nicht empfand, obwohl sie sie hätte empfinden müssen. Aber sie hatte keine Gefühle! Statt dessen tat sich ein unbeschreibliches Nichts auf.
Neben dieser Leere herrschte eine allumfassende, ätherische

Stille. Da waren die rauhe Rinde, die ihre Hand berührte, als sie sich an einem Baumstamm abstützte, die bittere, schneidende Kälte des Schnees, die unmerklichen Übergänge zwischen seinen Schattierungen und der blaßblaue Schimmer über der Schneedecke, die tiefstehende, orangefarbene Sonnenscheibe, die im Netz der Zweige hing. Und eine Frau, sie, die durch den Schnee stapfen würde, bis der Tag zu Ende ging, die wie jetzt von Zeit zu Zeit stehenbleiben und sich mit einer Hand an der Rinde festhalten, aus einem Schuh schlüpfen und mit den Fingern die kleinen Eisklumpen abpflücken würde, die zwischen ihrem Strumpf und dem Innenfutter klebten. Der kleine Rotschopf wirft weiter seine Steine über die zugefrorene Wasserfläche. Als er merkt, daß sie ihn beobachtet, hört er auf – diese ungebetene Fremde, diese Erwachsene, hoffentlich verschwindet sie bald! Die Kiesel sausen wieder übers Eis. Eine Sekunde lang glaubt sie mit eindringlicher Schärfe zu sehen, was das Kind sieht: den dunklen Grund unter dem Eis mit den Gräsern und Blättern, die im Kristall des braunen Wassers gefangen sind. Dann blickt er gedankenverloren in den Himmel, betrachtet lange die rote Glut, in die der Sonnenuntergang die Zweige taucht. Er vergißt alles um sich herum, und die Steine, die er gesammelt hat, fallen einer nach dem anderen aus seiner Hand in den Schnee.
Auf ihrem langen Heimweg bewahrte sie sich den Glanz dieses Blicks. Und ihre Stimme war vollkommen ruhig, als sie beim Öffnen der Tür nach ihrem Sohn rief. Er war nicht zu Hause. Er hatte zu Abend gegessen und war dann weggegangen. Seine Abwesenheit schien ihr eine ausgesprochen großzügige Fügung des Schicksals. Vor solchen Geschenken des Himmels mußte man sich in acht nehmen. Ihr Denken begann zu arbeiten. Es waren ängstliche Gedanken. Fast im selben Moment fiel ihr Blick auf die Schuhe, die sie einige Monate zuvor für ihn auf dem Schwarzmarkt erstanden hatte, nachdem ihr der Verkauf ihres Eherings geglückt war.

Wenngleich das Leder schon ein wenig abgenutzt aussah, waren es erstklassige, elegante Schuhe. Er hoffte, daß sie ihm im nächsten Frühjahr passen würden (und sie wußte, daß er sie manchmal anprobierte).
Unter ihrem Blick verwandelte sich dieses Paar Schuhe jetzt in etwas Unanständiges, Zweideutiges. Sie standen an der Wand, als wäre gerade jemand einen kleinen, flinken Schritt mit ihnen gegangen. So flink wie ein junger Mann, der ahnt, wie erschreckend und erregend zugleich seine Anwesenheit ist. Olga bückte sich. Ihre Finger zitterten, als sie gegen ihren Widerwillen ankämpfend einen der Schuhe aufhob. Dann fuhr sie mit der Hand hinein. Schon seit Jahren machte sie diesen Handgriff automatisch, tastete und suchte nach einer Nagelspitze, die ihm eine Wunde zufügen könnte.
Noch bevor sie alles abgetastet hatte, entschlüpfte ihr der Schuh und fiel zu Boden. Im selben Moment schnürte es ihr die Kehle zu:
»Er war in mir!« wollte sie schreien.
Das Blut schoß ihr in die Schläfen und erstickte den vielfachen Widerhall, mit dem es in ihr brüllte: »Er ist in mich eingedrungen.«
Jetzt verstand sie, warum *das* ohne Namen geblieben war. Denn um es zu benennen, durfte man nicht von Gefühlen reden, sondern mußte jene derben, häßlichen, plumpen Wörter gebrauchen, die sich nur als klebriger Schleim absondern ließen: »Er hat mich mißbraucht. Er hat mich besessen, wenn er Lust dazu hatte. Er hat mich ausgezogen, mich genommen, mich angezogen ...«
Das Entsetzen, das diese Sätze in ihr auslösten, war so groß, daß sie Hals über Kopf versuchte, sich wieder in den ruhigen Nachmittag im Schnee unter den Bäumen zu flüchten. Sie öffnete die Wohnungstür. Die Wiese, die zum Fluß führte, lag schon im wässrigen Blau der Dämmerung. Nein, diesen friedvollen Nachmittag hatte es nie gegeben!

Sie hatte sich etwas vorgemacht, war einem Trugbild von Glück aufgesessen. Jetzt erkannte sie, daß ihr träumerischer Spaziergang in Wirklichkeit eine atemlose Hetzjagd über Stock und Stein war, ein sinnloses Kreisen zwischen dunklen Baumstämmen. Sie war gerannt, um sich zu retten, und hatte sich dabei im Kreis gedreht. Dann hatte sie angehalten, um den Schnee aus ihren Schuhen zu entfernen, und hatte an den Tod gedacht und an den Frieden, den er bringen würde. Eine Frau war geboren worden, die ganz anders war als sie: Sie konnte lange – eine Ewigkeit lang – die untergehende Sonne betrachten, die sich in den Zweigen verfangen hatte, und Steine, die über das Kristall des gefrorenen Tümpels schlitterten, und den Himmel in den Augen eines verträumten Kindes.

Ja, nur indem sie sich in den Tod versetzte, hatte sie das unsagbare Glück dieses winterlichen Spätnachmittags erleben können.

Der schwarze Schuh war ziemlich genau neben dem anderen gelandet. Diesmal sah es aus, als wäre jemand mit winzigen, gezierten Schritten getrippelt. Olga dachte, daß von all den Lösungen, die ihr seit diesem Morgen durch den Kopf gejagt waren – wegfahren, darüber sprechen, schweigen – der Tod am verführerischsten war, die Lösung, die sie am leichtesten annehmen und an die sie am wenigsten glauben konnte. Denn es gab jeden Tag tausend kleine Handgriffe zu verrichten, um das Schlimmste zu verhüten. Wie die Suche nach Nagelspitzen in Schuhen. Sie hob den Schuh wieder auf und wollte ihn weiter abtasten. In diesem Augenblick klopfte es.

Ohne Aufregung und Herzklopfen, fast reglos ging sie zur Tür und, wie sie meinte, ihrem Sohn entgegen. Mit gleichmäßigem, konzentriertem Schritt durchquerte sie den Flur, als stiege sie aufs Schafott.

Den kleinen Steinewerfer auf der Türschwelle zu sehen, hielt sie für eine Halluzination, die sie sehr ruhig hinnehmen mußte. Der rothaarige Junge machte ein bitterernstes Gesicht. Es war offenkundig, daß man ihn zu ihr geschickt hatte, um ihr eine Nachricht zu bringen, und daß er sich über die ernste Bedeutung seiner Botschaft völlig im klaren war. Er sagte, was man ihm aufgetragen hatte. Er brachte es in jener Mischung aus russischen Sätzen und französischen Wörtern hervor, die man bei den Kindern aus der Goldenen Horde häufig hörte. Er unterlegte sie mit einem feierlichen Tonfall, der den Umständen entsprach, und sein Mund verzog sich dabei zu einem nervösem Lächeln. Er war so aufgewühlt, daß er die Dinge durcheinanderbrachte: »An der Brücke … Im Krankenhaus … Hat sich verletzt … Sie sollen bitte kommen.«

Sie starrte auf den Mund des Rotschopfs, als führte er ein Eigenleben. Dieser Blick machte dem Jungen schließlich angst. »Er hat nicht einmal geweint!« rief er und rannte davon, als er es nicht mehr aushielt, wie ihre Augen die Worte von seinen Lippen saugten.

Am Ende der Woche konnte sie ihren Sohn schon mit nach Hause nehmen. Die Zeit seiner Genesung war die Zeit stiller Wiederbegegnungen. Er mußte das Bett hüten und litt darunter – das machte ihn wieder zum Kind. Mehr denn je fühlte sie sich als Mutter.

Die Nacht, als der erste Schnee fiel – jene *Nacht* –, bildete in ihrem Kopf eine ausgedehnte, empfindungslose Gegend, die sie in Gedanken zu umgehen lernte und von der sie nur ein paar unzusammenhängende Bruchstücke erreichten. Sie waren wie Ketten von Luftblasen, die von Zeit zu Zeit in stehenden Gewässern aufsteigen. Jetzt begriff sie auch, warum er die Nacht zum Sonntag gewählt hatte, und ebenso, warum jene Nacht, in der sie in der Bücherkammer eingeschlafen war. Ja, wenn man an einem Sonntag ungewöhnlich lang schlief, kam es einem leicht so vor, als schliefe man sich nur aus … Sie erinnerte sich auch an eines der wenigen Spiele, das ihr schweigsames Kind besonders mochte, als es sieben oder acht Jahre alt war. Es bestand darin, an der Haustür zu klingeln, sich zu verstecken und einen damit zu überraschen, daß niemand vor der Tür stand. Dieser Streich, dachte sie, hatte sicher mit dem Warten auf seinen Vater zu tun, der von seiner »Reise« nicht mehr zurückkehrte.

Diese Erinnerungen bedrückten sie, aber sie hielten nicht lange an. Sie gingen so schnell vorüber wie der kurze Moment des Erschreckens, als sie das Bein ihres Sohnes sah, jenes blasse Bein, von dem gerade der Verband abgenommen worden war. Knie und Fuß waren noch leicht geschwollen, und die zusammengedrückten Zehen sahen so klein und hübsch aus wie bei einem Kind, aber auch seltsam und unwirklich an dem geschwollenen Fuß, der einem großen Männerfuß glich. Mit sicheren und genauen Griffen tastete der Arzt den Fuß ab wie ein Künstler, der ein Holzstück bearbeitet. Er war sachlich und wortkarg und schien eine gewisse Freude an der unanfechtbaren Knappheit seines Befunds zu haben. »Das Knie muß wieder gerichtet werden, dazu ist eine Operation notwendig «, sagte er in einem Tonfall, der sorgfältig jede Gefühlsanwandlung vermied. »Aber das hat Zeit, bis er sich erholt hat.« Noch am selben Abend las sie zum tausendsten Mal die Seiten wieder, die sich, wie sie meinte, gerade auf diesen Fall seiner Krankheit bezogen, auf diesen einen Tag im Leben ihres Sohns. Bei der Lektüre hatte sie oft das absurde Gefühl, die Verfasser der Bücher kennten ihr Kind und wüßten genau, wie sich seine Krankheit weiterentwickeln würde. Besonders stark war die Täuschung bei einigen Zeilen, die sie sich an diesem Abend im stillen vorsprach, nachdem sie sie wiederentdeckt hatte anhand der Umrisse des Absatzes, die ihr im Gedächtnis geblieben waren. »Das mehr oder weniger angewinkelte Bein erlaubt nur

ein schmerzhaftes, anstrengendes Gehen auf den Zehenspitzen. Die Muskeln des Unterschenkels verkümmern …«
Am Abend, bevor sie einschlief, stellte sie sich auf eine sehr körperliche Weise vor, wie endlos kompliziert alles war, was sie in den letzten Jahren erlebt hatte, wie alles ohne Anfang und Ende miteinander verstrickt war, ohne daß es einen Grund und eine Folge gab. Die Erinnerung an ihr Kind war mit diesem Gewirr verwoben wie eine offenliegende, brennende Ader. Sie sah noch einmal den blassen Jugendlichen vor sich, der im Sprechzimmer des Arztes in brüsker Eile in seine Kleider schlüpfte. Sie sah seine zarten Handgelenke, und, als er das Gesicht hob, die winzigen blauen Adern unter seinen Augen … Sie hielt es nicht mehr aus im Bett, ging zum Fenster, lehnte mit geschlossenen Augen die Stirn an die Scheibe und dachte, daß es für dieses leidvolle und verworrene Leben nur einen Grund gibt: diesen Heranwachsenden, der im Frühling fünfzehn Jahre alt sein würde, vorausgesetzt er würde diesen Frühling erleben …

Und schließlich bemerkte sie an einem Dezemberabend einen leichten Schimmer von weißem Pulver auf dem feinen Film, der sich regelmäßig auf ihrem Tee bildete. Mit einer für sie selbst erstaunlichen Ruhe kippte sie den Tee weg, wusch die kleine Kupferkanne und stellte sie auf den Geschirrständer. Und mit dem Gefühl, alles habe Augen, selbst die Wände, ging sie in ihr Zimmer.

Das Leben hatte sich in die Augenhöhlen zurückgezogen, lief in der straffen Linie des Mundes zusammen. Wie der Entwurf zu einer Totenmaske zeichnete sich nur dieser unvollständige Abdruck ihres Gesichts – im Profil – auf dem Kopfkissen ab. Ihr Körper war nicht mehr zu sehen, steckte in den eiskalten Falten der Bettwäsche. Und irgendwo in diesem fernen, abwesenden Körper, unter diesem gefühllosen Weiß, schlug ein Herz knisternd wie nasse Streichhölzer.
Sie konnte nur sehen, was im langen Spiegel neben dem Bett erschien. Ihr Blick war getönt vom rötlichen Widerschein des Flackerns hinter der kleinen, halb offenen Ofenklappe. Von der schlafenden Welt in der Tiefe des Spiegels hob sich das emaillierte Rund des großen Zifferblatts der Pendeluhr deutlich ab. Und die rückwärts gehenden Zeiger zehrten eine sonderbare, spiegelbildliche Zeit auf. Ein wenig gereizt dachte sie an den verkehrten Lauf dieser Minuten. Verblüfft stellte sie fest, daß sie noch Gedanken fassen oder ärgerlich werden konnte. Jetzt wollte sie unbedingt begreifen, wie die Zeit auf dem spiegelverkehrten Zifferblatt funktionierte. Wenn die Uhr im Spiegel Viertel vor eins anzeigte, war es in Wirklichkeit … Mit Erleichterung ließ sie ihre Gedanken in dieses Jonglieren mit Zahlen abgleiten. Doch es erwies sich als schwierig, die Uhrzeit nach dem Stand der Zeiger im Spiegel zu ermitteln. Plötzlich fühlte sie sich hin- und herge-

rissen von diesen kleinen, überflüssigen Regungen, die dem Geist halb aus Launenhaftigkeit, halb aus Aberglauben manchmal entspringen. Der Drang, sich umzudrehen und das Zifferblatt zu betrachten, wurde schließlich unwiderstehlich. Sie hob den Kopf vom Kissen. In diesem Augenblick sah sie im dunklen Abglanz des Spiegels, wie sich ein langer Schatten zwischen Tür und Türstock schob und immer größer wurde.

Gefangen in der Bewegung, mit der sie ihrer Neugier nachgegeben hatte, erstarrte sie mit leicht erhobenem Kopf. Sie schloß die Augen und ließ ihr Gesicht unendlich langsam in den Abdruck auf ihrem Kopfkissen sinken. Millimeter um Millimeter. Ihr Hals wurde steif, ihr Kopf bleischwer. Ihre Schläfe lotete die noch verbleibende Strecke aus. Das Kissen schien so schwindelerregend weit entfernt, als schwebte ihr Kopf über einer bodenlosen Leere. Dennoch war ihre Wange schon heiß und spürte die nahe Wärme des Kissens, ja, sogar die vertraute Körnung des Bezugs. Und bei geschlossenen Lidern konnte sie erraten, daß da jemand war, der durch die offene Tür trat und sich langsam ins Zimmer schlich, daß etwas immer mehr Raum ausfüllte und die gewohnten Verhältnisse zwischen den Dingen veränderte, ja selbst, so hätte man meinen können, den regelmäßigen Schlag des Uhrpendels.

Das Zimmer wurde von jener zähen Stille erfüllt, die Räumen anhaftet, in denen bei nächtlicher Abgeschiedenheit ein langsamer Liebesakt oder ein Mord oder auch die sorgfältige Vertuschung eines Mordes stattfindet. Ja, es herrschte die betäubende Stille eines stummen Liebesspiels oder eines lautlosen Verbrechens in später Nacht.

Als ihre Stirn endlich das Kissen berührte, blinzelte sie unwillkürlich. Es war das letzte Bild, das sie in dieser Nacht noch bei klarem Bewußtsein wahrnahm. Am anderen Ende des Zimmers kam unter dem dunklen Mantel ein nackter

Körper zum Vorschein, ein weißer, schlanker Körper, der keinem anderen Körper glich, der überhaupt keinem Körper glich, der nichts glich, was sie je in ihrem Leben gesehen hatte.

Ihre Lider waren wieder geschlossen, als wäre sie tot. Mit dem Gesicht hatte sie sich zur Hälfte in die heißen Daunen des Kopfkissens gegraben. Ihren Körper gab es nicht mehr. Nichts blieb außer dieser purpurnen Dunkelheit, in die ihr Zimmer getaucht war und die sich mit der Dunkelheit vor den Fensterscheiben verband.

Und in diesem rötlichen Pech deutete sich plötzlich der zugleich glühende und eiskalte Umriß einer Schulter, dann eines Busens an. Dazu die Brustspitze – fest und gespannt. Eine andere Linie beschrieb flüchtig die Krümmung eines Arms, kurz darauf die Rundung der Hüfte. Es war keine Empfindung, auch keine leichte Berührung. Man hätte es mit der verblassenden Spur eines Regentropfens vergleichen können, der über ihre Haut rann.

Abrupt brach diese Spur ab. Es gab eine schnelle Luftbewegung, einen Wirbel quer durch das Zimmer. Als die Tür mit einem leisen Knarren geschlossen wurde, begriff sie, daß sie wieder hören konnte. Auf und unter ihrer Haut spürte sie nun die Linie eines ihr unbekannten Körpers, seine in ihrer unvollendeten Schönheit schmerzhafte Kontur.

Sie schlief erst ein, als ein blasser Schimmer in den Fensterscheiben erschien. Bald darauf erwachte sie wieder und fand mit großer Ruhe – nur kurz geriet sie an einen Abgrund, der ihr den Atem raubte – eine Erklärung für seine Flucht. Er mußte die ungewöhnliche Anspannung ihres Körpers gespürt haben, diese selbst für eine Schlafende zu unerschütterliche Starrheit. Er hatte seinen Mantel genommen und war zur Tür gestürzt. Die Klinke in der Hand, hatte er den kurzen, aber furchtbaren Zwiespalt gespürt, den jeder empfindet, der ein Verbrechen begeht: Soll er davonlaufen oder soll er das Risiko eingehen, ertappt zu werden, und zurückkehren, um die Spuren zu beseitigen? Er war noch einmal an ihr Bett gekommen, hatte ihren reglosen Körper zugedeckt und ihre Pantoffeln, über die er bei seiner Flucht gestolpert war, nebeneinander gestellt.

Ein Verbrechen … Immer wieder sprach sie es aus in dieser schlaflosen Nacht. Es war verbrecherisch, daß sie geschwiegen hatte. Daß sie es zugelassen hatte. Daß sie keinerlei Widerstand leistete. Und auch die Nacktheit des Jungen unter dem langen Herrenmantel war verbrecherisch. Diese ganze Nacht war ein Verbrechen.

Und doch war an diesen bedrohlichen Silben etwas falsch. »Es klingt, als könnte man es begreifen«, dachte sie. Verbrechen, Perversion, Ungeheuerlichkeit, Sünde – sie ertappte sich, wie sie immer quälendere Worte suchte. Doch an den Worten klebte Druckerschwärze. Es waren nur kraftlose, typographische Zeichen.

Am Morgen bemerkte sie, daß die Vorhänge diesmal nicht zugezogen waren (in der ersten Nacht waren sie geschlossen gewesen). Der Tag war grau und windig (als sie damals erwachte, schien die Sonne). Sie spürte, daß es Annäherungen an eine furchtbare Wahrheit waren, die sie in kürzester Zeit einholen würde. Es war eine physische Wahrheit, eine, die sich körperlich ausdrückte, bei der sich ihre Bauchmuskeln verkrampften, und die auf das Herz drückte und es zusammenpreßte wie eine Hand, die zwischen wirrem Blattwerk eine Traube zu fassen bekommt. Eine Wahrheit, an die all die Worte nicht heranreichten, die sie in dieser Nacht unablässig wiederholt hatte.

Es gab keine Worte mehr, es gab nur noch die Gegenstände, die mit ihrem Geheimnis und, so hätte man fast meinen können, mit einem rätselhaften Lächeln vor ihrem Blick erschienen. Es war ein kühles Lächeln, als wüßten die Dinge, was gespielt wurde. Die Vorhänge, die Lampe mit dem großen orangefarbenen Lampenschirm auf dem Regal, die ausgetretenen Pantoffeln, die so bequem waren wie immer, die aber plötzlich anders saßen, die Türklinke ... Einer Eingebung folgend, öffnete sie den Kleiderschrank, hängte einige Kleider um und nahm das schwarze Kleid vom Bügel, das einzige elegante Kleidungsstück, das sie noch besaß. Sein Faltenwurf, der mit einem Besatz aus Seide eingefaßte Ausschnitt und ... Auch dieses Kleid erzählte stumm von einem Geheimnis, das sich offenbaren würde.

Diesmal trat sie ohne jede Ängstlichkeit in den Flur. Und da offenbar alle Gegenstände sie in ihr Geheimnis einweihen wollten, zog auch ein großer Pappkarton auf dem alten Garderobenständer ihren Blick auf sich. Seit Jahren schon fragte sie sich jedesmal, wenn sie Staub wischte oder die Wände strich, was er wohl enthalten mochte, dann geriet er wieder in Vergessenheit, bis sie wieder putzte. Sie holte einen Hokker, zog ihn hervor, schaute hinein. Er enthielt merkwürdigerweise nur einen einzigen Gegenstand. Wie eine Reliquie in einem Schrein lag in dem Karton eine Gipsschiene, zweifellos eine der ersten, die sie für ihren Sohn gemacht hatte, der schon sehr jung gelernt hatte, sie selbst anzufertigen. Die Schiene war so klein, daß sie auf den ersten Blick nicht wußte, ob sie für ein Bein oder für einen Arm bestimmt war. Ja, es war ein Kinderbein, sie erkannte die rührend zarten Konturen wieder. Sie legte die Schiene in den Karton zurück, schloß ihn, und dann überkam sie ein so starkes Verlangen, daß sie die Gipsform noch einmal herausholte, sie an ihre Wange legte und an die Lippen. In diesem Moment hatte das Geheimnis einen Widerhall: »Inzest!«

Das Wort schallte in einem mehrfachen Echo, und die Echos reichten immer weiter in die Vergangenheit zurück. Sie schwangen in der Nacht mit, als der erste Schnee fiel, ja, schon in jener Nacht, als das Schlafmittel nicht gewirkt hatte.

Und noch davor, als sie den jungen Unbekannten zum ersten Mal am Herd überrascht hatte. Aber selbst bei dieser Erinnerung war noch nicht Schluß. Da war der nackte Jüngling in dem langen Mantel, der ihrem Mann gehört hatte. Im letzten Winter hatte sie ihn ausgebessert, und als sie ihn dann an ihrem Sohn sah, hatte sie sich kurz zusammenreißen müssen, um den Gedanken an ihren Mann und seinen Körper zu vertreiben ... Und ihr Abendkleid – es gab nur eine Gelegenheit, es zu tragen: Wenn sie L. M. ins Theater begleitete. Sie ging zu Li, ließ das Kind in ihrer Obhut und zog sich um. Wenn sie im Abendkleid die Wohnung verließ, das Haar hochgesteckt und parfümiert, Hals und Dekolleté unbedeckt, wurde sie von ihrem Sohn eindringlich, beinahe eifersüchtig gemustert. Es war zum Lachen. Sie küßte ihn, hüllte ihn in eine Wolke aus Parfum, strich durch sein Haar und kitzelte sein Ohr mit heißer Stimme, indem sie wie eine Geliebte säuselte, die ihrerseits den Tonfall nachahmt, in dem man mit Kindern spricht. Auch diese Pantoffeln gehörten dazu. Als er noch klein war, hatte er sie eines Tages im Spiel angezogen und war mit ihnen laut über die Dielen im Flur geklappert, während sie noch im Bett lag. Sie hatte zwar bescheiden Einspruch erhoben, doch er war ihr nicht gefolgt. Danach fühlte sie eine unglaubliche Wonne in sich aufsteigen, die Wonne des zärtlichen Nachgebens, wenn man weder widerstehen kann noch will.
Sie schob den Karton auf die Hutablage zurück und stieg vom Hocker. Jetzt war es ausgesprochen. Es gab nichts mehr zu begreifen. Sie wußte alles. Sie wußte sogar, daß das Wort Inzest schon in ihr laut geworden war, doch es hatte sich in solch abgründigen Tiefen ihres Denkens geformt, daß es sich auf dem Weg zur Zunge in »Verbrechen«, »Ungeheuerlichkeit«, »Entsetzen« verwandelt hatte. Wie jene Fische vom Meeresgrund, die platzen oder zu einer unkenntlichen Fleischmasse werden, wenn man sie an die Oberfläche zieht.

Selbst dieses krampfartige Zusammenzucken der Muskeln, das die endgültige Entdeckung in ihr auslöste, konnte sie nunmehr zuordnen. Ja, diese Hand, die sich in ihrem Bauch regt, die ihre Lungen zusammenpreßt und ihr den Atem raubt, die das Herz umklammert wie Trauben, diese Hand drückt beim kleinsten Gedanken zu, läßt wieder los oder schnürt das Herz plötzlich ab, bis der Puls in den Schläfen rast.

Sie wußte auch, daß alle Auswege, an die sie seither gedacht hatte, nur auf eines hinausliefen: Um dem Fluch dieser Nächte zu entgehen, mußte sie zugleich fliehen und dableiben, darüber sprechen und auf keinen Fall etwas sagen, ihr Leben ändern und weiterleben, als wäre nichts geschehen, mußte sie sterben und leben und den Tod mit keinem Gedanken zulassen.

»In der ersten Nacht waren die Vorhänge am Fenster zugezogen, in der zweiten waren sie geöffnet«, erinnerte sie sich grundlos. Doch, es gab einen Grund: die Flucht nach vorn, der Beweis, daß sie schon in dem Leben angekommen war, wo man weder leben noch sterben konnte.

Mit dem Gefühl, sich mit jeder Geste mehr auf dieses neue Leben einzulassen, trank Olga ihren Tee, hinterließ ihrem Sohn eine kurze Nachricht und ging wie jeden Sonntagmorgen aus dem Haus. Sie wanderte durch die Straßen der Unterstadt, triste Straßen, deren Bürgersteige von feinem Graupel überzogen waren. Ohne es sich einzugestehen, suchte sie in dieser kleinstädtischen Ruhe nach einem Zeichen, nach einem schlagenden Beweis für die nicht mehr rückgängig zu machende Entstellung ihres Lebens, der sie täglich ausgesetzt war. Vom Ende der Straße kam ihr eine Frau aus der Horde entgegen. Als sie einander begegneten, grüßte sie und fragte:

»Fahren Sie nach Paris?«

»Nein, ich bin spazierengegangen.«
Olga wartete, bis auf der Straße niemand mehr zu sehen war, dann bog sie in Richtung Bahnhof ab.
Als sie im Zug mit leerem Blick die eintönigen Felder und gottverlassenen Weiler vorbeifliegen sah, wiederholte sie mehrmals für sich mit eingeschnürtem Herzen: »Alles ist gesagt. Ich kann nicht mehr leben. Und ich kann nicht sterben.«
Der Zug hielt kurz an einem kleinen Bahnhof. Dahinter drängten sich düster und einförmig die Häuser eines Orts, der Villiers-la-Forêt glich, nur daß er an diesem kalten, windigen Tag mehr noch als Villiers wie ausgestorben schien. Einzig ein Fenster in der Nische eines engen, kleinen Hofs zog ihren Blick auf sich. Das Gewirr der Gassen, die gewachsene Willkür in der Anordnung der Türen, Erker, Dächer und dieses Fenster, in dem eine schwache Glühbirne brannte und das die Ruhe eines Sonntagmorgens verströmte …
Der letzte Gedanke war so jäh in ihr aufgestiegen, daß Olga von der Scheibe zurücktrat: Es gab also Orte auf dieser Welt, wo man so leben konnte, wie sie nun leben mußte! Es gab ein Leben nach dem »Alles ist gesagt«. Ein Leben im Verborgenen, in das niemand eindringen kann. Wie das Leben hinter diesem Fenster, das eine Frau zerstreut wahrnimmt, die im Zug vorbeifährt.

Als sie in Paris aus der Metro stieg, wurde sie von der Müdigkeit und der nervlichen Erschöpfung der vergangenen Wochen eingeholt. Plötzlich gaben die Treppenstufen unter ihren Füßen nach, sie mußte sich am Geländer festhalten. Und mit halb geschlossenen Augen hörte sie eine klägliche, fast kindliche Stimme flehen: »Hoffentlich versteht mich Li! Hoffentlich errät sie alles und sagt mir, was ich tun soll. Damit ich wenigstens eine Minute Ruhe habe.« Als sie weiterging, erkannte Olga in der weinerlichen Stimme das »kleine Biest« wieder.

»Erinnerst du dich noch an die Bretter, die einem vor der Revolution in der Schule auf den Rücken gebunden wurden, wenn man krumm in der Bank saß? So zwangen sie uns, aufrecht zu sitzen. Die armen Gekreuzigten waren schon von weitem an ihren eckigen Schultern und dem steifen Rücken zu erkennen. Und eines schönen Tages war Schluß mit den Brettern! In den Zeitungen war die Rede von Freiheit und Emanzipation ...«

Sie versuchte Li zu erklären, welches Gefühl ihre Gedanken seit ihrer Jugend begleitet hatte, ohne daß es ihr bewußt gewesen wäre. Das Gefühl, eines Tages habe das Leben eine gewisse Richtigkeit, Rechtschaffenheit, Regelmäßigkeit verloren. Eines Tages sei eine seltsame Willkür in ihr Leben, in ihr Land eingekehrt. Plötzlich waren alle darauf aus zu beweisen, daß diese Richtigkeit nur eine Schimäre war, ein Vorurteil von Krämerseelen. Und daß man leben konnte, ohne auf die Richtigkeit zu achten, daß man sie sogar mit Füßen treten durfte. Und das Leben schien ihnen recht zu geben: Ein sibirischer Bauer berief und feuerte Minister, »läuterte« – so bemäntelte er seine Liebschaften – die Hofdamen der Zarin und, wie böse Zungen behaupteten, die Zarin selbst, die sich allesamt seiner unerschöpflichen Manneskraft hingaben. Die Zeitungen druckten ein Bild, das den Zaren mit einem riesigen ovalen Hinterteil darstellte, auf dem eine Krone saß. Die Ermordung eines Polizisten wurde zu einer Heldentat im Namen der Freiheit. Und eines Tages hatte man schließlich aufgehört, den Schülerinnen Bretter auf den Rücken zu binden, wenn sie krumm saßen.

Während sie davon sprach, glaubte Olga plötzlich, sich selber zu verstehen. Ja, als die Bretter weg waren, sackte das ganze Land in sich zusammen. Zurückblieb ihr die Erinnerung an eine rein körperliche Lockerung. Für einige Zeit war es modern, krumm und schlaksig zu sein. Im selben Frühjahr, als man sie von den Brettern befreit hatte, war sie zum ersten Mal auf einem Maskenball gewesen. Beim Gang über den Flur (das Bildnis der Großmutter hing verkehrt herum) hatte sie einen Mann und eine Frau überrascht, die sich in einem Sessel liebten. Und wie Abermillionen Menschen zu jener Zeit hatte sie entdeckt, daß eine bestimmte Ordnung immer mehr Risse bekam und beinahe zerbarst oder daß es eigentlich gar keine Ordnung mehr gab, keine Richtigkeit, sondern nur eine knechtische Gewohnheit, die sie an die angeblich natürlichen Gesetze band, wie sie mit ihren Rücken an die Bretter gebunden waren. Ein Jahr später hatte sie den Dichter gehört, der sich Bärenklauen an die Finger steckte. Ein anderer Dichter behauptete immer, er trinke den Champagner aus dem Schädel seiner Geliebten, die sich das Leben genommen hatte. Dann traf sie den Mäzen, der eine Ikone mit einem riesigen entblößten Sukkubus in Auftrag gegeben hatte.

Diese Kapricen waren wie eine Droge. Für ein paar Tage gaben sie einem das berauschende Gefühl der Befreiung, doch die Dosis mußte ständig gesteigert, die Zusammensetzung immer ungewöhnlicher werden. Alle suchten nach dem Besonderen, und es konnte nicht ausgefallen genug sein, um sie von den letzten Trugbildern auf dieser Welt zu befreien. Das hatte sie eines Nachts in Sankt Petersburg gemerkt, als sie am späten Abend von einem Fest nach Hause zurückkehrte, zusammen mit einem Mann, der so tat, als glaubte er alles, was sie ihm mit unheilvoller und erregter Stimme erzählte. Sie erklärte, sie wolle sich allein demjenigen hingeben, der bereit sei, sie hinterher zu töten. Oder vorher? Sie war so sehr in der Rolle aufgegangen, daß sie selbst ihre erste Version vergessen hatte. Der Mann, jener Maler, der kurz zuvor den »Rayonnismus« erfunden hatte, wußte, daß dieses siebzehnjährige Mädchen seine x-te Geliebte sein würde, und er würde sie sicher nicht töten, weder vor- noch hinterher. Doch er spielte seine Rolle und merkte es fast nicht mehr.

Sie aber war durch das viele Nachdenken und Sprechen über »den Fluch, der auf ihrem Blut lastete«, schließlich zu der Überzeugung gelangt, daß diese Krankheit sich auf ihren künftigen Geliebten übertragen würde, aber nicht auf ihr Kind.

Olga merkte, daß Li ihr einen Moment lang mit leichtem Unbehagen gefolgt war – aus der Befürchtung heraus, bald mit einem Geständnis konfrontiert zu werden, auf das sie überhaupt nicht vorbereitet war und das sie zwingen würde, dem so vertrauten Gesicht der Freundin unbekannte und beunruhigende Züge hinzuzufügen. Vielleicht nähme sogar die alte Freundschaft Schaden. Manchmal bekräftigte Li einen Gedanken durch den Tonfall, und jedesmal kamen ihr Eifer und ihre Leidenschaft zur falschen Zeit. Sie empörte sich über die Qualen der Schülerinnen, die man mit einem Brett zu einer aufrechten Haltung zwang, machte sich über das Paar lustig, das im Sessel überrascht worden war. Und als Olga von den Entgleisungen berichtete, deren Zeugin sie als junge Frau in der Hauptstadt geworden war, stammelte Li wie zu ihrer Entschuldigung: »Ich ... also ich habe eigentlich wenig mitgekommen von diesem Leben. In den Schützengräben sah man vor allem den Tod.«
In der Küche pfiff der Wasserkessel und erzwang eine Pause bei ihrem Versuch, ins Gespräch zu kommen. In den wenigen Minuten, die sie allein blieb, fühlte sich Olga erleichtert. Sie hoffte nicht mehr auf das Wunder eines gegenseitigen Verständnisses. Dennoch glaubte sie zu ahnen, daß Li, die in diesem Moment ebenfalls allein war, sich ihrem unaussprechbaren Bekenntnis ängstlich näherte. Und als sie mit zwei Tassen und einer alten Teekanne mit angeschlagenem Schnabel ins Zimmer trat, mit übertriebener Sorgfalt das volle Tablett auf den Tisch stellte, den Tee eingoß und sich bei jeder Einzelheit unnötig lange aufhielt (»Warte, du be-

kommst einen anderen Löffel«), begriff Olga, daß sie hinter diesen Floskeln schon um die nächsten, sehr ernsten und schwer auszusprechenden Worte rang.

»Weißt du«, sagte Li und hantierte dabei eifrig weiter, um sie zu bedienen, »ich habe dir vorhin von den Schützengräben und den Soldaten erzählt. Ich habe immerhin drei Jahre mit ihnen verbracht. Ich weiß also, wovon ich spreche. Die meisten waren sehr jung. Und ich habe erlebt, daß einige – viele waren es nicht – im Sterben nicht glaubten, daß es ihr Ende ist. Und als sie gestorben waren, glaubten wir es, zumindest eine Zeitlang, auch nicht.«

Ihr Stimme wurde leise, und mit abgewandtem Blick hauchte sie fast tonlos:

»Bei dir ist das natürlich etwas anderes. Denn es geht um ein Kind. Dein Kind ... Entschuldige, wie dumm von mir.«

Aus Ratlosigkeit über das andächtige Schweigen, das ihre Worte erzeugt hatten, verschwand sie im Nebenzimmer. Kurz darauf kehrte sie mit einem Stapel Zeitungen unter dem Arm zurück.

»Du wirst einwenden, ich sei nicht objektiv«, kündigte sie mit fast fröhlich klingender Stimme an, um nicht dort anzuknüpfen, wo sie stehengeblieben war, »aber auf wissenschaftlichem und ... medizinischem Gebiet (wieder glitt ihre Stimme aus und klang ängstlich um Schonung besorgt) haben die Russen, das heißt, die Sowjets einen großen Vorsprung. Hör mal, was ich gestern gelesen habe. Nicht in der *Prawda*, sondern im *Figaro*: Ein russischer Gelehrter, Professor A. A. Isotor, hat eine sensationelle Endeckung gemacht. Demnach soll der Erdradius 800 Meter größer sein, als man bisher angenommen hat, und die Erde ist angeblich nicht kugelförmig, sondern elliptisch. Also, habe ich gedacht, könntest du vielleicht mit deinem Sohn ... Ich meine, du könntest ihn dorthin bringen, und sei es nur für eine Untersuchung ... nur für ein oder zwei Wochen.«

Olga konnte sich ein Lächeln nicht verkneifen. Damit Li über ihr Schweigen nicht wieder in Not geriet, fragte sie zurück: »Wann hast du vor abzureisen?«
»Ich denke, Ende April bin ich soweit. Dann wird der letzte Schnee in Rußland schon getaut sein und ich könnte den Wagen nehmen.«

»Dann wird der letzte Schnee in Rußland …« Dieser Satz schwirrte Olga auf der Rückfahrt ständig durch den Kopf. Und jedesmal folgte seinem Widerhall eine kurze, träumerische Pause. Dann zerbrach seine winterliche Gloriole unter der Unabänderlichkeit seiner nüchternen, endgültigen Worte. Es stand endgültig fest, daß sie nicht einmal ihrer besten Freundin sagen konnte, was geschehen war. Das Schlimmste, was Li sich vorstellen konnte, war die Verschlechterung des Gesundheitszustands ihres Kindes. Aber *das*! Nein, für jemanden, der bei Vernunft war, war *das* unvorstellbar. Wie für alle, die mit ihr im Zug saßen. Sie spürte, wie eine durchsichtige Mauer zwischen ihr und den Mitreisenden aufragte, wie sich eine Glasglocke über sie senkte, unter der sie, die so wild entschlossen war, sich jemandem anzuvertrauen, zu einem Fisch im Aquarium wurde. Einen Augenblick lang glaubte sie sogar, daß selbst ein langer Schmerzensschrei niemanden im Abteil dazu bewegen würde, sich nach ihr umzudrehen.
»Dann wird der letzte Schnee in Rußland …« Sie versuchte, diesen Nachhall festzuhalten, ihn nicht verklingen zu lassen. Und sie versuchte auszusprechen, was sie niemandem (weder Li noch sonst jemandem) sagen durfte. »Weißt du, ich habe dir von meiner Jugend erzählt, um mich zu rechtfertigen. Alles zerfiel, lief aus den Gleisen, und unser Leben spiegelte den Charakter dieses Anfangs unseres kranken Jahrhunderts wider. Wir wollten ihm entsprechen. Und so haben wir, statt zu leben, uns einem kapriziösen, ausgefallenen Le-

bensstil hingegeben. Wir hatten den Eindruck, das ganz normale Leben, das wir aufgrund seiner Gradlinigkeit verachteten, gehe weiter, und wir könnten jederzeit zurückkehren, wenn wir genug hätten von unseren Spielen. Doch eines Tages erkannte ich, daß meine beiden Leben zu weit auseinanderklafften; ich mußte mich entscheiden und dem Weg bis zum Ende folgen, den ich aus Vergnügungslust und jugendlichem Übermut eingeschlagen hatte. Meine Wahl war ein Mißgriff, aber ich bin diesen Weg gegangen und habe dabei immer auf den anderen gestarrt. Was mir jetzt widerfährt – du hast es erraten, nicht wahr, ohne daß ich es dir erklären muß, du hast alles erraten und dich nicht von mir abgewandt –, ja, was ich jetzt an Ungeheurem, Verbrecherischem, Abscheulichem erlebe, paßt zu diesem entgleisten Leben ... Sag mir einfach, was ich tun soll. Sag mir, daß man es mir nicht anmerkt, daß man es weder an meinen Augen noch an meiner Stimme ablesen kann. Was glaubst du? Werde ich diese Bäume, diese Schienen, diesen Himmel eines Tages wieder betrachten können wie früher?«

Als sie in Villiers-la-Forêt ankam, war es bereits dunkel. Beim Ausziehen der Schuhe im Hausflur fiel ihr auf, daß ein Paar Herrenschuhe nicht am selben Platz stand wie am Morgen. »Er muß sie wieder anprobiert haben. Er kann es kaum erwarten, sie zu tragen. Bald kommt der Frühling.« Sie stellte sich vor, wie ein schlanker, dunkelhaariger Jüngling in ihrer Abwesenheit ein Paar Schuhe auf Hochglanz brachte, hineinschlüpfte und vor dem Spiegel auf und ab ging.

»So muß es sein, wenn man verrückt ist«, dachte sie, als sie in ihr Zimmer ging.

Zwei Wochen später, an einem Dezemberabend, wiederholte sich alles mit unfehlbarer, manischer Genauigkeit: der weiße Pulverstaub auf der Oberfläche des Tees, die steifen, ein wenig mechanischen Handgriffe, mit der sie die Tasse ausleerte und die kleine Kupferkanne spülte. Und in ihrem Zimmer erwartete sie das vertraute Zifferblatt, das die Minuten im Spiegel rückwärts zählte.

Eine leichte Gänsehaut hätte sie beinahe verraten. Allzu plötzlich war dieser Leib – Hals, Schulter, Brust – entblößt, zu sehr brannte er unter den eisigen Fingern, die ihn berührten. Sie fühlte keine Verbindung zu diesem weiblichen Körper, einem fremden Leib, der sich in der violettfarbenen Leere vor ihren Lidern darbot. Ein Körper, der in den Duft von Rauhreif gehüllt war, den der Mann in den Falten seines langen Mantels hereinbrachte. Ein kurzer Schauder, ein unterdrücktes »Ah!«, und fast hätte er entdeckt, daß sie nicht schlief. Für einen Moment unterbrachen die Finger ihr zärtliches Spiel, dann regten sie sich wieder. Als sie noch weiter aus ihrem Körper herausgetreten war, bemerkte sie unter den langsam wärmer werdenden Fingern, wie zart das Schlüsselbein war, wie schwer und straff der Busen, dem die zärtliche Berührung galt. Sie lag auf der Seite, das Gesicht halb im Kopfkissen vergraben. Sie hielt dies für die beste Stellung, um so zu tun, als ob sie schliefe, um sich entziehen zu können und nicht wahrhaben zu müssen, was mit dieser Frau unter den Liebkosungen geschah. Doch plötzlich schlossen sich die Finger fester um ihre Schulter, dann um ihre Hüfte, als sollte sie umgedreht werden. Erneut ergriff sie das fiebrige Gefühl, in diesem Körper zu stecken, in ihm gefangen zu sein. Wenn sie erst auf dem Rücken läge, ihm ausgeliefert wäre, könnte sie ihm nichts mehr vormachen.

Der Druck seiner Finger an ihrer Schulter ließ nach. Vom anderen Ende des Zimmers hörte man ein kurzes Rascheln. Sie mußte die Augen nicht öffnen, um die Ursache des Geräuschs zu erkennen. Ein glimmender Holzscheit, der in sich zusammenfiel, war gegen die kleine Ofentür gestoßen. Durch die Wimpern sah sie den Widerschein im Spiegel. Ein nackter Jüngling kniete am Ofen, sammelte die erloschenen oder noch glimmenden Holzsplitter auf und warf sie in die Glut.

Als er am Morgen in die Küche kam, bemerkte sie, daß einer seiner Finger unauffällig verbunden war. »Hast du dich geschnitten?« fragte sie, ohne lange nachzudenken, wie sie es früher gemacht hätte. »Nein«, war seine schlichte Antwort. »Nein.«

Es dauerte einige Zeit, bis sie sich darüber im klaren war, daß sie sich seit jener Nacht tagsüber immer weniger begegneten.

Es folgten einige ruhige Nächte, die sie mit offenen Augen durchwachte und in denen der Schlaf ihr nur für kurze Momente Vergessen schenkte. Die Tage verbrachte sie in einem ängstlichen Dämmerzustand, den nur die Bewohner der Horde, die Leser der Bibliothek durchbrachen: Gesichter mit Augen, die in ihrer Beharrlichkeit unerträglich waren, mit Lippen, die ihr zu nahe kamen, mit Worten, die mit einem feuchten Zischen hervorgebracht wurden, das ihre Aufmerksamkeit fesselte und verhinderte, daß sie verstand, was gesagt wurde. Sie wich so weit zurück, daß es wie eine Taktlosigkeit wirkte. Um diese wieder vergessen zu machen, begann sie zu sprechen. Ihre eigene Stimme kam ihr ohrenbetäubend laut vor, und es schien ihr, als ertönte sie hinter ihrem Rücken. Ein Gedanke verfolgte sie und zuckte in ihrem schläfrigen Kopf wie ein stumpfer Faden, den man vergeblich in ein Nadelöhr einzufädeln versucht: »Vielleicht sollte ich mir am Abend keinen Tee mehr machen ... Er würde alles verstehen ... Nein, ich muß weiter Tee kochen, ihn aber in meinem Zimmer trinken. Nein, das geht nicht. Er wird denken ...«

Am nächsten Abend nahm sie die kleine Kanne mit in ihr Zimmer. Und als sie einige Minuten später einen Blick durch die halboffene Tür warf, sah sie einen Schatten durch den Flur gehen und in die Küche schlüpfen. Oder bildete sie sich nur ein, ihn gesehen zu haben? Sie war sich dessen nicht mehr sicher, was sie sah. Am nächsten Morgen war die kleine Kanne auf ihrem Nachttisch verschwunden. »Dann habe ich sie also gar nicht ins Zimmer mitgenommen«, dachte sie schlaftrunken, doch plötzlich begriff sie, daß sich dies alles schon vor ein oder sogar zwei Nächten zugetragen hatte. In ihrer Erinnerung schoben sich die Tage ineinander, dann trennten sie sich wieder und bildeten eine zeitlose, geräuschlose Masse, in der nichts zu erkennen war.

Als sie eines Abends wieder die feine, weiße Pulverschicht auf ihrem Tee entdeckte, kam es ihr nicht vor wie eine Wiederholung, sondern wie die Fortsetzung eines Geschehens, das vor Tagen unterbrochen worden war, in jener Nacht, als die brennenden Holzscheite im Ofen Funken sprühten. Ja, die eiskalten Finger übten wieder Druck auf ihre Schulter, ihre Hüfte aus. Ihr Körper kippte langsam auf den Rücken, und ihre Müdigkeit, ihre Erschöpfung war so groß, daß sie den Schlaf nicht vortäuschen mußte. Sie fühlte sich einen Moment lang wie tot. Statt von wirren Gedanken, fiebrigen

Sätzen, wie sie seit Wochen Tag und Nacht in ihrem Kopf dröhnten, war sie ganz erfüllt von einem dumpfen, gleichmäßigen Tosen, das dem Rauschen des Windes in den Baumkronen verschneiter Wälder glich.
Diese todesähnliche Ruhe hielt nicht lange an. Trotz der geschlossenen Lider sah sie sich, sah das Zimmer, das Bett, ihre beiden Leiber. Sie erwachte aus ihrem Scheintod. Ein Zucken, eine leichte Anspannung, etwas mußte sie verraten haben, sie wußte nicht genau was. Sie hörte das Schleifen von Füßen und sah für einen kurzen Augenblick noch eine brennende Kerze, eine lange, sich waagrecht ausstreckende Flamme, die von der Dunkelheit des Flurs geschluckt wurde.
An dieser Kerze hielt sich ihr Verstand aufrecht. Sie verbrachte den Vormittag damit, ausgiebig darüber nachzudenken, daß alle Leute wegen der Stromausfälle gezwungen waren, Kerzen zu benutzen, daß die Brandgefahr dadurch gestiegen war, vor allem in Familien mit kleinen Kindern, und daß ... Sie hatte furchtbare Angst, von diesen belanglosen Überlegungen und ihrer schützenden Logik auch nur für eine Sekunde abzukommen.
Mehrere Tage spürte sie noch die Berührung eines anschmiegsamen und vorsichtigen Körpers auf ihrer Haut.

Eines Nachts sollte es dann soweit sein: Sie schlief ein, ohne den mit weißen Kristallen gepuderten Tee getrunken zu haben. Gegen die so lange angehäufte Müdigkeit, die auf ihren Lidern lastete, kam sie einfach nicht mehr an. Sie schlief genau in dem Augenblick ein, als eine Kerzenflamme in der sich langsam öffnenden Tür erschien. Und als sie einen Augenblick später wieder erwachte, war sie allein, und alles war dunkel. Mit der übersteigerten Schärfe einer Kranken roch sie den kalten Docht und den eisigen Hauch von Wind und Nacht, der in den Falten des langen Männermantels steckte. Sie erriet, daß der Blick, mit dem sie soeben betrachtet worden war, die Qualen ihres schlafenden Körpers gespürt hatte und daß dieser nächtliche Besuch nicht länger gedauert hatte als den kurzen, stummen Augenblick des Mitleids.

Am Morgen nach dieser Nacht ertappte sie sich vor dem Spiegel – keuchend, das Gesicht zu einer Grimasse verzerrt, raunte sie eine Litanei: »Tarantelle, Tarantelle, Tarantel, ta-ra-ta-ra, Tarantas …« Und sie konnte nicht mehr aufhören, denn sobald sie es versuchte, sprudelten andere Wörter in ihr los, Sätze, die völlig logisch waren und von einem so unfehlbaren Scharfsinn, wie es bei Geisteskranken häufig der Fall ist. Ja, es waren dieselben Sätze des gesunden Menschenverstandes, die ihr vor wenigen Tagen noch heilsam erschienen waren. Jetzt erfüllte ihre schwerfällige und unerschütterliche Satzmelodie sie mit Entsetzen.

»Er ist mit einer Kerze gekommen. Das ist gefährlich. Was ist gefährlich? Daß er mit einer … Dieser Mantel. Er zieht ihn an, damit er etwas hat, um seinen Körper schnell zu bedekken, falls ich plötzlich aufwache. Sollte ich aufwachen, könnte er sagen, die Fenstertür sei aufgesprungen und er sei gekommen, um sie zu schließen. Bestimmt hat er sich schon alle möglichen Antworten zurechtgelegt. Er hat nur meinen Körper berührt, einen weiblichen Körper, der ihn neugierig macht. Ja, so muß man das sagen. Er hat den Körper einer Frau gestreichelt. Wenn ich bloß diese namenlose Frau werden könnte! Oder besser noch, eine Frau ohne Gesicht. Ich könnte einen Unfall haben, mein Gesicht verschwände unter einem Verband, wäre unsichtbar. Und der Körper schläft, er kann nichts dafür. Was bisher passiert ist, ist im großen und ganzen harmlos. Ich hoffe nur, daß alles harmlos bleibt. Also nehme ich es hin, gewöhne mich daran. Ich habe nichts dagegen, wenn es so weitergeht, vorausgesetzt, eine gewisse Grenze wird nicht überschritten. Welche Grenze?«

»Tarantel – Tarantelle.« Fieberhafter als beim ersten Mal, nahm sie mit halb geschlossenen Augen, den Kopf von einem leichten Beben bewegt, ihre Litanei wieder auf. Um keinen Preis durfte sie den Gedanken zulassen, der schon Gestalt annahm.

Plötzlich wurde ihr stammelndes Gebet von einem Trommeln an der Haustür begleitet. Nein, in Wirklichkeit war dieses Klopfen schon seit geraumer Zeit zu hören – es war der Auslöser für das »Tarantelle-Tarantel«. Denn als es an der Tür klopfte, hatte sie diesen unfaßbaren Gedanken ersticken müssen, für den es kein Verständnis geben durfte: »Und wenn es jemand wäre … ta-ra-ta-ra … wenn jemand käme … Tarantelle, Tarantelle … und die Nachricht brächte … Sei still … Tarantelle … Tarantel … das Kind … Sei still … ta-ra-ta-ra … das Kind habe sich … Still … das Gesicht unter einem Verband … ta-ra-ta-ra … mein Gesicht unter … meins, meins … Tarantelle-ta-ra-ta-ra … alles, nur nicht das … und wenn er monatelang im Krankenhaus … nein … nein … du hoffst, daß ein Unfall … Sei still … ta-ra-ta-ra …«

Sie öffnete die Tür. In dem Telegramm, das der Briefträger ihr gab, teilte ihr jemand seine Ankunft in Paris mit. Als sie wieder allein war, gelang es ihr nicht auf Anhieb, diesem Jemand die Initialen L. M. zu geben, und mit Verwunderung dachte sie daran, daß diese Briefe für die anderen ein Hinweis auf »ihren Freund« oder »ihren Geliebten« waren. Sie wußte, nach längerer Abwesenheit meldete sich L. M. immer mit einem Telegramm – eine Methode, um die einzelnen Stufen der Annäherung bei einer Wiederbegegnung zu überspringen, damit keine Zeit bliebe für gegenseitige Vorwürfe und

Rechtfertigungen, dafür, dem anderen die kalte Schulter zu zeigen, ihn um Verzeihung zu bitten oder ihm zu vergeben. »Berge von Arbeit. Bin Samstag wieder in Paris«, schrieb er diesmal. Sie hörte durch die Zeilen eine Stimme, deren Tonfall jedem Einwand zuvorkommen wollte. »Wie seltsam«, dachte sie, »im Leben der anderen geht einfach alles weiter. Dort …«
Sie begriff, daß dieses »dort« nunmehr vor ihrer Haustür begann.

Sie wußte, wie es ablaufen würde. Er stellte seinen Wagen unter den Platanen beim Bahnhof ab, ging auf kleinen, menschenleeren Straßen durch die Unterstadt und war glücklich darüber, ihr sagen zu können, daß ihm kein Bewohner der Goldenen Horde über den Weg gelaufen sei. Nachdem er sie im Eingang geküßt hatte, strich er mit seinen Fingern über die Deckplatte der Kommode, über die Ecke, die er vor Jahren abgesägt hatte, und erkundigte sich mit betont teilnahmsvoller Miene nach der Gesundheit ihres Sohnes. Dann fuhren sie gemeinsam nach Paris. Am Steuer redete er viel, bemühte sich vergeblich, seine leichte Unsicherheit, seine Nervosität zu verbergen – die peinliche Ungewißheit eines Mannes gegenüber einer Frau, die sich mit den Bruchteilen seines Lebens zufriedengeben mußte, die er ihr gewährte.
Nachts war er noch redseliger, bis sie ihn endlich beruhigt hatte durch ihre Zärtlichkeit, den Verzicht auf Vorwürfe und mit ihrem Körper, mit dem es ihr, darauf konnte er sich verlassen, stets gelang, das nach einer langen Trennung empfindliche Gedächtnis der Liebe durch kleine Worte und Zärtlichkeiten fehlerlos aufzufrischen. Am Morgen bot er ihr an, sie nach Villers-la-Forêt zurückzufahren. Wenn sie einen der üblichen Gründe vorschützte (Einkäufe, den Besuch bei einer Freundin), um das Hotel als erste zu verlassen, konnte

er den Tonfall dankbarer Erleichterung in seiner Stimme kaum unterdrücken.
Es bereitete ihr schon immer großes Vergnügen, sich die kleinen Szenen ihres Wiedersehens nacheinander vorzustellen. Er kam herein, küßte sie, berührte die Ecke der Kommode. Dann versprach er mit leiser Stimme, ihr die Adresse eines »hervorragenden Arztes, fast eines Freundes« zu schicken, den er »unglücklicherweise aus den Augen verloren« hatte. Auf der Fahrt erzählte er von den Lagern in Deutschland, die er besucht hatte, sprach über das Glatteis, das die Fahrt erschwerte, über Landsleute, die nach Rußland zurückkehrten, und über die neuen Fleischpreise. Er spürte, daß er zuviel redete, und nahm ihr übel, daß sie schwieg. Ein schroffer Ton, der sich in seine Sätze einschlich, ließ seinen Ärger durchblicken, als wollte er sagen: »Was schmollst du? Ich kann dir kein anderes Leben bieten. Entweder du akzeptierst das, oder du läßt es bleiben.«
Doch sie schwieg gar nicht aus Groll. Für sie grenzte es an ein Wunder, daß nichts an dieser festgefügten Welt von Gewohnheiten rütteln konnte: Das Phantom des »Arztes«, das jedesmal in den ersten Minuten ihrer Begegnungen auftauchte wie eine Höflichkeitsfloskel; seine Nervosität, die sich verlor, sobald sie seine Hand am Lenkrad streichelte. Auch diese nervöse Gereiztheit, die sich unverzüglich in rührselige, reuevolle Zungenfertigkeit verwandelte. Am Morgen entlockte ihr diese Beständigkeit ein Lächeln. »Wenn du willst, fahre ich dich ...«, sagte er mit jenem Zögern am Ende des Satzes, das ihr Gelegenheit gab, ihn zu unterbrechen und wie üblich abzulehnen.
Beim Verlassen des Hotels dachte sie daran, daß eine Verpflichtung, sie nach Hause zu bringen, ihm genauso lästig gewesen wäre wie die Pflicht zu Zärtlichkeiten nach dem Liebesakt, die ermattete Männer so ungern erfüllen. Sie bog ziellos um zwei Straßenecken, suchte sich ein Café und setz-

te sich an einen der Tische am Fenster. Kaum eine Minute später sah sie ihn auf dem Bürgersteig vorbeigehen: Dieser Mann hatte sie soeben zum Abschied geküßt. Er streifte beinahe die Fensterscheibe, doch er bemerkte sie nicht. Sie beobachtete, wie er auf seine Uhr sah und ein wenig enttäuscht den Mund verzog. Ein Stück weiter blieb er vor seinem Wagen stehen, rieb am Randstein den Matsch von den Sohlen seiner schneebedeckten Schuhe. Dann stieg er ein.

»Gestern kam ein Mann in eine schmutzige, triste Kleinstadt. Er hat eine Frau nach Paris mitgenommen, ihren Körper einige Stunden lang in seine Arme geschlossen, ihre Brüste geknetet und sich auf sie gelegt. Und jetzt verfolgt diese Frau, wie er auf einer matschigen Straße zwischen grauen und schwarzen Häuserblöcken sorgfältig den Schmutz von seinen Schuhen abstreift. Ein Mann, der nachts, während er auf den nächsten Ansturm des Begehrens wartete, von den zigtausend Leichen erzählte, die in Deutschland in den Massengräbern entdeckt wurden. Der sagte, er wolle ein Gedicht darüber schreiben, aber der Stoff widersetze sich. Und dessen Stimme ängstlich und aufgeregt klang, da seine Worte die Verzögerung überspielen sollten, mit der sein Begehren zurückkehrte.«

Sie hielt inne, denn sie merkte, daß sie schon nahe daran war, in den Wahnsinn abzugleiten. Nein, es war besser, sie bliebe »... in dieser Welt«, hätte sie beinahe gedacht. Einer Welt, in der man Liebe nannte, was sich in der Nacht abgespielt hatte zwischen dem Mann, der sich den Schmutz von den Schuhen streifte, und der Frau, die ihn durch die Fensterscheibe eines Cafés beobachtete.

Diese Nacht in Paris war dennoch sehr tröstlich für sie. Ihr Treffen verlief wie alle Treffen zuvor. Nichts an ihr, so folgerte sie, verriet den anderen, was sie zu Hause in Villiers-la-Forêt erlebte.

Erst am Tag nach ihrer Rückkehr fand sie den Mut, sich den wahren Grund für die insgeheim wohltuende Wirkung dieser Nacht in Paris einzugestehen: Zu keinem Augenblick hatten die Berührungen, die Zärtlichkeiten, die gegebene oder empfangene Lust sie daran erinnert, was sie von nun an mit ihrem Sohn verbinden sollte.

IV

Wäre da nicht die Befürchtung gewesen, sich vor sich selbst lächerlich zu machen, hätte sie vor dem Weihnachtsabend geübt, die Gesten, das Lächeln und die Worte, die für dieses Essen zu zweit notwendig waren, ungezwungener erscheinen zu lassen. Doch nun hatte sie mit einer so offensichtlich gespielten Unbekümmertheit gesprochen, als sie ihren Sohn bat, ein paar Äste aus dem Wald hinter der Brauerei zu holen, daß er schon aufgestanden und hinausgegangen war, bevor sie ihren Satz beendet hatte. Und während sie ihn jetzt im stillen endlos wiederholte, bebten nur noch ihre Lippen ein wenig auf der Suche nach einer anderen Betonung der Worte, die ihre uneingestandenen Sorgen durch den aufgesetzten Tonfall verraten hatten. Von Zeit zu Zeit stand sie auf, zupfte das Tischtuch auf dem Küchentisch zurecht, nahm kleine Veränderungen vor bei der Anordnung des Bestecks, der Teller und des kleinen Brotkorbs mit den dünnen Brotscheiben. Dann ging sie in den Flur und betrachtete sich im Spiegel zwischen Haustür und Kommode. Das schwarze Kleid, das sie sonst nur im Theater trug, kam ihr zu enganliegend, der Ausschnitt zu tief vor. Sie nahm den Gürtel ab, band ihn wieder um, nahm ihn wieder ab. Dann legte sie sich einen Schal um die Schultern. Wieder in der Küche, faßte sie kurz an den Deckel der Pfanne auf dem Herd: »Jetzt ist das Essen kalt geworden. Wo bist du nur so lange gewesen?« Sie

freute sich, als diese Frage an ihren Sohn in ihr laut wurde. Die Worte schienen ihre Unschuld zurückzubekommen.
Das Jahr war schnell vergangen. Fast hätte sie vergessen, daß es diese winterlichen Feiertage gab. Gewöhnlich versammelten sich mehrere Familien der Goldenen Horde im Speisesaal des Altenheims und feierten Weihnachten gemeinsam mit Kindern und Rentnern. Doch seit dem vergangenen Winter waren etliche Bewohner weggezogen, wie die Familie des kleinen Rotschopfs, zwei Rentner waren gestorben, darunter Xenia, und in den kahlen Fluren des Gebäudes, in denen kein Licht brannte, hörte man nur noch das verschämte Klikken der Schlösser, wenn der eine oder andere Bewohner die Tür öffnete und längere Zeit lauschte, ob vielleicht Lärm von einer festlichen Tafel zu vernehmen war.
Die beiden Kerzen begannen des öfteren zu flackern, ließen kleine Rußfäden aufsteigen, so daß sie mehrmals ihren Docht kürzen mußte. Der Deckel der Pfanne war höchstens noch lauwarm. »Wo bist du nur so lange gewesen? Jetzt muß ich alles wieder aufwärmen«, wiederholte sie, doch ihre Stimme kam ihr wieder verkrampft vor, sie hatte sogar einen ängstlichen Unterton. Ohne Feuer wurde es in der Küche schnell kalt. Sie sammelte einige Späne auf, dazu eine Handvoll schwarzen Kohlenstaub – die Kohlen waren schon seit langem verbraucht – und warf alles in den Ofen. Dann wusch sie sich die Hände, und weil sie das Warten nicht mehr aushielt, ging sie zum Eingang und öffnete die Tür. Die klare, eisige Nacht schnitt ihr den Atem ab. Sie wollte rufen, überlegte es sich aber anders und schloß die Tür wieder. Nachdem sie durch den Flur zurückgegangen war, blieb sie unschlüssig in ihrem Zimmer stehen. Das schwarze Kleid, das sie im Spiegel sah, rief auf heimtückische Weise eine undeutliche, zärtliche Erinnerung in ihr wach.
Die Tür fiel ins Schloß, die Dielen dröhnten unter den Schritten, und aus der Küche erklang das hohle Klappern eines

Eimers. Mit einem Schrei – sie konnte sich nicht erinnern, daß ihr Kind jemals so gerufen hätte –, der ungeduldig, fröhlich und herrisch zugleich klang, suchte er im Haus nach ihr: »Mama, kannst du mir helfen? Es ist dringend! Sonst sterben sie.«

Sie eilte über den Flur, nahm ihren Mantel und folgte ihrem Sohn, ohne um eine Erklärung zu bitten. Er sprang bereits die Treppe hinunter.

Er führte sie in der Dunkelheit am Wald entlang zu einer großen, schneebedeckten Wiese. Er lief zwischen den ersten Bäumen, verschwand ab und zu hinter einem Stamm, drehte sich nach ihr um, ob sie ihm noch folgte. Geblendet vom Mond, der hin und wieder durch das Gestrüpp der Zweige blickte, stapfte sie hinter ihm her wie in einem seltsamen Traum.

Sie trafen sich an einem großen Tümpel wieder, jenem Pfuhl, der manchmal einen kleinen Seitenarm des Flusses bildete und manchmal, wenn es längere Zeit nicht regnete, zu einem winzigen Becken voller Algen verlandete. Es war der Tümpel, an dem der kleine Rotschopf spielte, als der erste Schnee fiel.

»Schau!« Ihr Sohn hatte seine Stimme gedämpft, wie jemand, der ihren Hall an einem unheimlichen oder geweihten Platz fürchtet: »Wenn es heute nacht wieder friert, sind sie alle tot.«

Eine Eisschicht bedeckte den Teich, und nur durch ein Loch, das kleiner war als ein Schritt, konnte man das schwarze, noch nicht gefrorene Wasser sehen. In diesem glänzenden, dunklen Fleck zappelte es unablässig, frenetische Stöße wirbelten die Oberfläche auf, schließlich beruhigte sich alles zu einem langsamen Kreisen. Wenn sich der Mond im Wasser spiegelte, glitzerten manchmal Schuppen, man konnte Flossen erkennen und sah silbern schimmernde Kiemendeckel.

Sie begannen so überstürzt mit der Rettungsaktion, als hätten die Fische, die im Eis in der Falle saßen, nur noch wenige Minuten zu leben. Sie sah, wie ihr Sohn den Arm bis zum Ellbogen ins eisige Wasser tauchte und die glitschigen Körper herausfischte, die vom Sauerstoffmangel schon benommen waren und kaum noch mit den Schwänzen schlugen. Er ließ sie in den Eimer gleiten, den sie ihm reichte, legte sich wieder in den Schnee und fischte weiter. Um ihm die Arbeit zu erleichtern, räumte sie Eisklumpen aus dem Wasser, zog Algenstengel heraus und half ihm manchmal, die völlig durchnäßten Ärmel seiner Jacke hochzukrempeln. In der Eile, zu der sie sich gegenseitig antrieben, entstand eine Hektik, in die sich das Knirschen des Schnees unter ihren Füßen, das Glitzern des Mondscheins auf der dunklen Wasseroberfläche und das Platschen der Tropfen mischten, dazu ihre kurzen Wortwechsel, die so knapp waren, als hätten sie sich auf einem Schiff im Sturm befunden. In ihrer Emsigkeit sahen sie sich manchmal für den Bruchteil einer Sekunde in die Augen – und staunten darüber, welch eigenartige Ruhe trotz der großen Hast in ihren Blicken lag. Sie bemerkte, daß ihr Sohn an den Knöcheln der rechten Hand Kratzer hatte. Doch seine Finger steckten so tief im Eis und im kalten Wasser, daß nur ein rötlicher Schimmer auf der Haut erschien, und das Blut stillstand. Es war vielleicht das erste Mal, seit dieses Kind auf der Welt war, daß eine blutende Schramme sie nicht beunruhigte und sie ihn nicht darauf aufmerksam machte.
Er ließ die Fische einen nach dem anderen frei, indem er so nahe wie möglich an das vereiste Ufer des Flusses trat. Ihre Leiber zuckten einen Augenblick in seiner Hand, dann tauchten sie mit ihrem Zitterleben im schwarzen Strom unter, dessen eisige Kraft zu spüren war. Zuletzt drehte er den Eimer um und kippte das verbliebene Wasser mit einigen Algenstengeln und Eisklumpen aus. Der Klang der letzten Tropfen war von einer seltenen Fülle und von einer solchen

Klarheit, daß die feinen Umrisse der Bäume hervortraten und der Widerschein des Mondes auf einem gefrorenen Schlammloch von neuem zu leuchten begann. Stumm sahen sie sich an: zwei Gestalten in zerrauften Kleidern mit dem Silberglanz des Mondes im Gesicht, zwei reglose Schatten nachts am Ufer eines Stroms, der glatt und undurchdringlich vor ihnen lag. Ein Windhauch trug mit einem Mal ein kaum vernehmliches Getöse zu ihnen. Es war so leise, daß man Stimmen und Musik nicht unterscheiden konnte. Sie blickte hinüber zur Oberstadt.
»Dort wird gefeiert«, sagte er wie im Traum und ohne den Blick von dem funkelnden Wasser zu heben, das vor seinen Füßen lag.
»Dort« wiederholte sie, während sie neben ihm ging. »Dort ...« Dann war er sich also darüber im klaren, daß er woanders lebte.

Wahrscheinlich hatte er sich bei der fieberhaften, nächtlichen Rettungsaktion am Flußufer das Knie verletzt, ohne es gemerkt zu haben. Am nächsten Tag bildete sich eine Blutbeule, die rasch anschwoll. Am Abend kletterte das Fieber in die Höhe. Schon mehrfach hatte der Arzt aus der Oberstadt es abgelehnt zu kommen. In der Dunkelheit war zwischen Villiers-la-Forêt und der alten Brauerei kein Weg mehr zu erkennen. Selbst sie brauchte eine gute Viertelstunde, um das Gebäude zu umrunden und zum Haupteingang zu gelangen. Der Pfad an der Mauer entlang war verschwunden, an manchen Stellen hatten heftige Windböen Schneewehen aufgehäuft, die den Weg versperrten.
Sie klopfte bei ihrem Unter-uns-Doktor. Obwohl es bereits nach Mitternacht war, öffnete er umgehend, als hätte er ihren Besuch erwartet. Während sie gemeinsam zurückgingen, verwickelte er sie hinterlistig in ein Gespräch über »den härtesten Winter seit hundert Jahren«. Wie bei den vorangegan-

genen Fällen brach er während der Behandlung immer wieder in leises Gelächter aus. Man hätte meinen können, er glaube nicht, was man ihm erzählte, und habe seine eigenen Ansichten über die Krankheit des Jungen. »Es ist nichts Schlimmes, es ist wirklich nicht schlimm«, wiederholte er unter fortgesetztem Glucksen. Dazu kommentierte er wie üblich jeden seiner Handgriffe wie ein Taschenspieler vom Jahrmarkt. »Und hier eine schöne, kleine Pu-u-u-nktio-o-o-n! So. Jetzt noch einen prächtigen Verband mit Blutserum! …« Bevor er ging, beugte er sich über den Jungen und verkündete immer noch im Tonfall eines Zauberers: »Und morgen bist du wieder auf den Beinen, abgemacht? Wie ein Großer …« Beim Hinausgehen hatte er wieder zu seinem normalen Tonfall zurückgefunden, als er wie immer mahnte: »Das bleibt aber unter uns.«
Am nächsten Tag stand ihr Sohn wieder auf. Sie stellte fest, daß sie nur in solchen Momenten unerwarteter, unverhoffter Genesung betete. In der übrigen Zeit bildeten ihre Wünsche ein ununterbrochenes Rauschen von Sätzen, das sie kaum noch wahrnahm. Ihre wenigen bewußten Gebete waren jedoch von bedrohlicher Gewalt gegen denjenigen, der sie empfangen würde, und sie flehte darin um eine vollständige Rückkehr ihres Sohnes ins normale Leben, seine unmögliche Genesung, die einfach möglich sein mußte, weil es ihr Kind war. So preßte sie an diesem Abend das Gesicht in die Hände, flehte mit spröden Lippen, die von stummen Worten ausgetrocknet waren, und verlangte ein Wunder. Später, in der Nacht, als sie sich beruhigt hatte, fiel ihr mit schmerzlicher Bitterkeit auf, daß dieses Wunder in Zusammenhang mit dem seltsamen Kauz, dem Unter-uns-Doktor stand, der ihr in einem alten, sorgfältig gebügelten Smoking und mit einer Fliege unter dem Kinn die Tür geöffnet hatte, als hätte er sich um Mitternacht in der eisigen und dunklen Festung der Horde für ein Fest zurechtgemacht. »Ein armer Spinner – wie

wir alle«, dachte sie. Die fiebrigen Worte ihres Gebets hallten nun in ihr nach wie ein schwaches Echo. Sie lauschte ihm und gestand sich widerwillig, daß sie heimlich darauf gehofft hatte, sie könnte wenigstens den Zeitpunkt des nächsten Rückfalls, der nächsten Blutung hinausschieben. Ja, wenn sie ein paar Tage gewinnen würde, in denen sie sich der Illusion hingeben könnte, ein Wunder sei geschehen, ohne sich für ihre Schwäche allzu sehr schämen zu müssen.

Während jener Tage tauchte er eines Abends wieder in ihrem Zimmer auf.

Die letzte Woche des Jahres war immer eine besondere Zeit in der Goldenen Horde. Für die Bewohner schien die Zeit in den Tagen nach Weihnachten und Neujahr mit einem Mal zurückzuspringen, denn das russische Weihnachts- und Neujahrsfest lag zwei Wochen nach den französischen Feiertagen, und man hatte den Eindruck, noch ein Jahr gehe zu Ende. Aus dieser Verspätung resultierte eine erstaunliche Verwirrung des Zeitgefühls, eine Zwischenzeit, die in keinem Kalender verzeichnet war, in der man sich oft unbewußt darüber freute, daß einen das Leben noch nicht wiederhatte, das Anfang Januar seinen trostlosen Gang fortsetzte.

Im Winter 1947 kamen den Emigranten die beiden verlorenen Wochen zwischen den Feiertagen Ende Dezember noch unausgefüllter vor als gewöhnlich, noch losgelöster vom Alltagsleben in Villiers-la-Forêt. Im Erdgeschoß der alten Brauerei, das vom Altenheim belegt war, hatten sie wie jedes Jahr eine Tanne in der kleinen Halle aufgestellt, die an den Speisesaal grenzte. Doch in diesem Jahr war das Gebäude wie ausgestorben und kalt, und der Baum verbreitete keine festliche Stimmung, sondern erinnerte eher an ein Eindringen des Waldes in ein baufälliges Haus. Beim Verlassen der Bibliothek stieß Olga eines Abends im Dunkeln unverhofft auf einen Mann, der sich langsam vor dem Baum im Kreis drehte. Als er ihre Schritte hörte, suchte er das Weite. Sie begriff, daß er soeben im Schein einer Kerze mit sich selbst Walzer getanzt hatte. Sie wollte die Kerze schon ausblasen, ließ es dann aber bleiben, denn vielleicht lauerte der Mann ja nur darauf, daß sie verschwand, um seinen einsamen Tanz fortzusetzen.

Einmal ging sie an einem besonders frostigen Morgen in die Unterstadt, um Brot zu kaufen. Als sie sich von der Horde entfernte, bemerkte sie, daß sie an diesem Tag die erste war, die auf der glatten Schneedecke ihre Spuren hinterließ. Die Bäckerei war geschlossen, sie mußte zu der anderen gehen, die neben der Kirche in der Oberstadt lag. Vergeblich hatte sie immer wieder versucht, den Kragen ihres Mantels fester zusammenzuziehen, doch ihre Finger waren taub und gehorchten ihr nicht mehr, der Wind fegte in den offenen Kragen und unter die Ärmel. Als sie vor der Bäckerin stand, kam sie sich vor wie eine Stumme: Nur mit Mühe brachte sie ein Wort über ihre eisigen Lippen. Die Bäckersfrau hörte ihr mit jener überaus betonten, herablassenden Geduld zu, die stotternden Menschen häufig entgegengebracht wird; dann gab sie ihr einen Laib Brot. Olga wagte nicht einzuwenden, daß sie etwas anderes verlangt hatte. Das beklemmende Gefühl in den Mundwinkeln, wenn die Worte zwischen den Lippen erstarrt sind, verfolgte sie den ganzen Tag.

In dieser Nacht drückte er sich an den reglosen Frauenkörper – an sie – und schlief für einige endlos lange Sekunden ein.

Es war ebenfalls an einem jener Tage in der Zwischenzeit, einem Tag in blassen, von Wind und Kälte ausgebleichten Farben, an dem die Morgendämmerung bis in den Abend reichte, als sie ihn zu Beginn der Nacht erneut auf der Schwelle ihres Zimmers sah. Fast mühelos schmiegte sie sich in diesen kurzzeitigen Tod, der ihren Körper gefühllos machte. Ihr Arm, den er vorsichtig anhob, um ihn umzubetten, fiel schlaff und schwer vom Schlaf zurück. Für diesen Tod bedurfte es nur eines: Sie mußte die heimlichen Veränderungen der Lage ihres Körpers hinnehmen, als geschähen sie mit einer fremden Person, ebenso die kaum spürbaren Zärtlichkeiten, bei denen er sich immer über sich selber zu wundern schien, und sie mußte unempfindlich werden für den schüchternen, langsam sich entfaltenden Zauber der Gesten und des angehaltenen Atems. Ja, sie mußte sich aus diesem Körper zurückziehen, mußte ganz und gar in ihm erloschen sein.

Ein Ton aus unendlicher Ferne, der Glockenschlag einer Uhr irgendwo in der Nacht, rührte an ihren Tod, weckte sie. Ihre Wimpern zitterten, öffneten sich einen winzigen Spalt, durch den irisierendes Licht fiel. Sie lebte. Auf dem Boden stand ein schmaler Steingutbecher, in dem eine Kerze brannte, und hinter der kleinen Ofentür züngelten Flammen. Noch immer betrachtete sie diese beiden nackten Körper mit den Augen einer Fremden, einer Unbeteiligten, ja, wie jemand, der von draußen durch das Fenster auf sie blickte. Auf eine große, schöne Frau, die in vollkommener Ruhe auf dem Rükken lag. Und auf den zarten, sehr hellen Körper eines Jungen mit nach hinten gefallenem Kopf und halboffenem Mund, der sich völlig erschlafft neben sie gelegt hatte.

Während der kurzen Augenblicke, in denen er schlief, hatte sie Zeit, alles zu verstehen. Oder vielmehr schlug sich in diesem Moment in ihren Augen alles nieder, was sie am nächsten Morgen erraten und woran sie in den nächsten Tagen denken sollte, obwohl sie noch ganz davon geblendet war, daß ihre Augen so lange und so weit geöffnet blieben. Sie erkannte die unmenschliche Erschöpfung dieses jungen Körpers, die wochenlang, monatelang angehäufte Müdigkeit. Nach zahllosen durchwachten Nächten stand plötzlich alles still, versank für kurze Zeit in einen narkotischen Tiefschlaf.

Dank dieser nur Sekunden dauernden Ohnmacht glaubte sie, den Abgrund zu ermessen, den er in sich trug, ohne es sich anmerken zu lassen. Er war eingeschlafen wie ein Kind, inmitten einer Bewegung, eines Wortes. Der Glockenschlag in der Ferne verstummte. Graupel perlte gegen die Scheibe, unsichtbare Luftströme zogen durchs Zimmer, die warmen kamen vom Feuer, die kalten vom Fenster, und das brennende Holz verbreitete Wohlgeruch – alles andere war erloschen. Da lagen ihre beiden nackten Körper – aber das ging über die Sprache hinaus, stand außerhalb jeder Beurteilung. Der Gedanke streifte sie nur, bettete ihre fahlen Leiber in die Dunkelheit ein, in die Stille, in den durchdringenden Geruch des Feuers, und zerplatzte an der Schwelle, hinter der er nichts mehr besagte.

Wenige Sekunden auf das erste Glockenläuten folgten, vom Wind teils geschluckt, teils gedehnt wie eine Antwort aus weiter Ferne zwölfmal dieselben Glockenschläge. Schnell schloß sie wieder die Augen. Plötzlich stand er auf, nahm den Mantel, die Kerze, ging durchs Zimmer, öffnete die Tür und schlich davon wie ein Dieb.

Sein Schlaf dauerte nur die kurze Zeit von Mitternacht bis zum Glockenschlag. Es war die Neujahrsnacht – aber nur nach dem alten Kalender.

Für Olga begann der Tag nach dieser gespenstischen Neujahrsnacht lange vor dem Morgengrauen mit einer hohen, qualmenden Flamme, die über einer geschmolzenen Kerze züngelte. Noch schlaftrunken ging sie mit leisen Schritten im Zimmer hin und her, öffnete Kartons voller Briefe und alter Papiere, sortierte die meisten davon aus und warf sie in eine Sperrholzkiste am Ofen zu dem Haufen, der zum Feuermachen bestimmt war. Allmählich gab es Platz auf dem mit Kartons vollgestellten Schrank und auf den Regalbrettern; die freie Fläche rief eine undeutliche, aber echte Freude in ihr hervor. Sie fühlte sich, als würde sie bald verreisen oder umziehen.

Sie hörte ihren Sohn. Er öffnete die Haustür und stieg die kleine Holztreppe hinunter – unter seinen Schritten knirschten die gefrorenen Wasseradern zwischen den Holzbrettern. Hinter dem Vorhang verborgen, beobachtete sie ihn auf seinem Weg. Wer war er?

Wer war dieser Halbwüchsige in dem zu großen, zu langen Wintermantel? Ihr Sohn, der die Leute aus der Horde grüßen würde, sollte er welchen begegnen, ebenso einige Franzosen aus der Oberstadt, die er kannte, und sie würden seinen Gruß erwidern, als wäre es die natürlichste Sache der Welt? Oder der junge Mensch, der nicht wiederzuerkennen war, wenn er nachts neben dem nackten Körper einer Frau lag

und für einen kurzen Moment vom Schlaf übermannt wurde in diesem Zimmer, wo alles flackerte und schwankte im Schein einer auf dem Boden stehenden Kerze?
Als ihr Blick sich an das Tempo gewöhnt hatte, mit dem die Silhouette an der Mauer des Gebäudes entlangging, stellte sie fest, daß er bei jedem Schritt auf dem vereisten Weg den Fuß, genauer, die Fersen, so hart aufsetzte, als stampfte er wütend davon. »Er humpelt«, wollte sie bei sich sagen, doch der Satz blieb unvollendet, denn es gelang ihr rechtzeitig, den Gedanken zu ersticken, der schon bitter in ihr aufstieg. Jetzt erinnerte sie sich, daß ihr in der Nacht, als sie diesen zarten Körper neben sich betrachtet hatte, ein blaugelber Fleck am Knie aufgefallen war, der vom letzten Bluterguß zeugte. Ein Windstoß blähte die Schöße des Mantels, die Gestalt wurde breiter, bog um die Ecke des Gebäudes und verschwand. Sie stellte sich die Gesichter der Leute vor, denen ihr Sohn auf seinem Weg in die Stadt begegnen würde. Sie glichen auf eigenartige Weise jenen entrüsteten und verächtlichen Gesichtern, die eines Tages, so dachte sie, den Stab über sie und ihr ungewöhnliches Zusammenleben brechen könnten. Und während ihr die Stimmen dazu in den Ohren klangen, murmelte sie halb unbewußt mit hart gewordener Stimme:
»Sollen sie sich doch zum Teufel scheren mit ihren Weihnachtsfeiern und Bäckereien! Sie werden es nie verstehen ...«

Am nächsten Tag kam der Briefträger ohne die Zeitungen, die die Bibliothek für die Horde abonniert hatte. Die wenigen Leser, die der Kälte und den verschneiten Wegen noch trotzten, sprachen vom Streik der Journalisten oder der Drucker. Genaueres wußte man nicht. Der Briefträger kam noch drei- oder viermal und wiederholte seine Erklärung, zu guter Letzt war das Ausbleiben der Nachrichten nicht mehr der Rede wert.

Der Zug, der jeden Morgen nach Paris fuhr, hatte aufgrund der Schneefälle mehrmals Verspätung, und einmal blieb er den ganzen Tag am Bahnhof stehen (gefrorenes Wasser soll die Gleise aus ihren Verbindungen gedrückt haben). Es war, als gäbe es keine Hauptstadt, keine Außenwelt mehr. Wegen der Stromausfälle versank sogar die Oberstadt ab sechs Uhr abends in der Dunkelheit. Was die alte Bierbrauerei angeht, so fragten sich die Leute aus Villiers, ob in dieser Festung überhaupt noch jemand lebte.
Häufig blieb die Bibliothek verwaist. Auch auf dem Hof, der einer Hügellandschaft aus Schneewehen glich, ließ sich niemand blicken. Die Bewohner verschanzten sich in ihren Wohnungen und verbrachten diese kurzen, dämmernden Tage damit, auf jedes kleine Geräusch in den Fluren zu lauern, es zu deuten und sich in ihren frostigen Schlupfwinkeln – sei es unter einer Bettdecke, sei es an die Kacheln des sparsam geheizten Ofens gelehnt – vorzustellen, was ihre Nachbarn wohl machten. Und wenn sie doch einmal in der Bibliothek erschienen, dann verzichteten sie auf ihre üblichen Geschichten und gingen gleich wieder zurück. Dazwischen verloren sie höchstens ein paar Worte über eine Zeitungsmeldung, die schon eine Woche alt war, und jedesmal wurde die Nachricht noch gesteigert: »Der kälteste Winter seit achtzig Jahren ... Seit hundert Jahren ... Seit hundertzwanzig Jahren ...«

Während dieser ereignislosen Tage kehrten ihre Gedanken häufig zu dem Jugendlichen im schweren Männermantel zurück, der beim Gehen auf dem gefrorenen Boden mit dem Fuß stapfte wie ein wütendes Kind. »Er hat keine Kindheit gehabt«, fiel ihr dazu ein. Keine der einfachen Freuden, die die Welt einem Kind schuldet, wie einen Garten um das Elternhaus, Reisen zu den Großeltern ... Oder ... Nein, nichts von allem. Er hatte Schmerzen. Und das ängstliche Warten

auf den nächsten Schmerz. Ein Aufschub auf ungewisse Zeit, der gerade so lange anhielt, daß Hoffnung aufkeimen und wieder schwinden konnte.
Einmal versuchte sie in dieser Leere zu retten, was noch zu retten war, ein paar Kleinigkeiten, mal ein Lächeln, mal einen Moment der Beruhigung. Davon gab es so wenige. Fast keine. Vielleicht diese Erinnerung an einem sonnigen, kalten Tag – der Widerhall eines anderen Wintertags irgendwann in den ersten Jahren dieser armseligen Kindheit, die unbemerkt von ihr vorüberging. Er ist fünf oder sechs Jahre alt und sieht zum ersten Mal in seinem Leben Schnee. Er kommt ihr entgegengerannt, das mit Rauhreif überzogene Laub knistert unter seinen Schritten, und er zeigte ihr einen Eissplitter mit ein paar Grashalmen und einer winzigen Blütenkrone, die in dem gläsernen Naß eingeschlossen ist. Sie will schon lautstark ihre Begeisterung kundtun oder mit physikalischen Erklärungen aufwarten. Aber ein Gefühl sagt ihr, daß es besser wäre zu schweigen. Still stehen sie nebeneinander und beobachten, wie die Schönheit der Krone langsam wegtropft, wie die vom Eis befreiten Stengel weich werden und ihren Zauber verlieren.
Sie war so sehr in diesen Augenblick der Vergangenheit versunken, daß sie ein wenig Zeit brauchte, bis sie sich in die winterliche Dämmerung hinaustraute und den Pfad entlang der alten Brauerei einschlug. Sie war auf dem Weg nach Hause. An einer Stelle mußte man sich gut am Mauerwerk abstützen, sich beinahe flach an den rauhen Stein drücken, um über einen großen Schneebuckel zu steigen. Sie vollbrachte diese schwierigen Bewegungsabläufe mit mechanischer Langsamkeit, während sie in Gedanken schon wieder woanders war – bei einem langen Sommerabend, der einige Jahre zurücklag. Die Sonne geht hinter einem Wolkenschleier unter, es ist diesig und heiß. Die Mauern der Brauerei haben sich aufgeheizt wie jeden Sommer und sind von Hopfen um-

rankt. Sie sitzt reglos, träumerisch auf der Außentreppe aus Holz und hat dabei ihr Kind im Auge, einen siebenjährigen Jungen, der am Fluß entlanggeht, sich bückt, im Sand wühlt. Dann kommt er strahlend zu ihr gelaufen. »Sieh mal, der Abdruck!« Es ist ein Brocken Kalkgestein, in den die große Schnecke eines Ammoniten mit seinen wie Perlmutt schimmernden Stellen eingegraben ist. Die Hohlform weckt eine Erinnerung, die Ähnlichkeit ist verblüffend. »Sieht aus wie ein Gipsverband für mein Knie«, murmelt das Kind. Sie sieht ihm in die Augen, ist ratlos, versucht es mit gespielter Fröhlichkeit: »Ach weißt du, dein Gips ...« Der Junge fällt ihr ins Wort. Er preßt den Muschelabdruck an das Ohr und lauscht: »Man hört das Meer rauschen ... ein Meer, das es nicht mehr gibt.« Dann reicht er ihr sein Fundstück. Sie legt es an ihr Ohr, lauscht. Man hört die abendliche Stille, den Schrei eines Vogels, den leisen, verhaltenen Atem des Kindes ...

Bis in die Nacht hinein brachen diese Erinnerungen in ihr auf. Fast geistesabwesend öffnete sie die Haustür, schlüpfte aus dem Mantel, ging Feuer machen, Tee kochen ... Doch neben den alltäglichen Verrichtungen entfalteten sich die Bruchstücke der Vergangenheit, die noch immer sehr bescheiden, ja, wenn man so will, belanglos waren, und hüllten sie in das Licht verflossener Tage. Sie ging zum Tisch, nahm die Tasse, die Teekanne ... (Ein Frühlingstag – sie leben noch in Paris in jener düsteren Wohnung, in die nur ein Lichtstrahl fällt, wenn sich die Sonne gegen Ende des Nachmittags in den Fenstern des Nachbarhauses spiegelt. In der Wohnung spürt man bereits, daß ein Abschied bevorsteht. Der blasse Sonnenstrahl wandert über den Tisch, fällt auf einen Strauß blühender Kirschzweige. Auf der Schwelle stehend überrascht sie den Jungen dabei, wie er sein Gesicht in die weißen Blüten taucht und flüsternd die beiden Stimmen eines Dialogs nachahmt, mal flehentlich und mal erregt. Sie macht einen Schritt zurück, das Knarren des Parketts verrät sie. Der

Junge hebt den Kopf. Sie sehen sich lange schweigend an.) Als sie wieder zu sich kam, stand sie mitten in der Küche und wußte nicht mehr, was sie mit der Tasse und der Teekanne wollte, die sie noch in den Händen hielt wie Gegenstände, mit denen man nichts anzufangen weiß.

Später am Abend fiel ihr eine ärgerliche Nachlässigkeit ein. Sie schlüpfte wieder in den Mantel, stellte sich auf die Treppe und schlug mit einer alten Hacke zahllose Kerben in die dikke Eisschicht auf den Stufen. Dann ging sie noch einmal den kleinen Pfad zurück, der um das Gebäude führte, und bearbeitete das rutschige Stück an der gefährlichen Steigung.

Bis sie einschlief, wurde sie noch des öfteren von dem Lichterschwall mitgerissen. Und als sie zwischendurch aus ihren Erinnerungen auftauchte und mit einem Blick alles übersah, was sich ihr unbemerkt ins Gedächtnis eingeschrieben hatte, kam ihr ein Gedanke, der ebenso einleuchtend wie richtig war: »Ich habe also nichts vergessen, und ich habe auch nichts versäumt.« Der Schlaf lähmte bereits ihr Denken. Sie begriff noch, daß sie, ohne es zu wissen, alles behalten hatte, was diese Kindheit ausmachte: ihren stillen, wahren Teil, der einzigartig war.

Am Morgen fiel ihr ein, daß sie über ihrer Träumerei den abendlichen Tee getrunken hatte, ohne zu prüfen, ob etwas darauf schwamm. Sie ahnte, daß er gekommen war und sie in ihrem tiefen Schlaf überrascht hatte, der nicht vorgetäuscht war.

Von diesem Morgen an, einem vor Kälte blassen Wintermorgen, hatte die Zeit für sie keinen Takt mehr, keine Stunden, keine Tage, keine Wochen …
Sie sah die junge Gestalt in dem langen Männermantel am Fenster vorbeigehen, dachte an den vereisten, glatten Weg, den er gehen mußte, und rannte nach draußen, hob die Hände, legte sie trichterförmig um den Mund und wollte rufen. Zu spät. Schon erklomm er den schmalen, eisigen Pfad – mit der für Jugendliche typischen, ein wenig grobschlächtigen Behendigkeit, die ihre künftige Kraft erkennen läßt. Er bezwang die Steigung, wurde schneller und bog um die Ecke des Brauereigebäudes.
Die tiefe Stille ringsum durchdrang sie immer mehr. Neben der Treppe zitterte noch ein Zweig, den der Junge soeben gestreift hatte, und ein zarter Schleier von eisigen, in der Luft schillernden Kristallen rieselte herab. Sie war gedankenleer, doch sie spürte mit jeder Faser ihres Körpers, daß sie ewig auf dieser Treppe stehen und auf die verschneite Wiese blicken könnte, die bis zum Fluß hinunterging, und auf den funkelnden Kristallstaub, der langsam von einem Zweig fiel, ohne daß der Grund seines Erzitterns noch zu ahnen gewesen wäre. Daß sie für immer im dämmernden Licht und im Erwachen dieses Morgens verharren könnte, der zu keinem Jahr, zu keiner Zeit, zu keinem Land gehörte.

Der nicht einmal zu ihrem, sondern zu einem anderen Leben gehörte, in dem es darauf ankam, sich still und abseits aller Gedanken in die Betrachtung der glitzernden Schneeflocken zu versenken.
Ihr Blick wanderte zu höheren Zweigen, die in das blasse Blau des Himmels wuchsen, dann zu jenen des kleinen Waldes hinter dem Brauereigebäude. Die Sonne, die noch tief stand, verlieh ihnen eine zarte, purpurviolette Tönung und nahm ihren dunklen Konturen etwas von ihrer Schärfe. Es schien ihr, als hätte sie sich nie zuvor auf so rätselhafte Weise mit diesen Bäumen, ihren Rinden, ihren nackten Zweigen verbunden gefühlt, als hätte sie sich nie zuvor in so eindringlicher Weise diesem Himmel anvertraut oder diesem unermeßlichen, geduldigen Warten hingegeben.
Noch immer hielt sich der Rauhreif wie ein glitzerndes, gewundenes Band in der eisigen Luft. Die Ruhe schien unendlich. Und dennoch war in dieser Stille, in dieser matten Helligkeit, etwas von einem ununterbrochenen, leisen Klingen zu vernehmen – lautlose Echos, die einander in völliger Reinheit und ohne den geringsten Mißton antworteten. Die fahle Morgenröte, die dunklen Umrisse der Bäume, die tanzenden Eiskristalle, die Festung der Horde, die noch im blauen Schatten der Nacht lag, die Sonne, die den Schnee in den Baumkronen streifte – dieses ätherische Gleichgewicht von Licht und Stille hatte sein eigenes Leben, ließ nicht zu, daß man seine Klarheit trübte, bewegte sich in keine Richtung. Sie saß auf der kleinen, hölzernen Treppe und war ein Teil davon, fühlte sich allem, was sie umgab, auf eigenartige Weise und unabdingbar zugehörig.
Am anderen Ende des Weges wurde eine Gestalt sichtbar. Es war der Briefträger. Er brachte ein Telegramm von L. M., der ihr zwei Termine für ein Treffen vorschlug, sie könne wählen. Sie ging ins Haus und las noch einmal die unpersönlichen, knappen Zeilen. Die Termine kamen ihr so komisch vor wie

die Monate des Revolutionskalenders, wie all diese Nivosen und Pluviosen, die zwar verheißungsvoll klangen, aber seit langem keine Gültigkeit mehr hatten. Paris, ein grauer Morgen, ein Mann, der seine Schuhsohlen am Rinnstein abstreift, bevor er in seinen Wagen steigt ... »Es geht also immer weiter so«, dachte sie, als würde sie sich an ein Leben erinnern, das Jahrzehnte hinter ihr lag. Der Mann marschierte weiter durch das geschäftige, regnerische Paris, das nach dem Rauch und Dunst der Cafés, nach der schwülen Luft in der Metro roch. Er besuchte die Redaktionen, diskutierte, gestikulierte, telefonierte und ließ jeden Abend die Schreibmaschine unter dem hektischen und kurzen Anschlag seiner Finger vibrieren. Dann suchte er in seinem Terminkalender diese zwei freien Abende aus und schickte ein Telegramm.
Als sie wenige Minuten später aus dem Haus trat und sich zur Bibliothek aufmachte, hatte sich das Zusammenspiel von Helligkeit, Schatten, Zweigen, dem Himmel und dem Geruch der Kälte unmerklich verändert. Diese Änderung traf sie in ihrem Innersten. Als ob sie mit ihrem ganzen Körper an diesem Wechsel von einer Schattierung zur anderen teilnähme.

Zwischen diesen Wintertagen, an denen die Zeit stillzustehen schien, gab es einen Tag, an dem sie allein aufgrund dieser Schattierungen zu wissen glaubte, daß ihr Sohn käme.
An jenem Abend verfing sich der Wind im Kamin, heulte laut und fachte das Feuer im Ofen an. Mal duckten sich die Flammen erschreckt, dann loderten sie auf und leckten mit schmalen, blauen Zungen am Türspalt der kleinen, gußeisernen Ofentür. Plötzlich wurde das Tosen immer schwächer, als ob der Sturm das Haus fortgerissen hätte und es schon hoch über der Erde im klanglosen, dunklen Äther durch die Nacht fliegen würde. Das Kerzenlicht hörte auf zu flackern,

die Schatten an den Wänden des Zimmers erstarrten. Das Feuer verstummte. Der Geruch des verbrannten Holzes verlieh der Dunkelheit eine unsichtbare plastische Tiefe, die man ausloten konnte, wenn man die Augen schloß und tief einatmete.
So tauchte sie mit halb geschlossenen Augen, berauscht von jedem Atemzug, in diesen neuerlichen Augenblick der Stille ein. Eben noch hatte sie beim Blick auf den zersägten, dicken Ast neben dem Ofen gedacht, dieses bißchen Holz reiche gerade, um sich bei Anbruch der Nacht der Täuschung hinzugeben, man schliefe in einem bewohnten Haus. Sie hatte gefröstelt bei dem Gedanken, daß sie lange vor Tagesanbruch in diesem Zimmer erwachen würde, und es würde vom Duft des kalten, eisigen Rauchs erfüllt sein. Jetzt bereitete ihr selbst dieser Ast, diese auf dem Fußboden verstreuten, bemoosten Rindenstücke ein unerklärliches Wohlgefühl. Ja, sie schöpfte eine ungekannte Freude aus dieser rauhen Rinde, diesem Duft des beißenden Rauchs, diesem wütenden Donnern des Winds und schließlich aus dieser Stille, die so vollkommen war wie die Maserung der Flamme, die unbewegt über der Kerze stand. Sie bückte sich, legte ein Aststück ins Feuer und stapelte den Rest Holz sorgfältig neben dem Ofen. Damit kein Rindenstück unter seinen Schritten zerbrach, wenn er durch das dunkle Zimmer ginge.
Sie wußte, in dieser Nacht würde er kommen. Alles kündete davon.
Als sie in der Küche war, sah sie einen leichten, weißen Schimmer auf dem braunen Tee. Sie goß den Tee in den Ausguß und ging zu Bett. Zurück in ihrem Zimmer zögerte sie eine Sekunde, dann schob sie noch ein Aststück in den Ofen.

Wie immer verließ er sie überstürzt und fluchtartig, die Nacht fand ein jähes Ende. Der Augenblick war zunichte. Erschrocken hüllte er sich in den Mantel und umging mit einer schnellen, tänzerischen Schrittfolge die Dielen, die ihn durch ihr Knarren verraten hätten. Er blieb auf der Schwelle zu ihrem Zimmer stehen, kehrte mit derselben seiltänzerischen Behendigkeit zum Ofen zurück, nahm das letzte Aststück, wollte es in die Glut geben. Dann überlegte er es sich anders, legte das Holz zurück, warf einen Blick auf das Bett, ging durchs Zimmer und verschwand hinter der Tür, die er vorsichtig schloß.

Sie wartete lange ohne jedes Gefühl für die Stunden oder Minuten, die vergingen. Dann stand sie auf, legte das verbliebene Holzstück in das fast erloschene Feuer, kehrte wieder ins Bett zurück. Ihre Gedanken, die zwischen Wachträumen und Träumen pendelten, folgten zuerst dem auflodernden, dann dem ausgehenden Feuer. Die ganze Nacht mündete in dem einzigen Gefühl, das dieser hastige Besucher zurückgelassen hatte: der erstarrte junge Mann, den ein Strom zu erwärmen beginnt, erst die Finger, ein wenig später die Lippen, die Hand, die er einen Moment auf ihre Schulter legt, auf ihre Brust ... Diese Erinnerung war so gegenwärtig, daß sie sich einatmen ließ wie der Geruch des Feuers, wie der Hauch der eiskalten Luft, die mit jedem Windstoß ins Zimmer drang.

Sie mußte noch einmal aufstehen, bevor es hell wurde. Die Kälte war unerträglich. Man hätte glauben können, sie steckte in den Kleidern, die steif waren, als wären sie eingelaufen. Im verrußten Leib des Ofens war jeder wärmende Funke erloschen. Der Wind hatte sich beruhigt oder vielmehr hatte er sich weit über die Erde erhoben und trieb nun in ungewöhnlicher Höhe mit irrer, faszinierender Geschwindigkeit die Wolken vor sich her. Ab und zu tauchten die Schäfchenwolken in ein milchiges Licht, der Mond schien kurz zwischen ihnen hervor, dann ein Stern, und einen Moment später waren sie wieder verdeckt. In dieser sich ständig wandelnden Nacht ging sie über die Wiese, die unter einer verharschten, bei jedem Schritt einbrechenden Schneedecke lag. Sie fand nichts. Schon seit langem war alles, was brennbar war, von den Bewohnern der Horde eingesammelt worden. Sie machte sich auf den Weg zum Wald, und nach einer langen, ergebnislosen Suche zog sie einen knorrigen Ast aus dem Schnee. Es war lächerlich wenig, wenn sie sich überlegte, wie lange die Flammen über diesem Kleinholz züngeln würden. Als sie sich aufrichtete, brummte ihr Kopf vor Anstrengung, und ihr Blick verschwamm. Sie sah ein Bild, das ganz aus ihrem Innern stammte: ein Haus, das an ein düsteres, halb leerstehendes Gebäude gebaut ist, eine Winternacht, die unendliche Abgeschiedenheit, und in dieser tiefen Einsamkeit ein Zimmer, ein stilles, wärmendes Feuer. Und dieses Paar: eine Frau im Tiefschlaf – eher könnte man eine Ohnmächtige ins Leben zurückrufen, als sie aus ihrem Schlaf – und ein Jugendlicher mit berauschtem Blick und behutsamen Gesten, der selbst nicht glauben kann, welche Zauberwirkung sein Verbrechen hat.

»Ich bin also verrückt«, dachte sie in stiller Resignation, als sie bemerkte, daß sie inzwischen den Ast in lauter kleine Stücke gebrochen hatte. Sie wagte es, ihren Blick zwischen den schwarzen Stämmen, die sie umgaben, in das zusammengesunkene Gestrüpp schweifen zu lassen, dann hob sie den Blick zu den Wipfeln der Bäume. Sie sah, daß der nächtliche Himmel über seine ganze Breite leergefegt war. Eine letzte Schar Wolken zerstob und schien sich senkrecht von der Erde zu entfernen, als würden sie vom Mond angezogen werden, in dessen fast irisierendem Lichthof sie verschwanden.

Während sie unverwandt diese Flucht in immer fernere Höhen beobachtete, stellte sie sich die Erde vor, den ganzen Erdball, diese von Menschen bewohnte Welt. Ja, all die Menschen, die miteinander redeten, die lachten, weinten, sich gegenseitig in die Arme schlossen, zu ihren Göttern beteten,

Millionen von Ihresgleichen töteten und sich weiter liebten, als wäre nichts geschehen, die weiter beteten und hofften, bevor auch sie unter der dünnen Erdschicht verschwanden, die das ganzen Treiben von der Ruhe der Toten trennte.
Sie war weniger überrascht von den Worten, die sie geflüstert hatte, als von dem kleinen Schleier, der beim Ausatmen aus ihrem Mund aufstieg und im Mondschein glänzte: »Wie sie leben, ist der reinste Wahnsinn. Sie sind verrückt da unten, auf ihrem Erdball.« Sie bückte sich und sammelte die Holzstücke auf. Durch die Bäume sah sie ihr Haus jenseits des Waldes – das Mondlicht, das um die Mauern der alten Brauerei floß, fiel auf die kleine, zugeschneite Treppe, tönte eines der Fenster blau. Sie hatte noch immer jenen in weite Ferne gerichteten Blick, mit dem sie den fliehenden Wolken hinterhergesehen hatte. Mit dem sie den ganzen Planeten gesehen hatte und auf seiner dunklen Seite, seiner Nachtseite, ein langes, flaches Haus an einer Mauer. Und darin dieses von der Welt vergessene Paar. Eine Frau und einen Halbwüchsigen. Eine Mutter und ihren Sohn … Wieder stieg ein zarter Hauch von ihren Lippen auf. Die kaum hörbaren Worte zergingen in der eisigen Luft. Ein seltsames Paar. Ein junger Mann, dem Tod nahe. Vielleicht war es sein letzter Winter, sein letzter Frühling. Er denkt daran. Und dieser weibliche Körper, den er liebt, der erste in seinem Leben und der letzte.
Der winzige Nebelschleier, den sie beim Hauchen der Worte erzeugt hatte, löste sich auf. Allein der bläuliche Schimmer des Mondlichts lag weiter auf der schneebedeckten Treppe. Und ein wenig Schnee auf dem Ast über ihrem Pfad. Und es gab die Spuren unter den Bäumen – nicht nur ihre – und die Stille. Sonst nichts. Nur diese Nacht, in der er zu ihr gekommen, bei ihr geblieben und wieder weggegangen war. Eine so erschütternde, dem Tod so nahe Nacht.
Es hatte so kommen müssen, jetzt verstand sie es: diese

Frau, dieser Halbwüchsige, ihre unaussprechliche Nähe in diesem Haus am Rand einer Winternacht, am Rand der Leere, eine Verbindung, die mit dem Gewimmel von Menschen auf diesem Erdball, mit ihrer Hast und ihrer Grausamkeit nichts zu tun hatte. Für sie war es die Wahrheit. Eine Wahrheit, die durch den blauen Schimmer auf der Treppe zum Vorschein kam, durch das Zittern eines Sternbilds, das genau über der Brauerei stand, durch ihre Einsamkeit unter diesem Himmel. Niemand auf dieser Erde, in der ganzen Welt, wußte, daß sie hier stand, ihren Körper der Kälte preisgab, die Augen aufriß ... Sie begriff, daß diese Wahrheit, wenn man sie in Worte faßte, Wahnsinn bedeutete. Doch in diesem Moment verwandelten sich die Worte in einen weißen Hauch und blieben stumm bis auf ein kurzes Funkeln im Sternenlicht.

Sie wollte ihre Trophäen im Küchenherd verbrennen, auf dem Feuer Tee kochen und warten, bis der Morgen dämmerte – dann würde es leichter sein, Holz zu suchen. Sie glaubte ihren Augen nicht zu trauen, als sie neben dem Herd ein fest zusammengeschnürtes Reisigbündel sah. Auf der Rinde schimmerten noch Tropfen von geschmolzenem Schnee. Da fiel ihr ein, daß er nach dem Feuer im Ofen gesehen hatte, bevor er aus dem Zimmer geschlichen war. Er mußte also ein oder zwei Stunden vor ihr zwischen den Bäumen durch die Dunkelheit geirrt sein. Die Spuren, die sie im Schnee gesehen hatte, stammten von ihm. Am meisten überraschte sie die Gewißheit, daß sie – mit einem Abstand von nur wenigen unermeßlichen Minuten – denselben Nachthimmel betrachtet und denselben Nebelschleier vor ihren Mündern gesehen hatten.

Sie schrieb L. M. keinen neuen Brief, sondern schickte den alten, mühevoll verfaßten Abschiedsbrief an ihn. Sie vergaß sogar, das Datum zu berichtigen.

Ihre Tage und Stunden flossen ineinander. Es gab keine Unterschiede mehr in ihrem Leben zwischen Hin- und Rückweg, zwischen dem, was sie tat, was sie befürchtete und was sie ahnte, zwischen Ursachen und ihren Wirkungen. Plötzlich fiel ein besonderes Licht auf alles (wie jenes fahle Licht über dem stillgelegten Bahngleis, dem sie an einem stillen Nachmittag folgen mußte, als es wärmer geworden war), sie sah mehr, wurde empfänglich für die feinsten Abstufungen (für diesen Silberton über den Feldern beispielsweise, für das erstaunliche Gold, in das die Sonne die Dächer der Stadt tauchte, die schon in weiter Ferne lag), und sie erlebte dieses Licht, diese kaum wahrnehmbaren Tönungen des Lichts als etwas Wesentliches in ihrem Leben.
Da sie nicht den üblichen Weg nehmen wollte, der noch unter dem pappigen Schnee des Tauwetters lag, schlug sie an diesem Tag einen anderen ein, der um den Bahnhof führte, und kehrte von der entgegengesetzten Seite nach Hause zurück. Ein Zug fuhr vorbei. Als sie ihren Weg über die Schwellen fortsetzte, hörte sie noch lange dem Surren der Gleise hinterher, das sich erst langsam verlor. Dann teilten sich die Schienen. Das stillgelegte Gleis, auf dem einst Züge der Brauerei verkehrten, endete bald an einem Prellbock. Das Licht, das noch zwischen den Wolken durchschien, überzog die dicht um die Kirche gedrängten Dächer in der Ferne mit

einem flüchtigen Goldschimmer. Am Prellbock war es schon fast dunkel. Sie stützte die Ellbogen darauf und stand einen Augenblick reglos da, während ihr Blick über die weiten Felder schweifte, die sich in diesem fahlen Licht sanft wie Wildleder in die Landschaft schmiegten. Der goldene Pinselstrich über den Dächern verlor seinen Glanz. Hier endete der Weg, an den sich niemand mehr erinnerte. Sie war allein, und im stillen fühlte sie sich eins mit diesen endlosen, verhangenen Feldern, fühlte sich mit diesem kahlen Strauch verwandt, der zwischen den Gleisen sproß. Regen setzte ein, sie verschmolz noch mehr mit dem tief hängenden Himmel, dem aufgeweichten Schnee, von dem eine kühle, berauschende Frische ausging.

An diesem Abend erlebte sie einen weiteren Augenblick von eindringlicher Harmonie. Es regnete noch immer in Strömen, aber nach anderthalb Tagen Tauwetter war der Frost zurückgekehrt und packte die Regenschauer. Die Erde gefror, und die Niederschläge schienen sich noch in der Luft in Eis zu verwandeln. Beim Aufprall zerschellte der Eisregen auf dem Firnis der Eisschicht, die auf den Feldern, den Dächern und den Ästen der Bäume lag. Die Nacht war erfüllt von der endlosen Vielfalt dieses unaufhörlichen Klirrens. Der Eisregen übertönte alles, zermahlte mit seinen Perlen jeden Ansatz eines Denkens und erfüllte den Körper mit seinem gläsernen Rieseln.

In der betäubenden Klangfülle hörte sie kaum noch das Feuer knistern. Nur die höchsten Flammen schlugen aus den kreuz und quer liegenden Aststücken und drangen durch die endlosen Schauer aus Eis. Es prasselte wie bei schweren Regenfällen, und dieses Prasseln machte sie leicht benommen, doch gleichzeitig hielt der helle Klang sie vom Einschlafen ab. Mal war sie wach und sah die Flammen in ihrem dunklen Zimmer auflodern, während überall ein eisiger Platzregen niederging, mal erschienen sie ihr schon im

Traum inmitten dieser zahllosen Schwälle, die nun warm und anschmiegsam waren und nach Harz dufteten.
Als er ins Zimmer kam, hielt er die Hand schützend vor die Kerze. Seine Schritte, seine Berührungen, sein bleicher Körper, den sie bei geschlossenen Augen vor sich sah, schwankten hin und her zwischen diesen beiden Gesichtern ihrer Nacht, sanken bisweilen in ihren Traum und durchbrachen dann plötzlich wieder die Grenze zum Wachsein mit einer unglaublich zärtlichen Liebkosung. Seine zögernde Hand schien den Vorhang der brausenden Sturzbäche zu zerteilen, um sich auf ihren Busen zu legen und dort in Ruhe abzuwarten, bis sie in den Traum zurücksank, wo ihre Körper nur noch eine einzige, endlose Welle wären, ein Schatten, der nach Schnee duftete, das Flackern des bernsteinfarbenen Feuers.
Er war in ihr, blieb reglos, mit angehaltenem Atem, ein Körper ohne Gewicht, als schwebte er über einem ruhenden See. Sie spürte ihn noch an ihrer Leiste, in ihrem Schoß, als er schon nicht mehr da war, als sie langsam wieder den Strom aus Feuer und Kristall durchquerte und in ihrem Zimmer in einer regnerischen Winternacht zu sich kam.

Am Morgen klangen die Stufen der kleinen Außentreppe unter ihren Schritten, als wären sie aus Glas. Sie ging hinunter und machte sich auf den Weg. Das Wetter war umgeschlagen, und der Himmel glich einem Spiegel, den die Morgendämmerung leicht rötete. Die Bäume, die Fenster am Haus, die Mauer der Goldenen Horde traten gestochen scharf hervor. Die Sträucher, an denen zahllose kleine Eisperlen hingen, sahen aus wie seltsame, kristallene Lüster, die hier und da im Schnee steckten. Sie ging ein paar Schritte, rutschte aus, merkte aber noch, daß sie fallen würde, und kam dem Sturz zuvor, indem sie ein Stück weiter glitt. Halb am Boden stützte sie sich mit der Hand ab, und als sie sich aufrichten wollte, begegnete ihr plötzlich sein Blick im Spiegel des Eises. Er hatte sie so ruhig und so abwesend angesehen, daß sie sich, kaum daß sie stand, unwillkürlich umdrehte in der Hoffnung, wieder in dieses zufriedene Gesicht zu blicken.

Irgendwann versank die Welt im hypnotisierenden Tanz der Schneeflocken. Wie von Pinselstrichen übermalt verschwand alles unter einer leichten, weißen Decke, die Dächer der Stadt, die Brauerei, die Weiden am Flußufer …
Ein andermal schien das Licht in außergewöhnlichen Schattierungen. Die schneeweißen Felder schimmerten in einem blassen Veilchenblau oder in einem noch helleren Ton, einem zarten Lila, die Gemäuer und die Gassen der Unterstadt lagen in einem etwas kräftigeren Violettblau, und über den ganzen Horizont erstreckte sich ein noch dunkleres, fast mit den Händen zu greifendes Pflaumenblau.
Und eines Abends schließlich entdeckte sie auf einmal die Vielfalt der Düfte, die von den neben dem Ofen liegenden Zweigen verströmt wurden und die sie trunken machten – es war ein ganzer Wald mit all seinen scharfen, berauschenden Essenzen, mit dem frischen Hauch des Rauhreifs, der mit spitzen Zischlauten in den Flammen zerging. Es roch nach Moos, nach feuchter Rinde, nach dem Schlaf, in den die Bäume gesunken waren.
Jeder dieser Momente barg ein Geheimnis, das zutage treten konnte, das reif war für das Leben, das sich der Erfahrung aber noch entzog. Deshalb waren diese Momente noch so schmerzhaft in ihrer Fülle wie manche Gebirgslandschaften, die zu schön sind, zu weit für die Lungen, denen die Luft zu dünn wird.
An jenem Tag, als die Schneeflocken tanzten, war der lange Mantel, den er beim Betreten des Zimmers auszog, weiß vom Schnee. Ebenso sein Haar. Sie spürte einige Tropfen des geschmolzenen Schnees über ihre Brust rinnen.

An dem Tag mit dem erstaunlich violettblauen Licht trafen sie sich zufällig in der Oberstadt. Er kam von der Schule zurück, sie trug die Einkaufstasche. Es herrschte keine Verlegenheit zwischen ihnen, sie mußten keine Worte suchen. Im Schein der zarten lilafarbenen, blauen und violetten Töne sah alles unwirklich und natürlich zugleich aus – die Straße, ein Bewohner der Horde, der sie beide zusammen grüßte. Sie gingen durch die Stadt, sahen sich gelegentlich an und erkannten sich gegenseitig, wie man sich im Traum erkennt: mit einem klaren, geschärften Blick für die Wahrheit in einer wunderlichen Welt. Als der Weg sie bei der zerstörten Apotheke über eine zugefrorene Pfütze führte, stützte sie sich einen Augenblick lang auf seinen Arm.
Ihm verdankte sie auch, daß sie die verschiedenen Gerüche der Hölzer entdeckte. In einer Nacht kniete er sich am Ofen nieder, bevor er ihr Zimmer verließ, und berührte einen der Äste, die dort zum Trocknen lagen. Als sie eine Stunde später Holz nachlegte, tat sie dasselbe. Auch aus Neugier. Ein Muster im Moos erinnerte an einen Nachtfalter. Sie berührte es, wie er es kurz zuvor getan hatte, und plötzlich stieg ihr eine vielfältig zusammengesetzte Mischung von Düften in die Nase. Kniend, mit geschlossenen Augen sog sie die Palette dieser flüchtigen Essenzen ein. Und sie spürte die Kälte des Körpers, der völlig durchgefroren war, wenn er sie besuchte, weil er (das wußte sie jetzt) wie besessen den vereisten Abhang zwischen ihrem Haus und dem Fluß hinauf- und hinuntergerannt war. Kaum war er gegangen, begann sie ihn allmählich in sich zu spüren, an den Leisten, im Schoß, und seine Gegenwart vermischte sich mit den leicht bitteren oder herben Gerüchen der Zweige, mit dem Duft und der Wärme des Feuers, mit der Stille. Ihr Leben wurde in diesem Augenblick so sehr von dem offenbaren Mysterium berührt, geriet in eine so schmerzhafte Nähe zu ihm, daß sie die Fenstertür öffnete, mit den Händen in den

Schnee griff, eine Handvoll nahm und das Gesicht hineintauchte wie in eine Äthermaske.

Diese Trunkenheit endete einige Nächte später, als er von neuem einige lange Minuten in ihr blieb, ohne sich zu bewegen. Der Augenblick der Erwartung, den er in ihrem Schoß hinauszögerte, verriet sie schließlich. Für den Bruchteil einer Sekunde wurde sein Warten für sie zur zärtlichen Berührung, und ihre geübte, gleichmäßige Atmung stockte einen Moment lang. In den Nächten zuvor stellte dieses Warten eine Prüfung dar, die man unter vorübergehender Ausschaltung aller Sinne hinter sich bringen mußte wie einen lautlosen Flug über das Nichts. Diesmal war es eine zärtliche Berührung, ein Schwall, ein Kitzel, der in ihr aufstieg und sie bis zu ihrer Brust durchströmte, der sich in ihrem Busen entflammte … Dasselbe Stocken, dasselbe Glühen des Atems in ihrer Brust wiederholte sich in zwei weiteren Nächten. Sie wunderte sich immer weniger darüber, und in der dritten Nacht stellte sich eine Art Vorgefühl ein, das ihre Atmung bestimmte und ihren Körper bereit machte, von dem sie aber nichts zu erkennen geben durfte. Sie mußte nicht mehr sterben, um sich ihm hinzugeben.

Schon um die Mittagszeit sah man einen großen Lichthof um die bleiche Sonne – ein Kälteeinbruch kündigte sich an. Die Luft war von einem leisen, durchdringenden Sausen erfüllt. Als es dunkel wurde, bildeten sich Eisblumen an den Fensterscheiben. Am Abend warf sie einen prüfenden Blick auf den Tee, schüttete ihn in den Ausguß, ging in ihr Zimmer und blieb einen Augenblick mit der Kerze in der Hand stehen, um die zarte Schönheit dieses verschlungenen Flechtwerks zu betrachten: ziselierte Stengel, kristallene Blütenkelche …

An diesem Abend verließ er ihr Bett so überstürzt, daß sich ihre Muskeln spannten, da sie glaubte, sie habe sich unwillkürlich verraten. Durch einen winzigen Lidspalt sickerte Licht. Er stand zwischen Tür und Fenster, sein Körper war gespannt wie ein Bogen, Schultern und Kopf waren zurückgeworfen, die Augen heftig zusammengekniffen. Sie tat nicht mehr so, als ob sie schliefe, sondern sah ihn an, Angst und Mitleid schnürten ihr die Kehle zu. Er rieb und quetschte seinen Unterleib mit den Händen, und als wollten sie eine Beute nicht mehr loslassen, die sie fest umschlossen, wurden diese Hände von schnellen Bewegungen geschüttelt. Er blickte mit seinem von einem grausamen Schmerz gepeinigten Gesicht nach oben, als ob er ein Gebet spräche, eine flehentliche Bitte an jemanden richtete, den nur seine geschlos-

senen Augen sehen konnten. Er schnappte nach Luft und verzog dabei den Mund, daß die Zähne zu sehen waren. Die Hände in seinem Schoß verkrampften sich noch mehr, noch heftiger, ein Beben ging durch seinen Körper, dann noch eines – es glich einem Schmetterling, der gegen eine Scheibe fliegt. Doch schon lösten sich die Muskeln langsam wieder. Ein Anflug von Ruhe ließ seine Züge erschlaffen, dann verwandelte sich dieser Schimmer in Bitterkeit und Erschöpfung. Ungelenk, als müßte er erst wieder laufen lernen, ging er zu seinem Mantel, zog ein Taschentuch heraus, legte es auf seinen Bauch, wischte ihn ab und steckte es wieder ein.
Als er weggehen wollte, stolperte er, taumelte, fing sich wieder durch einen Schritt zurück. Haltsuchend stützte er sich für einen Augenblick mit der Handfläche an der Fensterscheibe ab. Diese kurze Berührung genügte. Er stand auf und ging hinaus. Im Dunkeln meinte sie, sein junges Herz wieder schlagen zu hören, das vor Schreck stehengeblieben war.
In dieser Nacht stand sie oft auf. Immer wieder legte sie Holz nach, kehrte ins Bett zurück. Kein Wort, nicht einmal der Ansatz eines Gedankens störte die Stille, die bei ihr einkehrte. Die Bilder, die wie ein lautloses Feuerwerk vor ihren Augen zündeten, waren nicht in Worte zu fassen. Sie sah noch einmal das junge Gesicht mit seinem seligen Ausdruck und dem qualvoll verzerrten Mund, den geschlossenen, aber verzückt ins Licht blickenden Augen. Und den Körper, der von heftigen, lustvollen Zuckungen geschüttelt wurde. Vor allem aber das Knie, das angewinkelt blieb, obwohl der Körper gespannt war wie ein Bogen, ein Knie, das dicker war als das andere und das aus der ebenmäßigen Linie seines nackten, weißen Körpers hervorstach.
Nein, es wäre unmöglich gewesen, diese Bilder auszudrükken. Dieses Ineinander von Liebe und Tod erschloß sich allein demjenigen, der sich diesem stummen Zauber ergab,

der sich in das vollkommen Unbegreifliche fügte, das eindringlicher ist, als ein Gedanke es je sein könnte. Sie stand auf, schob ein Aststück in die Glut und bemerkte den Rauhreif, der auf der dunklen Fensterscheibe leuchtete. Sie staunte, wie geschmeidig sie sich bewegte. Die Leichtigkeit, mit der sie sich aufrichtete, sich neben den Ofen kauerte, mit wenigen Schritten durch das Zimmer huschte, hatte beinahe etwas Fröhliches. Ohne es in Worte zu fassen, ahnte sie, daß sich eine völlig neue Verbindung anbahnte zwischen ihrem Leben und diesem nahen Tod, der so von der Liebe erfüllt war.
In jener Nacht meinte sie noch, diese Verbindung bestehe nur in der rein körperlichen Zuwendung, mit der sie in den kommenden Tagen verstehen würde, diesen jungen, von den Wogen der Lust geschüttelten Körper in ihrem Schoß zurückzuhalten. Dann war er kein Schmetterling mehr, der gegen eine Scheibe fliegt. Er floh nicht mehr. Er blieb bis zum Ende in ihr, bis jene Bitterkeit wie der Schatten einer liebenden Hand auf sein gelöstes Gesicht trat.

Am Morgen erstrahlte das mit Rauhreif überzogene Fenster in der Sonne und sah aus wie die gekörnte Bruchstelle eines Quarzes. Das von neuem angefachte Feuer wirkte blaß neben den glühenden Sonnenstrahlen, die am Fenster in tausend Funken zerstoben, so daß die Facetten im Reif Risse bekamen. Kein Geräusch, keine Vogelstimme drang mehr herein. Die Ruhe und die Kälte umschlossen an diesem Wintersonntag ihr Haus, als läge es in einem tiefen, verschneiten Tannenwald.

Sie stand einige Minuten lang am vereisten Fenster, das in der Sonne gleißte. Mit zerstreutem Blick folgte sie den Linien der Stengel und Blätter, die der Frost auf die Scheibe gemalt hatte. Plötzlich sah sie in diesem wirren Geflecht einen selt-

samen Umriß. Es war eine Hand! Ja, es war der Abdruck, den er am Abend zurückgelassen hatte, als er sich an die Scheibe lehnte, um nicht hinzufallen. Die Linie seiner Finger war über Nacht vom zarten Gestrüpp des Rauhreifs überdeckt worden. Sie streckte den Kopf vor, um diese Zeichnung im Kristall noch besser sehen zu können. Ein kühler Lufthauch versetzte sie in einen Taumel. Alles, was sie seit diesem Herbst erlebt hatte, kam auf geheimnisvolle Weise in dieser Kühle zusammen. Es war eine einzige Empfindung von Schmerz und Freude, die ihre Kräfte überstieg. Die vergangene Nacht und sogar die Tage, die im Dunkel längst verflossener Zeiten lagen, zu denen sie in Gedanken bisher nie zurückgekehrt war, alles strömte in einem einzigen Atemzug zurück. Mit einem Zug sog sie all die Nächte ein, die sie nicht hatte benennen dürfen, und auch den Schneegeruch jenes riesigen Waldes, der hier nicht war, dessen winterliche Ruhe aber schon ihre Lungen füllte und ihr das Herz weit machte, unendlich weit.
Einige Sekunden später kam sie wieder zu sich. Als sie sich aufrichtete, waren ihre Bewegungen eigenartig schwerelos. Im Spiegel sah sie einen langen Kratzer, der sich mit Blut füllte und einen feinen Bogen von der Wange bis zum Mundwinkel beschrieb. Sie war so ermattet, daß sie sich bewegte wie in einem dichten Nebel, während sie den umgekippten Gueridon wieder aufstellte, und sich bückte, um eine kleine Tonvase einzusammeln, die bis auf den abgeplatzten Henkel heil geblieben war. Währenddessen war sie mit ihrem Leben ganz woanders. Dort, wo sie in das große Holzhaus eines stillen, von verschneiten Bäumen umgebenen Landsitzes trat. Sie ging durch die Flure, an deren Wänden zahllose, sie mißtrauisch beäugende Porträts hingen, und schlüpfte im hintersten Winkel des obersten Stockwerks in eine enge Kammer. Lange steht sie traumverloren vor einem kleinen, mit Eisblumen überzogenen Fenster. Sie ist das junge Mäd-

chen, das sich an diesen kristallenen Blüten und Zweigen berauscht, bis ihr schwindelig wird. Ihre Lippen nähern sich der Scheibe, sie haucht. Durch das kleine Loch im Reif sieht sie einen Wald, der sich unter der Last des Schnees duckt, soweit das Auge reicht.
Ohne ihre Augen davon abzuwenden, wischte sie das Blut von ihrer Wange, spaltete Holz, kochte, unterhielt sich später in der Bibliothek mit den Lesern, erlebte die kommenden Tage und Nächte. Immer sah sie dabei auf diesen endlosen, schneebedeckten Wald. Sie konnte sich nicht erinnern, jemals anders gelebt zu haben.

V

Wie immer sagte der Arzt nicht viel, aber nach den langen Wochen des Alleinseins kamen ihr diese wenigen Sätze vor wie ein endloser Vortrag, und sie fühlte sich wie betäubt. Außerdem hörte sie nur mit halbem Ohr zu. Als wäre es eine alte Gewohnheit, fielen ihr bei den Erläuterungen des Arztes die Bücher ein, in denen die Krankheit, ihre Symptome und ihre Behandlungsmethoden beschrieben wurden, und all die Seiten, die sie bis aufs I-Tüpfelchen kannte. Während er das Rezept ausstellte, unterbrach der Arzt seine Rede mehrmals, um durchzulesen, was er aufgeschrieben hatte, und in diesen Pausen kamen ihr Passagen in den Sinn, die sie auswendig gelernt hatte: »... wo der Knochen erweicht ist, kommt es zu kleinen Einbuchtungen, und an diesen Stellen bilden sich Zysten aus totem Gewebe. Die Knochen verformen sich an den Enden und geraten in eine anomale Lage. Nach und nach wird das Gelenk zur Ursache einer chronischen Behinderung ...«

Die Ausführungen des Arztes enthielten ebensowenig Neues für sie wie die Stellen aus den Büchern, die ihr durch den Kopf gingen. Sie konnte nicht anders als die Wahrscheinlichkeit dieser Vorhersagen bis zum Äußersten auszuloten. Dabei malte sie sich zuerst das Schlimmste aus, dann stellte sie sich die Heilung vor. Ja, zuerst die Hoffnungslosigkeit, dann das Wunder. Alle Eltern kranker Kinder bezwangen auf diese Weise den Schmerz, das wußte sie schon.

Die Schreibtischlampe ging aus und an. In einem kurzen Moment der Dunkelheit sah sie einen hellen Schatten, ihren Sohn. Er war noch nicht vollständig angekleidet und zog mit hastigen Bewegungen an dem nach innen gestülpten Ärmel seines Hemds. Draußen reichten die Schneeverwehungen bis ans Fenster, klebten an den Scheiben. Das Licht ging wieder an, der Arzt unterschrieb das Rezept, und mit dem üblichen Tonfall in der Stimme, als ärgerte er sich über den Mangel an Verständnis, meinte er abschließend, man müsse eine Operation ins Auge fassen. »Im Sommer, damit er das Schuljahr abschließen kann«, fügte er etwas weniger schroff hinzu, als er sich dem Jungen zuwandte. Das Licht fiel erneut aus, und es vergingen einige Minuten, ohne daß sie ein Wort wechselten. Schließlich hatten sich ihre Augen an das blaue Schummerlicht der Notbeleuchtung über der Tür gewöhnt. Auf dem Flur hallten Stimmen, Schritte polterten.

Das Warten in der Dunkelheit tat gut. In Paris waren sie seit dem Morgen zu vielen Worten, Dingen, Gesichtern ausgesetzt. Und selbst in dieser Praxis hatte Olga es kaum ausgehalten, soviel strömte auf sie ein: Papiere, Akten, Federhalter, Brieföffner, die Stimme des Arztes, aus der sie alles heraushören mußte, seine scheinbar gleichgültigen Blicke, die ihr doch nicht verhehlten, daß sie eine Frau war, die Männern gefiel. Während sie im Halbdunkel warteten, verschwand das Gefühl, von zuviel Eindrücken überschwemmt zu werden. Man hörte die Schneeböen gegen die Scheiben peitschen, irgendwo in den Straßen heulte eine Sirene. Der Arzt brummte etwas, zündete ein Streichholz an. Eine Petroleumlampe leuchtete auf. Sie verabschiedeten sich, doch er wollte sie unbedingt zum Ausgang bringen. Das Warten und die Dunkelheit hatten sie einander näher gebracht. Während er neben ihr durch den schwach beleuchteten Flur ging, fühlte er sich verpflichtet, etwas zu sagen, und er ließ einen offensichtlich bedeutungslosen Satz fallen, der sie aber in ihrem Innersten traf. Es handelte sich um eine jener Wendungen, die einem Franzosen so täuschend leicht über die Lippen gehen, daß sie jeden Ausländer verwirren. »Wissen Sie«, seufzte der Arzt, »in diesem Stadium ist es das beste, in den Tag hinein zu leben.« Seine Stimme hatte einen schwermütigen, fast zärtlichen Beiklang. Für einen Augenblick hatte er weniger auf seine Worte geachtet als sonst, wenn er seinen trockenen, scheinbar ärgerlichen Tonfall hatte. »Und außerdem: Jeder Tag hat sein Lieb und Leid«, fügte er lapidar hinzu, als er ihnen die Tür öffnete. Er muß die Doppeldeutigkeit seiner Worte selbst geahnt haben, denn seine Stimme hatte schon wieder ihren trockenen Ton.

In ganz Paris waren die Lichter ausgegangen. Nur die Scheinwerfer der Autos strahlten durch das Schneegestöber. Ihr Weg führte über eine gespenstische Seine-Brücke mit riesigen Stahlbögen, die im Hin und Her der Böen zu schwanken schienen. In einer engen Straße zwischen Häusern, aus denen kein Licht drang, standen ein paar Passanten um eine Frau, die im festgetretenen Schnee am Boden lag, und fuchtelten mit den Armen. Ein Stück weiter wollte ein Bus nicht mehr anspringen, der ätzende Geruch stach in die Nase, schnürte ihnen die Kehle zu, bis er von einem Windstoß weggefegt wurde. Auf der Flucht vor dem Lärm und Gestank der Autos irrte sie sich in der Straße. Statt in die Avenue einzumünden, die sie geradewegs zu Lis Haus gebracht hätte, stießen sie auf eine endlos lange, einförmige Mauer. Wo sollten sie sich hinwenden, nach rechts oder nach links? Sie hatte nur noch eines im Sinn: Nicht mehr gegen die Windböen anrennen. Ekelerregende, süßliche Ausdünstungen kamen über die Mauer geweht. Bei ruhigem Wetter schwelten sie zweifellos nur auf dem Gebiet des Schlachthofs dahinter. Sie gingen weiter. Oft rutschten sie aus und hielten sich am Arm des anderen fest. Sie hob die Stirn und trotzte dem Schnee, als könnte ihr das helfen, den Satz zu vergessen, der

absurderweise den Takt zu ihren Schritten schlug: »In-die-sem-Sta-di-um-in-die-sem-Sta-di-um …«
Plötzlich ertönte ein Schrei von unmenschlicher Kraft in der von heftigen Böen gepeitschten Nacht, ein Gebrüll aus den Eingeweiden eines Tieres, ein entsetzter, tragischer Hilferuf. Sie zuckte zusammen, ging schneller, begann zu taumeln. Er faßte ihren Ellbogen und fing sie auf. Ihre Gesichter kamen sich so nahe, daß sie sehen konnte, wie ein leichtes Beben über seine Lippen ging.
»Du brauchst keine Angst zu haben«, hörte sie ihn trotz des tobenden Winds sagen.
Sie sah ihm in die Augen und fragte völlig unbedacht, als würde sie einfach nur seine Worte aufnehmen:
»Wovor Angst?«
»Vor nichts«, antwortete er. Dann gingen sie weiter.
Li schlief in ihrem Atelier und überließ ihnen das winzige, mit Möbeln vollgestopfte Wohnzimmer, in dem seit kurzem auch noch die Pappkartons und Koffer standen, die sie für ihre Abreise gepackt hatte.
Sie waren allein: Olga lag auf dem kleinen Sofa, in dessen geschwungene Form man sich zum Schlafen schmiegen mußte, er auf den Sesseln, die sie zusammengeschoben und zwischen Klavier und Tisch geklemmt hatten. Keiner von beiden schlief, und jeder ahnte, daß der andere noch wach war. Endlich hörte sie ihn auf eine bestimmte, ihr bekannte Weise atmen und wußte, daß er nun nicht mehr an sie dachte. Seine Atemzüge waren in den unnachahmlichen und anrührenden, synkopischen Rhythmus eines Schlafenden gefallen. Sie drehte sich auf den Rücken, war bereit für die langen, schlaflosen Stunden, die vor ihr lagen, war sogar froh über diese fremde Umgebung, in der es als Zeitvertreib zur Überbrückung der Schlaflosigkeit gelten konnte, wenn sie sich den Erinnerungen und Eindrücken überließ, die sie heimsuchten. Mit gestrecktem Arm hätte sie die Sessel be-

rühren können, in denen ihr Sohn schlief. Diese dunkle Wohnung in dieser großen Stadt mit ihren menschenleeren Straßen in der Nacht, und sie beide so nahe beieinander mit all dem Ungeheuerlichen, Einzigartigen, Unsagbaren zwischen ihnen. Die Dunkelheit begann, in Olgas Ohren zu klingen. Sie suchte mit der Hand nach der Streichholzschachtel, sah im Schein der Flamme auf ihre Armbanduhr: Es war halb fünf Uhr morgens. Sie stand auf, zog sich an und spürte in ihrer Kleidung sogleich eine Vorfreude auf den Moment ihres Aufbruchs. Das Wasser im kleinen Badezimmer war eiskalt wie in einem verlassenen Haus, und in der Küche stand im geordneten Durcheinander der Haushaltsgegenstände schon alles bereit für ein schnelles Frühstück. Sie öffnete die Tür, die auf den kleinen Hinterhof hinausging. Der Sturm hatte sich gelegt. Im Schein der Kerze schwebten die letzten Flocken langsam vom Himmel. Der Schnee war glatt, unberührt, selbst die Vögel hatten noch keine Spuren hinterlassen. Mauern, Kranzgesimse, Dächer und Regenrinnen waren mit einer schönen, weißen Schneedecke überzogen, die weich und flauschig aussah.
Sie spürte, daß jemand zu ihr kam, dann hörte sie seine Schritte. Sie drehte sich um, und als sich ihre Blicke begegneten, wußten beide, daß es überflüssig war, sich die morgens üblichen Fragen zu stellen. Er stand neben ihr und betrachtete die Schneeflocken, die am grauen Himmel wogten, langsam niedersanken und in die brennende Kerze fielen. Sie tranken noch rasch eine Tasse kalten Tee, verzehrten ein Stück Brot, schrieben ein paar Worte des Danks an Li und eilten davon. Sie sprachen nicht darüber, doch beide hatten das Gefühl, sie sollten aus der Stadt sein, bevor es hell wird, bevor die Straßen bevölkert sind und der Schnee festgetreten ist. Ganz außer Atem erreichten sie den ersten Zug in der Frühe und ließen sich in einem leeren Waggon auf eine Sitzbank fallen. Als sie sich dann gegenübersaßen und sie im

Dämmerlicht in sein junges Gesicht blickte, in diese Augen, die schon zufielen unter der bleischweren Müdigkeit, da begriff sie, ohne es begreifen zu wollen, daß ihre Flucht, der leere Zug mit seinem einschläfernden Stampfen und Hämmern, diese blinden Fensterscheiben, in denen außer Schneeflocken nichts zu sehen war, und sie beide mit ihrem Abgrund, ja, daß selbst diese noch kindlichen Finger, die leicht zusammenzuckten, als er zu träumen begann, daß dies alles die ersten Eindrücke eines anderen Lebens waren, das sie gerade entdeckte.

Von nun an schien es ihr, als ob auch die anderen sie verstehen könnten. Nicht durch die Gespräche, die sie mit ihnen führte. Nein, ein Gegenstand, ein Zeichen, ein Hauch würde genügen. Noch im Januar, als die Zeit zwischen dem alten und dem neuen Kalender verschwunden war, hatte sie der Krankenschwester des Altenheims den gehäkelten Schal aus grauer Angorawolle gegeben. Die junge Frau war in die Bibliothek gekommen, um Chroniken über den letzten Krieg auszuleihen. Angeblich hoffte sie, darin Hinweise auf den Ort zu finden, an dem ihr Geliebter gefallen war. Man konnte förmlich sehen, wie unter der Wolle ihres abgetragenen Kleides Schauer über ihren mageren Körper jagten; auf ihren Lippen und in ihrem Blick lagen der Stolz über eine so schöne und tragische Liebe und die demütigende Angst vor dem Verdacht, alles wäre nur Lüge, in heftigem Kampf miteinander. Sprachlos war sie mit dem Schal um die Schultern hinausgegangen, und dabei fragte sie sich, was dieses Geschenk bedeuten könnte. In diesem Augenblick erkannte Olga den schwindelerregenden Abgrund, über dem sich das Leben dieser Frau abspielte, die ihre Abende in einem schlecht beheizten Zimmer zubrachte, und sie wußte um das kleine bißchen Trost, das dieser graue Schal ihrem Körper geben würde.

Irgendwann nach ihrer Rückkehr aus Paris fiel sie auch dem alten Haudegen ins Wort, als er mitten in seinem üblichen Kampfbericht war. Sie erzählte sehr leise, als spräche sie für sich selbst, von einer längst vergangenen Ballnacht in einem großen Haus am Wald, das umgeben war von einem Garten, der in einem Meer von Apfelblüten versank. Und von dem jungen Reiter, der vor einem Mädchen aufgetaucht war, das ein plötzlicher Schwindel erfaßt hatte. Sie erriet, daß der Mann, der seit Jahren den Arm wie einen Säbel schwang, daß dieser Mann, der andere um einen Kopf kürzer machte, kein anderer war als der junge Reiter aus jener Nacht im Garten. Und daß sie ihm einfach nur zu sagen brauchte: »Vergessen Sie die Kriege, das Blut. Ich weiß, daß Sie der Blick eines Mannes verfolgt, den Sie getötet haben, diese Augen, mit denen er Sie ansah, als er bereits die Klinge an seinem Hals spürte. Um diesem Blick zu entfliehen, rufen Sie immer wieder »S-s-slisch«. Dabei lachen Sie, aber die anderen haben Angst vor Ihrem Lachen. Vergessen Sie es. Denn in Ihrer Jugend muß es einmal eine Nacht gegeben haben, in der Sie beim Ritt über die kalten Felder mit Ihrem Pferd durch einen Garten voll weißer Blüten gekommen sind.« Sie sagte fast nichts, sprach nur von der Nacht, den Apfelbäumen, den weißen Blütenblättern am Pferdegeschirr ... Es kam ihr vor, als fielen die Masken vom Gesicht des Mannes, als hörte er ihr ernst und aufrichtig zu. Er würde nie wieder den Haudegen vor ihr spielen.

Von nun an fühlte sie sich den anderen Bewohnern der Horde viel näher. Sie kannte die Felder, die Nächte, die Bäume, die Wolken, den Himmel in ihren Herzen, all die Dinge, die eine stumme Sprache bildeten und die es ihnen ermöglichte, sie ohne Worte zu verstehen. Eines Tages waren ihre Schläfen siedend heiß vor Freude und pochten wie unter tausend Hammerschlägen bei der unsinnigen Hoffnung, sie könnte vielleicht einmal bekennen, was sie gerade erlebte.

In die Zeit, als sie den Klang dieser neuen Sprache immer deutlicher vernahm, fiel auch jene Nacht, in der man nichts hörte außer den wenigen, schweren Tropfen, die sich aus den schmelzenden Schneemassen auf dem Dach lösten und in einschläferndem Rhythmus unter den Fenstern und neben der Treppe aufprallten. Schon mehrere Nächte lang war es ihr gelungen, ihren Körper hinzugeben und dabei vollkommen reglos zu bleiben, zu verhindern, daß er sich abrupt von ihr löste, und jenes langsame Auseinandergehen zu wahren, mit dem sich Körper nach der Liebe unmerklich trennen. In dieser Nacht fand sie den richtigen Zeitpunkt für diese lautlose Trennung: Während sein erschöpfter Körper sich entspannte, berührte er mit der Schläfe für einen Augenblick ihre Lippen. Eine Ader pochte, raste. Bei diesem zufälligen Kuß spürte sie, wie sein Pulsschlag langsamer wurde.
Eine andere Begebenheit, von der sie gerne jemandem berichtet hätte, auf dessen Verständnis sie schon jetzt hoffte, trug sich an dem Abend zu, als das Tauwetter einsetzte. Sie mußte sich geirrt haben, als sie prüfend auf ihren Tee sah. Wahrscheinlich hatte sie den Pollen der ziehenden Hopfenblüten für Spuren des Pulvers gehalten. Jedenfalls kam er nicht. Sie wartete lange, weit über die Zeit hinaus, in der sie mit ihm rechnen konnte. Um schließlich nicht mehr wie gebannt auf der Lauer zu liegen und Schlaf zu finden, stand sie auf, zog sich an und ging vors Haus.
Die Nacht war ganz klar. Der Frost hatte nachgelassen und gab die Gerüche frei, die er lange Zeit eingeschlossen hatte, wie den leicht bitteren Geruch nach feuchter Rinde. Unter dem Schnee hatten sich zahllose, noch verborgene Rinnsale gebildet, und das unablässige Tröpfeln erfüllte die Nacht mit hellen Klängen. Es kam ihr vor, als wanderte sie über ein riesiges Musikinstrument und beginge mit jedem Schritt, unter dem eine Saite riß, eine frevelhafte Tat.
Auf halbem Weg zwischen ihrem Haus und dem Fluß blieb

sie stehen. Sie wollte das melodische Murmeln des langsam tauenden Schnees nicht länger stören. Sie legte den Kopf nach hinten und schaute lange Zeit in das Sternenmeer. Ein beständiger, lautloser Wind wehte aus dunklen Weiten. Sie taumelte, war plötzlich wie im Rausch, suchte mit den Augen einen Halt. Der dunkle Wald, der schwarze Spiegel des Flusses, die düsteren Felder am anderen Ufer, der Himmel und der Wind, der unablässig von dort über das Land wehte. Alles lebte. Alles atmete, schien sie anzusehen, einen Blick aus endloser Ferne auf sie zu richten. Einen Blick, der alles erfaßte, aber nicht urteilte. Er war da, vor ihr, hinter ihr, in ihr. Eine überwältigende Gegenwart, durch die alles gesagt war, die keiner Worte, keiner Regungen bedurfte. Der Wind wehte noch immer von der Spitze des Himmels herab, aus schwarzen Fluchten, die kaum von Sternen markiert waren. Sie fühlte sich von diesem Himmel angestarrt und erwiderte seinen Blick, sie sah in die unbewegten Augen, ahnte das grenzenlose Mitleid …

Als sie zurückkehrte, hatte sie den Eindruck, von einem hohen Gipfel herunterzukommen. Unwillkürlich versuchte sie, in die Spuren zu treten, die sie auf dem Hinweg hinterlassen hatte, damit nicht noch mehr Saiten zerrissen. Von der Treppe sah sie noch einmal zum Wald hinüber: Eine Kette von Fußspuren zog sich durch den Schnee, verlor sich in der Nacht und kam nicht zurück. Und als sie aufblickte, fiel ein starker Windhauch von oben herab auf ihre Lider.

Eines Abends bemerkte sie, daß der große Schneehaufen hinter ihrem Haus zu einem grauen Schwamm zusammengeschmolzen war, und um ihn herum glänzte die blanke, fette Erde. Sie war bestürzt und verwirrt: Daß der Frost nachließ, war ganz natürlich, und jeder wartete darauf, doch zugleich verbarg sich darin eine Bedrohung. Sollte dieser Winter (ihr Winter!) also nahtlos in den immerwährenden Kreislauf der Jahreszeiten einmünden? Es war eine Banalität, aber sie verhieß nicht nur Gutes. Olga witterte viele unbestimmte Gefahren. Als sie einige Tage später die Zeitungen abheftete, die der Briefträger nach einer Unterbrechung von mehreren Monaten neuerdings wieder zur Horde brachte, stieß sie auf diesen Bericht: »Nach einer beispiellosen Kälteperiode, die zu einer erheblichen Behinderung der Schifffahrt geführt hat, wird das Eis auf dem Rhein mit Dynamit gesprengt. Damit ist er wieder frei für ...« Seltsamerweise zuckte dabei ihr Herz, und ein kleiner, stummer Schrei wurde in ihr laut: »Warum haben sie es so eilig?«

Dann kam die Nacht mit dem dicken Nebel, der alle Geräusche schluckte und nach Meer roch. Mit geschlossenen Augen gab sie sich hin. Sie war glücklich darüber, daß man nichts mehr sehen konnte, daß jedes Wort übeflüssig war, daß sie sich fallenlassen konnte, ohne etwas vortäuschen zu

müssen, und sie fühlte sich unbeschwert, ja, befreit … Diese Selbstvergessenheit hat sie wahrscheinlich verraten. Sie stöhnte, oder vielmehr sie schnappte nach Luft wie ein Kind, das jeden Augenblick losweint. Er löste sich von ihr und floh. Sie blieb einige Zeit wie leblos liegen, bis sie den wahren Grund für seine Flucht begriff.
Es war dieses anschwellende Rauschen, mit dem der Regen kam. Nach und nach durchtränkte er die matten Nebelschleier. Als sie beim ersten Schimmer des Morgengrauens das Fenster öffnete, sah sie auf eine überschwemmte Wiese: Weiden standen mitten in einem See, und wenige Schritte vor der Treppe kräuselte sich das Wasser.
Am Abend wurde die Goldene Horde zu einer Insel und ihr Haus zu einem kleinen Kap über der stillen, nebelverhangenen Wasserfläche.

Am zweiten Tag der Überschwemmung kam der Unter-uns-Doktor mit hohen Gummistiefeln und brachte ihnen Brot. Dann stieg das Wasser noch einige Zentimeter, bis auch die höchsten Gummistiefel nichts mehr nützten. Während alle auf die Rückkehr der Sonne und das Sinken des Wasserspiegels warteten, gerieten sie in Vergessenheit.
Die Tage waren nebelig, mild. Sie schienen nicht zur Gegenwart zu gehören, sondern in eine längst vergangene Zeit zurückzureichen, in der selbst der Schmerz keine Bedeutung hatte. Nachts hörte man nur das einschläfernde Plätschern des Wassers an den Stufen der Außentreppe. Und in jener Nacht, als er in ihr Zimmer kam, die Schreie einer Vogelschar – wahrscheinlich Zugvögel, die nach ihrer erschöpfenden, langen Reise keinen Ort fanden, an dem sie landen konnten, und die sich auf dem Dach der Brauerei niederließen. Im Sturm dieser zahllosen Stimmen überließ sie ihm wieder ihren Körper, diesen Körper, der mit den Nächten allmählich eine heimliche Freiheit erlangt hatte, die der Liebe im wa-

chen Zustand verschlossen ist. Ein Körper, der so lebendig wurde, nachdem sie sich aus ihm zurückgezogen hatte, daß er die Zärtlichkeit erwiderte und der Begierde Gestalt gab. Eine schlafende Geliebte. Ein Körper, der aus dem Innersten eines Traums stammte und den dieser Halbwüchsige unbegrenzt zu neuem Leben erwecken konnte.
Als sie am Morgen die Tür aufmachte, schreckte sie ein Dutzend Vögel auf, die noch auf dem Dach saßen. Laut schimpfend schwangen sie sich auf und kreisten mit empörten Rufen über der matten Spiegelfläche des Wassers. Dann segelten sie mit ihren weißen Flügeln, mit lautlosem Schlag über den Himmel, der bis an die erste Stufe ihrer Außentreppe heranreichte.

Mehrere Tage und Nächte waren in diese neblige Stille getaucht, in die schläfrige Trägheit des stehenden Wassers. Eines Abends schließlich, als noch kein Nebel aufgestiegen war, stellte sie fest, daß sich der Widerschein der Wolken auf der überschwemmten Wiese vom Haus entfernt hatte. Aus dem Wasser tauchten Erdhügel auf, Grashalme und Büschel reckten sich empor und bildeten einen schmalen Streifen, der aussah wie die Rückenflosse eines riesigen Fischs. Dieses von Wasser durchtränkte Festland umgab das Haus und zog sich die Mauer der Brauerei entlang. Durch das Fenster sah sie ihren Sohn mit einer Einkaufstasche über der Schulter, der sich mit den Füßen langsam über die wenig vertrauenerweckenden Archipele dieses vorläufigen Fußwegs tastete. Eine Stunde später kam er mit voller Tasche zurück. Sein Schatten spiegelte sich im vom Abendrot flammenden Wasser. Sie zögerte kurz, dann ging sie ihm auf der Treppe entgegen. Eine Zeitlang standen sie reglos, ohne einen Blick zu wechseln, vor dieser Weite unter dem wieder aufgeheiterten Himmel.
An diesem oder vielleicht auch am folgenden Abend kam ihr

ein Gedanke, der sie mit seiner schmerzlich schönen Wahrheit im Innersten traf: Wenn das, was sie beide erlebten, Liebe genannt werden konnte, dann war es eine absolute Liebe, denn sie war mit einem Verbot belegt, das unter keinen Umständen übertreten werden durfte und das sie dennoch übertreten hatten – eine Liebe, die allein vor Gott bestehen konnte, da sie in ihrer Ungeheuerlichkeit unfaßbar für die Menschen war, eine Liebe wie der immerwährende erste Augenblick eines neuen Lebens.

Seit Monaten mündeten ihre Gedanken in das Undenkbare und waren mit der Zeit überflüssig geworden. Daß sie nun zurückkehrten, beunruhigte sie. Gerne wäre sie bei der natürlichen, stummen Klarheit der Sinne geblieben und hätte sich wieder dem Duft des Feuers oder dem Flimmern des Rauhreifs gewidmet, der von einem schneebedeckten Zweig rieselt. Doch schon folgte ein neues Glied in der Kette ihrer Gedanken: »Diese Liebe ist vielleicht die erste und die letzte für dieses Kind. Und für mich? Für mich ist es auch die erste und die letzte Liebe, denn nie zuvor hat mich jemand so geliebt, war so hingebungsvoll darum besorgt, mir nicht weh zu tun. Und nie mehr werde ich so geliebt werden.« So klar diese Sätze in ihrer offenkundigen Wahrheit waren, einmal ausgesprochen, waren sie bestürzend.

In der Nacht stellte sich die Unruhe wieder ein bei einem seltsamen Geräusch: Es hörte sich an, als würde jemand vorsichtig am Haus entlang durch das Wasser waten und sich bemühen, mit schlafwandlerisch langsamen Schritten das leise Plätschern zu dämpfen, das ihn verriet.

Am nächsten Morgen wehte ein bedrückender, grausamer Wind von bedrohlicher Stärke. Er riß einige lange, vertrocknete Hopfenzweige vom Mauerwerk der Brauerei und fuhr mit seinen nassen Böen durch die Ranken wie durch einen Haarschopf aus lauter Schlangen. Als sie den Eingang betrat,

hörte sie am Lärm, daß etwas Ungewöhnliches im Gange war. In einer leerstehenden Wohnung klapperten die Fensterläden. Vor allem aber hörte man von weitem ein langsames, metallisches Quietschen wie von verrosteten Türangeln. In den Gängen zur Bibliothek schwoll das Quietschen gewaltig an, bis es ein schweres, gleichmäßiges Dröhnen war. Dagegen wurde der Lärm der Stimmen immer leiser und war schließlich nicht mehr zu hören, als sie mitten in einer Menge von Leuten stand, die wie betäubt einem eigenartigen Schauspiel beiwohnten.
Alle starrten wie gebannt auf das große Rad unter der Decke, das sich langsam über der in der Wand verankerten Halterung drehte. Ob nun der Wind einige Sicherungskeile in dem seit Jahrzehnten stillgelegten Räderwerk gelöst hatte oder ob der Elektriker, der einen Tag zuvor gekommen war, um einen Kurzschluß zu reparieren, zwei Stromkabel verwechselt hatte, am Morgen war einer Hausfrau jedenfalls aufgefallen, daß sich das Rad bewegte, und deshalb hatte sie die anderen gerufen. Jetzt drehte es sich regelmäßig und unbeirrbar mit seiner schwerfälligen Kraft. Man sah, daß die Kette, die um das Rad lief, Zentimeter für Zentimeter in einem Loch im Boden verschwand, das mit einer Sperrholzplatte abgedeckt war. Auf der einen Seite verschwand sie, auf der anderen kam sie wieder aus den Tiefen des Kellergeschosses herauf. Plötzlich gab die Spanplatte mit einem kurzen Knirschen nach, und ein fest mit der Kette verbundener, von Rost und Schlamm bedeckter Kübel tauchte auf, der langsam ein Wasser zum Vorschein brachte, das einst aus diesem tiefen Brunnen befördert wurde, um damit die Brauerei zu versorgen. Ein erdiger, säuerlicher Gestank, ein Geruch, so hätte man meinen können, nach Fleisch und Verwesung breitete sich im Raum aus. Ein weiterer Kübel kam herauf, und ihm folgte ein dritter. Der erste hing bereits hoch oben an der Kette, als er kippte und seinen schlammigen Inhalt dort ausschüttete,

wo früher zweifellos ein großes Auffangbecken stand. Von dem Bodensatz aus vergorenen Gerstenkörnern, die im Erdinnern längst verfault waren, ging ein süßsaurer Gestank aus, der noch durchdringender war, ein betäubender, beißender, bestialischer Geruch. Schon schwappte der Schlamm aus dem Keller über den Rand des nächsten Kübels. Wie vom Blitz getroffen stürzte ein Mann den Flur hinunter, um den Strom abzuschalten.

Für die Augen, die noch den Nebel gewohnt waren, war es viel, fast zuviel Licht. Die Tage waren wieder hell, der Himmel strahlte, die Farben leuchten wie ein nasses Aquarell. Die Wiese, aus der sich der Fluß nach und nach zurückgezogen hatte, sah aus wie ein großer, zerzauster, fuchsroter oder gelblicher Pelz, der in der Sonne trocknete.
Sie reagierte auf diese zunehmende Helligkeit mit einer krankhaften Feinfühligkeit. Jeder Sonnenstrahl, jede neue Farbe freute und quälte sie zugleich. Eines Tages fiel ihr ein, daß es Zeit wäre, das Beet unter den Fenstern umzugraben und die ersten Blumen zu pflanzen. Plötzlich stand ihr Herz still: Sie erinnerte sich, wie sie im Herbst vergangenen Jahres an einem schönen Septemberabend im selben Beet Unkraut gejätet hatte. Ein anderes Mal kam sie spät aus der Bibliothek und ging die Wiese hinunter bis zu dem großen Tümpel. Im Mondschein sah es so aus, als wäre der kleine Teich zugefroren. Sie trat an den Rand und tippte mit der Fußspitze auf die Wasseroberfläche. Die sich langsam ausbreitenden Ringe kräuselten das flüssige Gold des Mondes. Wie in jener unvorstellbaren Weihnachtsnacht, als sie das Eis aufgebrochen und die Fische gerettet hatten.

Abend für Abend blieb es ein paar Augenblicke länger hell. Man merkte es kaum, aber an jenem Abend konnte sie es

geradezu sehen, denn ein feiner, kupferner Sonnenstrahl fiel schräg durch das Küchenfenster in die Küche. Von nun an sollte er nicht mehr aus der Küche wegzudenken sein und mit jedem Tag breiter werden.
In diesem frühlingshaften Licht entdeckte sie einen leichten, weißen Film auf den braunen Blüten ihres Tees. Als sie aus dem Badezimmer kam, kippte sie den Tee ohne nachzudenken in den Ausguß und ging in ihr Zimmer. Dort blieb sie wie angewurzelt stehen, so verblüfft war sie. Auch ihr Zimmer war noch ganz hell, und nichts deutete auf die Nacht hin. Dennoch konnte er jeden Augenblick hereinkommen!
Rasch zog sie die Vorhänge zu (die Stoffbahnen waren zu schmal, ein Spalt blieb immer offen), warf ein paar Holzscheite in den Ofen (seit einer Woche heizten sie nicht mehr), entschied, daß eine Lampe auf ihrem Nachttisch stehen sollte, die schwere Lampe mit dem seidenen Schirm, die für gewöhnlich auf dem Regal stand. Nachdem sie die Lampe angeknipst hatte, verschwand das Sonnenlicht aus dem Zimmer, obwohl die Sonne, die sich zwischen den Weiden verfangen hatte, noch immer nicht untergehen wollte.

Es war eine jener unbestimmten und ungeschickten Handbewegungen, die einem beim Liebesspiel unterlaufen. Eine Hand, die plötzlich nicht mehr weiß, wie sie sich in der Außenwelt zu bewegen hat. Sie spürte diese Hand und die kalten, zärtlichen Finger auf ihrer Schulter, an ihrer Brust ...
Dann hob sich die Hand und beschrieb zögernd einen unnötig weiten Kreis (Wollte er den Lampenschirm zur Seite schieben? War er ihm zu groß oder zu nahe? Wollte er das Licht löschen?). Mit geschlossenen Augen folgte sie der Bewegung und ahnte, was gleich passieren würde. Sie hörte den Krach schon im Ansatz.
Alles geschah so schnell und unabwendbar, daß ihr dieser Augenblick vor dem Aufprall noch Stunden, vielleicht sogar

Tage später gegenwärtig war. Sie ging in die Bibliothek, begegnete den Bewohnern der Horde, hörte ihnen zu, doch in ihrem tiefsten Innern spielte sich immer wieder dieselbe Szene ab, und sie konnte kein Ende finden, da es hinterher unmöglich gewesen wäre, weiterzuleben.
Hinter ihren geschlossenen Lidern sah sie eine Hand, die sich ungeschickt in die Luft schwang wie ein Nachtvogel, der am hellichten Tag aufgeschreckt wurde. Die Hand tastete im Leeren, stieß gegen den Lampenschirm ... Jener Ansatz von Krach war das Schleifen des Keramikfußes auf der Holzplatte ihres Nachttischs. Mit geschlossenen Augen sah sie die Lampe bereits fallen. Keramik, Scherben, Schnittwunden in der Hand, Blut – sie reagierte schneller, als sie denken konnte. Sie streckte den Arm aus. Wußte sofort, was zu tun war. Erstarrte. Die Lampe fiel herunter. Er riß sich von der Frau los, die tausend Tode starb, und stürzte aus dem Zimmer.
Eine Rentnerin aus dem Altenheim meinte, die Tage seien heiß und die Nächte kalt. Olga nickte und wiederholte die banalen Worte, die man an sie richtete, doch ihre Aufmerksamkeit galt den wenigen Bewegungen, in denen ihr ganzes Leben lag: Eine Hand schwenkt durch die Dunkelheit, ein Lampenschirm neigt sich, ein Arm streckt sich, erstarrt ...
Und vor ihr steht diese Szene im grellen Licht des Entsetzens: ein Halbwüchsiger im Schoß einer Frau. Mutter und Sohn.

Ihr Blick blieb gefangen in diesem Zimmer, von dieser unvollendeten Handbewegung, die sich ständig wiederholte, und dem entsetzenerregenden Bild, das sie im Spiegel sah: eine Frau, die auf dem Rücken liegt mit gespreizten Schenkeln und offen dargebotenem Schoß, den Arm ausgestreckt, wie versteinert.

Wenn sie einen Blick nach draußen warf, blendete sie der viel zu schnell heraufziehende Frühling mit seiner überschäumenden Lebensfreude. Man konnte zusehen, wie sich die Welt verwandelte – die Bäume, die tags zuvor noch kahl waren, hüllten sich in den bläulichen Schleier der ersten Blätter, ein langer, wilder Halm trieb zwischen den Brettern der Außentreppe und reckte sich der Sonne entgegen, und die Bewohner der Horde kamen wie auf ein Zeichen aus ihren Schlupfwinkeln gekrochen. Ihr Gewimmel bedrückte sie. Es waren so unglaublich viele – sie waren laut, taten sich keinen Zwang an und belästigten sie mit ihrer bloßen Lebensgier. Ihre Äußerungen (sie hatte den Eindruck, sie unterhielten sich immer nur brüllend) brachten sie in Verlegenheit. Eines Tages sprachen sie im Bibliotheksraum voller Begeisterung über den angekündigten Wiederaufbau der Brücke. Sie freuten sich auf diese neue Brücke, als ob damit eine neue Epoche in ihrem Leben beginnen würde. »Eine direkte Autoverbindung nach Paris!« johlte ein alter Offizier, der vielleicht

einmal im Jahr nach Paris fuhr. Auch die Entscheidung der Stadtverwaltung, »an beiden Flußufern das Gestrüpp abzuholzen« wurde lautstark begrüßt. Bestürzt stellte Olga fest, daß sie mit Gestrüpp den Wald hinter der Brauerei meinten. Sie mischte sich ein, hielt dagegen, diese Bäume würden doch einen gewissen Zauber ausüben, mochten sie auch überaltert oder krank sein, vor allem an einem eiskalten Wintermorgen oder nachts, oder wenn der erste Reif ... Sie stand allein mit ihrer Stimme, abseits all jener Gespräche.
Es war schon so warm geworden, daß die Bewohner häufig ihre Fenster offen ließen. Dadurch hörte sie eines Tages, als sie um das Gebäude ging, ungewollt ein Gespräch. Sie erkannte auf Anhieb die Stimme der Krankenschwester, wenngleich diese einen ungewöhnlichen, beinahe vergnügten Klang hatte:
»Das ist doch unglaublich, wie eine Königin ihrer Zofe, so hat sie mir diesen Schal geschenkt. Den kann ich bei dieser Hitze sicher gut gebrauchen!«
Eine weniger deutliche Stimme – es war die Leiterin des Altenheims – pflichtete ihr bei. Da sie befürchten mußte, gesehen zu werden, ging sie schnell weiter. Sie war sprachlos, konnte es nicht fassen. Ohne es zu begreifen, murmelte sie: »So eine Lüge! Ich habe ihr den Schal im tiefsten Winter gegeben.« Dann faßte sie sich, und als sie sich noch einmal vergegenwärtigte, wie beschwingt und aufgeregt die Krankenschwester geklungen hatte, dachte sie, daß es doch eigenartig war, wie mühelos und schnell man durch Schlechtigkeit und Bosheit glücklich werden konnte. Und das auf viele Arten und Weisen, bloß nicht durch eine gute Tat.
Wenige Tage später hörte sie beim Verlassen der Bibliothek das Echo eines Pfeifens am Ende des Flurs: »S-s-slisch! S-s-slisch!«

Alles in dieser hellen und dröhnenden Welt blendete sie, betäubte sie, erschütterte sie. Auch die Worte des Unter-uns-Doktors, den sie eines Tages in der Stadt traf, gellten ihr in den Ohren. Er lächelte voller Zuversicht und musterte sie mit unverhohlener Neugier, während er mit ihr sprach. Er meinte, »erstens« (und dabei streckte er den Daumen hoch, um mitzuzählen), sei die Gesundheit ihres Sohnes nicht besonders gefährdet, »zweitens« (dazu streckte er den Zeigefinger) seien die französischen Ärzte alle »Panikmacher«, vor allem aber (und dazu streckte er, mit einem speziellen Lächeln, den dritten Finger hoch) dürfe man nicht die Lust am Leben verlieren. Sie wunderte sich über seinen Ton. Sie nahm bei seinen ermutigenden Worten einen Unterton wahr, dessen Bedeutung ihr entging. Sie hielt die Eleganz, die er in dieser bescheidenen Umgebung zur Schau trug (er trug eine Fliege, einen Anzug, der stramm an seinem stämmigen Körper saß, und spitze, schwarze Schuhe), für übertrieben und aufdringlich – aber zu diesem Zeitpunkt erschien ihr alles an dieser frühlingshaften Wiederkehr des Lebens aufdringlich und befremdlich. Außerdem konnte er sich sogar bei seinen Behandlungen Scherze nicht verkneifen …

Ihr Sohn veränderte sich sehr. War er ihr als Heranwachsender bisher kaum aufgefallen, so verwandelte sich diese Unsichtbarkeit jetzt in eine auffällige Abwesenheit, und demonstrativ belagerte er das Haus – dabei hätte sie es ohnehin nicht gewagt auszubrechen.

Eines Abends war er in der Küche, als sie von der Bibliothek zurückkehrte. Er mußte geahnt haben, was das für sie beide bedeutete. Er hörte sie die Treppe heraufkommen und stürzte so überhastet in sein Zimmer, rannte mit einer solchen Verzweiflung durch den langen Flur, daß der Luftzug, den seine Flucht hervorrief, ihr entgegenschlug, als käme er aus dem Abgrund, den er in sich hatte.

An einem warmen, fast sommerlichen Tag im Mai tat sich dieser Abgrund vor ihr auf.

Schon zu Beginn des Monats übertraf der Mai alle Erwartungen. Obwohl sich Olga noch immer fühlte, als wäre es Februar oder allenfalls März, war es schlagartig Mai und so heiß geworden, daß die Bewohner der Horde, die wenige Tage zuvor noch von einem Winter ohnegleichen gesprochen hatten, jetzt Zeitungen zitierten, die einen »frühen und trockenen Sommer« versprachen.

Noch unfaßbarer war es, daß sie halb wahnsinnig vor Angst hinter Weidensträuchern auf der Lauer lag, und auf die Trümmer der Brücke starrte, die aus dem Fluß ragten. Was sie in ihrem Versteck durch die wogenden Zweige sah, schmerzte sie zutiefst. Auf einem der Stahlträger, einige Meter vom Ufer entfernt, standen drei Jugendliche in Badehosen. Einer nach dem anderen sprangen sie ins Wasser und tauchten zwischen den Betonblöcken unter, aus denen wie riesige Stacheln die verrosteten Gerippe hervorschauten. Unter ihnen befand sich ihr Sohn. Sie erkannte ihn am auffällig zarten Körperbau und der sehr blassen, hochgewachsenen Gestalt, die ihn von den beiden anderen, stämmigen und von Sonne verbrannten Jungen unterschied, die kurze O-Beine hatten und deren breite Schultern bereits von männlicher Statur waren. Als er vor dem Sprung flink über den Stahlträger balancierte, glich er einer hohen Gipsstatue, die sich gefährlich nach vorn neigte und herunterfiel. »Er ist der schönste!« freute sich eine Stimme laut in ihr, die sie nicht mehr unterdrücken konnte. In diesem Augenblick sah sie, wie er eine noch höhere Strebe erklomm. Seine Gefährten schienen zu zögern, dann entschieden sie sich, unten zu bleiben. Er stand allein auf dem Querbalken hoch über ihren Köpfen. Sein Gesicht sah teilnahmslos aus, beinahe traurig. Er streckte seine Arme nach hinten, als wären es Flügel, und plötzlich sah sie sein übermäßig dickes und im grellen Licht wie eine Elfenbeinkugel leuchtendes Knie. Ohne zu überlegen, schwenkte sie die Hand, wollte ihn rufen …

Doch der Schrei blieb stumm. Bei dem halb zerstörten Brükkenpfeiler am Ufer stand eine Gruppe junger Mädchen und führte ein regelrechtes Affentheater auf. Mal bekundeten sie kreischend ihre Bewunderung für einen Sprung, mal heuchelten sie eine leicht verächtliche Gleichgültigkeit, was die drei Springer noch mehr anstachelte.

Mit einem kurzen Beugen der Knie stieß er sich von der Strebe ab, drehte sich in der Luft, zerteilte das Wasser und – sie kniff die Augen zu – verschwand im Dunkel. Die jungen Zuschauerinnen klatschten Beifall, als sie ihn auftauchen sahen. Er würdigte sie keines Blickes und kletterte erneut auf das eingeknickte Stahlskelett. Jetzt stieg er noch ein Stück höher, stellte sich mit den Füßen auf eine überstehende Kante. Die Stimmung bei den Mädchen schlug um wie bei Kindern, die sich plötzlich unbehaglich fühlen, wenn sie merken, daß ihre Spiele gefährlich werden. Bei den letzten Rufen klang alle Fröhlichkeit schon aufgesetzt, dann verfolgten sie stumm, mit betretenen, schuldbewußten Blicken, wie er hinaufkletterte, vor dem Absprung einen Moment zögerte und sprang.

Als er wieder auftauchte, klangen die Stimmen beinahe

ängstlich und schwirrten durcheinander, als hätten sie erraten, daß es einen geheimen, irrsinnigen Grund für seinen Mut gab.

Er kletterte wieder hoch, schwankte einen Augenblick auf der letzten Strebe (eines der Mädchen kreischte »Nein!« und schluchzte), dann fand er wieder das Gleichgewicht, spreizte die Arme, sprang.

Sie öffnete die Augen, sah die Zweige wieder, die ihr Gesicht streiften, die Sonne, die den Uferschlamm aufheizte, dessen Geruch in der Luft hing, das Wasser, das von Licht durchdrungen war – und ihren Sohn. Er saß allein auf einer Betonplatte, war schon in seine Kleider geschlüpft und schnürte seine Schuhe (jenes Paar, von dem er sich gewünscht hatte, daß es ihm im Frühjahr passen würde). Die kleine Schar in bunten Kleidern und seine beiden Gefährten waren schon weit weg. Sie gingen am Ufer entlang: Die Jungen warfen Steine ins Wasser und versuchten sie springen zu lassen, die Mädchen zählten laut mit und stritten sich dabei. Die Stimmung wechselt schnell, wenn man jung ist, stellte eine Stimme in ihr fest, die sie nicht hörte. Er fuhr sich durch das Haar, steckte sein Hemd in die Hose, warf den davongehenden Jugendlichen einen Blick hinterher und machte sich auf in Richtung Horde. Sie rührte sich nicht von der Stelle, hoffte und bangte, daß er sich umdrehen und sie sehen würde, damit Klarheit einkehre, und sich alles wie durch einen Zauberschlag löste. Damit alles so leicht und einfach sein würde wie das sanfte Auf und Ab der langen Blätter vor ihren Wimpern. Doch er ging mit leicht gesenktem Kopf davon, ohne sich umzudrehen. Er humpelte, und es sah aus, als hätte er sich an diesen Gang gewöhnt.

In der Nacht hatte sie wieder sein Bild vor Augen, sah ihn wieder auf dem Stahlträger kurz vor dem Absprung. Die Erinnerung war noch bedrückend, aber schon erträglich,

und jetzt glaubte sie, unter der dünnen Haut sein Herz schlagen zu sehen. Er stieß sich von der Strebe ab, flog durch die Luft, und in diesem Augenblick wurde sein Körper vollkommen – ein Lichtstrahl zwischen dem schwarz angelaufenen Beton und dem Rost.
Sie rief sich eines um das andere die Gesichter der jungen Mädchen in Erinnerung, die die Taucher angefeuert hatten. Für eine von ihnen war er von so weit oben mitten zwischen die Trümmer ins Wasser gesprungen. Vielleicht für das Mädchen, das den hysterischen Schrei ausgestoßen hatte. Oder für diejenige, die im Gegenteil so tat, als ließe sie dieses Schauspiel völlig gleichgültig. Wer weiß schon, was junge Leute anziehend finden? Dieser Gedanke war von einer so rührenden Banalität, daß ihr plötzlich wohl ums Herz wurde. Die ganze Anspannung, die ihr seit dem Schauspiel am Fluß den Atem genommen und sich in ihrem Körper wie ein zäher Krampf ausgebreitet hatte, fiel von ihr ab. »Ja, das paßt zu seinem Alter «, dachte sie innerlich gelöst, »und zu diesem schönen Frühling.« Ihr fielen die bunten Kleider der Mädchen ein, ihr kindlicher, unschuldiger Schnitt, ihr Schlendergang am Flußufer ... Und die erfreuliche Nähe der glücklichen und müßiggängerischen Sommerzeit. Ihr Sohn hatte sich schon diesem so natürlichen Fluß des Lebens überlassen, den ersten Liebschaften, der immer später untergehenden Sonne und vor allem, was ihr am wichtigsten war, der wohlwollenden Versicherung des Unter-uns-Doktors, alles sei nur halb so schlimm. Ein heller Schimmer trat in ihre Augen, die Spur eines Traums – eines dieser süßen Mädchen neben einer Gestalt, bei deren Anblick sie einen Stich im Herzen verspürte, neben ihrem Sohn.
Mit einem Ruck riß sie sich aus dieser Träumerei, stand auf, zündete die Lampe an, deren Fuß mit Papierstreifen umwickelt und geklebt war. Diese Lampe. Das Bett. Der schwarze,

kalte Ofen. Die Vorhänge mit dem schmalen Schlitz, der die Nacht hereinließ. Und dann, vor ihrem inneren Auge, das junge Paar, die Frischverliebten an einem Sommerabend. Es paßte nicht zusammen, ließ ihr Herz bluten. Alles, was in diesem Zimmer während der Winternächte geschehen war, hatte sie hingenommen, war annehmbar, verzeihlich und verziehen unter einer Bedingung: daß danach nichts käme, eine Leere, ein uferloses Nichts ... der Tod. Doch jetzt warfen dieser Frühling, dieser Sommerspaziergang, den sie sich ausgemalt hatte, weil er so naheliegend war, diese harmlosen, üblichen Liebeleien, auf die er ein Recht hatte, jetzt warf diese arglose und heitere Unerschütterlichkeit des Lebens alles um: Ihr Winter wurde wieder zu etwas Scheußlichem. Und außerdem: Welche Bedeutung würde dieses Zimmer wohl für ihn bekommen?

In ihren Gedanken schlug sie sich mit tausend Dingen herum, suchte Halt bei einer Erinnerung, Zuflucht im Nachglanz eines Tages, doch die Sommersonne verfolgte sie, trieb sie zum Fluß, wo Leben herrschte, wo Stimmen waren. »Wie einfach das Leben ist«, dachte sie mit plötzlich aufkeimender Wut, »ein kariertes Baumwollkleidchen, ein bißchen Ziererei und hopp! macht er alles für dich.« Schnell fing sie sich wieder, als sie bemerkte, wie aberwitzig ihre Eifersucht war. Und überhaupt: »Diese jungen Dinger waren ihm doch völlig gleichgültig. Er sprang um ... um ...«

Um sich zu umzubringen ... Sie konnte ihre Gedanken nicht mehr im Zaum halten, die zutreffend, unbedeutend, ernst, überflüssig, entscheidend und alles zusammen waren. Sie mußte eine einleuchtende, logische Erklärung finden, die ihr eine Atempause verschaffen würde. »Nein, warte, die Brükke. Also, diese Brücke ... So hoch war die Brücke doch gar nicht. Die letzte Strebe ragte vielleicht in einer Höhe von zwei Metern über das Wasser.«

Ihre Wahrnehmung veränderte sich in erstaunlicher Weise. So schwindelerregend hoch ihr der Stahlträger vorgekommen war, als sie voller Entsetzen seine selbstmörderischen Sprünge beobachtet hatte, in der Erinnerung war die Höhe jetzt viel geringer, nämlich gerade noch mannshoch. Sie wußte nicht mehr, ob sie diesen vermeintlich himmelhohen Stahlträger wirklich gesehen hatte. Oder vielmehr: Sie war nun überzeugt, daß es ein nahezu harmloses Spiel war, bei dem einige Halbwüchsige ein paar gefahrlose Sprünge ins Wasser machten. Sie erinnerte sich an die jungen Zuschauerinnen am Ufer. Sie meinte, deutlich zu sehen, wie eine von ihnen ihrem Sohn die Hand gab und ihn bis zur Brauerei begleitete.

»Nein! Er ist allein nach Hause gegangen!« widersprach eine sehr genaue Erinnerung. Doch schon sah sie die beiden jungen Leute auf dem Pfad am Ufer so klar vor sich, als hätte sie es beobachtet. Das Bild war nicht mehr wegzudenken. Verwundert stellte sie fest, daß sie sich nur ein Gesicht, einen Ort vorzustellen brauchte, und schon verwandelten sie sich in echte Erlebnisse, als wäre es die natürlichste Sache der Welt.

Wie benommen versuchte sie, im Durcheinander ihrer Gedanken eine unbestreitbare, eindeutige Wirklichkeit zu finden. Eine unerklärliche Laune des Gedächtnisses brachte sie auf das Gesicht der Krankenschwester aus dem Altenheim, jene unglückliche Frau, die Gefallen darin fand, sich über das Geschenk lustig zu machen, das sie an einem Winterabend bekommen hatte. Olga glaubte, einen sanften, reuevollen Zug auf ihrem Gesicht zu sehen, die Lippen der Frau bebten, während sie nach Worten suchte, um sich zu entschuldigen. Und auch bei einem zweiten Blick sah sie Reue. Nein! Sie sah sie nicht nur, es hatte sie wirklich gegeben bei einer Begegnung vor einigen Tagen.

Es gelang ihr für einen kurzen Augenblick, an nichts mehr zu denken, während sie noch immer leicht nach vorn gebeugt, die Augen halb geschlossen und mit starrem Gesicht auf der Bettkante saß. So sah sie sich im Spiegel gegenüber dem Bett. Eine reglose, nackte Frau mitten im Frühling, in tiefer Nacht. Dieses klare Bild beruhigte sie. Sie wandte den Kopf zum Fenster, ihre Doppelgängerin im Spiegel ebenso. Sie strich die Bettdecke glatt, die andere wiederholte ihre Handgriffe in vollkommener Übereinstimmung. Da fiel ihr Blick auf die Lampe.

Die Szene, die sich seit jener Nacht tausendmal in ihrem Gedächtnis abgespielt hatte, begann sich wieder in ihrem Kopf zu drehen: eine Hand, die gegen den Lampenschirm stößt, ein Arm, der den Fall verhindern will, ein instinktiver Griff ins Leere und die Flucht, das Spiegelbild einer Frau im Bett, starrer als eine Tote … Sie betrachtete diese Frau und bemerkte, wie ein unbekannter Ausdruck auf ihrem Gesicht immer deutlicher hervortrat: eine Mischung aus Zärtlichkeit, Lust, Schamlosigkeit, Sinnlichkeit. Ihre Knie waren noch weit gespreizt und öffneten den Blick auf den Schoß zwischen ihren langen, weichen Schenkeln.

Sie schlug mit der Hand nach dem Lichtschalter wie nach einer Fliege, die man nicht erwischt. Doch in der Dunkelheit wurde alles noch wirklicher. Sie sah das junge Gesicht, das sich in die Achselhöhle der nackten Frau grub, die Lippen, die in ihrem Busen versunken waren, und den Körper der Frau, der sich wölbte, den anderen Körper umschloß, ihm den Weg wies …

Sie stand am Fensterbrett und merkte nicht, daß sie immer wieder fieberhaft dieselben Worte flüsterte: »Nein, so ist es nicht gewesen … Nie … Niemals … So war es nie …« Doch ihre Gedanken waren wieder im langsamen und unaufhaltsamen Strom der Erinnerungen aufgegangen, waren bei den Armen, mit denen eine Frau die zarte Taille eines Jugendli-

chen umschlang, beim Stöhnen, das sie nicht mehr verbarg, und beim Mut, den sie neu faßten, da sie nun beide wußten, daß der Schlaf nur ein Spiel war.
Schließlich übermannte sie die Müdigkeit, und das Wachstum des unheilbaren Tumors, der ihr Gedächtnis immer mehr ausfüllte, wurde für einige Stunden unterbrochen.
Am Morgen griff die wahnhafte und in ihrem Wahrheitsgehalt entsetzliche Wirklichkeit, die sie sich ausgedacht hatte, weiter um sich, aber jetzt schon, ohne jede Aufregung zu verursachen, wie auf bereits erobertem Gelände. Am Nachmittag war die Bibliothek gut besucht. Irgendwann drehte sie sich um und zog die Vorhänge an den Fenstern zu. »Zu heiß!« murmelte sie und versuchte, ihr Gesicht so lange wie möglich in den verstaubten Vorhangfalten zu verstecken. Zuvor hatte sie ein Zimmer gesehen, das von Flammen beleuchtet wurde, die aus einem Ofen züngelten, und vor der offenen Fenstertür eine Frau, die bedächtig ihr wallendes Haar kämmte, während sie auf den Schnee in einer Winternacht hinaussah, aus der ihr seltsamerweise ein beinahe warmer Hauch entgegenschlug. Sie hatte den Kopf zur Seite geneigt, ihr Blick war in die Spiegelung auf der Scheibe versunken, und dort beobachtete sie einen Jugendlichen, der ins Zimmer kam, stehenblieb und sie schweigend betrachtete. Sie wußte, sie konnte nicht abstreiten, daß ihr das passiert war. Sie wollte nur verhindern, daß die anderen es errieten, wenn sie in ihren Augen lasen.
Der Abend war hell und lang. In der Küche zerriß sie gedankenlos einen Brief (einen der vielen Briefe von L. M., die sie nicht mehr las), als die Eingangstür außergewöhnlich schnell zugeschlagen wurde. Sie rührte sich nicht, drehte ihm den Rücken zu, um ihm die Möglichkeit zu geben, ins Haus zu schlüpfen, ohne von ihr gesehen zu werden. Doch er kam in die Küche, und sie hörte seine Stimme, die bei aller Ruhe, die er sich auferlegte, ganz kindlich klang:

»Mama, ich glaube, ich habe eine Dummheit gemacht. Wir sollten vielleicht den – wie heißt er noch? – diesen Unter-uns-Doktor holen …«

Sie drehte sich um. Er lüftete die Hand, die er auf seine Schläfe preßte. Über seiner linken Braue wölbte sich eine Bluttasche, die ihn bereits daran hinderte, das Auge zu öffnen.

Sie wachte schon die zweite Nacht im Zimmer des Jungen. Irgendwann, draußen war es noch stockfinster, lösten sich die Gegenstände aus den Zusammenhängen, die sie mit dem Alltag verbanden. Es wurde immer unerklärlicher, warum sie hier versammelt waren. Die Lampe zum Beispiel, die sie hergeholt hatte, damit sie bereitstehen würde, falls sie mehr Licht brauchten. Jetzt reichte diese Erklärung nicht mehr aus. Das Kind schlief, die Lampe neben seinem Bett war nicht an, und daß sie so nutzlos und erloschen herumstand, war beinahe erschreckend, denn statt Licht zu spenden, rührte sie dunkle, unerklärliche Bilder auf. Der Unter-uns-Doktor war dageblieben, denn es hätte sein können, daß sie ganz schnell seine Hilfe bräuchten. Aber – nein, es mache ihm überhaupt nichts aus, die Nacht bei ihnen zu verbringen. Er richtete es sich in der Bücherkammer behaglich ein und füllte den kleinen Verschlag mit dem Qualm seiner Zigarre. Jetzt las er oder döste vor sich hin. Gelegentlich kam er, um nach dem Kranken zu sehen. Sie zuckte jedesmal zusammen, so leise trat er ans Bett, denn aus Bequemlichkeit schlüpfte er nicht mehr in seine Schuhe. Es machte ihm offensichtlich Spaß, sie zu erschrecken. Er lächelte, legte dann gleich wieder eine entschlossene und beruhigende Miene auf und befühlte die Schwellung, die sich schon fast über das ganze linke Auge des Jungen erstreckte.

Dann ging er wieder in die Bücherkammer. Einen Augenblick hatte sie geglaubt, diesen Mann in seinen Socken am Ende des Flurs in der Dunkelheit zu sehen, als ob er sie belauerte. Sie hatte große Angst bekommen, war aber gleich wieder aufgewacht.
Ihre Augen, die sie auf das verunstaltete Gesicht des Kindes heftete, kämpften unablässig dagegen, sich an diesen Anblick zu gewöhnen: Sie wollte die aufgedunsene Maske nicht sehen, wollte sie mit ihrem eindringlichen Blick auslöschen. Die Maske glühte, strahlte eine trockene Hitze aus. Sie wendete die Kompressen auf der geschwollenen Stirn, hob die Bettdecke an und wischte ihm die Schweißspuren auf der Brust, in den Grübchen des Schlüsselbeins und am Hals weg. Jede dieser einfachen und fast unwillkürlichen Berührungen weckte die Erinnerung an ihre Nächte, riß sie fort in eine Winternacht, und die wimmelnden Bilder ihrer körperlichen Nähe wurden immer wahnwitziger und immer wahrhafter. Selbst die Stadt, die draußen vor dem Fenster im schwachen Schein der Straßenlampen zitterte, war gespenstisch irreal, eine Geisterstadt mit dem riesigen Skelett einer zerstörten Brücke und einem Bahnhof, durch den schon seit einigen Tagen kein Zug mehr kam. »Ein Eisenbahnerstreik«, sagte sie mehrmals leise vor sich hin, und während sie diese Worte über dem fiebernden Körper murmelte, stand der Wahnsinn in ihren großen, hellen, klugen Augen. Sie schaute auf das Thermometer (vierzig Grad, seit einer Stunde unverändert), löschte das Licht, schloß die Augen.
Als er wie ein Rasender anfing zu phantasieren und die Worte heftig sprudelten, gelang es ihr nicht sofort, den Schlaf abzuschütteln. Während sie ihn hörte, glaubte sie noch immer, sich in einem furchtbaren, wirren Traum zu befinden. Mit der Zeit fügten sich die atemlosen Sätze zu einer Beichte, die ihm nur deshalb über die Lippen kam, weil sie im Delirium abgelegt wurde. Sie hörte nicht, sondern sah ihn mit

jedem qualvollen Wispern einen Ort heraufbeschwören, den sie erst nach einer Weile erkannte.

Eine kleine Wohnung, überfüllt mit Möbeln, die nicht zusammenpassen. Eine Frau in einem langen schwarzen Kleid, in dem sie jünger aussieht, als sie ist. Ein Junge, der die letzten Handgriffe der Frau beobachtet. Sie legt ihre Ohrringe an, die schillernde Lichter auf ihren Hals und ihre nackten Schultern werfen. Die Glocke an der Haustür läutet, sie gibt dem Kind einen Kuß, das sich schon in zwei Sessel gekuschelt hat, die zu einem behelfsmäßigen Bett zusammengeschoben sind. Als sie die Tür öffnet, mischt sich der milde, reizende Parfumduft, den sie beim Abschied hinterlassen hat, mit dem Geruch der nassen Straße und dem starken, betäubenden Duft eines Eau de Cologne, den der Mann verbreitet, der es wagt …

Die Stimme des Fiebernden verlor sich in einem kurzen, zischenden Röcheln. Sie wechselte die Kompressen. Die mit dunklem, glänzendem Blut gefüllte Schwellung war zur Schläfe hin gewandert. Das rechte Auge öffnete sich einen Augenblick, doch es erfaßte nichts, glitt über die Lampe, über die Hand, die ihm kalte Umschläge auf die Stirn drückte. Fast zugleich sprach er wieder im Fieber. Schließlich hörte sie sogar die einzelnen Worte heraus, die mit einem Zischen untergingen, wenn ihn ein Fieberschauer packte und schüttelte.

Und wieder sah sie die Frau im Abendkleid, die ins Theater gehen will und darauf wartet, daß ihr Begleiter sie abholt. Sie sitzt mit ihrem Sohn am Tisch, sie trinken Tee. Als sie eine halbe Stunde später vor einem Spiegel die Ohrringe ansteckt, überkommt sie plötzlich ein behagliches Gefühl von Erschöpfung. Sie macht es sich auf dem kleinen Sofa bequem, will sich noch eine Minute ausstrecken, bis ihr Begleiter – Der Schlaf übermannt sie, bevor sie den Gedanken zu Ende denken kann.

Sie wendete die schon wieder glühend heißen Kompressen, schüttelte das Thermometer herunter, legte es vorsichtig an den Fiebernden. Sein Keuchen hatte die Lippen ausgetrocknet, und sein undeutlich gewordenes Flüstern war nicht mehr zu verstehen.
Plötzlich begann er zu schreien, als wäre er bei Bewußtsein. In seinem Schrei sah sie sich, die Frau im schwarzen Kleid, mit einem Mal halbnackt auf dem Sofa liegen, und sie war unheimlich schön – denn sie war tot! Tot, tot, tot ...
»Tot«, preßte er noch einmal hervor, während er verzweifelt um Luft rang, den Kopf mit der Schwellung schüttelte, seine Fingernägel in die Bettdecke krallte. Sie war stumm vor Verblüffung, unfähig, etwas zu tun, obwohl sie wußte, daß sie aufstehen, in die Bücherkammer laufen und den Arzt wekken müßte. Aber dann hätte er gehört, was die Fieberphantasien so klar zutage brachten! Dann hätte er alles erraten!
Plötzlich verstummten die Schreie, und eine Sekunde später stand ihr Unter-uns-Doktor in der Tür. »Ah, unser junger Mann hat ein kräftiges Organ«, brummte er und gähnte ausgiebig.
Eine Stunde später operierte er. Mit einem zupackenden, schnellen Griff hatte er die Vorhänge aufgerissen und das noch zarte, farblose Licht des Morgengrauens in das Zimmer gelassen, das bis zu diesem unerwarteten Augenblick zu ewiger Dunkelheit verdammt schien. Er schnitt, entfernte die Blutgerinnsel, tupfte und kommentierte seine Handgriffe mit beinahe liebevoller Stimme, indem er fast jeden Gegenstand mit russischen Verniedlichungsformen benannte, sogar das Skalpell, die Tupfer, das Serum. Sie hatte das Gefühl, bei einem Spiel zuzuschauen, manchmal auch mitzuspielen, wenn sie ihm ein Fläschchen oder eine Spritze reichte.
Beim Gehen küßte er ihr die Hand und versprach, mittags wiederzukommen. Und sollte es notwendig sein, würde er

auch in der Bücherkammer »weiterschmökern«, fügt er mit einem Augenzwinkern hinzu.
Den Nachmittag verbrachte sie teils bei ihrem Sohn im Zimmer, teils, wenn er eingeschlafen war, auf der Außentreppe, die ringsum von Unkraut überwuchert war. Was in dieser Nacht an den Tag gekommen war, lag nun als klare und deutlich zu erkennende Szenenfolge vor ihr.
Es war also im Frühling des vergangenen Jahres passiert, vielleicht war es genau ein Jahr her. Wenn sie mit ihrem Sohn nach Paris kam, lud L. M. sie für gewöhnlich ins Theater ein. Eigentlich war es umgekehrt: Wenn L. M. sie ins Theater einlud, fuhr sie nach Paris, ließ das Kind bei Li und kam am Morgen zurück, um es abzuholen. An jenem Tag war Li nicht zu Hause, und der Junge sollte die Nacht allein bleiben. Es war schwierig, sich ein Bild davon zu machen, wie sehr er diese Theaterbesuche haßte, diese Nächte, in denen seine Mutter angeblich nach der Aufführung zurückkehrte, und diesen Mann, der an der Haustür klingelte … Li nahm Schlafmittel – kleine Tütchen, die ihr das Aufstehen so schwer machten. »Und wenn du zwei davon nimmst?« fragte er eines Tages. – »Oh, dann würde ich erst mittags aufwachen.« – »Und bei dreien?« – »Schlafe ich wie tot!«
An jenem Abend gab er der jungen Frau im schwarzen Kleid drei Tütchen davon in ihren Tee, den sie kurz darauf trank. Eine Stunde später erlebte er erschreckende, wunderbare Minuten. Es klingelte an der Tür, das Klingeln wurde ungeduldig, wütend, er hörte sogar ein paar Flüche, dann klopfte es an die Fensterläden. Die Frau blieb in ihrer unzugänglichen Schönheit auf dem Sofa liegen. Die Reifen quietschten, der Wagen entfernte sich, das Brummen des Motors ging im Lärm des Verkehrs unter.
Er stand in diesem kleinen, nur von einer Tischlampe beleuchteten Wohnzimmer voller Nippes, Bücher, Ikonen … Und in der Mitte des Zimmers lag diese Frau, diese Fremde,

an der ihn nichts mehr an seine Mutter erinnerte. Ihr Gesicht war bezaubernd jung, eine kleine, launische Falte, die er zuvor noch nie bemerkt hatte, hob die Mundwinkel leicht an. Die geschwungenen Formen ihres Körpers drückten eine seltsame Erwartung aus. Und zum feinen Hauch von Parfum, der sie umgab, trat ein Duft, der ihm völlig neu war, der verlockende Geruch eines Körpers, oder vielmehr die Ahnung eines solchen Geruchs, der ihn so sehr betörte, daß es ihn beim Atmen schmerzte. Er konnte noch nicht einschätzen, wie tief sie schlief. Bereit, beim ersten Wimpernschlag die Flucht zu ergreifen, streckte er den Arm, berührte ganz leicht zuerst die Hand auf dem Schoß, dann die Schulter. Dann wurde er kühner. Sollte sie aufwachen, dachte er, hätte er einen einleuchtenden Grund dafür parat, daß er sie weckte. Er berührte die sich zart andeutende Vertiefung zwischen den Brüsten, die vom tiefen Ausschnitt ihres Kleides im Ansatz entblößt waren. Diese Stelle des weiblichen Körpers hatte ihn immer fasziniert. Sie rührte sich nicht. In einem Anflug von Besorgnis, brachte er sein Ohr an das Gesicht der schlafenden Frau. Er hörte nicht den leisesten Atemzug. »Schlafe ich wie tot!«, fielen ihm Lis Worte ein. Tot! Vor Schreck sprang er mit einem Satz auf. Er wollte schon in die Küche laufen, um Wasser zu holen, als ihm noch etwas einfiel. Irgendwo hatte er gesehen oder gelesen, daß Ärzte ihr Ohr auf die Brust ihrer Patienten legten und sogar die Brust massierten, damit der Patient wieder zu atmen begann. Mit zitternden Finger öffnete er zwei Haken an den übereinander laufenden Ausschnittkanten, entblößte eine Schulter, dann eine Brust, legte sein Ohr darauf … Dann stand er wieder auf. In seinen Schläfen pochte noch das Blut, sein Atem ging schwer. Und endlos lange ruhte sein Blick auf dieser Frau, die mit ihrem leichten Make-up, ihren hochgestecktem Haar, ihrem schwarzen Samtkleid, ihrer nackten Brust eine Unbekannte für ihn war. Jene Frau, die einem anderen gehö-

ren sollte und die jetzt bei ihm bleiben würde, die auf so wunderbare Weise seinem Blick, seiner Zärtlichkeit zugewandt war.
»Ein Jahr ist das her …«, dachte sie, während die Tage und die Himmel, die seitdem vergangen waren, in einem blendenden Lichtkreis vor ihr aufschienen … Auf dem Pfad, der vom Eingang zur Horde über die Wiese zu ihnen führte, näherte sich ein Mann. Sie erkannte ihren Unter-uns-Doktor. Er hatte seinen Verbandskoffer dabei und blieb eine zweite Nacht bei ihnen.

In dieser Nacht regnete es. Nach der Hitze der vorausgegangenen Wochen kam ihr die Luft herbstlich kühl vor. Sie saß bis zum Morgengrauen in einem Sessel an seinem Bett. Das Fieber war gesunken. Die Wunde blutete nicht mehr. Er schlief ruhig und wachte nur gegen Mitternacht einmal auf. Für einen langen Augenblick sahen sie einander wortlos an. Dann kniff er die Augenlider stark zusammen, als würde die Wunde plötzlich brennen. Sie sah einen leichten Glanz auf seinen Wimpern schimmern und beeilte sich, die Lampe zu löschen.

Die kühlen und bewölkten Tage Anfang Juni zeigten wie jedes Jahr, daß der Frühling seine Kraft verlor, daß ihm der Atem ausging, nachdem er alles zum Erblühen gebracht und sich unter der Maisonne verausgabt hatte. Das Laubwerk war schon dicht, schwer und dunkelgrün wie am Ende des Sommers. Auf der Wiese zum Fluß stand das Gras hoch, und der silberne Flaum des verblühten Löwenzahns sorgte für ein paar weiße Flecken. Leichte, anhaltende Regenschauer wechselten sich ab mit Nebelschleiern, die über der Wiese standen wie an den Vormittagen im Oktober.
Ihr gefiel diese kleine Vorwegnahme des Herbstes. Der kurzzeitige Wechsel der Jahreszeit beruhigte sie. Seit der Fieber-

nacht wußte sie restlos alles über das vergangene Jahr in ihrem Leben. Und jetzt, in den herbstlichen Nebelschleiern des späten Frühlings, hatte sie das Gefühl, alles hinter sich zu haben und mit schüchternen Schritten wieder in den gewöhnlichen Gang der Tage zurückzufinden.

Als sie eines Abends um das Brauereigebäude bog, fielen ihr die Sträucher auf, die entlang der Mauern wuchsen und die Straße säumten: Mit ihren weißen Blütenständen sahen sie aus wie von Perlen besetzt. Und auch der Abendhimmel hatte etwas von dieser an Schnee erinnernden Färbung. Die Nacht war so frisch, daß sie Feuer machen mußte. Und sie schlief nicht. Vor ihrem inneren Auge zogen die Winternächte nacheinander herauf mit ihrer unsagbaren, herben Schönheit, mit dem Himmel, der zitternd über ihnen aufriß, mit demselben Geruch nach brennender Baumrinde im Zimmer wie jetzt. So klein die Spur war, sie führte zurück in eine unermeßliche Zeit, in der nur diese Stunden zählten. Zum erstenmal kehrte sie in Gedanken dorthin zurück. Dabei spürte sie alles noch mit verheerender Schärfe. Und dennoch erschlossen ihr diese Erinnerungen schon das geheime Wissen, wie sie in dieses andere Leben einziehen konnte.

Während jener herbstlichen Tage im Juni, in denen sich ihr Sohn wieder erholte, keimte diese verrückte Hoffnung erneut in ihr auf: Irgendwann würde ihr jemand zuhören und sie verstehen, vor allen Dingen verstehen, daß das, was sie erlebt hatte, zu einem ganz anderen Leben gehörte als zu ihrem. Dieser Jemand hatte noch kein Gesicht, nur eine Seele. Sie würde groß genug sein, es zu fassen, auch ohne Worte.

Der Sommer kehrte wieder mit ungewöhnlich starken Stürmen und einer wie entfesselt strahlenden Sonne, was die Bewohner von Villiers-la-Forêt begrüßten als klaren Beweis für die »ersten wirklichen Ferien seit Kriegsende«, von denen in den Zeitungen die Rede war. Und selbst die kleine Gemeinschaft der Goldenen Horde spürte den frischen Wind. In der Bibliothek versammelte man sich und führte heftige Debatten über die Berichte von der 47. Tour de France, der ersten nach dem Krieg, und von der Pariser Konferenz, vor allem aber über die Schlagzeile: »Frankreich kehrt zu seiner regulären Staatsverfassung zurück«.

Unwillentlich oder vielmehr mit uneingestandener Zustimmung ließ sie sich von diesem Sommerfieber anstecken. Eines Tages ertappte sie sich dabei, wie sie mit Neid und Bewunderung die Bilder einer Zeitschrift betrachtete, die dem Thema »Wohin im Urlaub?« einen umfangreichen Sonderteil gewidmet hatte. Eine Familie (ein Elternpaar mit zwei Kindern) radelte auf einem kleinen Weg durch die Felder. Sie konnte sich nicht davon losreißen. Alles an diesem Urlaubsphoto gefiel ihr: das harmonische Familienleben, die sorgfältig auf den Gepäckträgern befestigten Proviantpakete, die kleine Straße und die liebliche, gepflegte Landschaft. Mit einem Mal wäre sie nur zu gerne wie diese Familie in die beglückende Banalität dieser Sommerfrische eingetaucht, hätte gerne mehr von der leichten, französische Lebensart besessen (»so wunderbar französisch«, dachte sie). Sie erinnerte sich an ihre Hoffnung, eine Menschenseele zu finden, der sie sich anvertrauen, der sie von den Abgründen erzählen könnte, vor denen sie gestanden hatte. Jetzt kam ihr diese Hoffnung lächerlich vor. Nein, man mußte vergessen. Ja, vergessen! Die sagenhaften Abgründe waren in Wirklichkeit doch nur Momente einer verwirrenden Zärtlichkeit, denen keine Mutter und kein Sohn entgeht. Sie waren einfach nur ein wenig weiter als die anderen auf dem verbotenen Pfad gegangen, hatten der Versuchung ein wenig mehr nachgegeben. Außerdem waren es alles in allem höchstens acht oder zehn Nächte, in denen …

Sie fühlte sich sehr stark, denn sie war entschlossen, die Erinnerung zu kappen. Man mußte sich ein wenig dumm stellen, Vertrauen schöpfen, von den Ferien sprechen. Und als wollte sie jemanden bestrafen, verletzen, auslöschen, der still und heimlich in ihr steckte, zwang sie sich, die Artikel Zeile für Zeile zu lesen: »Viele ausländische Gäste – Engländer, Skandinavier, Amerikaner – wollen dieses Jahr die Sehenswürdigkeiten Frankreichs besuchen. Wir sind es unseren Gästen schuldig, sie mit großer Liebenswürdigkeit zu empfangen, denn viele von ihnen werden die Stätten besuchen, an denen Soldaten aus ihrer Heimat für die Befreiung Europas gekämpft haben.«

Diese sommerliche und auf angenehme Weise einfache Welt nahm sie mit offenen Armen auf. Sie öffnete sich dieser Welt, ihren Wonnen und ihrem Palaver mit dem Eifer einer Reuigen. Jeder neue Tag schien ihr recht zu geben. Die Leser waren glücklich darüber, daß sie wieder wie früher an ihren Debatten teilnahm.

Gegen Ende des Monats fuhr sie mit ihrem Sohn nach Paris.

Der Arzt (sie nannten ihn den »französischen Arzt«, um ihn nicht mit dem »Unter-uns-Doktor« zu verwechseln) untersuchte das Kind, wies es auf seine Station ein, setzte das Operationsdatum fest. »Unter Vollnarkose wird das Bein mit dem gebeugten Knie wieder gerade gerichtet«, las sie an diesem Abend einmal mehr in den Seiten, die sie auswendig hätte hersagen können, und ließ sich von der medizinischen Fachsprache beruhigen. Sie sah ihren Sohn bereits ganz normal durch dieses zur Normalität zurückgekehrte Leben gehen.
Nach der Operation (die Zeit bis zum gefürchteten Augenblick verflog überraschend schnell und unbeschwert) mußte ihr Sohn mehrere Tage im Krankenhaus bleiben. Und selbst die beinahe täglichen Fahrten nach Paris wurden für sie zu einer wahren Lehrzeit, die ihr das Glück vor Augen führte, das in der banalen Alltäglichkeit lag.
Da sie es immer eilig hatte, in die Horde und die Bibliothek zurückzukehren, fand sie keine Zeit, Li zu besuchen. Nur einmal, am 14. Juli, nutzte sie den Feiertag, um in der kleinen Wohnung der Photographin vorbeizuschauen. Es war ein unerträglich schwüler Abend. Der Staub in den Straßen roch nach Gewitter, der Himmel war dunstig, violett, und die Baumkronen wurden von jähen Windstößen geschüttelt. Li war noch in ihrem Kelleratelier und mit den letzten Kunden des Tages beschäftigt. Übrigens war das Atelier der einzige Ort, der noch bewohnbar aussah. In der Wohnung waren die Möbel Stapeln von Kartons in allen Größen gewichen. An den nackten Wänden sah man zahllose Bohrlöcher – Haken, an denen einmal Gemälde, Photographien und Ikonen gehangen hatten.
Sie blieb kurze Zeit auf dem kleinen Hof stehen, auf den ringsum die Fenster mehrerer Stockwerke gingen. Sie standen ohne Ausnahme offen, damit auch das geringste Lüftchen, das an diesem stickigen Abend Abkühlung bringen könnte, in die Zimmer gelangen würde. Man hörte Öl in

einer Pfanne brutzeln, Abflüsse gurgeln, Geschirr klappern, Gesprächsfetzen, Takte von Musik. In der Dunkelheit über dem gepflasterten Hofviereck war die Luft zum Schneiden: Die Dächer strahlten die Hitze ab, die sie während des Tages aufgenommen hatten, und in die warme Luft mischte sich der Geruch nach Waschmittel und angebranntem Fett. Sie wollte gerade ins Atelier hinuntersteigen, als sie mit einem Mal in der dunkelsten Ecke des Hofs jenen Strauch entdeckte, der sich bemühte, unter der Regenrinne hervor und die Mauer hoch zu wachsen, um unsichtbar und unbemerkt von den lärmenden Menschen hinter den Fenstern zu blühen. Sie trat zu ihm und tauchte das Gesicht in die mit Blüten besetzten Dolden. Es war ein sehr verhaltener Duft. Eine Frische, die an Schnee erinnerte. Daß sie sich in diesen Duft hineinbegeben, dort bleiben und in ihm aufgehen konnte, war schwindelerregend. Einen Moment lang glaubte sie sich in einen verschneiten Winterwald versetzt. Es war früh am Morgen, als die Dämmerung das erste silberne Licht über die Bäume goß, die noch schliefen und denen ihre Anwesenheit dennoch nicht entging. Sie war nicht allein. Es gab jemanden, der sie auf diesem langsamen Spaziergang begleitete. Eine unendliche Ruhe lag zwischen ihren beiden so verschiedenen Seelen.
Li stand auf der Schwelle zum Atelier und rief sie. In zehn Tagen würde sie nach Rußland abreisen. Sie mußte noch ihre letzten Kulissen verpacken: ein unglaublich breitschultriger Matrose, der einem jungen Ding mit Wespentaille einen Blumenstrauß überreichte, und ein Paar, das nackt in einer großen Menschenmenge stand, zwischen Fräcken und Abendkleidern.

Als sie zwei Tage später aus Paris zurückkehrte, traf sie den Unter-uns-Doktor. Er tat so, als käme er zufällig die Straße entlang, die in den Bahnhofsplatz mündete. Sie hätte ihm geglaubt, hätte sie nicht wenige Sekunden, bevor der Zug hielt, einen Blick aus dem Fenster ihres Waggons geworfen. An seinem braunen Anzug erkannte sie in ihm den Mann, der ihr kurz zuvor wegen seiner überhasteten Bewegungen aufgefallen war, als er aus dem Schatten einer Platane hervorkam, unter der er Schutz vor der Sonne gesucht hatte. Der Zug bremste, und sie konnte durch das Fenster sehen, wie er den Ausgang des Bahnhofs belauerte und dabei den Kragen seines Hemds zurecht zupfte.

Sie gingen den Weg zusammen. Während sie ihm zuhörte, dachte sie daran, daß seine Worte ganz anders für sie geklungen hätten, wenn er ihr nicht schon bei der Einfahrt des Zuges aufgefallen wäre. Ja, dann wäre dieser Mann, der jetzt lebhaft und fröhlich schwatzend neben ihr ging, ein anderer für sie gewesen, dann wäre er jener unscheinbare und hilfsbereite Unter-uns-Doktor geblieben. Doch nun bemerkte sie den unterdrückten Tatendrang an ihm, mit dem er aus dem Schatten getreten war. Und auch die natürliche Gewandtheit, mit der er seine Überraschung heuchelte: »Ach, Sie? Welchem glücklichen Umstand verdanke ich es, daß ich Ihnen begegne?« Jetzt fielen ihr Dinge auf, die sie nie zuvor an ihm wahrgenommen hatte: die schweren und seltsam häßlichen Manschettenknöpfe, seine breiten, behaarten Handrücken, auf denen Schweißperlen zwischen den Haaren glänzten, vor allem aber seine wäßrigen, braunen Augen, sein öliger Blick, mit dem er sie immer wieder verstohlen und flüchtig musterte und in dem er ihr Bild mit Gewalt festzuhalten schien. Ja, er sah sie nicht direkt an, aber sie fühlte, wie er sie hinter seinen Lidern zurückhielt, einschloß.

Sie konnte sich nicht erinnern, ihn zu einer Tasse Tee bei sich eingeladen zu haben. Und trotzdem saß er ihr schon in der Küche gegenüber, die noch ganz hell war vom Licht des Abendrots, und redete in einem fort und unterbrach sich nur, wenn er scheinheilig am Tee nippte. Sie stand von Zeit zu Zeit auf, vertrieb eine Biene, tat dann wieder so, als hörte sie ihm zu, während sie in Wirklichkeit unwillkürlich neue Einzelheiten seiner Erscheinung verzeichnete, die absurd und eigenartig bedeutsam zugleich waren: die breiten, gelblichen Fingernägel, die Stirn, die sich für einen theatralischen Seufzer in Falten legte, Falten, die sich auch in seine Glatze gruben und ihren Spiegelglanz ein wenig milderten. In solchen langen Minuten spürt man, daß gleich etwas geschehen wird, was von Sekunde zu Sekunde unausweichlicher ist.

Beim Abschied blieb er im Hauseingang stehen und küßte ihr die Hand. Oder vielmehr nahm er ihre Hand, ohne sich zu verbeugen, und drückte sie lange an seine Lippen. Als sie eine ungeduldige Bewegung machte, packte er sie unerwartet und flink bei der Taille. Sie stemmte sich nach hinten, um seinem Gesicht auszuweichen. Doch zu ihrer Überraschung hatte er es nicht auf ihren Mund abgesehen. Er blieb einen Moment wie erstarrt stehen und zwang sie zu dieser Haltung, in der das Gewicht ihres nach hinten geneigten Körpers auf seiner Handfläche lag. Ungeschickt riß sie sich von ihm los, prallte gegen den Türstock. Sie stöhnte kurz auf und schrie ihn an: »Verschwinden Sie!«, während sie sich mit der Hand über den schmerzenden Ellbogen fuhr. Lächelnd stand er ihr gegenüber – breitbeinig, unbeeindruckt und selbstsicher. Doch die Worte, mit denen er sich Gehör verschaffte, klangen seltsam schrill und waren gestammelt wie Sätze, die man von langer Hand vorbereitet hat und die man, wenn es soweit ist, nur noch keuchend und verworren über die Lippen bringt:

»Morgen hole ich Sie ab … Wir könnten zuerst … Es gibt da ein kleines Restaurant …«

In der Nacht wanderte ihr Blick zwischen verschiedenen Gestalten hin und her, die sich in nichts glichen. Da war dieser betagte Herr aus der Horde, der mehrmals zu ihr gekommen war, um ihren kranken Jungen zu behandeln, meistens bei Einbruch der Nacht oder bei Schnee. Und dieser Mann im braunen Anzug, der ihr entgegenkam, als würde er sie nicht bemerken, und urplötzlich seine freudige Überraschung bekundete. Und der andere, der am Tee nippte und dabei von der Einsamkeit sprach, »die man zu zweit bekämpfen muß«. Und noch ein anderer, der ihr gestand, daß er sich schon seit Jahren wünscht, mit ihr zu reden. Bei diesen Worten schienen die Manschettenknöpfe, die behaarten Handgelenke einem anderen zu gehören. Es gelang ihr nicht, dieses Gesichter zu verbinden und in ihnen den alternden Mann mit braungebrannter, schimmernder Glatze zu sehen, der mit festem Griff ihre Taille umklammert und sich an ihrem zurückgebogenen Körper geweidet hatte, als besäße er sie bereits.

Als sie am nächsten Tag aus Paris zurückkehrte, beobachtete sie ängstlich die Bäume, die den Platz vor dem Bahnhof säumten. Niemand war zu sehen. An ihrer Haustür hing ein kleiner Zettel. »Ich war zum Kaffee da – komme zum Abendessen wieder.« Als sie die Unterschrift entzifferte – sie kannte den Namen, hatte ihn aber vergessen –, wußte sie, was diesen Männern gemeinsam war, die ihr in der Nacht durch den Kopf gegeistert waren. Als hätte dieser alltägliche, etwas lächerlich klingende Name, als hätte allein die Unterschrift »Sergej Goletz« eine Gattungsbezeichnung für alle diese Gestalten abgegeben.

Dieser Mann war hinter ihr Geheimnis gekommen – wie und inwieweit, wußte sie nicht. Er hatte den Wahnsinn hinter ihrem Geheimnis durchschaut, ihren Wahnsinn durchschaut. Ja, er behandelte sie wie eine Geisteskranke, wie eine Frau, an der man sich vergreifen kann.

Es war schon fast neun Uhr abends. Mit hastigen Schritten ging sie am Haus entlang, schlüpfte unter die Bäume des kleinen Wäldchens. Man konnte ihn in fünf Minuten durchqueren, doch das Labyrinth der Wege gab ihr das Gefühl, darin untertauchen zu können. Überall fielen lange, kupferfarbene Strahlen auf den Waldboden, die mit der Zeit immer matter wurden. Langsam zog die Dunkelheit in den schattigen Winkeln herauf. Im Mondschein verwandelten sich die Lichtungen in Seen und Bäche von nächtlichem Blau. Ein Vogel krächzte, seine Rufe klangen wie auseinanderbrechende Eisklumpen. Mit einem Mal war sie überzeugt, daß es möglich wäre, hier zu bleiben, die Zeit anzuhalten, ihren Lauf umzudrehen und in der Vergangenheit zu leben. Dann fiel ihr ein, daß es jemanden gab, der ihren Wahnsinn vermutlich erkannt hatte, und sie beeilte sich, nach Hause zu kommen.

Als sie den Lichtschalter drückte, kam ihr der Gedanke, Goletz könnte das Licht sehen und … Im selben Augenblick hörte sie das ruhige, fast nachlässige Klopfen an der Tür. Sie löschte das Licht, doch dann ärgerte sie sich über ihre Feigheit und knipste es wieder an. Fest entschlossen, nicht zu öffnen und nichts zu sagen, ging sie an die Tür. Er klopfte erneut, und da er ahnte, daß sie hinter der Tür stand, verkündete er, ohne die Stimme zu heben: »Machen Sie auf … Ich weiß, daß Sie da sind … Ich habe eine Nachricht für Sie.« Seine Stimme verhehlte kaum, daß er sich über sie lustig machte. »Ja, er spricht mit mir wie mit einer Geisteskranken«, dachte sie wieder. Sie ging in die Küche zurück, da hörte sie plötzlich einen Blumenstengel brechen: Er ging an der Hauswand entlang und trampelte in der Dunkelheit über die Blumen. Jetzt fiel ihr ein, daß die Fenstertür in ihrem Zimmer noch offenstand. Kaum hatte sie erfaßt, was dies bedeutete, wurde es schon Wirklichkeit: Das langgezogene Quietschen der alten Fensterangeln schallte durch den Flur.

Sie eilte ans andere Ende der Wohnung, machte Licht, konnte mit ihrem inneren Auge gerade noch für einen Augenblick die vertrauten Gegenstände zusammenbringen, die ihr einen Stich versetzten: die Lampe mit dem geklebten Keramikfuß, den Ofen, das Bett, den Spiegelschrank …
Zwischen all diesen Gegenständen, die sich nahtlos in das gewohnte Bild fügten, ragte der Kopf eines Mannes durch die gähnende Fenstertür ins Zimmer, als gehörte er zum unbeständigen Mobiliar eines Alptraums. »Auf ein Wort … Ich habe gestern vergessen, Ihnen zu sagen …« Er lächelte, sah sie mit starrem, hypnotisierendem Blick an und kam mit abrupten Bewegungen immer weiter ins Zimmer herein, obwohl es jedesmal so aussah, als bewegte er sich nicht, wenn sie ihn anschreien wollte. Sie war voller Verzweiflung und fühlte sich in dieser Situation wie eine Fremde. Die Sätze, die in ihrem Kopf widerhallten, die auf ihren Lippen zerplatzten, schienen aus dem Mund einer anderen zu kommen: »Gehen Sie! Verschwinden Sie! Sofort!« Es waren hilflose Befehle, die keine Veränderung in ihrem abwesenden Gesichtsausdruck hervorriefen und keine Wirkung auf diesen Mann hatten, der immer näher rückte, obwohl er sich scheinbar nicht bewegte. Auch aus ihrem Körper war sie herausgetreten, und der Mann wußte es: Durch Jugend, Rausch oder Wahnsinn wird der Körper wehrlos und zur leichten Beute für andere. »Ich habe Ihnen gestern nicht gesagt, daß …«, überschlug sich seine Stimme voller Erregung darüber, dem Ziel seiner Wünsche so nahe zu sein, »… daß ich Sie liebe. Ich liebe Sie schon seit Jahren. Nein, lassen Sie mich …«
Sie wollte ihm eine Ohrfeige geben, doch es mißlang. Er verwandelte ihren ungeschickten Versuch in einen hitzigen Handkuß, dann faßte er sie an der Taille, beugte sich über diesen Körper, den sie schon verlassen hatte, drängte ihn zum Bett. Sie sah ein rundes, schweißgebadetes Gesicht und hörte sich schreien:

»Lassen Sie mich los! Ihr Hals sieht scheußlich aus!«
Dieser völlig unsinnige, irrwitzige Satz, der ihr halb in der Kehle steckenblieb, beendete den Angriff schlagartig. Der Mann richtete sich auf, löste seine Hände von ihr, faßte sich an den Hals. »Wie bitte? Was ist mit meinem Hals?«
Offensichtlich hatte er sich zu scharf rasiert. Seine Haut war entzündet und voller winziger Schwellungen. Er drehte sich zum Spiegel, merkte, wie lachhaft dieser Reflex war, geriet außer Fassung.
»Verschwinden Sie!« sagte sie mit müder Stimme. »Ich bitte Sie!«
Sie ging zur Fenstertür und öffnete sie langsam, während sie die Vorhänge zur Seite schob. Er gehorchte und murmelte mit dem höhnischen Tonfall des Gekränkten: »Gut. Einverstanden … Aber Sie werden mir doch wenigstens die Freude machen, mich auf einem kleinen Spaziergang zu begleiten? Morgen nachmittag …« Er ging hinaus, drehte sich um und erwartete ihre Antwort. Sie schüttelte verneinend den Kopf und zog die Fensterflügel zu. Ein Manschettenknopf blitzte auf – er hatte schnell die Hand dazwischen geschoben.
»Noch ein letztes Wort«, stieß er hervor. Auf seinen Lippen stritten die wütenden Zuckungen mit seinem Lächeln: »Nur ganz kurz, ich versichere es Ihnen. Diese Glastür, mit der Sie mir den Arm einquetschen …« – sie ließ den Griff los – »diese Fenstertür ist zu breit für die Vorhänge, oder die Vorhänge sind zu schmal … Wie Sie wollen.«
Sie war im Mark getroffen, spürte, wie ein Schauder vom Bauch zur Brust hochstieg, ihr den Hals abschnürte. Mit einem Mal wußte sie genau, sprang es ihr geradezu ins Auge, daß dieser Mann gleich etwas verkünden würde, was nicht mehr zu ändern war. Unbewußt hatte sie es schon gespürt, als er begann, zudringlich zu werden, und diese Vorahnung hatte sie ihm gegenüber wehrlos gemacht.
»Sehen Sie, die Vorhänge sind wirklich zu schmal, ich weiß

es doch genau. Denn, wissen Sie, bevor ich abends ins Bett gehe, mache ich noch gerne einen Spaziergang. So ist das eben, wenn man alleine lebt. Und dann beobachte ich genau, was um mich …«
Sie hätte ihm ins Wort fallen müssen, hätte den nächsten Satz verhindern müssen. Wenn sie ihn vorhin nur hätte gewähren lassen, wenn Sie nur seine Küsse hingenommen, sich ihm hingegeben hätte! Was er jetzt sagen würde, wäre noch viel ungeheuerlicher. Doch ihr Atem ging immer schwerer, er behinderte sie wie nasse Kleidung, fesselte sie, erstickte ihre Stimme.
»Besonders in jenem Winter, als es so eiskalt war, habe ich mir oft um Sie Gedanken gemacht: Sie mit einem Kind, das … äh … krank ist, in dieser Bruchbude … Man weiß ja nie … Einmal bin ich abends an Ihren Fenstern vorbeigegangen, ich habe einen Blick zu Ihnen hineingeworfen, die Vorhänge waren zu, aber sie sind, wie ich Ihnen gesagt habe, zu schmal. Ich sah also hinein und …«
Ich habe Sie und Ihren Sohn gesehen. Nackt … Beim Liebesspiel.
Nein! Das hatte er nicht gesagt. Sie glaubte, er würde es sagen, und sofort war es, als hätte er die Worte wirklich ausgesprochen, als würde er seinen Satz damit beenden. Vielleicht hätte er auch von ihren nackten Leibern gesprochen, davon, was für ein sonderbares Liebespaar sie waren. Sie wußte es nicht mehr.
Sie müssen schon verstehen, wie sehr es mich erstaunte … Ich habe in meinem Leben schon manches gesehen. Ich bin ja wahrlich kein Chorknabe … Aber trotzdem! Zum Glück kann ich etwas für mich behalten, denn sonst … Sie wissen ja, wie schnell man sich in der Horde den Mund über was zerreißt, außerdem …
Und als ich Ihnen meine … Freundschaft angeboten habe, wollte ich einfach ungezwungener mit Ihnen reden, Sie ver-

stehen, im Vertrauen mit Ihnen darüber sprechen. Und ich wollte Ihnen die Möglichkeit geben, eine ganz normale Frau zu sein, mit einem Mann, der Ihnen die Lust …

Nein! Von all dem sagte er nichts! Und trotzdem waren diese Sätze im Raum, waren unumstößlich, weil sie ihrer Vorstellung entsprangen.

In Wirklichkeit war er gar nicht mehr da. Sie war allein, saß auf dem Bett, sah in den Spiegel. Beim Weggehen hatte er ihr eine gute Nacht gewünscht und ihr für den nächsten Tag eine Bootsfahrt vorgeschlagen. Sie hatte eingewilligt und zur Bestätigung mehrmals mit dem Kopf genickt.

In der Nacht verirrte sie sich einige Minuten lang im endlosen Labyrinth einer dunklen Wohnung, bis sie in ihr Zimmer ging und sich ins Bett legte. Ihr Sohn kam ins Zimmer. Er sah aus wie an jenem Nachmittag, als sie ihn bei den Sprüngen ins Wasser beobachtet hatte. Er trug nichts auf dem nassen Körper, die Bettwäsche wurde feucht von der Nässe und erfrischend kühl. Sie spürte die Frische auf ihrer Brust, zwischen ihren Hüften. Er küßte sie, und seine Lippen dufteten nach den Stengeln und Blättern von Wasserpflanzen. Sie waren so gelöst, daß sie sich mit einer wunderbaren Schwerelosigkeit bewegten, als liebten sie sich unter Wasser. Sie kniete vor ihm, als sie bemerkte, daß jemand in dem Sessel saß, der in der Ecke dieses fremden Zimmers stand und zur Wand gedreht war. Sie sah weiter nichts als den Arm auf der Lehne – und ein schwerer Manschettenknopf glänzte in der Dunkelheit. Je mehr sich die Lust steigerte, desto mehr löste sich das Profil des Mannes von der Rückenlehne. Sie sollte ihn erkennen, als sie mit einem Schrei, den die Lust noch verzögerte, aus dem Schlaf aufschreckte. Etwas hatte sich in ihre Schulter gegraben. Sie knipste das Licht an und fand in den Falten der zerwühlten Bettdecke einen Manschettenknopf.

Mit einer letzten Anstrengung nahm sie alle Kräfte ihres Verstands zusammen und formulierte einen Gedanken, der völlig zusammenhanglos war, der alles Denkbare überstieg, und freute sich an seiner Unsinnigkeit: »Da war kein Drache!« Ja, es bedurfte solcher unmöglichen Dinge, die keinerlei Chance hatten, wirklich zu werden. Kein Drache! Eine fremde Wohnung, ein Mann in einem Sessel konnten vielleicht Wirklichkeit werden. Aber kein Drache! Auf diese Weise würde sie irgendwann das Wahre vom Falschen unterscheiden können …

Dieses Gedankenspiel wirkte offenbar beruhigend. Für ein paar Minuten konnte sie durchatmen. Sie nutzte es, stand auf, ging in die Bücherkammer, zog bei den Nachschlagewerken einen dicken Band aus dem Regal, blätterte ungeschickt und aufgeregt darin. Es dauerte nicht lange, bis sie den Stich gefunden hatte: »Boa Constrictor beim Angriff auf eine Antilope.« Ein schimmernder, von verschlungenen Mustern überzogener Körper erwürgte seine Beute. »Der Drache …«, flüsterte sie. Dann fiel ihr ein, daß sie vergessen hatte, in der riesigen Wohnung, aus der sie gerade kam, die Lampe auf dem Nachttisch auszuknipsen.

Durch die schwüle, dunstige Luft waren die Geräusche nur undeutlich und verschwommen zu hören. Das Geschrei der in Ufernähe planschenden Kinder, das Blöken einer Schafherde, dazu das Plätschern des Wassers unter dem gemächlichen Ruderschlag. Um den Kahn vom flachen, schlammigen Ufer aus ins Wasser zu lassen, hatte er zuvor seine Schuhe ausziehen, die Hose hochkrempeln und im Wasser waten müssen. Jetzt sah sie seine breiten, ledernen Fußsohlen. Und die Schlammspur, die auf seiner Stirn zurückgeblieben war, als er sich die Schweißtropfen abgewischt hatte. Dieser braune Streifen war für sie ein kleiner Punkt eines beispiellosen Schmerzes in dieser von Sonne und Gleichgültigkeit beherrschten Welt. Sie konnte ihm schlecht sagen: »Sie haben sich das Gesicht schmutzig gemacht«, und noch weniger konnte sie die Finger ins Wasser tauchen und ihm die Stirn abwischen.

Nein, das war ganz undenkbar. Der Mann ihr gegenüber, der seine bloßen Fersen gegen das Spant des Boots drückte, war ein außergewöhnliches Wesen: Er war der Mann, der sie begehrte und der sie an einem stickigen Julitag auf eine Kahnfahrt mitnahm, weil es zum Ritual gehörte und der Nacht vorausging, in der er sie mißbrauchen würde, soviel er Lust hätte, ohne daß etwas dagegen einzuwenden wäre oder sie den geringsten Widerstand leisten könnte. Als sie vor der

Bootspartie durch die Oberstadt gingen, hatte er sie in eine Schießbude eingeladen. Er hatte nicht ein einziges Ziel verfehlt und kam heraus mit einer Miene wie ein Kind, das Lob erwartet. Es war derselbe Mann, der sich in der verwinkelten Wohnung befunden hatte, der in einem gegen die Wand gedrehten Sessel saß und ihnen mit verständnisinnigem Lächeln nachspionierte. Sie erinnerte sich an das große Bett, an die nach dem Fluß duftenden Bettücher – ja, genau, es war derselbe Duft wie der des lauwarmen Wassers, das unter dem tiefliegenden Boot plätscherte. Von diesem wachsamen Blick beobachtet, versuchten sie und der noch nasse Junge ihre Liebe zu bemänteln. Ja, sie suchten ganz unschuldig einen Gegenstand, der in den Falten des zerwühlten Bettes verlorengegangen war. Doch während sie so taten, als suchten sie, umarmten sie sich, tauschten Küsse, gaben sich einander hin ...

Sie zwang sich, hinzuhören. Eben hatte Goletz etwas zu ihr gesagt. Sicher hatte er wieder davon gesprochen, daß man diese schönen Tage ausnutzen müsse, man wisse ja nie. Er wiederholte es alle fünf Minuten. Der Schlammspritzer auf seiner Stirn war zerlaufen und bildete eine lange, gewundene Linie. »Wenn ich ihn nur fragen könnte, ob ich mir diese Wohnung, diesen Versuch, ihn zu täuschen, dieses zerwühlte Bett, das abgesucht wird, nur einbilde oder nicht?« hörte sie eine verzweifelte Stimme in sich. Sie war beinahe froh, das »kleine Biest« zu vernehmen, denn außer dieser inneren Stimme hatte sie keine Verbindung mehr zu diesem Tag, zu der Unterhaltung mit diesem Mann, zu ihrem Leben. Sie beugte sich vor, tauchte die Hand ins Wasser. Sie würde ihm den schmutzigen Strich von der Stirn wischen.

In diesem Augenblick legten sie an. Goletz sprang ans Ufer, zog den Kahn am Bug an einem geschützten Platz zwischen den Weiden mitten ins Geflecht der Algen. Dann half er ihr aussteigen, hob sie auf eine kleine, von Sträuchern um-

schlossene Lichtung. Er behandelte sie dabei so vorsichtig wie einen kranken, aber sehr bedeutenden Menschen oder wie eine gefüllte Blumenvase, bei der man befürchtete, man könne sie in letzter Minute zerbrechen. Oder vielleicht (so meldete sich die Stimme des »kleinen Biests« aus der dumpfen Leere, die sie einschloß), ja, vielmehr wie eine Person, deren Rang sich nicht mit diesem Picknick am Flußufer vereinbaren ließ. »Wie Fürstin Arbelina «, hauchte die Stimme in ihr. »Für ihn bist du noch die Fürstin, und er ist noch immer empfänglich für diesen Titel, der deinem Körper einen zusätzlichen Wert gibt.«
Goletz breitete ein Tischtuch aus, stellte die Flasche darauf, holte zwei Gläser, Brot und ein Päckchen voller Fettflecken aus seiner Tasche. »Fürstin Arbelina«, dachte sie, während sie sich das Leben vorstellte, in dem dieses Wort noch etwas bedeutete, in dem die Menschen lebten, die sie kannten. Die Goldene Horde, Villiers, Paris ... Diese Welt schien es nicht zu geben, sie schien einem Traum zu entstammen, an den sie sich nur noch schwach erinnerte. Es gab nur noch die brütende, feuchte Hitze dieses Julinachmittags, den süßlichen Geruch des lauwarmen, schlammigen Wassers, diese Frau, die es sich im Gras bequem gemacht hatte und manchmal ein Glas an ihre Lippen führte, um der Bitte eines Mannes zu entsprechen, der ununterbrochen redete. Ein Mann, der in der kommenden Nacht ihre Brüste unter sich begraben, in sie eindringen, neben ihr einschlafen würde. An seinen Bewegungen deutete schon alles darauf hin, an seinen Unterarmen mit ihren dicken, blauen Adern, seinen Fingern mit den breiten, gelben Fingernägeln ...
»Und wenn ich mir vorstelle, daß all das unter dem Schnee verschwunden war!«
Er lag im Gras, hatte sich auf einen Ellbogen gestützt, die Beine übereinander geschlagen und wies mit dem Arm, ohne das Glas abzustellen, in einer weit ausholenden Bewe-

gung auf die Felder am andern Ufer. Sie schloß die Augen und gab ihm ein Zeichen, damit er schwieg. In ihr breitete sich das zarte Gewebe einer Nacht aus. Mit wehmütiger Freude sah sie den von Eiskristallen überzogenen Zweig wieder vor sich, und den gefrorenen Tümpel, vor allem jedoch den Blütenzauber der Eisblumen auf der dunklen Fensterscheibe …

Goletz holte sie aus ihrer Versunkenheit zurück. Er hatte die Hand, die sie über ihre geschlossenen Augen hielt, damit noch weniger Licht in sie drang, wohl als Zeichen dafür aufgefaßt, daß der Wein seine Wirkung tat und sie gelöster wurde. Ohne aufzustehen, kroch er mit einer raschen Bewegung hinter sie. Er faßte sie an den Schultern, kippte sie nach hinten, schob seine Hand unter ihren Rücken. Als sie plötzlich ihre Augen öffnete und er ihre Augen sah, war er wie versteinert: Ihr Blick war starr und leer, sie sah ihn nicht, sie sah nichts … Auf einmal war es aus mit seiner Lust. Unwillkürlich entfuhr ihm ein Seufzer. Mit einem fast kläglichen Maunzen löste er sich von ihr. Sie stand auf, starrte auf den Mann, der zu ihren Füßen kauerte, ließ ihren Blick schweifen über die dicht gedrängten Dächer der Oberstadt, über den Bogen des glanzlosen Flusses … Nein, in der lauen und weichen Substanz des Lebens gab es nur diese Klage der Lust, dieses Fleisch, das auf Vereinigung lauerte.

Er sammelte die Reste des Essens ein, faltete das Tischtuch zusammen. Dann gab es einen Augenblick des Zögerns, als er sich fragte, ob er die fast leere Flasche wegwerfen oder mitnehmen solle. Schon sichtlich angetrunken, fiel es ihm schwer, diese lächerliche Entscheidung zu treffen. Er verstaute die Flasche in seiner Tasche, zog sie wieder heraus, betrachtete sie verstört. Von nun an waren seine Minuten gezählt, das Zögern besiegelte sein Ende (so jedenfalls würde sie es später empfinden, doch niemand sollte ihr glauben). Wenn er sich nicht damit aufgehalten hätte, die Flasche

hin und her zu wenden, wenn sie nur wenige Augenblicke früher zurückgerudert wären oder wenn er die Flasche einfach mitgenommen hätte, wäre alles anders gekommen.
Aber er schlenkerte den Arm, spielte den Schelm und warf die Flasche johlend in den Fluß. Mit der Intuition eines Betrunkenen mußte er gespürt haben, daß er von etwas Unsichtbarem festgehalten wurde, mit dem er wie durch ein Seil verbunden war. Seine Stimmung änderte sich. Er versuchte zu scherzen: Jetzt folgten sie der Strömung flußabwärts, und nach ein paar Metern holten sie die Flasche ein, die nicht untergegangen war. Er versetzte ihr einen Schlag mit dem Ruder, und der Flaschenhals versank mit einem kurzen, von aufsteigenden Luftblasen begleiteten Gurgeln. Er lachte los. Dann verfinsterte sich sein Gesicht sofort wieder.
Wahrscheinlich wollte er die rätselhafte Unruhe zerstreuen und ließ deshalb plötzlich die Ruder sinken, schaute in den Himmel, räkelte sich und erklärte mit weinseliger Stimme:
»Der Mensch ist da, um glücklich zu sein, wie ein Vogel da ist, um zu fliegen!«
Er richtete sich halb auf, und da er in dem schlingernden Boot ins Wanken geriet, kippte er schließlich hintüber, wo sie saß. Sie wich aus, um nicht unter dem Gewicht dieses aus dem Gleichgewicht geratenen und noch immer prustenden Mannes begraben zu werden. Er erwischte sie dennoch, hing über ihr, riß brutal ihr Kleid auf. In diesem Augenblick sah sie ein verbogenes, rostiges Stahlgebilde aus dem Wasser ragen, das rasend schnell größer wurde. Es kam ihr vor, als kippte der Kahn fast sanft zur Seite.

Sie würde niemals erfahren, ob die Roheit, mit der Goletz sich auf sie stürzte, sich an sie klammerte, seinem Rausch zuzuschreiben war oder seinem Bestreben, sie zu retten, oder der Tatsache, daß er nicht schwimmen konnte. Oder hatte er vielleicht diese Frau wegstoßen wollen, die ihn zu ertränken drohte? Oder war er schon im Todeskampf? Sie würde auch nie erfahren, ob er sich die Verletzung beim Sturz oder hinterher zugezogen hatte, als er unterging und erst leblos wieder an die Oberfläche kam.

Was auch immer der Grund dafür gewesen sein mochte, die Gesten des ertrinkenden Goletz zeigten eine makabere Übereinstimmung mit der körperlichen Vereinigung, von der er geträumt hatte. Er umschlang den begehrten Körper, hielt ihn gewaltsam fest, riß die Oberbekleidung herunter, entblößte ihre Schultern, ihre Brüste und grub seine Fingernägel in ihre Haut.

Dieser wilde Kampf dauerte kaum mehr als ein paar Sekunden. Goletz versank im Wasser und tauchte etwas weiter entfernt wieder auf an einer Stelle in Ufernähe, wo die Strömung ihn nicht mehr erfaßte. Sein Körper wurde an eine schmale Sandbank zwischen einem Betonblock und Schilfrohren gespült, über denen sich grüne und blaue Libellen unbeirrt sonnten.

In den Fetzen ihres Kleides erreichte sie schwimmend oder vielmehr von der Strömung getragen diesen geschützten Platz. Wenige Meter von der Stelle, an der ihr Boot gekentert war, berührte ihr Fuß den Grund. Es war wie ein Kinderspiel. Und dennoch trieb wenige Schritte von ihr entfernt dieser Mann in seinen Kleidern im Fluß, und das Wasser um seinen Kopf färbte sich braun.

Angeführt von einem Jungen, der noch seine Angelrute in der Hand hielt, eilten am Ufer zwei Männer herbei.

Es kam ihr vor, als säße sie schon seit Wochen an diesem sonnigen Ufer, auf diesem alten Baumstumpf, auf dem die ersten Zeugen sie fanden. Die Nächte waren wie ausradiert, es gab nur noch diesen endlos langen Tag, diese lauen Dünste, die vom Wasser aufstiegen, dieser Geruch der Wiese, des Schlicks und das gleißende, leicht diesige Licht, das mehr blendete als der grelle Sonnenschein.

Es herrschte ein ständiges Kommen und Gehen. Die Leute standen um sie herum, liefen auseinander, näherten sich ängstlich der Leiche, tauschten ihre Eindrücke aus. Sie kannte sie fast alle: den Apotheker, der sich den Russen so verbunden fühlte, die Leiterin des Altenheims, den alten Haudegen, die Krankenschwester, die Fahrkartenverkäuferin vom Bahnhof ... Sie stellte fest, daß sich jeder treu blieb und weiter seine Rolle spielte, sogar unter diesen außerordentlichen Umständen. Die Krankenschwester vergaß nicht, mit ihrer bitteren Miene daran zu erinnern, daß sie eine Trauer trug, die weitaus mehr Respekt verdiente als dieser dumme Zwischenfall. Die Fahrkartenverkäuferin schaute ständig auf ihre Armbanduhr. Die Leiterin des Altenheims leitete den Fortgang des Dramas. Der Apotheker ging von einer Gruppe zur anderen und war stolz, unterschiedslos sowohl an den Gesprächen der Russen als auch an denen der Franzosen teilnehmen zu können. Übertönt vom Lärm der Ge-

spräche war bei den Weiden ein fröhliches »S-s-slisch!« zu vernehmen.
Sie spürte, daß mehrere Dutzend fragende oder einfach nur neugierige Blicke auf sie gerichtet waren. Als stellten sie ihre Ferngläser ein, versuchten diese aufgeregten Zuschauer Fürstin Arbelina und diese von triefenden Lumpen bedeckte Frau, die keinen Versuch machte, die Kratzspuren auf ihrer Brust zu verdecken, in Übereinstimmung zu bringen. Einige, die meinten, sie näher zu kennen, sprachen sie leise an, wie man in die Stille eines Zimmers hineinraunt, um zu sehen, ob die Person darin schläft. Sie rührte sich nicht, schien blind und vollkommen unansprechbar zu sein. Dennoch waren ihre Augen wach. Sie registrierte die neuen Gesichter unter den Gaffern und stellte fest, daß die Schlammspur auf der Stirn des Mannes verschwunden war, zweifellos hatte das Wasser sie weggewischt ...
Doch was hätte sie denjenigen antworten sollen, die sich wie die Leiterin des Altenheims zu ihr beugten und leise Fragen an sie richteten, die von einer geradezu unglaublichen Banalität waren, die sie nach Ansicht der Leiterin jedoch aus ihrem Schock hätte reißen müssen. Schock ... Schock ... Schock, tönte es vielstimmig durch die Grüppchen, die sich gebildet hatten. Sie hätte von der Schlammspur sprechen müssen, von der Unmöglichkeit, sie wegzuwischen, die sie im Boot empfunden hatte, ja, davon, daß sie nicht in der Lage gewesen war, ihre Finger naß zu machen und diese Stirn zu berühren. Sie hätte ihnen auch von dem einzigen Moment Schönheit erzählen müssen, den dieser unverbesserliche, häßliche Mann durch Zufall heraufbeschworen hatte, als er eine Viertelstunde vor seinem Tod sagte: »Und wenn man sich vorstellt, daß all das unter dem Schnee verschwunden war.« Aber hätte man sie verstanden? Vielleicht die alte Rentnerin, die plötzlich zu der Leiche ging, um den langen Algenstengel wegzunehmen, der über dem Gesicht lag. Un-

ter den Neugierigen erhob sich ein mißbilligendes Flüstern – es durfte nichts verändert werden.
Und nichts veränderte sich. Der feuchte, stickige Nachmittag dauerte eine Ewigkeit. Die Polizei kam, die Schaulustigen bildeten wieder Grüppchen. Tage vergingen, es wurde nicht Nacht. Es schien immer dieselbe Sonne am selben warmen Fluß, mit denselben Leuten, mit dieser Leiche. Nach und nach trockneten die Kleidungsstücke, die er trug. Und auf dem Busen der Frau (auf meinem Busen, sagte sie, doch sie wußte immer weniger, wer das war) verheilten die Kratzer, verschwanden die geröteten Streifen.
Der Untersuchungsrichter vernahm sie in seinem Büro – doch sie war immer noch die Frau, die am Ufer saß, an dem alles noch an seinem Platz war: der Ertrunkene, die Schaulustigen und dazu jetzt der Richter, der sich über den Leichnam beugte, den Rand des Boots abtastete, von einem Zuschauer zum anderen ging und schließlich vor der halb entkleideten Frau stehenblieb. Er nannte die Frau »Madame Arbelina«, sie hörte darauf und war anfangs sogar froh, diese Frau zu sein. So war es leichter für sie zu gestehen, daß sie Goletz verabscheut hatte, daß sie oft daran gedacht hatte, ihn umzubringen. Und daß sie ihn schließlich getötet hatte, ja, sogar zweifach getötet hatte, denn erstens hatte sie seine schlammbeschmutzte Stirn nicht abgewischt (und wenn sie es getan hätte, wäre alles anders gekommen!), und später, als er nicht wußte, was er mit der leeren Flasche anfangen sollte, und seine Todesstunde nahte, hatte sie sich zur Komplizin des Todes gemacht und vollkommen tatenlos zugesehen, wie sich sein Schicksal erfüllte.
Eines Tages glaubte sie, dem Mann, der ihr so interessiert zuhörte, endlich das Wesentliche erzählen zu können. Offensichtlich wurde dem Untersuchungsrichter langsam bewußt, daß er nicht einer gewissen »Madame Arbelina« gegenübersaß, sondern einer Frau, die voller seltsamer Winternächte

und schrecklicher Abgründe war, die sich jeden Augenblick und bei irgendeinem gewöhnlichen Gegenstand oder jedem harmlosen Wort auftun konnten. Durch sein Verständnis ermutigt, erzählte sie von der unbeschreiblichen Schönheit des vergangenen Winters, von dem winzigen Tümpel mit den darin gefangenen Fischen, von dem Zweig, von dem die ewigen Eiskristalle rieselten. Erneut lebte sie im zarten Gewebe dieser stillen Augenblicke und entdeckte mit Entzücken, daß auch ihr Gegenüber von Tag zu Tag mehr darin eintauchte. Jetzt war sie sich sicher, daß sie ihm ihr Geheimnis anvertrauen konnte.

Warum erschien plötzlich dieser Stotterer, der behauptete, der beste Freund von Goletz gewesen zu sein? Hatte sie ihn bei einer Gegenüberstellung gesehen, oder erfuhr sie von ihm durch die immer zahlreicher werdenden Versionen dieses Verbrechens, das die Horde und sogar die ganze Stadt beschäftigte? Sie erinnerte sich nicht mehr. Dennoch warf die Zeugenaussage dieses Fi-fi alles über den Haufen. Indem er unter größter Anstrengung gegen seine Sprachbehinderung ankämpfte, sagte er aus, Goletz habe gewußt, daß Fürst Arbelin vor dem Krieg an zweifelhaften Geschäften mit Gütern von russischen Emigranten beteiligt war, und habe deshalb ... Der Richter betrachtete diese neue Version als eine Ausgeburt der Phantasie. Goletz kannte Fürst Arbelin kaum und hätte niemals beweisen können, was an diesen Verkäufen unstatthaft gewesen sein soll.
Doch für sie fiel mit dieser Zeugenaussage alles zusammen, was sie Wort für Wort in ihren Gesprächen mit dem Richter herausgefunden hatte. Goletz wußte also nichts von ihren Winternächten. Und die Drohungen, die er ausgesprochen hatte, bezogen sich auf diese alte, zwielichtige Sache mit den Landgütern, die der Fürst verkauft hatte. Damit hatte er sie erpressen wollen! Lächerlich! Und sie hatte in ihrer Verwir-

rung, in ihrer panischen Angst geglaubt, dieser Mann habe sich unter ihrem Fenster versteckt. Nein, er hatte nichts gesehen. In diesem Fall war sein Tod, den sie so herbeigewünscht hatte, war dieser Mord, den sie vor dem Richter gestanden hatte, völlig umsonst gewesen. Sie hatte ihn für nichts umgebracht.

Eigenartigerweise hörte ihr der Richter diesmal mit kaum verhohlener Ungeduld zu, blickte häufig auf die Uhr und legte einen zerstreuten Gesichtsausdruck auf. Auch der Gerichtsschreiber war nicht da. Sie drang darauf, man möge sie zum Schauplatz des Dramas begleiten, sträubte sich gegen die Ablehnung, wiederholte sehr bestimmt ihre Bitte, erklärte, sie würden dort ein zur Wahrheitsfindung entscheidendes Beweismittel finden, und obsiegte schließlich. Trotz der späten Stunde ging sie ans Flußufer, fand den Ort wieder, an dem sie angelegt hatten, zeigte, wo sie im Gras gelegen hatten, beschrieb, wie ihr gemeinsames Mahl geendet hatte. Und plötzlich merkte sie, daß sie allein am Ufer stand, daß die Sonne schon längst untergegangen war und daß niemand ihren Erklärungen zuhörte ... Doch, die Lausbuben, die sich an ihre Fersen geheftet, sie mit Kugeln aus nassem Schlamm beworfen und mit unflätigen Ausdrücken überhäuft hatten, die hörten sie.

Vielleicht war ihr an diesem Abend auf dem Heimweg der Stotterer begegnet. Er sagte, daß man auch ihn nicht mehr als Zeugen wolle. Und das, obwohl er dem Richter berichtet hatte, Goletz habe so zurückgezogen gelebt, weil er eine Vergangenheit gehabt habe, die er lieber verschwieg. Er sei nämlich Arzt an der Front gewesen, sei von den Roten gefangengenommen worden und habe zwei Jahre bei der Roten Armee gedient. Vor dreißig Jahren ...

Sie standen sich in einer schon fast dunklen Straße in der Unterstadt von Angesicht zu Angesicht gegenüber. Sie mit zerzaustem Haar, weil sie vom Ufer weggerannt war, und mit verdrecktem Kleid, an dem der Schlamm klebte, mit dem ihre Verfolger sie beworfen hatten. Er, klein, schlank, mit diesem Gesicht, das entstellt aussah, wenn er um Worte rang. Übrigens fühlten sich beide stumm und konnten es kaum aushalten. Schließlich gelang es ihm, die Luft zu lenken, die seine Kehle versperrte, und unter schwerem Ächzen stieß er hervor:

»S-S-Sie haben ihn umgebracht!«

Nach dieser Begegnung kehrte sie nicht mehr nach Hause zurück. Sie meinte sogar, sie hätte das Haus nie mehr gesehen, das an die Rückseite der alten Brauerei gebaut war. Auf unerklärliche Weise wurde sie zu der Frau, die in einem kleinen Zimmer, in dem es ständig nach Arzneimitteln roch, in einem schmalen, weißen Bett lag. Jemand weckte sie und holte die Dämmernde aus dem angenehmen Zustand der Unempfindlichkeit. Sie öffnete die Augen und wunderte sich kein bißchen, diesen Mann von fünfzig Jahren vor sich zu sehen, das ungetreue Abbild ihres Ehemanns, der erschöpft und gealtert aussah, und diesen ernsten, angespannten, jungen Mann, der ihrem Sohn glich, nur daß er ein wenig älter war.

Ihr Erscheinen versetzte sie in ein Leben in weiter Ferne, in eine vergessene Stadt und vor allem in einen anderen Körper. Sie schienen nicht wahrzunehmen, daß sie aufgebrochen war, und sprachen weiter zu der reglosen, bleichen Frau, die auf jede Äußerung verzichtete. Ihr Ehemann redete auf sie ein. In ihren dichten Nebel gehüllt, hörte sie ihm zu, lächelte ihn an und verstand nichts. Sie mußte ein Papier unterzeichnen – der Mann führte ihre Hand. Es war zweifellos ihr mütterlicher Instinkt, der sie im Augenblick des Abschieds aus ihrem Dämmerzustand riß. Sie hörte ihren Mann: »Es ist besser so. Für ihn ...« Sie begriff, daß er nach

Rußland abreisen und ihren Sohn dorthin mitnehmen würde. »Für ein oder zwei Monate«, fügte er noch hinzu.
Als sich die Tür hinter ihnen geschlossen hatte, kam die Erinnerung an die Tage zuvor wieder, oder vielmehr an die Tage der Kälte, an die Glasscherbe, die so sanft in die Ader ihres Handgelenks eingedrungen war – eine Glasscherbe, die ihren Schmerzen ein Ende machen würde, wie sie dachte, damit dieser schwüle Nachmittag am Ufer, wo der Ertrunkene lag, damit das Stimmengewirr aufhörte, in dem immerzu von ihr die Rede war, nur von ihr.

In einer Nacht konnte sie aufstehen. Sie ging auf den Flur hinaus und huschte durch die Gänge des großen, hallenden Gebäudes. Obwohl es im Dunkeln lag, waren die Zimmer voller Leben. Sie hörte Freudengeschrei, Reden voller Pathos, Getuschel, Seufzer. Nach einer Biegung sah der Gang plötzlich verändert aus: An den Wänden hingen alte Porträts in stumpfen Goldrahmen. Aus einer Tür, die halb offen stand, brauste ihr Opernmusik entgegen. Eine Dame in einer weiten Abendrobe überholte sie. In einem hell erleuchteten Türspalt, der sich für einen Moment auftat, erschien eine fröhliche, kleine Gesellschaft und verschwand sogleich wieder am Ende des Flurs. Sie wußte im voraus, was sich in dem Zimmer hinter dieser Tür befand, die sie langsam aufstieß: das Feuer im Ofen, die vom geschmolzenen Schnee nassen Äste, der großen Spiegel, dieses Bett, in dem noch der Abdruck eines Körpers zu sehen war. Sie zog sich aus, schmiegte sich in diese Vertiefung und gab vor zu schlafen. Einen Augenblick später umfing sie eine lange währende, unendliche Zärtlichkeit, die ihren ganzen Körper erfüllte, ihn öffnete … Plötzlich war es für sie vorbei. In einem Sessel, der gegen die Wand gerückt war, zeichnete sich ein plumpes Profil ab, aus dem sie ein haßerfüllter und zugleich selbstgefälliger Blick anstierte.

Sie floh diesen Blick, indem sie durch die Gänge stürzte, die wieder eintönig geworden waren. Hinter ihr ertönten hastige, vom Bewußtsein der Stärke beflügelte Schritte. Da erinnerte sie sich, daß ihre einzige Zuflucht eine kleine Dachkammer war, deren schmales Fenster auf einen verschneiten Wald hinausging. Sie sah schon die niedrige Tür, ergriff die Türklinke, drückte sie verzweifelt. Fast lässig, ohne einen Gedanken an die Gewalt, die sie ihr antaten, packten sie erfahrene Hände, lähmten sie, verdrehten ihr die Arme …

Sie wurde von ihrem eigenen Schrei wach. Alles war also nur ein langer, verschlungener und quälerischer Traum. Die Winternächte, die unsagbare Liebe, der Mann, der ihnen vom Sessel aus zusah … Sie hob den linken Arm – die Narbe war noch rot. Warum hatte sie es getan, wenn doch alles nur langsam aufeinander folgende Erscheinungen waren? Weil sie erfahren hatte – sie wußte nicht einmal wie (wahrscheinlich aus den Gesprächen der Krankenschwestern), daß ihr Sohn nicht zum vorgesehenen Zeitpunkt zurückkehren würde. Oder kehrte er vielleicht nicht zurück, weil sie sich die Pulsadern geöffnet hatte? Oder hatte sie vielleicht sterben wollen, um aus dem Gebäude zu fliehen, aus dem man nicht fliehen konnte? Denn sie befand sich nicht mehr in dem Krankenhaus, in dem ihr Mann und ihr Sohn sie besucht hatten. Oder waren sie vielleicht gerade deshalb weggegangen, weil sie wußten, daß man sie hierher bringen würde? Die aufgeschnittenen Pulsadern, dieses Gebäude, der Abschied. Oder vielmehr: der Abschied, das blutende Handgelenk, das Gebäude, das man nicht verlassen konnte. Nein, es muß noch eine andere Reihenfolge geben: Gebäude, Lebensmüdigkeit, ihr Abschied … Wie einfach und ausweglos doch alles ist. Trotzdem könnte ich ans Fenster gehen, und wenn ich sähe, daß es schneit, könnte ich vielleicht … Halt. Zuerst war die Glasscherbe, das Blut, aber es gab kein Eis, um es zu stillen.

Sie merkte nicht, wie die Jahre vergingen. Die Zeit krümmte sich langsam gegen die Wände im Inneren eines verwinkelten Gebäudes, durch das sie Tag für Tag tastend streifte. Nein, nicht die Anstalt, die in einem ganz gewöhnlichen, geradlinigen Gebäude untergebracht war und in der all diese verstörten Seelen wohnten, sondern jenes ständig sich wandelnde, höhlenartige Haus, das in ihrem Schlaf erschien. Sie versuchte, die einzelnen Geräusche zu unterscheiden und lernte, die Musik eines Flügels in einem abgelegenen Salon zu erkennen. Sie lief hin, sah schon den großen Leuchter strahlen, roch schon die einzelnen Gerichte eines Festmahls ... Doch plötzlich wurde es ganz dunkel in den Zimmern, sie füllten sich mit Rauch, und unter ihren Füßen zersplitterten Scherben von Fensterscheiben. Sie betrat ein verwüstetes Restaurant, wo ein Mann mit Pelzmütze, die er tief über die Stirn gezogen hatte, einen Triumphmarsch spielte und sich von Zeit zu Zeit mit einer schnellen Handbewegung die grauen Tränen aus seinem rußigen Gesicht wischte. Sie ging hinaus auf einen Hinterhof in der Hoffnung, dort Schutz vor dem Maschinengewehr zu finden, das plötzlich die Wände durchsiebte. Sie öffnete eine Tür und stand in einem Hotelzimmer, das Fenster ging zum Mittelmeer hinaus, es ließ die warme Nachtluft herein, und im feuchten, duftenden Hauch von draußen hörte man das Rascheln des

Laubs. Sie irrte von einem Zimmer zum anderen, begegnete manchmal jemandem, führte Gespräche und wunderte sich nicht, wenn ihre Gesprächspartner sie mitten im Satz verließen und in einem Gang verschwanden, der sich mit einem Mal am Ende eines Saals auftat.

Unter den Leuten, die sie besuchen kamen, gab es aber auch eine Frau, die nie unversehens aufbrach, sondern ihr zum Abschied, wie um ihre unleugbare Realität zu beweisen, eine knochige Hand reichte, die sie unter einem weichen Wollschal warm hielt. Es war die Krankenschwester aus der Horde, die einst so sehr um ihren englischen Verlobten getrauert hatte. Seltsamerweise bewahrte sie die Erinnerung an eine gewisse Fürstin Arbelina und besuchte sie jeden Monat einmal, obwohl die Reise hin und zurück einen ganzen Tag dauerte. Von ihrem sagenhaften Geliebten, dem englischen Fliegeroffizier, war nicht mehr die Rede. Wie alle Mythen altern, so verblaßte zweifellos auch diese Mythe, und so wurde die unglückliche Fürstin die neue Leidenschaft in ihrem grauen Alltag. Sie kam sonntags, ob bei Regen oder Sonnenschein, und ging den langen Weg durch die Lindenallee, mal unter Zweigen, an denen sich das erste Grün kräuselte, mal unter Zweigen, die ins Gold der ersten Oktobertage getaucht waren. Sie erklärte den anderen mit ernster Stimme und trauriger Miene, daß Fürstin Arbelina einst ihre beste Freundin, ja, ihre Busenfreundin gewesen sei. Und nur durch diese neue Legende weilte Olga Arbelina noch unter den Lebenden.

Nach ihrem Besuch blieb die Fürstin (auch das Pflegepersonal nannte sie so, ohne wirklich zu wissen, ob es sich um einen echten Titel oder um einen im Wahn angenommenen Beinamen handelte) vor dem Fenster am Ende des Gangs stehen, folgte der Krankenschwester mit dem Blick, bis diese unter den Alleenbäumen verschwand, und beobachtete das einfache und eintönige Leben vor der Umzäunung. Ob Regen fiel, die Sonne schien, weiße Wolken am Himmel standen, die Bäume nackt oder belaubt waren. Dann trat sie vom Fenster zurück, ging die Wand entlang, und nachdem sie um eine Ecke gebogen war, verschwand sie in einer geräumigen, düsteren Wohnung, wo ihr Blick im luxuriösen Durcheinander eines Zimmers auf einen großen, schwarzen Ledersessel fiel, der in diesem Augenblick leer war.

Bei den Besuchen der Krankenschwester aus der Horde erfuhr sie kaum etwas über die Welt außerhalb ihrer Mauern, und auch den Gesprächsfetzen, die sie bei den Plaudereien der Putzfrauen aufschnappte, konnte sie nur wenig darüber entnehmen. Kriege, Alltagsprobleme, hochtrabende Verachtung für die kleinen Dinge des Lebens, Alltäglichkeit des Sterbens – war etwas davon wichtiger als ein fallendes Blatt? Vernünftiger als ihr rastloses Irren durch dieses Haus ohne Grund und ohne Boden?

Eine der Putzfrauen merkte, daß die Fürstin mit hastiger, kleiner Schrift dutzendweise Blätter vollschrieb und in ihrem Nachttisch versteckte. Ihre Neugier war vergeblich: Die Aufzeichnungen erwiesen sich als unleserlich, da sie entweder in einer unbekannten Sprache oder in einem viel zu wirren Französisch geschrieben waren. Und in den wenigen Zeilen, die entziffert werden konnten, beschrieb die Fürstin Einzelheiten eines Wintertags, wie es viele im Leben eines jeden gibt.

Eines Tages ahnte sie, ohne sich den geringsten Begriff von der Zeit gemacht zu haben, daß die Krankenschwester aus der Horde diesmal nicht kommen würde. Und sie kam tatsächlich nie mehr, weder im Herbstregen noch im Frühling, als sich die ersten Blätter an den Zweigen zeigten.

Nach einer Reihe ununterscheidbarer Wochen, Monate und Jahreszeiten kam schließlich dieser eiskalte Morgen. Am Ende einer alten Holztreppe mit hohen Stufen und einem von vielen Händen abgenutzten Geländer öffnete sich jene Tür, hinter der nur das winzige Zimmer mit dem Fenster liegen konnte, das auf einen verschneiten Wald hinausging.

Sie mußte sich bücken und ganz klein machen, um zu dem winzigen Fenster zu rutschen, einer Art Dachluke, die verstaubt und trübe war. Mit dem Zipfel eines Geschirrtuchs, das sie aus einem Haufen Altkleider hervorgezogen hatte, rieb sie die Scheibe blank. Sie gab den Blick frei auf dieselbe Lindenallee, die sie kannte, nur daß sie von viel weiter oben zu sehen war und an diesem Tag unter einem feinen Schleier aus langsam fallenden Schneeflocken lag. Der Boden war schon vollkommen weiß, und die Welt hinter der Umzäunung schien von den Webfäden der Schneefälle zur Hälfte verwischt worden zu sein.

Sie wunderte sich nicht im geringsten darüber, als sich mitten auf der Allee in diesem fließenden Weiß allmählich die Gestalt eines Mannes abzeichnete. Und sie war weder von seiner hünenhaften Größe noch von der äußersten Ärmlichkeit seiner Kleidung überrascht – von diesem langen Mantel im Schnitt eines Soldatenmantels, dem man auf den ersten Blick ansah, wie abgewetzt der Stoff und wie häufig er geflickt worden war. Unter der zerschlissenen Kutte steckte ein mächtiger Brustkorb mit breiten Schultern, die jedoch ungewöhnlich abgezehrt waren. Er trug keinen Hut, und der Schnee hatte sich unter sein graues Haar gemischt.

Auch seine Gesten erschienen ihr überhaupt nicht außergewöhnlich. Er blieb stehen, stellte eine alte Reisetasche auf den Boden und ging zu einer Holzbank, um eine Handvoll Schnee von der Sitzfläche zu nehmen. Dann rieb er mit der Schneekugel sorgfältig sein Gesicht ab und wusch sich damit, während sie in seinen Händen schmolz. Er holte ein Taschentuch hervor, wischte sich die Stirn und die Wangen trocken, ergriff die Reisetasche und ging zum Eingang des Gebäudes.

Sie machte keine einzige Bewegung, warf nur einen Blick um sich wie jemand, der an einem unbekannten Ort aufwacht und herausfinden will, wo er ist. Es war kein geheimer Schlupfwinkel mehr, versteckt in den Labyrinthen eines Hauses aus der Vergangenheit, sondern schlicht und einfach das Dachgeschoß des Gebäudes, in dem sie jetzt lebte, ein enger Dachboden, auf den zu steigen sie sich zur Gewohnheit gemacht hatte. Zerbrochene Stühle, alte Zeitungen, ein Stapel vergilbtes Papier, von dem sie die Blätter holte, auf denen sie schrieb … Anfangs war es ihr vom Aufsichtspersonal noch verwehrt worden, da man einen Selbstmord befürchtete, später achtete niemand mehr darauf.

Schon rief eine Frau am Treppenaufgang zum wiederholten Male ihren Namen …

Sie wußte im voraus, was der Mann ihr sagen würde, der sich kurz zuvor das Gesicht mit einer Handvoll Schnee gewaschen hatte. Auf dem Weg durch die Allee würde er zu sprechen beginnen, dann in einem Zugabteil fortfahren, später in einem Hotelzimmer, in einem Café, noch später in irgendeiner vorübergehenden Behausung, die ihnen für eine gewisse Zeit die Illusion eines Zuhauses geben würde. Er redete die ganzen Jahre über, die ihnen noch blieben. Und dabei verließ sie nie der Eindruck, vom ersten Wort an alles gewußt zu haben. Sie hörte ihm zu, weinte, gab ihm Zeichen, damit er schwieg, wenn der Schmerz unerträglich wurde, aber tatsächlich wußte sie schon alles, absolut alles, denn sie hatte es tausendfach erlebt, als sie in den Nächten durch die trügerischen Fluchten des Lebens irrte.

Sie würde bereits alles wissen. Sie wußte, daß den zurückgekehrten Emigranten gleich bei ihrer Ankunft in Rußland ihr Gepäck weggenommen worden war, daß man sie durchsucht und in lange Güterwaggons gesteckt hatte. Und daß man Vater und Sohn an dem Tag getrennt hatte, als der erste Schneesturm über das Land fegte. Die Erwachsenen wurden weit in den Osten verfrachtet, durchquerten den Ural, ließen den Polarkreis hinter sich, bis sie in den Lagern im hohen Norden ankamen. Den Jungen, die jünger als sechzehn Jahre waren, traute man noch zu, in Umerziehungslagern ihre »bourgeoise Vergangenheit« auszumerzen. Als sie voneinander getrennt wurden, war der Vater nach einer einsamen und aussichtslosen Auflehnung beinahe unter den Schlägen eines schweren Gewehrkolbens gestorben.

Sie würde auch erfahren, daß Li denselben Weg in den Norden gegangen war. Und daß man ihre gemalten Kulissen hinter dem Bahnhof, wo die Gefangenen sortiert wurden, einfach in den Schnee geworfen hatte. Eine Zeitlang konnte man mitten in den Schneefeldern die grellen Farben dieser Szenen sehen: ein Pianist im Frack, der eine kolossale Sängerin begleitete, oder zwei Sommerfrischler unter einer Äquatorsonne … Nach und nach hatten die Bewohner des Ortes die Kulissen geholt und sie während der eisigen Fröste am Ende des Winters verheizt.

Sie begriff, daß es nur eine Möglichkeit gab, ihren Sohn immer noch am Leben zu wissen: wenn sie nichts über sein Schicksal erfahren würde. Und je unwahrscheinlicher diese Hoffnung war, um so mehr vertraute sie darauf. Irgendwo unter diesem Himmel war er, sah die Bäume und die Sonne, hörte den Wind …

Eines Tages entschloß auch sie sich, endlich zu reden. Sie wußte, um verstanden zu werden, mußte sie alles mit wenigen Worten sagen und dann schweigen. Und wieder beginnen, bis aus den Wörtern Feuer, Schatten, Licht wurde. Bis jenes andere Leben, das sie so ungeschickt versucht und so kurz nur gekannt hatte, in der unbeständigen Ewigkeit der Sprache für sie zum Vorschein kommen würde.

Er öffnet das Tor in dem Moment, als die Lichter der Straßenlampen zu flackern beginnen und erlöschen. Für einige Augenblicke scheint es wieder dunkel zu werden. Ich drehe mich um: Die Tür zu seinem Wärterhaus steht offen, und ich sehe die Lampe, die während der ganzen Nacht sein Gesicht beleuchtet hat. Unsere beiden Stühle. Unsere Tassen auf dem Tisch. Um das Häuschen stehen dunkle Baumstämme, hohe Grabmäler, Grabsteine, Kreuze …

Für einen Moment bleibt er zwischen den Flügeln des Friedhofstors neben mir stehen. Dann drückt er mir die Hand und geht zurück. Bald ist er zwischen den Gräbern verschwunden.